U0856726

一行血泪霞满天

韩元 著

四川文艺出版社

图书在版编目（CIP）数据

一行血泪霞满天/韩元著. —成都：四川文艺出版社，2022.4
ISBN 978-7-5411-6291-6

Ⅰ. ①一… Ⅱ. ①韩… Ⅲ. ①长篇小说—中国—当代 Ⅳ. ①I247.5

中国版本图书馆 CIP 数据核字（2022）第 036166 号

YIHANG XUELEI XIA MANTIAN

一行血泪霞满天

韩元 著

出品人 张庆宁
策　划 汤万星
责任编辑 路　嵩
责任校对 文　雯
责任印制 桑　蓉
封面设计 琥珀视觉

出版发行 四川文艺出版社（成都市槐树街 2 号）
网　址 www.scwys.com
电　话 028-86259287（发行部） 028-86259303（编辑部）
传　真 028-86259306

邮购地址 成都市槐树街 2 号四川文艺出版社邮购部 610031
排　版 四川胜翔数码印务设计有限公司
印　刷 天津旭非印刷有限公司
成品尺寸 160 mm×238 mm 开　本 16 开
印　张 21.5 字　数 320 千
版　次 2022 年 4 月第一版 印　次 2022 年 4 月第一次印刷
书　号 ISBN 978-7-5411-6291-6
定　价 49.80 元

版权所有·侵权必究。如有质量问题，请与出版社联系更换。028-86259301

序 言

偶尔看到寻亲纪实电视节目就被惊到了，找到失散的亲人，见面后撕心裂肺地哭泣；没找到的伤心欲绝，各自诉说着对亲人的思念和寻找亲人的艰辛与痛苦。我突然醒悟过来，父亲临去世时流下的一颗颗带血的眼泪，是他终生解不开的刻骨思念啊。没人理解他去世前的喃喃自语，他就这么带着思念走了。

父亲是抗日战争刚结束，和其他干部一起在延安聆听了毛泽东主席亲自讲授的干部培训课后，被派到黑龙江七台河市勃利县的第一任县委书记。1945 年 11 月刚刚上任便遭遇土匪叛乱，力量悬殊的勃利县党组织被打散了。多少年后才知道，那是谢文东等强悍的大批土匪，有准备有目标地发起的兵变，致使勃利县以及东北不少地区的共产党组织遭到严重破坏，派去的共产党干部以及他们的家属死伤无数，血流成河。父亲在这场叛乱中丢失了亲人。

此后的父亲变得沉默寡言，从来不提以前的事，直到他病倒在床上。在临去世的那些日子里，趁母亲不在跟前时，父亲总是说他老家还有一个媳妇，还有一个刚满月的小闺女，“都找不到了啊……”

谁也没有注意到他的悲伤，直到他有一次抓住我的手哀哀地说道：“谁能帮我找找我那孩子，她才刚满月呀！”说着，他干涩的眼圈红了，呜呜咽咽的嗓音由压抑、抽泣到忍不住失声痛哭。父亲的眼泪让我心无比酸痛，我跟着流泪。但当时我仍然不能理解他的痛苦，直到近年来在电视上看到寻亲的人伤心欲绝、痛苦不堪的场面，才突然体会到隐藏在父亲心底心碎的伤痛。

父亲从来不讲他以前的事，或许他一直认为，在他的任期中 1945 年勃利县暴乱时败给土匪是内心永远的遗憾，失去的战友、妻子和幼女也成为他终生的思念和解不开的心结。

我的这部小说以父亲为原型，主要讲述了在中国遭受外来侵略时，主人公和年轻的朋友们毫不犹豫地去抵抗外寇；解放战争期间，老一辈共产党人艰苦卓绝的战斗历程。那时候的人是同仇敌忾、空前团结的。

为了民族的生存，为了人民的解放，像父亲那样千千万万个忠于党的事业的共产党员，从不考虑个人得失，在共产党的领导下忘我地奋斗。中国人民解放军刚刚进入东北，共产党政权还没有真正稳固时，派去的党政干部和他们的家属曾经受到敌视和杀戮，他们艰难而勇敢地坚持着。亲人的丢失、战友的牺牲，无数磨难曾一次次考验着他们，但他们一生信念坚定，甚至都不会跟组织提出任何个人的困难，跟随共产党的心始终不变。

我们的今天，是老一辈用鲜血和生命换来的。老一辈——我们慈祥的父亲、母亲，他们不惜用鲜血给我们换来今天的幸福。他们逝去的生命就像退到了天边的美丽霞光，朝来暮去，依依不舍，和我们相依相惜、血肉相连，我们不会忘记他们！

最后，我想说，“不忘初心，牢记使命”是对老一辈革命家理解得最透彻的一句话。

一行血泪
霞满天

一

人生最痛苦的感受是什么？毛丫归纳起来，感受到的痛大体有两种：一种痛是拍桌子砸板凳的痛快的痛，另一种则是由模糊到清晰、由清晰产生出的丝丝缕缕绵绵不尽的痛。毛丫最刻骨铭心的一个痛，是为了忘掉一件痛苦的事情，她在一个清晨六点钟开始写故事。渐渐地，她被感动在自己编写的故事里，完全进入了忘我的境地。她一直快速地写下去，到了下午，看到计算机的计数器竟然报出了四万多的数字，再加把劲一个故事就可以出来了。就这样拼命写下去，不仅是忘记昨天让她痛苦的那件事情，也忘了吃饭，忘了喝水，忘记了时间，忘记了自己使用的是一台老的台式计算机，还忘记了保存。吧唧——停电了！一秒钟的时间，电又来了。等她反应过来，计算机黑着的屏幕嘀、嘟、嘀、嘟开启了。再一看，四万字的文字没了，全没了！毛丫脑子顿时短路了，她“哇”一声大叫着冲出家门，楼道里隔壁的邻居正站在挂在墙上的两家人的电表前嘀咕：这两个电表到底哪个是我家的？邻居看到气愤得大喊大叫的毛丫非常不理解，鄙视地说：“你喊什么！怎么这么没素质呢？”

这种即时痛苦常来常往。毛丫自知自己俗人一个，妈说她是属耗子的，撂爪就忘。直到一天，最刻骨铭心永远忘不掉过不去的绵绵伤痛来了——妈去世了！这时毛丫才知道什么是痛！这一颗放上了对妈的思念的心有多沉、有多疼！妈在那头，牵着她这头的心，这种疼痛丝丝缕缕、酸酸软软、绵绵不尽——抻着疼啊！

毛丫，这个在爸和妈众多的孩子中随便叫起的小名被妈叫了一辈子。她难过时，妈想出各种办法让她笑起来；她生气时，妈堆出一脸讨好的笑脸哄着她，直到化解了她的愤怒和烦恼。妈走了，被妈口口声声“毛丫、毛丫”哄着捧着的女儿，心的一头被妈牵走了，一步一痛，实在无法排解内心的万分疼痛。

毛丫来到滨海的一个海边小城，躲开了喧闹的人群，坐在不被人注意的长凳上，眼睛毫无意识地望着天空，任由泪水流淌。

几天后的一个傍晚，天空晴着，却落下几滴雨点。雨点挺大，毛丫浑身已经湿了，她犹豫着要不要回屋时，雨停了。天上迅速地集聚了乌泱泱的云朵，铺天盖地贴在被落日烧红的天空上。白云欢快地跳跃奔跑，形态各异，刚刚聚集成美丽的棉花朵，瞬时变成猪羊的模样，又呼呼啦啦成了万马奔腾的画面。画面中出现了一个人形，大朵大朵的白云变幻成成群的牛羊、奔腾的骏马，簇拥着老者模样的人形飞奔而过。一波又一波，十几分钟后，归于平静。毛丫看呆了，暂时忘记了内心的酸痛，脑子里还想看到那形态逼真美丽飞奔变幻不断的白云。她这样呆呆愣愣望着天空，直到不知不觉暮色漫上来，潮水般抹去了天空湛蓝的底色。

晚上，毛丫想起了妈——妈的一双柔软的手摸着她的脸在哄她。毛丫泪水忍不住又掉下来，在恣意流淌的泪水中渐渐睡着了。这天晚上，她梦见了爸爸。

只见爸穿一身飘逸的白绸衣裤，一副道者的模样，清清楚楚站在殷红色的空中，一只大眼睛明亮而有光泽，另一只眼睛却没了，空陷在眼眶里，流出一行血。爸说：“放下吧，孩子，放下吧，都该放下了。什么事情都不能抓着不放下，任何事死抓着不放，人类会有灾难了……”

毛丫醒了，轻轻地呼唤着：“爸爸？爸爸！”——什么都没有，一片寂静。

这是毛丫在爸去世的很多年后第一次梦见他，又是在这么一个真切清晰的梦境中。毛丫呆愣愣地回味着刚才的梦：爸穿着洁白的道服，干干净净，是不是得道成仙了……不管怎样，妈和爸阴阳两隔，分别了快十年，他们是去团聚了，她不该这样揪着妈不放了。

毛丫擦去泪水，心，真就放开多了。从此后，那个身临其境的梦经常出现在她的眼前，让毛丫开始回忆和爸妈在一起的时间，伴随而来的是锥心锥肝的思念和自责——思念爸和妈，责怪自己对爸和妈太不关心。

思念和自责让以前模模糊糊的事情逐渐开始清晰、明白，明白后是绵绵不尽的痛苦思念……

爸八十岁左右病了，病愈后半个身子行动不方便。毛丫常抽时间回到家里看望。晚上，妈说毛丫看不了爸，让她去睡觉。毛丫倒也不客气，自己拿自己当客人，就回到屋里去睡觉。她在睡梦中突然听到一声大叫："铁锅，铁锅！锅子啊！……"

是爸！爸的这一声惊天动地的大喊把毛丫叫醒了。她起身来到爸的房间，看到爸本来就大的眼睛瞪得溜圆，满头大汗，拍着他坐的藤椅扶手大喊着。

爸坐的藤椅对着一面白墙，墙上的挂钟显示的时间是凌晨三点多钟。听妈说，爸经常在这个时间醒来。爸脑中风后落下半身不遂的毛病，夜里睡不好觉，说什么都不肯躺在床上，晚上拿着拐杖就坐在这把藤椅上。

爸从梦中惊醒后，用拐杖戳打着地面喊："我说老边，老边？喂，喂！我说，她妈！"

毛丫的妈老边就坐在对面的藤椅上。爸得病几年，妈和他对着坐了几年。任爸叫喊，妈仍然坐在椅子上闭着眼睛打盹。妈的脚下是爸扔过来的用他的拐杖能够得到的东西。

毛丫不常在家，回来后看到这个情景忍不住说："妈，我爸叫你呢……"说着，捡起了地上的一个枕头，放回到爸的旁边。

"嗯。"妈迷迷糊糊顿了下脑袋，困得睁不开眼。

爸抓起毛丫刚捡起的枕头砸了过去，正砸在妈脑袋上。这一下，砸得结结实实，妈终于醒了。妈睁开眼睛后审视了下形势，厉声说："我说老高你行行好，你让我睡会儿中不？"

妈是冀东地区的人，几十年一口乡音一点儿没变。

毛丫忍不住笑了。闺女一笑，爸也不喊了，脸色也柔和了，用拐棍指指墙上的挂钟，说："到点了，该起来了，咋那懒呢！"

"这才几点耶！"妈转过脸来对着毛丫诉苦说，"你爸，他啥事没有，天天晚上就这么闹哇！"

"爸，你要干什么？"毛丫想扶爸起来。爸缩回了胳臂，有些生疏地不太情愿让不常回家的闺女扶，却对妈理直气壮地说："我要尿尿！"

“你有尿哇？你就是变着法儿折腾。”妈说着，还是起来扶起了爸，一步一挪进了厕所。进到厕所里，妈还在说：“你有尿没？有没有？你没有！”

爸折腾了妈一下，脸上泛出一丝得意的神情。

“上床躺着吧，睡会儿吧，不行呀？”妈劝道。

爸回到床上，躺下不到十分钟，又闹着要起来。妈缩在对面的藤椅上闭上眼不再理他。爸嚷着，扔着可以抓到的东西。毛丫看明白了，所有能够到的东西，都是爸用来砸妈的。毛丫过来在爸身边坐下来。有闺女在旁边，爸克制住自己，不再闹了。可看着闭目打盹的妈，爸心里像是在运气，突然说：“你妈对我不好，我老家还有个媳妇呢！我找了，找不着了。现在准是在老家了。你妈再对我不好，我就想回老家，去找她。”

这是个没听过的新话题，毛丫琢磨着不知道该怎样接话茬。爸看看闺女，不管她听没听进去，自顾自解气般地说着。看到妈没理他，爸闭上眼睛。毛丫找了个小马扎坐在爸的身边，看着妈在对面藤椅上一顿一顿地又睡了。妈说过，爸病了这么多年了，晚上总是闹，妈只能是坐在爸够不着的对面藤椅上睡一会儿。毛丫看着妈，妈的白头发一绺一绺随着她的脑袋一顿一顿地抖着，凌乱地散落着遮住半个脸。毛丫伸手想摸摸妈，只听爸又一声大喊，把她们全吓了一跳。妈差点从椅子上摔下来。这次没等妈说话，毛丫不乐意地说：“爸，你别总闹了。”

爸惊恐万状地睁开眼，大冬天的，脸上淌着汗水。

爸的眼很大，微微陷进眼眶里，看到闺女不乐意了，闭上嘴把话咽了回去，定定地看着毛丫。过了一会儿，爸小声说：“闺女，爸和老家的那个媳妇还有个闺女，她们娘俩没享过一天的福，爸想找她们……你帮爸找找她们，啊，丫，帮帮爸吧，爸一辈子没求过人，就求你们帮着找找那娘俩……”

爸说什么，毛丫不清楚，那时的毛丫只关心自己的心事，从不研究别人的事。爸说的话，她以为是爸生病后意识不清楚的胡话。她想劝爸睡觉，妈好能休息一下，但话到嘴边停住了，只见一行眼泪从爸的大眼睛里流出，滴滴答答淌下来。淌着淌着，爸的嘴一咧，发出呜呜的哭声。爸爸，一个已经八十多岁的老人，咧着嘴呜呜的哭具有极大的感染力。毛丫眼睛立刻酸楚了，她抓住爸的手也流下了泪水。那时，她还不知道爸的一颗颗眼泪是为了什么，也不知道爸为什么经常在梦中哀哀地喊叫。

爸爸就这样离开了，他在临去世时流下的颗颗眼泪和毛丫在滨海小城做的梦，像一个谜，常常出现在毛丫的脑子里。渐渐地，毛丫不认为那是一个梦了，她呆愣愣地回味着那个清晰到不能再清晰的梦境。毛丫想问问：“爸爸、爸爸！……你要说什么？”

紧接着来的是撕心裂肺的悔恨和自责——爸是有什么样的伤心事以致一生痛苦？毛丫怪自己当时没有深切地去感受爸的内心。直到妈去世后，她才尝到了失魂落魄的心痛，那个谜一样的梦，那一颗瞎了的眼睛里流出来的浊泪，是爸在诉说着什么？爸究竟有什么放不下的痛苦呢？

毛丫从回忆爸的只言片语的讲述中，努力还原爸走过的一生，渐渐还原了爸爸高俊埋藏在心里终生的思念和无法弥补的伤痛，明白了爸不敢肆意流眼泪的原因。她查了历史，从爸的只言片语，走进了爸埋在心里终生的伤痛……

二

爸爸名叫高俊，让他的心被撕得粉碎，以至于伴随了他终生的伤痛开始于 1945 年底。

1945 年 8 月 15 日日本投降，党中央做出巩固东北、建立根据地的指示。在太行山抗战八年的第五行署 366 团团长高俊和第六行署亲密的战友 126 团团长郭铁锅分别经过在延安的学习后被派赴东北。高俊任黑龙江省五道河地区行政公署副专员，郭铁锅任黑龙江省五道河地区行署武装大队队长。

10 月中旬，高俊和郭铁锅经过老家后赴东北上任。到黑龙江省五道河行署报到后，高俊接到上级的指示，到五道河地区宝利县出任第一届县工委书记。郭铁锅留在五道河地区武装大队，高俊和铁锅虽不在同一个部门，但相距不远。

从 1935 年开始，高俊和郭铁锅就想着到东北参加抗日，直到 1945 年，抗日战争胜利了，他们才终于来到了东北。和高俊一同来的有高俊的媳妇柏秀蓉和出生不久的小闺女，还有娘。娘跟来是为了照顾他们出生还不到一个月的孩子。新的县委、县政府还在以前国民党的县政府院子办公，高俊和其他一同调任来的同志则住在后院里。

11 月上旬，高俊到宝利县上任不久，黑龙江省人民自治军副司令员苏宇江到五道河地区视察工作时来到宝利县，要求召开全体人员会议，会上重新公布了高俊的任命。已经被组织公布任命的高俊心里感到有些奇怪，但是苏宇江是东北当地人，是东北局党委再三强调要团结和倚重的对象。会上，苏宇江没有和新的县委领导班子任何成员包括新来到的县委书记高俊商量，说是根据革命形势的需要，他下辖的自治军要扩大编制，收编一切愿意被收编的人，不论过去的历史，不论职业，只要愿意被收编跟随政府的，包括土匪头子苏久旺一律收编。苏宇江是自治军省军区的副司令员，又是土生土长的当地人，高俊刚来，对当地的情况不是太了解，对苏宇江在大会的发言不便发表意见。但是苏宇江这次表态，引发了县委一场激烈的争论。和高俊同来的副县长王国栋也是党中央派来的干部，比高俊早两个月来，比较了解情况，他私下毫不掩饰对被苏宇江收编的土匪头子苏久旺有不同的看法，希望和高俊抽时间一同到上级反映他的意见。但是，没容得高俊把情况摸清楚抽出时间找上级反映情况，刚刚被收编的土匪苏久旺就发动了暴乱。高俊立即主持召集紧急会议，制定出了应急对策。经过了一天一夜的激战，土匪的第一次围攻被打退了。第二天下午，出现了暂时的寂静。就在高俊他们紧急调兵求援时，五道河地区行署武装大队队长郭铁锅一身土灰出现在县委开会的现场，高俊惊喜地问道："铁锅，你是带人来援助我们了？"

郭铁锅喘得上气不接下气，摇摇头说："我没有带人，土匪也围了我们地委，双方打得更厉害，抽不出人了！这沿途路口都被占了。我是来报信的，你——"郭铁锅对着高俊，又看看其他的人说，"你们赶快疏散自己的家人，听说土匪不仅要抓党员干部，还要对家属下手，要不惜一切击垮共产党组织。这一招太狠了！你——"郭铁锅指指高俊，又指指大家，"你们不能待在这了，这次土匪来得太猛，地委领导的指示是保存自己。大家快些疏散开来，特别是要保护好家属。"郭铁锅的话，让在场人都愣住了。

高俊和同事们在办公室已经整整一天一夜了，突发的土匪暴动使得他们高度紧张，高俊完全忘了家里的娘和媳妇孩子。对家属下手，这可是高俊也是大家的软肋！这一提醒让高俊的心一下提溜起来，浑身都软了。他抓起自己的枪，想冲出去回家看看，但看到大家都在盯着他时，他站住了，思索片刻，问道："鉴于目前的严重状况，都说说大家的意见。"

先避其锋芒。大家先解散，回家安顿好家人后撤退。这是大家一致的意见。

高俊声音有些颤抖地说："那咱们先解散，解散并不等于失败。不要在乎一时的得失，先赶快派人安置自己家里人，不行就先往县委这儿集中。”

“派人？”郭铁锅说，“所有的人几乎都被打散了，我来时已通知家属先到往山里走的路口处等我们，我们过去接应他们一下，看看山里有没有地方先躲一下吧。有家属的赶快安置好自己的家，没家属的继续战斗，掩护撤退。”他这么一说，大家纷纷点头同意。

走出办公室，铁锅拉着高俊悄声说：“往这边走。我刚才怕人心乱了，没敢说，这次可不是一般的土匪暴动，是几股土匪聚集起来争地盘，集体对抗咱们共产党。打了这么多年的仗，我第一次感觉非常非常不好。敌人极其彪悍，咱们人生地不熟，又带着家属，有力不从心的感觉。武器也不他妈的跟劲儿！”

高俊这时看到铁锅只穿着一只鞋，扯了铁锅一下，示意他脚上跑丢了一只鞋。铁锅没理这个茬儿，扯着高俊朝外飞奔。

到了上山的路口，他们愣住了。路口根本没有人，地上只有血迹和几具尸体。

“娘！”郭铁锅撕心裂肺地大叫着，焦急地四下看看说，“我就叫娘和秀蓉她们在这儿等来着呀。”

铁锅叫的娘是高俊的亲生母亲，秀蓉是高俊的媳妇。高俊看看地上的尸体中没有娘和媳妇，说：“她们会不会回到家里等我去了？”

这时，县委其他几个人也追了上来，说县委的家属院已经被土匪全抄了。也就是说，家里没有娘和秀蓉，他们不可能再回去了。

“不可能，不可能呀，我去找你来去也就这点儿时间！咱们往南边再找找。”铁锅转着圈看了看地形说。

他们顺着路继续往山里走了没多远，来到一个路口，路口的南边出现了一队土匪。高俊他们身上的军装暴露了身份，土匪向他们围了过来。铁锅前后看看低声说：“没有路了，咱们只能想办法往东边走。”

土匪中有假意参加共产党又跑回土匪群里的，这一队的头目就是刚刚假意投诚共产党的土匪头子苏久旺。高俊和铁锅来的时间短，不认识他。土匪群里有人认出了高俊，兴奋地大喊：“高俊，是共党的县委书记！抓住他就把他们的整个县委班子端了。”

苏久旺一听，兴奋地说："那抓活的！"

高俊和郭铁锅往东面山里退，土匪越来越多，一步步向他们逼近。山里的路变窄了，铁锅扯开上衣，亮出了身上的手雷，说："大不了咱们一块儿死！"

土匪头子苏久旺说："别琢磨了，山里没路，你们跑不了了！咱们谈个条件，黑小子你把高俊留下，我们放你走。"

高俊用手示意土匪停下，说："中、中，我跟你们走，你们放了他。"说着高俊抓住铁锅悄声说，"铁锅，他们不认识你，你走吧！你走了一样能帮我找到娘和我的孩子媳妇。"

铁锅眼睛一瞪，摇摇头："说啥呢！这不是胡说吗？即使是我们答应了他们的条件，他们能放我走吗？你咋信那个！我看了，往东是大山深处；北边，就是往后退右手身后的山崖下是一条河，不管河水深浅，就这一条退路啦。我在这儿再拖他们一下，你先跳下去……"

"为啥不一起跳呢？"高俊有些焦急。

"对面的这群人是土匪，又是本地人，山里的路比你我熟，咱俩一起跳没把握。我手里有手雷，他们也不敢乱动。这时候拖一分钟是一分钟，天马上就黑了。你先跳下去，我随后跳。"

"不中，说啥也不中！要不我跟他们走，要不一起跳。"高俊说着抓住了铁锅。对面的土匪中突然甩过来一把刀，铁锅在前边护住高俊，刀扎在他左胳膊上。铁锅把衣扣解开，刀透过衣服扎得不深。铁锅大叫了一声，拿着手雷骂道："我操你姥姥，你们再玩儿黑的信不信咱们一块儿死！你老子我们是从抗日战场死人堆里打出来的，怕你们这些蟊贼？！"

土匪头子苏久旺愣了一下，停下脚步，不甘示弱地说："你们打日本是英雄，老子们也不是孬种，但我们现在专打共产党。"

"你不是刚投降了我们吗？为啥又造反？不应该呀！"高俊喊道。

"啥应该不应该的！你们共产党能成啥气候？到咱东北这旮干啥来了？我们打你们是让你们滚，滚出宝利，滚出咱五道河！滚，滚犊子！知道不？这地界是俺们的。"说着，他愤怒起来，朝着天开了几枪。

"你可真不知道羞耻！"高俊火了，他很少发火，嗓门又小，发起火来也吼不起来，"你们能打得过谁啊？打不过就合作不好？你这不出尔反尔嘛……”

“少他妈废话！”苏久旺哐当拉上枪栓，“就你们这几条破刀破枪我们就能跟你们合作？想啥呢，你们赶紧投降吧！”

铁锅举着手雷说：“你不认识吧，这手雷是从日本鬼子手上缴获的，我们曾经用这手雷打败了二百来个日本鬼子，威力大着呢！”

土匪一步步逼近，铁锅、高俊一步步后退。铁锅说：“你们别过来，再过来咱们一块儿死！”话音没落，他出手把高俊用力向后猛推，无奈高俊紧紧拽着他。山路碎石子多，铁锅脚一出溜，他俩一同滚了下去。这个山有一段是缓坡，缓坡之后是陡坡，陡坡后是山崖。这给了土匪追击的机会，他们叫嚷着追过来，土匪头头还在喊：“先别开枪，他们跑不了，捉活的！捉住活的凌剐了他们！”

铁锅死死护住高俊往山下滚，他顾不上身上已受伤，看准了陡坡下的山崖，抱着高俊滚过去。土匪看到他们要跳崖，开枪了，铁锅用劲力气将高俊甩下山崖的一个缓坡，说：“俊头，看你的造化了。”说完，铁锅向东边山里的方向跑去。

这帮土匪还真是不要命的，叫骂着追过来。手雷响了。铁锅身上总共带着两颗手雷，他用尽全力向土匪扔出去，然后他用手枪引着土匪向自己追来。

高俊远远不如铁锅有力气，他从陡坡往下滚时已经无法自控，天旋地转地和石头松土一块儿滚落下去，滚着滚着失去了知觉。

不知过了多久，高俊给冻醒了。醒来后已经是半夜，慢慢恢复意识后，铁锅头一个跳进了他的脑子里，他的心像撕裂了般疼痛。“铁锅，铁锅！”他喊着，想站起来，一动才发现自己挂在树丛窝里，挂着他的树藤开始颤悠着往下倾斜。这一天，月光很亮，借着月光高俊一把抓住树干，顺着树干又抓到根老藤。树上的刺扎得他满手是血，但他一点儿没感觉到疼。这突如其来的事件让他的脑子木了，不能正常思维了，他只清楚地记得铁锅是从上面把他推下来的。铁锅在哪里？他没有往下找路，反倒想法往上爬。

是高俊命不该绝，铁锅有意把他推到这个地方，有一窝树藤挡住了他，让他掉到凸出来的一块缓坡，又被挡回滚在树丛里。他抓着老藤往上爬，坚韧的树藤和草棵子上全是坚硬的刺儿。高俊感觉不到疼痛，他只想到铁锅在上面，就是死，他也要上去找铁锅。他抓住一切可以抓住的树藤子往上爬去。

费尽力气，高俊摸索着找到了他滚下去的地方。地上有几具尸体，但没有铁锅。浑身是血的高俊来来回回找着他的患难兄弟郭铁锅，翻遍了每具尸体还是没找到。他绝望至极，跪着头抵在地上哭泣。

此刻，土匪们出动了大批人马正在山下搜寻，来来回回找高俊，没发现高俊的尸体，也开始顺着山坡往上搜寻。

高俊哀哀地哭着，突然又一个念头像个炸雷在他的脑袋里炸开——娘，娘在哪里？还有他的媳妇柏秀蓉和刚出生满月不久还没起名的孩子！

他"嗖"地起身，踉踉跄跄向山口方向走去，刚好和往上爬寻找他的土匪错过去。

天已经大亮了，高俊来到山口，犹豫着是往山外去找还是回到县城。正犹豫时，从县城方向跑来一拨人，其中一个是副县长王国栋。他看到高俊，说："高书记，我咋说的！看看，苏久旺联合所有的东北土匪叛变了……你这是怎么了，这一脸血？"

高俊喘息着说不出话来。

王国栋说："你要往哪儿走？可不能再进县城了，整个县城都被土匪占了。"

"那——"高俊清了清嗓子，问，"咱们的人呢？"

"哪还有咱们的人哪！土匪们的口号就是消灭共产党，连同咱们的家属，见了就杀呀！宝利县城……遍地是尸体，我们的好多同志都牺牲了。"王国栋说着忍不住掉下眼泪，"咱们好多同志没有死在日本人手里，却死在了土匪手中，惨哪！"哭了一会儿，他抹了把眼泪，上上下下看看高俊说，"高书记，你受伤了？"说着，他脱下外衣，递给高俊，"穿上这个吧，别再穿军装了。"

"那你们打算去哪？"高俊换上王国栋的衣服问道。

"组织都被打散了，我跟着咱们那几个家属进山……高书记，你说我该咋办？要不，我跟着你。"

"不，你和老乡们找安全的地方躲起来。我——"高俊低下了头，压抑住内心痛苦勉强说，“我去办点私事。”

“私事？这时候哪还有私事！”王国栋感觉不对，问道，“大娘和嫂子孩子呢？”王国栋单身一人，也住在县委院里，经常到高俊家蹭饭吃，和高俊一家很熟。

高俊反问道：“你们那边看没看见我娘和我家属？……没有？那我得去找。”

王国栋有点急了，说：“你不能回去呀，高书记。遍地都是土匪，见人就杀，逮住你还有好？”

“那要是逮住我娘呢？还有我媳妇和孩子，他们能放过？我娘和我媳妇孩子我都不敢去找，还有什么脸活在世界上？”高俊扭过头去，眼圈红了。

王国栋说：“那我跟你一块儿去吧，也好有个照应。”

高俊摆摆手说：“不行，你赶紧走吧。”他看到王国栋犹豫，便劝他说，“你和那些家属们在一起，相互帮衬下，另外，也正好帮我看看我娘和我媳妇是不是逃到了山里……小王，好好照顾自己。”

王国栋依依不舍地抓住高俊，把自己斜挎的包袱摘下来递给他：“高书记，拿着吧，里面有点儿吃的。”

高俊从昨天中午到现在没吃东西，虽然没有食欲，可是他需要补充体力。他犹豫着说：“那你呢？”

“我们那边人多，办法多些。”

“那你快走吧。”高俊收下王国栋的包袱往县城走了。小王看着高俊，直到他的身影消失后才往山路走去。

他们这一别，就是永别。往山里走是条死路，王国栋和与他同行的人想往山里躲，被从山下爬上来搜山找人的土匪堵在山里全杀了。

这便是闻名全国的东北宝利土匪暴动。

事发突然，这帮嗜血的土匪出其不意打瘫了当时共产党的县委、县政府。这件事是后来幸存下来的党员干部终生的一块心病，想起来就心痛、悔恨，总觉得是不是因为自己少干了点什么工作，以至于发生了这么大的事件。实际上，这次宝利县叛乱，是苏久旺等土匪联合当地一批土匪策划已久的屠杀共产党的暴动。宝利县，是 1945 年新近收复的地盘，干部基本上是新调任的，而暴动，是当地几股土匪势力有计划有步骤找准时机进行的。

毫不知情的高俊在这个时候没有犹豫，继续向县城走去。他已经把生死置之度外了，找不到娘和老婆孩子，还怎么活着！他去县城，土匪刚刚烧杀抢掠完离开，向县城周边的村镇继续绞杀。县城被血洗了，遍地都是被土匪杀死的共产党员和家属。高俊几乎找遍了被杀的家属尸体，没有找到他的娘和媳妇孩子。而高俊，这个被土匪悬赏的宝利县委书记在来来回回寻找的时候并没有和土匪碰上。在当时能活下来，不是老天的眷顾，是要留下活着的人承受难以承受的痛苦煎熬啊。

此刻，高俊脑子里迅速地分析着：向东走是往山里去的路，自己才回来，王国栋他们去了山里，他可以先不去了。北面是地委，土匪就是从那边来的，家属们应该不会往那边跑。西边和南面有些不确定。犹豫了一下，高俊决定往南去找。

此时的土匪刚刚扫荡完南边，正在返回来和其他土匪会合。

土匪走到十字路口时，和东边来的土匪会合了。东边的土匪再次进山，抓住并杀死了一些从县城跑出来的共产党员和家属。土匪正在商量时，从山里搜寻高俊的土匪也出来了，他们在十字路口枪杀了被抓的党员和家属后决定往西走，到西边继续扫荡一番。

土匪的身影刚刚在西边消失，高俊来到十字路口，他看到路口的死尸时又是一阵撕心裂肺的心痛。特别是在死去的人群里发现了王国栋的尸体，他那颗疼痛的心剧烈地跳着，跳得他浑身都软了，加上一天一夜没吃没喝，他已经没了一点点力气。他咬牙强撑着草草掩埋了王国栋的尸体，倒在地上想休息一下。他一闭上眼，铁锅、娘、媳妇、刚刚满月还未取名的小闺女轮番出现在眼前，让他痛不欲生。他只得挣扎着站起来。站起来后眼前一阵阵发黑，又跌倒在地上，连起身的力气都攒不起来了。高俊绝望了，坐在地上仰天哀号：“娘啊，铁锅、秀蓉啊，你们在哪呢？你们如果都不在了让我怎么活呀！”

高俊喊着、哭着，流出的泪水开始少了，只剩下干号。他的心被绞碎了，疼得直哆嗦，哆哆嗦嗦的他感到累极了，半昏半睡迷糊了过去。

三

东北的10月底，天气已经冷了，筋疲力尽的高俊半蜷在地上睡着了。昏昏沉沉中，郭铁锅笑着，下巴上一边一个旋出两个小梨窝，呲着一口雪白的牙齿冲他走来……

在河北省秦皇岛附近一个依山傍水的地方，谁也说不清楚一个姓高的瘸腿男人带着俊秀的媳妇，是什么时候来到这个满庄子村的。满庄子村的常姓、王姓是大户，高姓在村里的姓氏排第三。瘸腿男人是高俊的爹，俊秀的媳妇是高俊的娘。高俊爹和他俊秀的媳妇，也就是高俊的娘在村里南边落户，时间一长，就成了本村人。他们不是纯庄稼人，是小手艺人。高俊爹腿瘸，是个裁缝。他带着一个机器，往那一坐嗒嗒嗒机器里吐出整齐的针脚将一片一片的布连在一起，做成针脚整齐漂亮的衣服。他做衣服要价不贵，而且很快，所以接的活计就堆成了山。高俊的娘是一个好厨子，她性格软软绵绵，不爱说话，见不着她忙活，不一会儿工夫能做出一桌子成席的饭菜，还能做一手好面食。他们养育着三个孩子。

郭铁锅老家郭庄头村和高俊的老家满庄子村相邻，却分属两个地区。郭庄头村属冀东地区，满庄子村属秦皇岛地区。而且，虽说两个村是紧挨着的邻村，口音却不一样。满庄子村说话有点像东北口音，大舌头。满庄子村大一点儿，有一家乡村绅士办的私塾。郭庄头村小一些，说话的口音是冀东口音，没有私塾。满庄子村的私塾先生常致礼是附近有名的绅士，为人正直，私塾办得好，附近村里的很多家长把孩子送到满庄子上学。

高俊和郭铁锅从六岁开始进这家私塾里学习。他们两人一白一黑，高俊白得出奇，铁锅黑得出奇。头天上学，两小孩一见面也觉得非常惊奇，铁锅问道：“你咋这白呢？”

高俊说：“那你咋这黑呢？”

“要不然我爹起名叫我铁锅呢，就是黑嘛！”

铁锅皮肤黑得五官模糊，黑眉小眼还没张开，团在一起，只有牙齿雪白、眼白雪白、眼珠明亮。高俊皮肤白得近乎透明，轮廓清晰，大大的眼睛凹陷在眉骨下，笔直的鼻梁下嘴唇有些厚，露出很诚实的笑容。两个人的性格也相反，铁锅直截了当，高俊含蓄一些。两人见面相互一笑成了好朋友。

读了几年书后，铁锅的亲娘得病死了，他爹娶了后娘，是十几里路外冀东地区的一个寡妇，大家都管她叫孙老娘子。孙老娘子过门还带着两个孩子。自从这个寡妇后娘进了家门，铁锅的日子可就不好过了，他吃不上喝不上。后娘孙老娘子成天挑三挑四地在家闹事，挑唆着亲爹成天打他。私塾成了铁锅的避难所。铁锅的学习一般，可是从小在私塾学习，先生对他视同自己的孩子，尽可能地帮助他。相比没娘的铁锅，高俊的生活要好很多。那几年，高俊总是想法多带饭匀给铁锅，从娘手里得到的钱也和他伙着用。铁锅的自尊心非常强，对招呼他去家里吃饭的乡亲从不接受，唯独吃高俊带来的饭他觉得很自然。铁锅交不上学费，跟不上功课，还是磨磨叽叽不愿意离开先生，舍不得离开高俊。先生也不催他，让他跟着学习功课。又哩哩啦啦上了两年学，直到铁锅的爹得了重病，没多少日子也死了。

这天一早，高俊在学堂听说郭铁锅在东北的亲叔郭尚德来了，帮着处理丧事，说是要接走铁锅。他心里舍不下铁锅，放了学急急慌慌来到他家里看情况。

铁锅家门口围了一堆人，高俊挤进去一看，村里的几个老人都在院里，他的老叔郭尚德站在铁锅家正房门口的院里对着屋里大声说：“今天我把村里的长辈都叫来咧，按说我该叫你一声嫂子，但这声嫂子我叫不出口呀！村里乡里乡亲的都来了，那我当着乡亲的面就问问，也让大家给评评理。孙老娘子，你说说，我哥是咋死的？……咋把个人瘦得没个人样咧，奏剩一把骨头咧？……你咋还拦着不让出殡？是我哥有啥地方对不起你是咋咧？”

孙老娘子没出门，从屋里发出一声哭号和含含混混的嘶喊：“没法活喽……”

“乡里乡亲都在这儿，有理说理，我说的不对那你说，谁也不屈你，你不用号丧！我哥死，也没见你掉滴眼泪吔！……这几年子，我有事顾不上我哥我侄儿他们父子，我捎钱回来了没？没少捎呀，你都用哪去咧？我哥有病，病你不张罗着给看，饭饭你不给他吃，生生地把个活人给饿死咧！再说说，你是咋对我的这个侄儿的？这大冷天，让我侄儿就穿着件破破烂烂露肉的夹袄？你是咋想的，咋做的呢？……你还哭呢，还有脸哭哇？没人屈你，自己屈不屈心呀。你没给我哥留下一男半女，咱不说啥，但今天，我哥走了，我回来办我哥的后事，马上要出殡，你又生出幺蛾子了！另外，说啥你也不能住在这家里了，这是我哥家。我侄子还小，我怕你把他害吧喽。今天当着父老乡亲咱说下——”说着，郭尚德转身对着大家说，“大爷大婶们，看在我家大哥已经过世，侄儿年龄忒小的分上，帮忙做个主。”他说着拉着铁锅给大家作揖鞠躬。

郭尚德十八九岁上就离开村里了，很多年都没回来过，但总是郭庄头村里的人，大家还都认识他。这次铁锅爹去世，他赶回来帮助办理丧事，顺便安排好侄子铁锅以后的生活。听郭尚德这么一说，看着铁锅大冷天穿着单薄瘦小露肉的衣服，裤脚吊着露着一截赤裸的腿，站在一旁的妇女老娘们开始说起孙老娘子的不是。一些长辈说：“中啊，有啥你就说，都是乡里乡亲的，能帮上忙的大家帮啊。”

郭尚德说：“我啥意思呢？就是这个孙老娘子不能住在这咧，她得走。”他转身对着屋里，屋里“哇”地传出一声号哭声。郭尚德提高了嗓音喊着说：“你走，我也不能让你没地方住！我在这房子的西头不是有两间房吗，当年是我哥帮着盖的，比现在这个地方小，我这两天已经拾掇出来咧，你先住着去吧。这个地方虽然是我哥家，但也是我家祖上留下来的祖业，我总得留个念想，等哪天回来时住。”郭尚德嗓子有些干哑，他清了清嗓子说，“你可以去住，可不兴再回来欺负我这个侄子……今天乡里乡亲的都在这儿，都给做个证。”

大家听了，异口同声地说：“那忒应该，够仁义啦。换了我轰走她拉倒！好人哪！……”

孙老娘子听到她的去处有了着落，也不干号了，挑着嗓子说：“光让我住不中啊，不得把房子给了我？我吃啥喝啥？还有哇，钱呢？我养了铁锅这几年，钱咋算？”

村里的人听了立刻炸了，七嘴八舌地说：“铁锅是你养活的？”

“说话不怕闪了舌头？孩子没给害吧死是孩子命大！”

“咋啥人都有呢！死人为大，你恁啥也不能按着死了的人不让下葬呀！”

“你出来！”几个人要冲进去。郭尚德拦住大家说：“就怕你不认，我有账啊！我给我哥和我侄子捎来的钱都给了满庄子私塾常老先生了，都是你支走了，人家有账有你按的手印啊！”说着，他拿出了一沓纸条让大家看。高俊这才明白常致礼先生为什么留着铁锅在学校补课了。

一个村里，基本上都是亲戚连着亲戚，连带着拐弯抹角的还是亲戚，孙老娘子毕竟是外姓人，加上这老娘子挑三挑四地在家里挑事，不好生过日子，总是欺负铁锅父子，大家早就看不惯她了，只是碍着铁锅那窝囊的爹都不好说什么。今天看到这个情况，大家都不干了，七嘴八舌诉说她的不是。孙老娘子也知道没人向着她，可是还想闹一闹。她“嗷”的一声又哭了，一边哭一边嘴里叨咕着：“我那苦命的老头子，咋就撇下我们娘儿几个走咧？”

郭尚德看看天也不早了，他还有事情要办，说：“一个房子都让你去住了，快去吧，天黑前大家还能帮你搬搬东西。”

铁锅看到孙老娘子还不走，本来就对她有一肚子气，仗着老叔来了，人来疯地拿着个镐冲了进去，抡起镐去砸堂屋里的灶台。郭尚德上去拽住了他，对屋里孙老娘子说：“让你走也是为你好，铁锅都这么大咧，正是半大不小浑了巴嘟的时候。他爹这一没喽他可就没忌讳咧，你们真掐吧起来你不一定占便宜！”

郭尚德这样一说，乡亲们跟着数落她，孙老娘子不再号哭，卷着自己的东西在大家议论中走了。

前两天高俊就听铁锅说叔叔来了，铁锅家里正忙着办丧事，高俊一直没过来。今天见到铁锅的老叔，让他吃了一惊。铁锅的爹窝窝囊囊老实巴交的，和这个老叔没一点儿像的地方。看这个叔叔，皮肤黝黑，中等个，人长得挺端正，一口地道的冀东口音，说话抑扬顿挫、有条有理，非常富有感染力，让人爱听。高俊的眼睛盯在铁锅叔叔身上，聚精会神地看着。铁锅过来拉了他一把，高俊愣了一下问道：“你要跟你叔走？”

铁锅摇摇头：“我不想走。”他疑惑地看着高俊说，“那你愿让我走？”

“我可不愿意你走！”高俊使着劲摇摇头说，“你走了我咋办？”

听了这话，铁锅开心地咧嘴一笑，下巴两边旋出两个小酒窝说：“那就不走，要走也得咱俩一块儿走才中。”

好几天了，高俊一直担着心，就怕铁锅跟他叔叔走了，听铁锅这么说，一颗揪着的心放了下来，俩人对着傻笑。

郭尚德走过来说：“你说你这孩子，咋砸自己家的灶台呢？真砸坏了咋做饭吃！”说着，他爱怜地摸摸铁锅的头，“要我说你还是跟老叔我走吧……”

“叔，你不是说你过段时间还回来吗？”铁锅昂起头看着老叔。

郭尚德点点头，思索着说：“也是，现在我也是没个固定地方。这……这没人管你中不中啊？”他不放心地看着铁锅。郭尚德有俩女儿，没有儿子，整个郭家就铁锅这么个独苗，他实在不放心侄儿一人住在家里。铁锅没有心思听老叔说什么，眼睛一直盯着高俊。两天没见面，有好多话要说呢。

郭尚德看出铁锅心不在焉，一个劲跟眼前这个白白净净的男孩子嘀嘀咕咕，便问：“这就是你挂在嘴边的俊头高俊吧？”

“老叔！”高俊乖巧地叫了声。

“嗯哪，”郭尚德笑笑说，“长得是真挺俊……铁锅，你不愿意跟我走，敢情你有好朋友不舍得分开？”郭尚德上上下下看看高俊，“这个孩子白白净净真漂亮，让人看了就喜欢。”高俊一双深邃的大眼睛凹陷在眉骨下，挺直的鼻子，一张阔大而丰满的嘴唇能看出是个实在的孩子。再看看小侄子，黑黑壮壮的，再苦的日子也压不住他的蹿长，裤子短了吊在腿上，有一点点肉就在脸上撑出来，不像一个吃不上喝不上受后娘气的孩子，反倒像是不缺吃喝的壮孩子。侄儿眼睛不大，满满都是乌黑的瞳仁，一笑露出一口雪白的小牙，下巴处两个深深的小梨窝，透出喜兴劲儿，让人忍不住也想跟着笑。嗯，这一黑一白的俩孩子还真是个伴儿。郭尚德笑了，心里舒展开来，连声诚心夸道："嗯，高俊，还真挺俊！你们满庄子村还有这么漂亮的孩子呢。"郭尚德想了想又一次点点头说，"你们倒真是个伴儿……中啊，高俊，听说你学习挺好，以后常帮助铁锅，中不？我也是你的老叔咧，认我这个老叔呗？"

"认，老叔。"高俊抬头看着他，有点羞涩但认真地说。

铁锅有这么一个好朋友，郭尚德从心里高兴，他想再嘱咐几句，但铁锅说："叔，你不是有事吗？有事你先走吧，过一段时间你不是还来吗？"

"嘿，这小子，还轰起我来咧。这两天你咋吃饭？"

"我和俊头能吃上饭，叔。"铁锅满不在乎地说。就是爹在的时候，他常常被赶出去，回到家后什么吃的也没了，他也没饿着。这得亏了高俊，总想着给他带吃的过来。有高俊做伴，铁锅不愁。

"中！那我还真有事，就先走了。"郭尚德收拾收拾走了，走出去还不放心，又去买了些吃的放回来才放心地离去。

这个家只属于铁锅了，高俊像是有了自己的地方，高高兴兴帮着打扫着屋子。两个人整整收拾了两天，但没等着住上几天，高俊要去县里读中学了。

高俊前脚到县里读书，铁锅后脚也开始闹着去县城。他没有上完小学，也不愿意再上学，他要去县城找活干。老叔郭尚德正不放心他一个人在老家，铁锅说愿意去县城，正合他的心意。他在县城开了个小打铁铺子，让一个远房的亲戚管着，铁锅就在这打铁铺子跟着这个亲戚做了学徒。

到了县城，铁锅反倒见不到叔叔郭尚德了。不知老叔天天在忙什么，常常一走很长时间，回来往往见不到面又走了。这段时间，他老叔又是很长时间没回来。铺子里订的活计都是郭尚德找来加工的，堆了一院子，他不回来，取活的人也没来。没人来取活儿，就没人给钱。打铁师傅是铁锅的远房表亲，郭尚德叫他老舅，大家就都跟着叫他老舅。老舅耳朵背，他们靠着零零星星地打个刀呀剪子什么的小活计，也够吃饭的。

铁匠铺自然也成了在县城上学的高俊的落脚点。晚上，铁锅常常做了饭等着高俊，再等不来，他就拿上热饭去学校找。老叔、老舅都把高俊当成自己家的孩子，说家里出了个文状元，无论如何，鼓励着高俊把这学念下去。

从小学到中学，高俊一直是优秀的学生。他爹没想到这小儿子是个学习的料，各科学习成绩十分优秀。教书的常致礼先生关爱有加，免了高俊的学杂费，鼓励高俊的爹支持高俊把学上下去。课余时间，常先生还张罗着跟街坊邻居把要做的衣服交给高俊爹做，帮助高家补贴家用。这读完小学了，常先生又张罗由私塾拿出学校的粮食给高俊作为免费半年的口粮，哄着他爹把高俊送到县里读书。去县里上学，学生都是自带口粮定期交给学校，由学校安排大锅饭做好主食，菜还是要个人解决。有这一份免费的口粮，高俊可以在学校吃免费的大锅饭，相当于有了奖学金。有了村里私塾给高俊送的口粮，他爹抹不开面子，只能把高俊送到县中学来上学。

高俊家有三个孩子，他排行老二。老大高大壮，小时候出麻疹，险些死了，活了下来瞎了一只眼，脑子落下了些毛病。别看他脑子有毛病，农活却干得非常好，地里的所有农活都是他干。高俊的爹腿虽有毛病，却是个心灵手巧的裁缝，日常接的活挺多。加上高俊娘会厨子，经常被请去做席，一家人的生活过得还不错。只是高俊爹接的活多，觉得家里人手不够，就想让高俊留在家里学学裁缝的手艺。没想到高俊是块学习的料，村里的老师又这么抬举，他只能支持高俊继续把学上下去。

上了县中学后，高俊的学习成绩仍然优秀，每次考试都是名列前茅。高俊这个学上得看着容易，实际上他自己感觉一点都不轻松。对高俊来说，能免口粮只是一种荣誉，其他的学杂费还是得交。高俊总觉得爹不喜欢他，所以真不愿意伸手跟爹要钱用。

要在过去，高俊或许能在学习上学出点儿什么来。可惜他生不逢时，来县城上中学时正是 1933 年，日本人占领了山海关一带。从这时候起，学校里的高年级学生已经无法安心上学，陆陆续续从学校消失，听说是参军抗日去了。高俊他们班学生年龄还小，被老师按着学习，可大部分学生的心都乱了。1935 年 8 月底，日军在秦皇岛举行大规模军事演习后，学校给每个年级的学生增加了一门日语，这在安安静静的好学生高俊的心里像扔了颗炸弹，他顿时炸了，也不想再上学了。

一连几天，高俊天天来和铁锅商量，讲述着学校里的学生们都想去抗日的想法。“咱们也去参加抗日！”铁锅激动地说。高俊和铁锅两人从此便下了决心——上前线参加抗日！但是，具体怎样去抗日，还不知道，总之，得先回家筹措点费用。

老叔这一段时间没回来，铁匠铺的活计还没出手，如果出手了，跟老叔要点儿钱应该没问题。还能上哪儿去筹措点儿钱呢？平常高俊靠着给人写对联挣点儿零花钱，还没放进口袋里，他俩就花了。盘算半天，他俩决定还是先从老家开始想想办法。铁锅说他家那房子一时半会儿也没人住了，看看屋里的东西，该卖的卖。两人商量好，在郭庄头大集这天回家，看看能不能到大集上卖点儿东西凑点儿钱做路费。

四

这一天，高俊和铁锅算好是郭庄头的集市日子，约好各自忙完手头的事直接回老家，在铁锅家会合。

9 月初，阳光还很毒，一大早就恶狠狠地晒在回家这条稀松平常的乡间小土路上，就像高俊此刻的心情，毛躁、不滋润。虽然他是个免口粮上学的学生，可是总需要些零用钱和学杂费，每次回来拿，他总犯怵，尽量回避开他大哥高大壮。

高大壮就一根筋，只知道往里划拉，像个看家狗，家里的一根稻草都看着。高大壮认定他娘太偏心老二高俊。高俊上学，用的是家里的钱，钱花了就没钱给他自己娶媳妇了，所以他专门和高俊作对。每当他估摸着高俊要回来时，就会藏起所有的东西，特别是鸡蛋，全都藏起来。他一个心眼想的是：我让你啥也摸不着、吃不上，东西也就省下来了。

大集这天，高大壮估摸着高俊应该快回来了，他先把鸡轰出家门去觅食，又把家里的鸡蛋归拢在一起，自告奋勇去赶集卖鸡蛋换钱。到了郭庄头，高大壮刚好碰上从县城回来的高俊和郭铁锅。

郭庄头的集市就在铁锅家门口，乌泱泱的人挺多。高俊和铁锅前后脚回到铁锅家，先清理完铁锅的家，找出没用的家伙什儿准备卖掉。这时，高大壮闯进了高俊和铁锅的眼中。

高大壮一只眼，看东西缺失一半，只看到那半拉人群，没看到这半拉里有高俊和铁锅。高俊看到高大壮拎着篮子，里面装着鸡蛋，于是对铁锅说："他这是去卖鸡蛋，啥心眼子，就怕我吃一口。"

"咱给他收喽。"铁锅对高俊说。他对高俊家的事太熟悉了，这个高大壮天天事事的没个当哥的样，高俊处处退让，让铁锅从心里替高俊抱不平，他半拉眼都看不上高俊这独眼哥。没等高俊回话，铁锅捡了块砖，问高俊："你包里有纸没？"他知道高俊常常给别人写对联赚点儿小钱，走到哪都带着纸和笔。接过高俊的纸，铁锅说："你就别过来了，先躲起来。"

铁锅把砖方方正正用纸包上，放到前方高大壮必定要经过的一棵树底下，然后藏到树旁边的土墙后。高大壮走过来看到了方方正正、干干净净的纸包，果然停下脚步，四下看看，放下手中篮子，伸手拿起地上的包，然后避开人悄悄打开，看到是块砖后骂骂咧咧丢了。高大壮回过头来，发现鸡蛋篮子却不见了。他找了几圈，想骂，又不敢。他的胆子都在家里，在外边可没胆惹事，典型的窝里横。高大壮知道这筐鸡蛋找不到了，在地上蹲了会儿，颓丧地往回走了。

高俊和铁锅得了一篮鸡蛋，放到铁锅家。高俊看着铁锅整理出来的铁锨、镐头、镰刀什么的家伙什儿，在地上摊了一大堆，不好拿，就对铁锅说这些东西卖不了几个钱，还得找地方去卖，一耽误一天的时间过去了，干脆别打这些工具的主意了。满头大汗的铁锅又把这些农具放了回去。两个人又说好下午在铁锅家集合后，高俊回村了。

高俊回到家，屋里没大人，只有不到六岁的妹妹岚岚在院里自己玩儿。他习惯地摸了下娘平常总给他留钱的炕席下，什么都没有。高俊有些失望，妹妹尾随着他进了屋，不声不响从怀里摸出个小布包，稚嫩却清楚地说："二哥，娘说这是给你的。"高俊一看这个包，就知道是娘给他攒的钱，高兴地接过来抱起岚岚说："怎么在你这儿，不怕丢喽？"

"丢不了！娘说怕大哥抢。"岚岚是个俊闺女，一双满是黑瞳的大眼眨巴眨巴的，谁见谁喜欢。

高俊放下岚岚，翻了翻自己的包，忘了给妹妹带点儿东西了，只找出一张剪纸，交给岚岚，问道："娘呢？"

"不知道。"岚岚高高兴兴接过剪纸爬到炕上玩儿去了。

高俊整理好自己的书包，决定去找娘。找到娘，看看娘，跟娘说一下晚上不在家吃饭了。他前脚走，高大壮后脚慌慌张张回到家，一眼看到岚岚双手举着的剪纸就知道高俊回来过了。他问道："你二哥拿走家里什么了？”

“娘让拿的，没拿你的。”岚岚还不到六岁，她有点怕大哥，从床上爬下来想往外走。

“拿的什么？你说！”家里人都宠着岚岚，高大壮平时不敢惹她，这会儿家里没人，便大声吼叫起来。岚岚吓得撒腿往外跑时摔倒在地上，放声大哭起来。正好爹回来。爹五十来岁得了这个俊闺女，喜欢得眼珠子似的。看到岚岚坐在地上大哭，二话不说，抄起个家伙照着高大壮就打。平常大壮最听他爹的，爹说什么是什么，今天丢了鸡蛋，心里憋着火呢。十八九岁的高大壮个子蹿到了一米八几，已经超过了爹。他上前搡了爹一把，大吼着："总打我干啥！"说着，向外跑去。

爹被他搡了个跟斗，爬起来抓了个家伙追了出去。追了一圈，看到高大壮到自家地里干活去了，当爹的心里的气消了大半。这老大别的不行，地里的活干得好，家里吃的一年四季的粮食全是他从地里刨回来的。当爹的心里的气消了，不再吭声，转道去了村东头的一户人家取活儿，半路碰上一个顾主追着要给他家做的一条裤子。这家人的裤子早做好了，就是找不到了。爹生气地想，准又是老二高俊给拿走了。这个二小子俊头总是拿了做好的活儿给他邻村那个要好的黑小子。平常拿走成品活儿总会放下一块儿相同的布料，这次拿了裤子啥也没有留下，拿啥给人再做一条呀！

爹心里老大不高兴，正在气头上，碰上了在村里溜达着找娘的老二高俊。看这老二，背着个书包，身上穿得整整齐齐，脸上白白净净，心情不好的爹立刻来了气。

“爹，”高俊看到爹叫了声后问道，“看见我娘没？”

“你天天干啥呀，美滋滋的！”爹沉着个脸，没好气地说。

高俊愣了一下，不高兴了，看了爹一眼。爹接着说："你看看你，这大的人了啥正事不干，溜溜逛逛像啥呀？"

爹的这股无名火把高俊也点着了，他不高兴地说："像啥，你是我爹你说我像啥？干啥你总看我不顺眼？"

爹更生气了："我敢看你不顺眼？你多有本事呀，你有本事别靠家里养活嘛！"

"我娘养活我！"高俊嗓门也大了起来。

二小子高俊平常没发过啥脾气，今天这一嗓子是怎么了？爹的火腾一下上了脑袋，他脱下脚上的鞋扔了过去，对着高俊大叫："滚！你给我滚！"

高俊呆呆地看了一眼爹，转身走了。以前本来在上不上学的问题上就有点儿犹豫，今天爹的话刺激了他，这个学他坚决不再上了。

最近高俊有好几个星期没回家了，爹看着儿子头都不回的背影有些后悔发这一通无名火。他懊丧地回到家，老伴已回家正在做杂面面条，高高兴兴地对他说："听岚岚说，咱家俊头回来了？我今天帮人家做席，整了只全羊，人家给了这些个羊下水，咱做羊杂碎面吃。"

"他走了！"爹闷声说。

"谁？谁走咧？"高俊他娘放下手里的活，问道。

"你二小子。我把他骂跑咧！"

"你，你因为啥？你、你，你因为啥骂他？你……我那二小子书念得那么辛苦，啥事都做在理儿上，你还骂他，为啥呀？"娘有些惊慌失措，跑出来盯着老头子看，希望他说的不是真的。看到老头一脸的后悔相，娘急了："他去哪了？好容易盼着他回来，你把他打跑咧？"娘顾不上和爹吵，手里还拎着个舀面的瓢跑了出去，一路跑一路叫："俊头，俊头！回家呀，回家吃饭呀！"

娘一直跑到村口，一路跑一路高声喊着。正是吃饭的时间，村里空荡荡的。娘每天忙忙叨叨，除了给家里做饭就是被请去给人家做席。除了她的这个家里的老头子和儿女，她没有关心过其他的人，她就没想到到邻村的铁锅家去找找。好几个星期没见她的小儿子了，娘早就想他了。孩子回来了还给打跑了，娘心疼地流着眼泪，就在这村口等着，想堵她的小儿子高俊。以后的日子，到了该吃晚饭的时候，她都来到村口等一等、看一看，看能不能等到她的小儿子。等啊盼啊，一等等了十年。等着等着娘越发想儿子，眼泪忍不住往下掉。十年，娘想儿子想得眼睛哭得半瞎了，头发全白了。

这一年是1935年，娘的小儿子高俊16岁。

那一天，高俊就在铁锅家。

高俊跟爹憋了口气来到铁锅家，铁锅还没有回来。他去井边挑了一担水，找了点柴火，想先做点儿饭两人吃，可里里外外一点儿粮食也没有找到。高俊拿出岚岚给他的小布包，层层打开，里面放着几十块纸币和几块大洋。要是出远门，这点儿钱也不够呀，不然先拿着这钱去买点儿吃的再说？正想着，门“哐当”一声开了，铁锅拎着个麻袋进门就说：“咱得走，得赶快走。”

麻袋里装的像是什么活物，蠕动着。铁锅说：“我把孙老娘子家的鸡逮了两只，怕它叫，把鸡脑袋给拧下来了。还抓了她家两只鸭子，公的，它们不会叫唤。咱得快走，别让那老娘子找来。”

“这中啊？”高俊看着这个蠕动的麻袋，忍不住笑了说，“这让孙老娘子知道了还了得？”

“咱得赶快走！她家还有头猪，我要不是怕它啧儿啧儿地叫唤也绑了来。”

高俊听着一个劲儿笑，说：“我家也养着一群鸡，要不也去捉了带上？”

铁锅听了挺认真地想了想后摇摇头，说：“别了吧，没那时间了，等下孙老娘子来了咱一只也带不走了。”

两个人收拾了一下，找了个扁担，把东西挑着锁了门急急忙忙往县城走去。

五

从村里到县城有二十来里路，一路上都没个吃东西的地方。走到县城，天都黑了，正是吃晚饭的时候。两个正长身体的半大小子，中午就没吃饭，饥肠辘辘的，便琢磨着晚上吃点什么，越说越饿，于是说好放下东西什么都不管，吃他几笼包子再说。就用高俊兜里他娘给的钱，一定要吃个够！

进了铁匠铺子，屋子里飘出炖肉的味道。哦呵，这叫真正的香！铁锅扔下手里的东西，探头探脑地往屋里瞧，屋里传来低低的一声："铁锅！"

"咦，叔？叔回来了！"铁锅冲进屋里，上前抱住郭尚德。"啊！"老叔郭尚德大叫了一声，额头渗出黄豆粒大的汗珠。

"咋啦，叔？"铁锅松开手，紧张地问道。

郭尚德摇摇手，过了一会儿，虚弱地说："受了点儿伤。"他怕铁锅追问，把话题岔开，对着高俊说，"呦，咱家大秀才也来了，你俩吃饭了没？"

"就说没有呢，我们中午都没吃饭。我闻见炖肉的味儿了，是吧？熟了没？可饿死了。"叔回来了，有仗势了，铁锅的话特别多特别来劲。

没等铁锅说完，郭尚德挣扎着要起身说："那不饿坏喽？正长身体呢！下午刚炖了一锅肉，我这俩侄儿有口福……啊呀！"他很痛苦地又叫了一声，停止了想起身的动作，说，"快快，叫老舅给端去。怕你们没吃饭，等你们半天了。"

老舅麻利地端来了炖肉、大饼、绿豆小米粥。郭尚德说："你老舅做饭，烙大饼是拿手的活计，层多又软和，好吃呀……慢着点吃！别噎着。"

高俊和铁锅顾不上听老叔说话，抓起饼，埋头大吃。一会儿，几个大饼下了肚，喝了碗粥填填缝，这才觉得肚子里填实着了。他们放下碗，相视一笑，由衷地说："真香呀。"

郭尚德和老舅看到他俩的吃相怕做的饭不够吃，都放下不吃了，在一旁忍不住笑，边笑边劝道："慢着点，炖了一锅肉，烙了一沓子饼呢。不够再做！这吃相！半大小子，吃死老子，老话说得一点不错。你俩干啥去了，饿成这样？"

"我们俩想参军去！"铁锅摸了摸鼓起来的肚子，放下筷子，心满意足地靠在床上，"打日本鬼子去咧！"

"干啥去？"郭尚德刚夹了快肉放嘴里，听到铁锅的话一口肉吞下去，烫了一下，又动着了哪儿，疼得"呀"地叫了一声。

"打日本鬼子去。"反正也吃饱了，铁锅来劲了，困劲也上来了，他迷迷瞪瞪信口说着，本来也是跟老叔说话，想怎么说就怎么说。

"你说这孩子，怎么话都说不明白呢！高俊，你跟叔说。"

高俊把学校里非要让学日语，学生们都不想再上学了，在准备着离开学校去打日本鬼子的事讲给老叔听。说到日本人，高俊激动起来："学校里说要建立东亚共荣，共啥荣呀？他们来中国干啥来了？是不是就想霸着中国不走了？让俺们学日语，谁愿意学谁学，这个学我是不上了！"

"可你们还小呀！同学们都这么想？"郭尚德很认真地听着。

"都这么想！我们高年级都走了好多了，他们有的人回来找我了，说日本都侵略到咱国家了，上啥学呀，得去抗日！"

铁锅眯着眼打了个盹，听到这句话，睁开眼兴冲冲地说："叔，俊头不想上学了，正好，我们去打日本鬼子。我们回村里筹了点钱，想去参军呢。"

正说着，老舅进来，大声问："这鸡咋没头呢，准备干啥？"

"它总叫唤，我把它脑袋给揪了，等回头集上卖喽……那俩鸭子没死吧？"

郭尚德忍不住笑了，他捂住身子说："你那没脑袋的鸡能卖出去？你们准备了多少钱？"

高俊拿出娘给的钱递给铁锅，铁锅左一层右一层打开，几块大洋，他掐算着说："还有那俩鸭子，也能卖一块钱吧。"说着盯着郭尚德认真地说，

“叔，你来了，那些活计的钱该拿回来了，能给我们点儿吧？”

郭尚德看着铁锅认真算账稚气的脸，连连点头说：“中，中，给你们点儿！那你们到哪去参军？”

“哪能打鬼子就到哪去。”铁锅很有信心，认真地说，“去东北，我们知道东北有人在抗日，叫抗日联军。”

“人家哪个二大爷会要你们？我都不信咧！”老叔摇摇头说。

铁锅听到老叔这么说，有点急了：“为啥不要我们？”

“你们还小……”没等叔说完，铁锅抢着说道：“咋小咧？高俊他们同学都商量着走呢！不行我们大家一起走，走哪儿算哪儿，不就打日本鬼子嘛！”

“是。”高俊点点头，想到学校里的同学还在等他的消息，他心里有点儿着急，对郭尚德说，“我是负责集合初中学生的，今天让我们初中班的人分头找钱做路费，我们能从哪儿去找，只能回家弄点儿。高中的同学代表还等着我的信呢。”

听到这里，郭尚德不再笑他们了，想了一下问道：“那就是说，你们的决心是下了？不上学咧？”

“还咋上学嘛，我们的心都乱了。”高俊摇摇头说。

“就是说你们是铁了心咧？”郭尚德试探着问道。

“铁心了！”高俊和铁锅异口同声地说。

“那中，叔支持你们！今天先休息。”

没等郭尚德说完，高俊忧心忡忡地说：“不中啊，叔，我还得赶回学校。学校里现在都开始不让学生请假，不让随便出校门了，今天大家溜出去筹措钱，还不知道咋样呢。”说着高俊捏捏娘给自己准备的零花钱。

“高俊，不用愁，去抗日是个正事，叔支持你们。你先回学校看看都有多少学生要走，都是咋个情况。”

没等叔说完，铁锅搡了高俊一把，说：“叔说得对，看看多少人走。”然后，他又高兴地抓住叔的手摇晃，“问清了多少人走，叔你得帮我们。”

郭尚德“呀”的一声护住身体往后躲了躲。老舅端来了热水，在旁边说：“锅子你轻点儿，别碰你老叔！跟你说了你老叔受伤了呢……德子，烫烫脚，活活血，轻着点儿。”

郭尚德烫着脚，看着两个孩子，心里琢磨着什么。

其实，郭尚德是个共产党的地下工作者，他 19 岁和老乡一起到东北京奉铁路找活干时加入了共产党。因为参与铁路工人大罢工暴露了身份，才回到家乡来。

1935 年华北事变后，秦皇岛、山海关被日本占据，各种战备物资如钢铁、煤炭都控制在日本人手里。郭尚德回来后和当地人在山里合伙开了小铁矿石厂，实际上是为共产党创办地下兵工厂筹集资金和铁矿石粉等原料。他们避开被控制的大型炼钢厂，收来铁矿石供给一些不起眼的个人家开的小钢厂小铁厂加工出铁粉，在民间制造些原始的枪支弹药，或者换些资金。围着这些小厂供应铁矿石和提炼稀有金属的人大部分是地痞子，经常为了抢钢厂的下脚料和一些利益大打出手。郭尚德忙着在筹措资金造枪造子弹时，还得为各方协调关系。

这一次，郭尚德在几方争夺利益的斗殴中劝架时受了伤，感觉伤得挺重，他到县城小医院检查了一下，肋骨折了三根，不得不回铁匠铺休息。铁匠铺是郭尚德建立的地下联络点。为了保护这个联络点，郭尚德尽量不待在这里。这次受伤，他需要养几天伤，不得不住下来。

秦皇岛是东北进入华北平原的交通要道，1935 年，日本占领山海关，对这里实施了严厉的全面封锁。因为日本的入侵，学校里的学生躁动不安起来，敌对情绪就像一堆堆蓄满了能量的干柴，稍有风吹草动，立刻成为熊熊大火。最可怕的是这些单纯的学生有天不怕地不怕的秉性，弄不好就会出事。不能眼看着这些孩子吃亏或成为无谓的牺牲品。郭尚德喜欢家里唯一的男孩子侄子铁锅，也喜欢高俊，长时间的相处，他把高俊也当成了亲侄子。看到高俊和铁锅下了决心，他知道阻挡不了这些孩子们去参加抗日了，不能让高俊、铁锅和那些想去抗日的单纯的学生吃亏走弯路，郭尚德决定立刻出手相助，把他们引上正道。

高俊不知道郭尚德的心思，他脑子里在想着学校里的事。他说：“叔，您早点儿休息，我先走了。”

郭尚德说：“你先别着急。你们准备到哪儿去抗日？”

高俊一愣，摇摇头说：“具体的还不知道，今天说好大家先回去看看能不能筹点儿钱。”

铁锅插嘴补充说："走哪儿算哪儿，反正是去抗日。叔，我们肯定是要走了。我们就想去东北参加抗联去。"

郭尚德点点头，表示同意地说："那就到东北参加抗联去！"

铁锅有些不相信地问："叔这可是你说的。你得帮我们，你还没跟我们结工钱呢。"

郭尚德笑了笑，说："我说的。高俊你先回去看看有多少人要走——是真心要走的。路费叔来想办法，老叔我真还欠着铁锅和老舅的钱呢，结了账我再添点儿够你们路上用的了。"

高俊站起来说："那我先回学校，把情况了解清楚了来跟老叔说。"

六

快到学校时，高俊远远就看到学校大门口有些异样。天还没完全黑，学校的大门关闭了，门口堵了一群人。走到门口才知道站在门口的是出了校门的学生。问了一下，说是出来的学生要由自己的老师出来领人，说明白出去干了什么。正纳闷时，有人捅了捅他，回头一看，是同年级不同班的学生刘昌运，他成天嚷嚷着要去抗日打仗，今天也是出去联络学生筹款的。

“你怎么也给关到外面了？”刘昌运惊奇地问。在大家的眼里，高俊是学校里出了名的好学生，是不应该出现在任何违反纪律的场合的。

“咋，不让进了？”高俊不解地问。

“你不知道？昨天就通知了的，今天下午学校又紧急开会不让学生随便出去了，特别不能过夜，出去的人回来要老师来领。这不，门关上了，得老师出来领了。”刘昌运是个大炮嗓门，一下吸引了大家的注意力。没等高俊再问，学校的大门打开，出来了几个老师。高俊的班主任柏贵成一眼看到了他，过来奇怪地问高俊：“你咋也在这儿？”说着看了刘昌运一眼，又警觉地问，“你俩怎么在一起？”

刘昌运学习不太好，也不用功，行为做事高调爱抬杠，爱出风头。高俊知道柏老师不怎么喜欢他，赶快解释道：“柏老师，我们在门口碰上的，我回家去了……”

“你回家不是和我请假了吗？”柏老师打断他的话，对看门人说，“这是我的学生，回家凑学费去咧。”说完，拉着高俊进了门，说，“我找你好几趟了……你得赶快跟我去写大字，学校明天一大早等着用呢。”

说高俊学习好，最直观看到的是他写得一手漂亮的柳体毛笔字。很多老师家里遇上个红白喜事、过年过节都请他去写字。学校里开会有活动也让他去写大标题和标语。高俊喜欢写字，非常乐意去帮着写。但今天心里装着郭尚德老叔交代的事，要急着和同学商量，便想推掉柏老师派给的活儿。高俊说：“我还没回宿舍，等会儿去中不？”

刘昌运想随着高俊进校门，也跟着说：“我也去帮帮忙。”没等他说完，柏老师赶忙推开他说：“可不用你！”说着拉着高俊就走。高俊扯着刘昌运对老师说：“他想和我回宿舍，我们还有事呢。”

一听这话，老师眼睛立睖起来问道：“你和他有啥事？”

“啊……”本来高俊拉着刘昌运和他一同进来是想相互问问回家准备费用的事，看到柏老师明显不愿意让刘昌运和他来往，再加上柏老师一追问，他一时竟答不出话来。

柏老师拽着高俊边走边压低声音说：“我可跟你说，你不能和这个刘昌运接触。最近学校很多学生不见了，也没回家，这几天有的家长就找来咧，跟学校要孩子，把学校给告咧！今天一早警察所也来人，说最近走的学生去参加了反政府的组织，把校长带走了，下午才放回来。学校刚开会咧，说是要整顿学校的纪律，刚公布了现在出门要请假，不能在外过夜的告示，过了点从外面回来了还需老师领进来。对于有些学生要严加看管，还要查有没有人指使。这个——”老师指指身后，“这个刘昌运，是排在被监管的前几名的，弄不好就被抓喽！可不敢和他弄到一块儿，听到了吧？”

高俊听得心里直紧张，怀疑是不是老师们看出了他们筹划着要离开学校的行动。仔细想了想，觉得一切都还是想法，也没什么行动呀，于是平静了一下，不再坚持拉着刘昌运跟着自己一同进校门，自己跟着柏老师进了学校。

这个柏老师年龄五十来岁了，教了一辈子的书，老母鸡护小鸡一样护着自己的学生。柏老师特别偏爱高俊，但最近，高俊觉得心里的话跟柏老师说不清楚了。老师总是让他们好好学习，现在日本人都侵略到国家了，还能好好上学吗？说了老师也未必明白。谁不明白，日本人到咱这干啥来了？想着想着，高俊生起气来，愤愤地说：“反正我不学日语！”

这个话题的弯儿拐得有点儿大，柏老师没听明白，愣愣地看着高俊，半天才吭吭哧哧地说：“日语……啥日语啊？”过了好一会儿，他明白过来说，“哦，学校是说开日语课来着，还没说死吧？”

“都已经开课了，还要咋说！”高俊不满地说。想到非要大家学日语，高俊心里一肚子火，但看到柏老师那一脸的无辜他心里又软了。是呀，学校让学日语，老师能有啥办法！想到这儿，高俊问道：“柏老师，叫我去写啥？”

学校明天要开大会，写横幅和标语，还得布置会场。

柏老师把高俊领到操场，操场靠北边摆了一排长桌，桌上放着一摞一摞用书本压着的纸。没有灯，只有明亮的月光。柏老师小心地把纸集中起来，说：“还不老少呢，搬哪去写呢……要不搬我家去？”

柏老师家就住学校对面的平房里。

高俊说：“就在这儿写吧。”

“那中？黑灯瞎火的。”

“这不是写大字吗。月亮挺亮，看得见。”高俊想着，只要在操场上，学生来来往往的一会儿就能看到他。等老师走了，在这儿就可以问大家准备的情况。

要写的标语本不算太多，高俊心里有事，就感到活儿越干越多。看着那么一大沓子的纸，他心里不由得有些急躁起来。

“不要着急啊，一会儿会有其他同学来一起干。”老师说着四下看看，“要不我去找几个同学来帮帮忙，明天一早好用。”

“嘿，高俊，黑灯瞎火的干啥呢？”高俊抬头一看，正是他着急找的高中的学生林至。几个同年级同学也在找高俊，听到叫他的名字也都站住了。

“呀，我正找你们呢。”高俊高兴地说。

“干啥呢？”柏老师走过来，严厉地看着林至。林至也曾经是柏老师的学生，是学校里学习成绩拔尖的好学生，也很活跃。不知为什么刚刚被列进了怀疑参与反政府组织的名单。柏老师不希望自己曾经教过的学生出事，便压低了嗓门问，“你不是离开学校了吗？干啥又回来咧？学校还找你呢。”

高俊有事要和林至说，他怕老师把林至轰走，赶快打岔说：“明天开大会，让写字呢。林至，你们也帮帮忙，这么多活呢！”说着，高俊趴在林至耳边压低声音说，“我正着急找你们呢。”

“帮，帮！”几个学生一起上来，找柏老师讨要活干。

趁着乱劲儿，林至悄悄说：“不知道怎么回事，我已经被盯上，学校不让我回来了。”

“啊？那你还回来干啥？”高俊吃惊地说。

“别嚷，别嚷。”林至摆摆手说，“我来找你呀！咱不是说好了在学校碰头吗，我哪能不回来。钱凑得咋样？”

高俊咧嘴一乐，说：“妥了！”

“怎么个妥了？筹了多少钱？你们决定去哪儿了吗？”林至一连串提了几个问题。

“全部解决了。”

“全部？全部是什么？”林至不明白了，问道。

没等高俊再回答，在给其他的学生分配任务时，眼睛却一直盯着林至的柏老师这时插话说：“要帮忙就好好干一会儿，不喽就趁早走，别嘀嘀咕咕说小话。”

高俊刚想说什么，林至抻了他一下，对柏老师说：“我们什么也不说，我只帮忙干点儿活儿。”

柏老师摆摆手，说：“不用你帮忙咧。”说着叹了口气，“林至，你都已经离开学校了，不如就走吧。我看今天的情况不对呀。校长回来说了，对你们高中班的要严加看管，看到带头闹事的直接送到警察所，你们走的也就走咧，总之不能再拐带走他们初中的学生了。高俊他们还小，可别祸害他们呀。”

“老师，没人祸害我们。”老师的话有点严厉，但也还是含着对学生的担心，高俊还理解不了老师的苦心，忍不住想为林至说话。

林至扯扯高俊示意他别反驳老师，说：“行，老师，我听您的。不过今天也太晚了，这儿的活儿挺多，我先帮着干干，明天一早就走，行吗？”

柏老师坚决地摇着头，他不想让林至和高俊这帮初中孩子接触。这两天学生不停地消失，既不跟学校打招呼，也不回家，出了事家长来找孩子，都是找学校，学校就来找老师。柏老师说：“你不如现在就走。我刚才出校门是想回家拿点蜡烛，看见高俊了，把拿蜡烛的事给岔开咧，我得回家去取。走，我回家取蜡烛，顺便送你出去。”柏老师说着，上去拉林至。

林至还是不愿意走，说：“柏老师，我还没吃饭，我再等等同学给我带点儿吃的，吃完就走行不行？”

听说学生没有吃饭，柏老师马上说：“啊，你这么着，跟我上我家，让你师娘给你做口热乎的吃。”柏老师家是学生们常去的地方。

其他学生听了，说：“柏老师，我们也没吃饭咋办？”

柏老师犹豫了。他不怕学生们去他家吃饭，只是今天天晚了，已经快晚上九点了，老伴身体不好，怕影响她休息。想了想，他说：“我去取蜡烛，顺便带点吃的来，你们等着。”

柏老师的身影刚刚消失，林至迫不及待地问高俊：“你刚才说全部解决了，是钱都解决了？到底解决了多少？”

“我还不知道要走几个同学，没法算计。”

林至想想又问：“也是，那你们初中的学生到底走多少人？”

高俊两手一摊，说：“我这刚刚回来，啥都顾不上问就让柏老师给带这儿来了。”

“即使走多少人还没有最后统计，费用恐怕不是十块八块的。你不是闹着玩的吧，有准谱没有啊？”

“钱没问题。”高俊肯定地说。

林至似乎有点儿不相信，说：“那这个钱是什么钱？”看到高俊没明白，林至又提示说，“是亲戚的还是谁出的钱？”

高俊没说话，他不知道怎么说。要说老叔也算是自己的亲戚，可是论起来还真说不出是啥亲戚，另外没必要说出这个来吧。高俊呆愣愣地看着林至，一时不知道说什么好。林至转了话题，问道：“准备去哪决定了吗？”

“也还没和大家商量。”

林至说：“咱们不是商量过了吗，就去东北。”

林至的哥哥是国民党的新晋团长，前不久带兵经过山海关时林至跟他说自己想去东北抗日。他哥哥很赞成他去抗日，让他多找些学生一块儿到他的部队来。林至已经在同年级的高中学生中叫走了一些同学，听说初中的学生也都想去抗日，便在学校里找高俊，让高俊发动同学，跟着他去参军。高俊一听，对林至说："我们是想去东北，去参加抗日联军。"

"啥抗日联军呀，就跟着我参加国民党军队。"林至干脆地说。

"国民党抗日不？"

"当然抗！不抗日咱再去找抗日联军！"

"行。"高俊高高兴兴地说，"我们就跟着你了。一会儿同学来了我和同学商量，就跟你走。"

林至和高俊正说着，听到远远传来柏老师说话的声音。林至说："柏老师来了，我还得等人。一会儿你得想办法让柏老师先回去，今天晚上咱们只能在操场上商量事了，完了我们得赶快走。"

柏老师回家一路上心里都不踏实，担心他的学生出事。社会上太乱，借着去抗日这个话题都来拉这帮心地单纯的学生。他教的高俊这一班的学生就要初中毕业了，家里送孩子来上学不容易，咋着也得让他们上完初中好好毕业了啊。

柏老师回家拿了些馍馍蒸热了，又煮了一锅咸鸡蛋，脚不打地地匆匆赶回学校。

七

柏老师拎着食物往操场走来，远远看到刘昌运。刘昌运不是他班里的学生，柏老师不想跟他多说什么，便想绕路走，不想刘昌运迎面走来，叫道："柏老师！"

柏老师点点头没停下脚步，刘昌运说："柏老师，刚才我听见林至在劝说高俊离开学校跟他去参军。"

柏老师停下来，皱起眉头说："是吗？去哪儿参军啊？"

"东北。还叫高俊动员班上的同学一块儿去。"

柏老师有些着急，说："那不中！"他刚想走，突然疑惑地问，"不是，你跟我说这干啥？你们不踏踏实实学习……"柏老师拉开架势想教育教育刘昌运，刘运昌却转身跑了。这个学生就是这么不招人待见，不明不白，不知道他天天想啥。这时，年级教务长李胖子走来，他似乎有什么急事，拉着柏老师说了起来。

刘昌运根本不想听柏老师说教，他也在学校拉人。本来，他听说同学想去抗日，准备回家去要钱，他家在秦皇岛东边山海关附近的刘辛庄，是村里最大的富裕户。他家里有产业、有地。他爹听说他回来要钱不但不给，还拍桌子嫌他爱花钱。当问他要钱的用途时，听他说是想和同学们一起去参军抗日用，他爹不说话了，想了想跟他商量，让他把学校里想去参军抗日的同学集中起来，拉他们村里来，他早就准备在村里成立民团了，如果儿子刘昌运能带来同学，正好让他挑头组织民团，组织民团的费用都由他出。刘昌运一听高兴坏了，这样既解决了费用，又能满足他想挑头的心愿。

刘昌运回学校的路上碰到匆匆忙忙赶路的林至，没等林至问，刘昌运高高兴兴地说同学的费用解决了，但需要把人集中起来到他老家刘辛庄去按人头发。林至听着觉得有点不明白，还没问，刘昌运自己得意地说，他爹要在村里组织民团，所以费用全部包了。刘昌运还在兴奋地诉说，只见林至脑袋摇得像个拨浪鼓，说不行不行，绝对不行。

刘昌运亢奋的情绪受到了打击，生气地问："怎么不行？不是为了解决费用吗！"

"这叫什么解决费用？你拉人是去给你家看家护院。"林至不客气地说，"我现在没时间和你多说，你自己好好想想，咱们空下来时再聊。"说完，林至走了，扔下刘昌运站那儿生气。刘昌运没有去想林至说话的含义，他现在一心一意想的是怎样把同学拉到他的老家刘辛庄，由他挑头组建一支民团。

有了这次和林至的交谈，刘昌运开始想着怎么对付林至。他自己知道他的影响力远远不如林至，他得设法轰走林至。有了这个想法，他盯着林至和高俊的一举一动。刘昌运匆匆来到操场，看到林至在学校还没走，正在和高俊商量什么，便开始担心，怕林至跟高俊说什么，影响他拉人的计划。刘昌运跑过来搂住林至说："现在我和你都有危险！说是咱们鼓动学生离开学校，要把咱俩抓起来送警察局，咱俩干脆走吧。"

林至点点头，说："把这儿的事说完马上就走。"说着，林至站起来，看到了往操场赶的柏老师。他又蹲下来，对高俊说："高俊，柏老师回来了，今天晚上咱们只能利用操场这个地方商量事，完了我们得赶快走。"

高俊也看到了柏老师，说："那你俩往里边黑的地方先躲起来，别让老师看见你，等下统计了同学中要走的人数你就赶紧走。"高俊说着，放下手里的笔，去迎柏老师。

柏老师手里端着个锅，像是累了，动作明显缓慢。月亮再大，也是晚上，朦朦胧胧的，看东西比白天还是费劲。柏老师先扫视了一圈，没有发现什么，便问高俊："林至呢？"

"他走了。"高俊说。

柏老师松了口气，放下手里的锅，聚精会神地检查写好的大字，一幅一幅折好摞起来。

"柏老师，这大晚上了，要不你先回去吧！"高俊劝道。

"不中哇，明天一早要用。再说，听我家属说，学校刚才到我家通知说晚上学校还有事。"

"那柏老师你回家吃了饭了？"

"我吃了。"柏老师拿起一条条标语，从眼镜上半部的空当看着。他突然意识到还没把饭给学生，扭头问："高俊，我给你们带饭了。锅里是咸鸡子儿和馍馍。"说着，柏老师把锅盖儿打开，招呼着其他学生说，"来来，大家凑合着吃点儿。"

高俊在铁锅那里吃饱了，他拿了个咸鸡蛋捏在手里，正不知怎样劝走柏老师时，教室西边出现了很多纷乱的人影，好像都是老师。他说："柏老师，老师们都在那边集合呢。"

柏老师探着头看了看，说："嗯，说是今晚有事。我过去看看。"说着走了。走了一半，他又折回来，叮嘱道，"爬高的事不敢干呀，大黑界儿的，别再摔喽。把字写完用石头压上，明天一早再挂上，来得及。"柏老师抬起腿又想起什么来，回头盯着高俊问道，"林至真走了？"

高俊愣了，他以为柏老师发现了什么，一时不知道怎么回答。没等他说话，柏老师又说："他是从大门走的？应该和我走个对脸，我怎么没看见他呀？我跟你说啊，他必须马上离开学校，对谁都好。他不能在学校里直接鼓动学生离校，责任谁担啊！对不？"正说着，教室那边吹哨子了，柏老师抬腿赶了过去。

老师一走，林至和刘昌运从操场主席台堆放的桌椅板凳后面走出来，说："在学校里，咱们是真没地方可以商量了。宿舍是一个年级住的大通铺，说话不方便；厕所，人来人往的也不行。就利用这写字的时间可以商量一下。"

高俊打断他的话，说："现在快说吧。是不是该按多少学生走算费用？"

林至思索了一下问高俊："你们年级有多少人走？"

高俊说："今天我们光急着找钱了，走的人数还没弄清。"

刘昌运插话说道："我统计的人数在这儿呢，没统计完。我说高俊你那帮同学不相信我，特别是侯新春，跟我也不说实话，所以这个人数只能参考。”说着，拿出来张字条递给高俊。

“他们是没法相信你的！”林至说。没等林至说下去，刘昌运拉着他说：“我改主意了，我把筹到的钱从我爹那儿要来带在身上总行吧？”

林至看着刘昌运点点头说：“那还行吧。”

高俊没注意他们在谈什么，他很肯定地对林至说：“我们的路费没问题了，就差再落实一下我们年级要走的人，清楚了到底有多少人走就可以落实需要的钱了。”

“我能不能见一下你这个亲戚？”林至说。他对高俊能落实路费有些将信将疑，所以盯着又追问了一句。

“中。明天我问问吧。”

“别只是问问，我见见心里有把握。明天直接见吧，在哪儿见？”

“明天，嗯……”高俊虽然总是去铁匠铺，可具体地址却说不出来，那里拐弯抹角巷子南北方向不规则，也没有具体的门牌号码和地址，根本无法表述。

看他吭哧了半天没说明白地址，林至起了疑心，笑笑说：“保密吗，这人叫什么呀？”

高俊再一次尴尬地笑笑，他一直叫郭尚德老叔，还真不知道他的全名。他两手一摊，说：“有啥保密的，你也没问这些嘛。”

刘昌运不想让他们再谈下去，抓起林至，说：“刚才你听到柏老师的话了吧，咱们得赶快离开这儿。明天一早你在校门口等我们，到时高俊带你过去，不就都明白了吗？这样还不行？”

“也行。”林至点点头，接着对刘昌运说，“你催什么，抓谁呀抓！认真起谁怕谁呀！”林至的哥哥是国民党的军官，亲大伯是县里商会的会长，他有什么可怕的。

高俊插话道：“你先别犟这个吧，你都走了，啥事又回来了？要是为我们商量好的去打日本人的事，你得先保证自己不出事。你还有别的事不？你在学校外面等我们不一样商量事？你看咱们已经联系了不少同学，钱也有了，下一步怎么办还不知道，还非得去招事让人给抓喽？你被抓喽我们咋办？你咋想的！”

林至点点头说：“对，对，你说得对。”

教室那边噼噼啪啪鼓起掌来，还喊起了口号。

刘昌运抢着说："走吧，一会儿真来不及了。"

林至点点头说："高俊，明天一早咱们学校门口见。两件事，第一要弄清楚你们要走的具体的人数；第二你一定要带我见到你说的那位出钱的亲戚，把钱落实后拿到手里。"

"行，行。"高俊点头答应着。

刘昌运说："大门肯定是没法走了，咱们只能从学校围墙翻出去。"

正说着，教室那边的人呼啦啦散开，拿着火把朝操场走来。

刘昌运拉住林至，说："你从这儿一直往北，到学校后面的仓库那里，那里的墙能爬上去；我从西面走，咱们明早在学校门口见面。"说着，刘昌运和林至从台子后面溜了。

拿着火把来查房的人是柏老师带来的，他检查了高俊他们写的大字后不让他们干了，说："赶紧回宿舍睡觉，不能再出宿舍。"

往宿舍走的时候，高俊同班同学侯新春说："高俊，你今天亏了没告诉林至出钱人的详细情况。"

高俊没对林至说清楚是因为他真不知道，听侯新春这么一说他有点奇怪，问："为啥？"

"不为啥，我就是觉得我们走要自己管着钱，他愿意给我们指指道可以，不能让他接管钱呀。还没有找到抗日队伍，谁知道他是幺是六是咋想的哇！"

高俊想想，恍然大悟地点点头说："对呀，我还真没想那么多。"

"你就是太实在，现在可不能太实在了。"侯新春认真地说。

"对对。"高俊连连点头表示同意。

旁边的同学李力锋插嘴说："小猴子就是小猴子，马蜂窝的心眼子。"

侯新春很认真地说："那不是！他们高年级的同学从来没看得起我们过，总想占我们便宜，这个时候了什么事都得多想想。别让人家给咱们卖了咱们还给他数钱。"

侯新春又瘦又小，非常机灵，一双明亮的大眼睛一转一个心眼，大家都叫他小猴子。

"那也不至于。"高俊说。

大家说着话回到宿舍。宿舍门口有几个老师堵着门，清点了每个同学才放他们进去。

他们的宿舍里有两排能睡下百十个人的大通铺，整个初三年级三个班的男生都睡在大通铺上。

这一天的时间突发了这么多事，高俊又跑了几十里的路，他又累又困，脑袋刚挨上床，眼睛就睁不开了，躺在只铺了席子的铺上睡了。就那么一会儿工夫，睡得正香时，有人使劲摇晃他，他睁开眼，半天不知道自己人在哪里。

“你咋睡得这么死？”好几个脑袋围着他说。高俊愣怔了半天才缓过神来，突然一惊，坐起来说：“刘昌运，你怎么没走哇？”

“我就在墙头找了个地方躲着呢，看着查房的老师走了我才过来。他们想抓我可没那么容易。”刘昌运满不在乎地撇撇嘴，接着告诉大家，“林至已经走了，我看林至从墙上跳下去后走路一瘸一拐的。”

高俊彻底清醒过来了，说：“咳，别说别的了，这都几点了，咱们现在赶快联系同学吧。”

要走的初中学生都在这个房间里，他俩开始拍醒有意愿要走的同学。一吵吵，大部分全醒了，高俊一看太乱，劝真心实意要走的到外边说去。到了外面，高俊开始统计人名，刚把人数人名对好了，房子外来了一群胳膊上箍着白毛巾的人，走在前面的是年级教务长胖子李老师。看到学生这大半夜的站在宿舍外面叽咕，李老师便厉声问道：“干啥呢？大半夜的不睡觉！”

高俊赶快把刚对好的名单塞进贴身的裤兜里。

“问你们哪，干啥呢？”

“我们这……还没睡着呢，屋里热。”憋半天高俊说了句话。

“这天头还热？没睡着在床上躺着！大半夜的在外边干啥？前面女生宿舍里有人说刚才有个人从墙上跳下来了，你们看到没？”

“没有啊。”高俊话音刚落，同学们也跟着说没有，嘻嘻哈哈像是起哄。

突然，一个老师指着缩在后面的正想进屋的刘昌运说：“这咋像刘昌运呢？你出来！”老师们的火把一齐对着他，“呀，可真是刘昌运！学校正在找你呢，出来出来。”说着要过去拉人。小猴子狠狠地推了一下旁边的李力锋，没防备的李力锋差点摔个跟头。没等李力锋发火，小猴子搡着李力锋和其他同学一拥而上拦住老师起哄。

高俊回头示意刘昌运快走，刘昌运转身往墙边跑。老师们被这帮学生拦着过不去，看到他跑的方向是墙，也不着急了，说："看你往哪跑。跟你们说啊，这小子是警察所要的人，你们可别犯大错。"

胖子李老师是负责教务的，学生们不怎么认识他，也就没有了惧怕。"噢——噢——"这帮初中的小孩根本不听老师说什么，围着老师起哄。这么一闹，屋里的学生全出来了，没穿好衣服也没弄明白什么事，一哄而上跟着"噢噢"。老师们眼睁睁看着刘昌运不慌不忙爬墙上房跑了。

李老师气得笑了起来，用手点点这个，点点那个，最后指着小猴子说："你，人小心不小啊，敢把警察所要抓的人放走。等着，就看你们怎么交代吧！他走咧，那你跟我们走吧。"

学生们拥上前来围住他还是"噢噢"，后面的人推前面的，推得李老师根本站不稳。高俊趁机把小猴子拽到后面去了。

整个场面乱哄哄的，直到校长带着所有在学校的老师赶来，才给分开了。问原因，谁都不吭声。李老师把情况说了一遍。校长一听刘昌运来了，奇怪地说："这个屋咱们刚才都检查过了，没发现啥情况呀，怎么会看到刘昌运呢？"随即他恍然说，"那就一定有事了。"说着，他问道，"谁挑头闹事呢？"

李老师有时给高中的学生代课，初中的学生不认识几个。高俊常常去给人写大字，他是认识的，于是他问道："高俊，刚才你们这一个小个子的学生哪儿去咧？就刚才在这儿上下蹿腾着挺折腾的那个。"

"谁呀，没见着呀。"李力锋看了高俊一眼，认真地说。

"找啥小个子，就找你！"校长点点头指着高俊说，"高俊，不睡觉在院子干啥呢？"

高俊的脸涨得通红说："没干啥。"

"高俊，你一直是学校里的好学生，不会不知道学校规定睡觉的时间吧？你还是免费生，乡亲们省下粮食拿来供着你上学呢，要知恩图报！你好意思和刘昌运这号的混到一块堆儿呀？刘昌运真的来你们这儿了，事儿可就大了，你知道警察所找他干啥？啊！刘昌运通匪反政府！你说说，他有啥事？不说？不说明天一块堆儿上警察所说去。跑咧，跑咧就中？我不找别人，奏找你，高俊！今天的事你负责。天忒晚咧，先睡觉。明天你必须说清楚今天晚上刘昌运到你们宿舍来干啥了？在外面不睡觉嘀嘀咕咕的都有谁？说啥事呢？说清楚了你还是好学生，说不清楚有地方让你说清楚！散了！”校长连哄带吓唬地说了一通走了。

高俊从来没被批评过，这一次大庭广众之前被数落得无地自容。回到宿舍，小猴子和李力锋蹭到他身边。小猴子问道：“咋办？”见高俊没吭声，小猴子接着说，“现在别因为校长说了几句你还顾自己的面子，奏说接下来咋办吧？”

李力锋说：“要我说，反正是定了要走，干脆现在就走了算了，还磨叽啥？”

都没和老叔商量好，这些人出去在哪儿集合？高俊心烦地转过身去。李力锋看到高俊不想说话，趴到床上看了他一会儿，太困了，趴着就睡着了。猴子还想说什么，也困得眼睛睁不开了，说的话开始颠三倒四。小猴子刚迷糊了一下，被高俊拍醒了，说：“李力锋说得对，不如这样，要走的人基本上咱们都知道了，明天校长肯定找我麻烦，反正咱们定下的是要走了，干脆现在就走！也翻墙走。那个胖子李老师不一定记得住你，但遇事你不要再冲在前面了，听到了？”

“那我跟你一块儿走了得了。”小猴子说。

不行，你得在这儿负责联系同学。我先去联系一下外边的事，到时我来不了叫铁锅来找你。

铁锅经常到学校来找高俊，和小猴子等好多同学也熟悉。两人商量好了，高俊趁着天还没亮，也翻墙走了。

八

高俊来到铁匠铺，天还没有亮。刚进街口，和铁锅碰上了。

铁锅问他：“你怎么来这么早？”

“别提了，”高俊把昨晚学校发生的事讲述了后，说，“现在没有退路，只能走了。”接着他问道：“你怎么起这么早？”

铁锅着急地说：“我是着急要去找你。老叔让我务必告诉你，千万不要提老叔，也别说铁匠铺，他现在有伤，出不去，在铺子里养伤，可别带同学去咱那儿。铁匠铺这两天关门歇业。”

“啊？”高俊愣了一下。

“你跟人说了？”铁锅紧张地问。

“我想想，”高俊仔细想了一下，摇摇头说，“没有！”再想想，还是摇摇头，肯定地说，“没有，是还没来得及说……怎么了？”

“我也不太清楚，等回头问问老叔。”

“这么早要不先进屋歇歇？”铁锅说。高俊想了想，摇摇头说：“现在歇不了。我得出去找个同学们离开学校后落脚的地方。走，咱俩出去看看。”

一大早晨，整个县城还没醒过来。高俊和铁锅围着县城走了一圈，来到县城南边的一个小饭馆，要了烧饼豆浆，吃了饭后他们出门发现这个小饭馆比较冷清，再往南走离饭馆不远有一个大车店。再往南，没有了店面，只有几户人家，连接着敞亮的田野。

“我看这个大车店就不错。”高俊说着看了看大车店。大车店的房间有小间房和大房。大房和他们在学校的宿舍差不多，搭着大通铺，能住下几十个人。

“嗯，是，这地方集合人马不错。”铁锅点点头，赞同地说。

“那咱们就把大车店这地方当集合点儿吧，出城也方便。”高俊说，“我回不去学校了，咋通知同学们呢？”

“我去。”铁锅自告奋勇说。

“嗯，也中，中！你进学校去找一下侯新春，我们班上的，你不是和他也挺熟悉……对，就是他，小猴子，你和他说一下，同学们家不在县城的，先住在这个大车店，最后走时就都从这里走。我的行李如果能拿出来也放这儿。”

“行，那你在这儿等着我回来。”铁锅说着走了。

高俊一个人爬上大通铺，因为这几天太累，缺觉，等着等着睡着了，直到铁锅拎着他的行李回来叫醒了他。铁锅说：“学校已经停课了，对每一个学生开始登记，通知家长来领人回家呢。我进去还挺容易，出来时费了好大劲，也是翻墙出来的。你的行李是小猴子他们从墙里扔出来的。”

“那他们还能不能走了？”高俊紧张地问。

“他们说能。到时来这儿集合。”铁锅安慰着说，“他们要想走，怎么都能走。那个小猴子的外号谁给起的，还真是的，心眼忒多，他肯定有办法，你别费心思了。你的行李要不要打开？”

“那说什么时候走了吗？”高俊还是不放心。

“今天他们联络同学商量，估计今天不一定走得了。你这一走，校长让每个班的老师盯着学生，盯得挺死，都通知了家长，说等家长一来学校就不管了，让家长领走，爱去哪儿去哪儿。”

“家长来了就更走不了！他们宁肯让自家孩子回去干活，也不会同意让孩子去打仗呀。行李先别打开了，放在这儿占个地方就行。”高俊有些郁闷。

“那就只有咱们俩，回铁匠铺吧。”铁锅对高俊说。

“嗯。”高俊点点头，“今晚估计小猴子他们来不了，咱们就回去吧。”

高俊和铁锅一块儿去大车店店主那儿交了钱，留了一些衣物占了个铺，又给小猴子留了张字条。天黑了，两人一起回到铁匠铺。

郭尚德见了他俩，开玩笑说：“亲成这样，一会儿都分不开？不兴一个一个回来？”

郭老叔是含着批评的意思，嫌他们俩半大小子一起傍着走，说话也不知道声音小点儿，出入有点显眼。这一黑一白的半大小子听不出来其中的批评，相视嘿嘿一笑，说：“我们饿着肚子呢。有饭没，叔？”

老叔就爱看铁锅咧嘴笑，一笑露出俩酒窝，要多喜兴有多喜兴。看着铁锅的笑脸，老叔吃了蜜似的心花怒放，嘴巴咧到耳朵根了，说：“有！我俩侄儿来了能没吃的？把我炖喽也得让我俩孩子吃上饭不是？你老舅早把饭做好咧，等着你们吃呢。炖的鸡，你们那没脑袋的鸡卖不出去啊，炖咧。老叔我也得尽快养好伤，你们俩正是长身体的时候，咱就不指着这没头的鸡发财咧！”

老舅端上来一笸箩熘得焦黄放了黑豆绿豆玉米面的杂和面饼子、一大海碗鸡肉、粉条炖酸白菜，香味扑鼻。老舅温了一壶老白干，问铁锅和高俊：“喝口？”

他俩相互看看，眨巴眨巴眼。铁锅伸手接过酒，说：“喝就喝，怕啥！”说着，抿了一口，忍住辣咽了下去，点点头说，“挺好。”

这是他们第一次喝酒。高俊有点渴了，喝了一大口，这一口可给他呛着了，脸憋得通红，吭吭直咳嗽。铁锅得意地笑了。老叔夹了个鸡腿放他碗里：“还喝不了呢，咽这么大一口，赶紧吃口菜。”

高俊紧着扒拉了几口菜，又吃了个饼子，才缓解了。郭老叔拍着他的背，问道：“学校的事咋样了？”

高俊揉着胸等咳嗽过了介绍了一下学校的情况，突然想起来问道：“老叔，共产党好还是国民党好？”

郭尚德愣了一下，不知道高俊为什么提出这么个问题。1935 年初是国民党一党专政时期。郭尚德在 1934 年参与铁路工人大罢工遭到通缉，他的工作转入地下，从东北撤回来。此时的华北处于日本人急于争夺的最前沿。郭尚德在为组织筹措资金和筹建地下兵工厂，对个人的身份高度保密。高俊冷不丁问这么个问题让他挺诧异，他问道：“咋问出了这么个话题？”

“我们要走的高中学生让我们去参加国民党，还有的要我们参加民团，我们不了解那些个党，想知道哪个好。”

“这……咋说呢——往大了说，这是个信仰问题，对你们来说，是和你身边的人有关系。”郭尚德避开高俊的问题，含糊地说。

“那……是啥意思呢？”

“就是说，你常常和国民党的人在一起，可能会被带到这个党里；你和共产党的人在一起，对共产党了解多些，可能会加入这个党里。还有——”

“那叔你是啥党？我们跟你这个党。”高俊直截了当地说。

“对，我们跟着你，你不能不带我们。你说呢叔？”铁锅附和着说。

郭尚德看着高俊一双微微凹陷清澈的大眼睛，沉默了一会儿，转了话题：“这么香的饭高俊你可没怎么吃，要说老舅做饭好吃，也不如你娘做得好呢，听说你娘能做一手拿得出手的好白席的活儿。”

“啥白席活儿？”高俊问。

“哎，你娘做饭做得好你不知道？就是说做一手好面食，比如馒头、饼、面条、点心、烧饼啦。”

“那算啥。”铁锅撇撇嘴说，“哪个老娘们儿不会，我还会呢。”铁锅的娘去世早，他也会做饭。

“你做的那叫啥！”郭老叔撇撇嘴，“做饭，一个好厨子，那是一门手艺。”

“我做的饭可好吃呢！”铁锅认真了，眼瞪溜圆说，“不信明天我做给你吃。”

“拉倒吧！打个鸡蛋，啪啪地打得挺使劲，该往锅里炒了，碗里没了全抡地上了。”高俊揭着他的老底说道，两人哈哈笑起来。

郭尚德看了眼他们，拿着烟袋烟锅慢慢走到院子里，点着吸了一口，看着满天的星斗，脑子里飞快地过着这段时间发生的事。他从东北回到关内，一是处理家里大哥的后事，还有要在这一带给东北铁路抗日的共产党筹措资金蹚开一条路，找机会看看能不能建起地下兵工厂。侄子铁锅和高俊这些小青年要去参加抗日队伍虽不是他主要的工作，可碰上了，就得伸手帮一把。

1931 年 9 月 18 日，日本彻底撕下伪善的面具，发动了侵占东北的战争，眼瞅着整个东北迅速沦陷。郭尚德加入抗日运动，一开始参加民众自发的自卫军，溃散之后他并没有退缩，又参加了南满抗日游击队，顽强地坚持下来。他亲历了东北人民和日本军对峙的无奈。1933 年，他加入共产党，成为坚定的共产党员。回到冀东老家，他很快发现这里气氛和东北完全不同。东北是从武装力量上打不过日本，但群情激奋，抗日情绪高涨。在冀东老家，处处感受到“剿匪剿共”是头等大事，能和日本人做事是有路子，抗日救国的呼声并不高。

目前他最着急的工作是手头有一批想运往关外的武器。看到高俊他们这些积极想参加抗日的青年学生想去东北参加抗联，他决定在帮他们的同时，争取把武器运出去。现在看来，来自各方的势力都在争取这些青年学生，自己得找机会帮助他们走上正路。

抽完烟，郭尚德回到屋里，铁锅和高俊挤在床上已经睡着了。看着他俩沉沉的睡相还是一脸的稚气，郭尚德叹了口气，想：他们还完全是孩子，既要应他们的要求帮他们去前线，也要保护好他们。关口第一道防线就是国民党军队，高俊、铁锅他们年龄小，没有经验，如果贸然跟他们亮出自己的身份，他们一定会跟随自己，选择共产党。他们还不懂得应变，东北抗联目前处境艰难，行动隐秘，如果联系不上东北抗联怎么办？那他们就会落在国民党手里。郭尚德感觉到，对于这些小年轻来说，不管是什么党，就目前的形势来说，抗日是第一的。他决定先不明说自己的身份。

这一夜，郭尚德翻来覆去没睡好。山里的小炼钢厂因为原料不足停产了，供应不了原材料，武器也无法再继续生产下去。

他坐了起来，一动，胸前一阵剧痛，毕竟刚刚受伤三天，行动还不够自如。看来他还得休养几天，这个铁匠铺是组织的联络点，不能作为聚集地。他叹了口气，准备明天找一个地方搬出去。

第二天一大早，高俊接着昨晚的话题追问着说：“叔，你是不是共产党呀？”

“你说呢？”郭尚德看着他，反问道。

“俺们不知道，就是看国民党那派头都是大摇大摆的，特别牛，可叔你……做事不张扬。”

郭尚德哈哈笑了，说：“咱家高俊会说话，你不是说我鬼鬼祟祟的吧，哈哈。”

“不是，不是叔……”高俊不知道怎么解释，脸都憋红了。

郭尚德摸着他的脑袋说：“我知道你想啥，我问你们，如果我是共产党，你们咋选择？”

“跟着你！叔，你肯定是诚心诚意抗日的。”高俊认真地说。

“还有，你是我们的叔哪！肯定跟着你干。”铁锅也说。

“那中，那你们一切都听我的。啥党不党的，先别琢磨这个，我奏是抗日的党。那小日本在东北杀人放火，无恶不作，是个有血性的中国人这时候都该站出来，咱豁出这条命也不能让他们在我们的国家横行霸道不是！但是现在中国国力不行，人家占了咱们东三省，又打到了咱们的山海关。咱们不能光生气，得跟他们干！现在是汉奸当道，你公开抗日，人家抓你，咱们做事必须踏踏实实，团结一切抗日的力量，利用一切能利用的人事，总有一天让小日本咋来的咋滚！”

郭尚德说话抑扬顿挫，高俊和铁锅都喜欢听。老叔笑笑说：“听得挺认真，听懂了没有？”高俊和铁锅相对一笑，没说话，主要是不知道说什么好。

“咱们这个铁匠铺可不能总是人来人往的。这么着，我搬出去，你们还像以前那样。”

高俊和铁锅同时打断老叔的话，说：“老叔——”“铁锅，你先听我说。老叔，我们已经在县里南头的大车店找了和同学的联络点，你的伤还没好，先别动，在铁匠铺歇两天不碍事，大门锁上，有事锅子回来联系就行。”

老叔想了想，说：“倒也中。高俊是可以回来，因为你们以前就总在这儿不是？我琢磨着我是个生面孔，这个冀东呀，说起来是咱老家，按说不该说啥，可这儿汉奸忒多！做事得小心些呀。你们也得小心些，遇事多长个心眼儿。”

有了老叔的提醒，高俊和铁锅做事心里明确了一些，他们吃了早饭，从铁匠铺来到大车店。

九

高俊回到铁匠铺时，小猴子和李力锋还有好几个同学已经到了大车店。猴子一见高俊回来了，责备道："你说你上哪去了，我们昨晚就来了！人家直催我们交店钱，我们身上没带多少钱，又不敢上街瞎跑。学校把家长叫来了，现在老师们不管咱们了，家长来了生往家里拽，真拿棒子抡呀。"

"我没想到你们来这么快。"高俊歉意地笑笑，说，"我去交店钱。"

铁锅拦住他说："这个掌柜的我认识。大车店的人常来铁匠铺找老舅钉马掌，活儿都是我来联系的。我去和他说说，给他点儿定金，最后人到齐了一块儿算。"说着，出去交钱了。

高俊看看来的同学，问道："有多少人？"

小猴子说："现在这儿有十几个人，一会儿刘昌运还带些人来。"

正说着，刘昌运来了，还没进门就大声嚷嚷着说："高俊，弄了半天，你们就这么几个人！"

没等高俊说话，小猴子说："我们这儿有这十几个呢，你呢？我昨见着你就是一个人，你怎么今天又是一个人来了？"

"我来就是问问咱们咋走，是一下全走还是分批走。到底是去哪儿？走的费用凑得咋样了？"刘昌运笑笑，没接小猴子的话茬儿。

高俊想了想说："不是说好去东北吗？就是都去那儿也得分开走，过了山海关再集合。"

刘昌运说："谁说一定要去东北，去哪不是抗日？"刘昌运自己揣着他的打算。他家就在秦皇岛东面的山海关，一过关就进入了东北。自从他爹跟他说眼下不太平，让他把同学招来组建民团，刘昌运真上了心了。他利用学生们想参加抗日打起了主意，想在学校招同学回乡办民团。他说费用由他出，同学中确实有些人让他说动了要跟着他走。他还想说服高俊他们这几个。自从那天让林至呛了一顿，他便不把话说明了，他想着，只要跟着他走，到了山海关就他说了算了。他用没有商量的口气说："那你们跟我第一批走，我带队。"

高俊还没说话，小猴子说："你成天显你能耐，凭啥你带队？"

"你们要是不同意，那咱们就分开，我带的人归我。我来就是和你们说一下，也问问咱们的同学，有没有愿意跟我走的。"

小猴子噌一下跳了起来，还没说话，高俊一把拉住他说："咱们商量，咱们商量，有啥事不能商量呢？先说你们到底走几个？你们准备路费了没有？"

听高俊这么一说，刘昌运态度好些了，说："我们的路费没问题，跟我走还可以额外领大洋。"

正说着，李力锋脑袋扎着绷带进来了。刘昌运笑了，说："出师不利呀，还没咋着呢，脑袋让人给开了。"

李力锋是高度近视，脑袋上裹着白绷带把他厚厚的眼镜片遮住了一个。他和刘昌运不在一个班级，平时不怎么来往。两人都是火暴脾气，特别是李力锋，爱打架，谁也不服。眼下他还没听明白刘昌运说什么，只从口气上感到不对，沉下脸立睖起一只眼问："啥？"

小猴子狡黠地笑笑，煽风点火地说："刘昌运说了，要来当咱们的带队队长，带着我们去抗日，每人还给大洋。"

李力锋反应慢点，还是没明白，问高俊："怎么回事，谁带谁呀？"

高俊没理小猴子，拉着李力锋坐在身旁，笑着对刘昌运说："你也坐下，咱慢慢商量。"

"不能！"小猴子插嘴说，"凭啥让他带队，给咱带沟里咋整。我反正不跟他走！"

侯新春和高俊是一个班上的同学，李力锋和他俩是同年级不同班的同学，李力锋和侯新春是要好的铁哥们，他刚进屋，听事听得半明白不明白的，但看到小猴子不愿意，李力锋挣开高俊，站了起来走到刘昌运跟前，指着他说："凭啥跟你走呀？"

李力锋和刘昌运都是大个子，高俊怕他们打起来，站在中间费力分开他们说："这是干啥嘛，咱是来商量事的，又不是来打架的。"说着拽着刘昌运往外走，走到外面时对刘昌运说，"谁带队都行，我们这一帮子你带队也行。你最后还是打算出山海关去东北？"

"对。"刘昌运胸有成竹地说，"也可以先到山海关我家住下，再去东北，毕竟去东北只有这一条路。"

高俊看看跟出来的小猴子，说："我看也行，你说中不？"

没等小猴子说话，李力锋也走过来脑袋摇得像个拨浪鼓，连声说："不中不中就是不中！我告诉你啊高俊，不能跟他走，要不是你招呼，我还不来呢！"

刘昌运不吭声了。高俊对他说："你那儿到底多少人？"

刘昌运露出笑脸，轻蔑地看看高俊他们几个，说："二十几个呢。"

高俊羡慕地说："那真不少，是应该你带队。二十几个人的钱都凑够了？那真不错。"

"所以我说我带队呢。"刘昌运看到李力锋和小猴子同时站了起来走过来，马上说，"这样吧，我找的人我带着，咱们约好时间一起走。"

高俊看看小猴子和李力锋，说："我看也中。"

刘昌运想了想，说："林至那儿的人到底啥时候走呢？"

一句话提醒了高俊，他把和林至在学校门口的约会忘得一干二净。他说："呀，这两天忙乎，把他忘了。现在到哪去找他呢？"

刘运昌马上说："你不用找他了，我帮你和他联系吧。到时候咱们约好一起走就行了。"

"那也中，就这么说。"高俊正好有事与小猴子和李力锋商量，他站起来送刘昌运。

出了大车店，刘昌运还在劝说高俊："你不如和你的同学跟我走，合起来人就不少了，够组成一个队了，我当队长，你当副队长。咱自己组织队伍，想和谁打就和谁打。"

高俊随和地点点头说："也中，我们商量一下，回头就在路北的那个小饭馆见吧。"

高俊回到大车店，没等小猴子追问，指着李力锋的脑袋说："跟人打架了？头咋破了？"

"我爹打的。这家伙，真打呢，啥大仇呀，下这狠手。换上别人，我让他头上出俩窟窿！"李力锋生气地说。从他嘴里，高俊得知，学校决定提前放秋假，通知家长来领学生，李力锋被他爹堵在学校，拿着个棍子连拉带打，他在包扎伤口时溜走的。

小猴子说："这一招厉害，学生让家里拉走了不少。找不着孩子家长找学校，现在是学校和警察所、家长满大街找咱们这帮学生。咱们成了满大街被追着赶着的人了，这事闹的！"

李力锋问道："那你家人怎么没来找你？"

小猴子说："我家人忒老实，反应慢，等他们明白过来我指不定到了哪儿了。"

李力锋说："怨不得你这么机灵，把一家人的心眼都长到你自个儿身上了。"

高俊看了看在大车店的十几个同学，住在这里也挺显眼，觉得还是分散一些好，他和铁锅回到铁匠铺住，走时跟大家叮嘱着说："咱们尽量不要乱跑。"

高俊和铁锅晚上回到铁匠铺，跟老叔讲了这些情况，希望能尽快走。老叔没说什么。

第二天一大早晨，天还没有亮，郭尚德挣扎着想起来下床，一动伤口还是撕裂了般疼痛。他忍了忍，还是坐了起来。看着高俊和铁锅俩孩子睡得正香，他不忍心叫醒他们，一点点往床边挪。老舅住在另外的屋里，这时进来看到郭尚德起来了，赶快过来扶住他，问："起来干啥？"

老舅耳朵背，说话声音大，这一嗓子把高俊和铁锅吵醒了，他俩一骨碌爬起来看着老叔。老叔说老舅："嗨，你这么大嗓门嚷啥呢！你给我找点布条，帮我把身上箍上，我好出去。"

"这中啊？"老舅一边问一边去找布条，找不到，干脆用一件旧衣服扯成布条，帮着郭尚德把上身缠上。一动，郭尚德吸了长气，老舅不忍下手了。

"没事，没事。"郭尚德嘴上说着，额头上沁出一层汗。

“叔，你干啥？”铁锅心疼地过去拦住老舅不让动。

“叔干啥非要出去，有事不能叫我们去办？你怎么着也得歇个十天八天，不然根本好不了。”高俊跟着说，“叔，你信不过我们？”

这么一说，郭尚德停了下来，他想了想，伤成这样即使勉强出门，拐拉拐拉再走几十里山路也是个难事，所以不坚持了。

“真是的，叔，有啥事儿不能叫我们替你办，信不过我们咋的？”铁锅急赤白脸地说，“昨天，俊头他们学校整事，那家伙看得叫一个严，主要是防学生背着家里出走去当兵打仗。我去帮着高俊拿行李，联系同学，不也把事整得明白儿的？”

老叔想了想说：“对对，我这俩侄子事办得不错，得表扬。这么着——”他找了个笔写了张字条递给高俊，说，“你们到这个地方去，疙瘩峪，在大山沟子里，找一个叫赵宝财的人，别跟他说我在哪儿啥的，也别说我受伤的事，就说我这一两天去不了，叫你们去问问，我捎去的矿渣炼了没有，炼出来了让他带着你们去二道岗子村去换东西。你们跟着赵宝财，他取了东西再交给你们。拿了东西，差不多有两箱子吧，你们就帮你老叔我把事完成了。可不近呢，几十里路，咋去呢？”郭老叔寻思着。

“叔你是咋去的？”铁锅问。

“我赶马车去的。不然你们也租个马车去，对，就到大车店租个马车，回来就可以把东西带回来。今天你们的事可不少，你俩中啊？”

“咋不中呢？”铁锅和高俊抢着说。

高俊和铁锅领了任务，单纯的心里没有任何压力和想法，一前一后来到大车店。住店的人都赶早出行，大部分人都走了，就剩小猴子他们那帮学生在打扑克。

高俊说：“进山这事老叔没让咱们跟人说，就不要跟小猴子他们说了。咱俩先去办事，不露面了，省得小猴子他们催问咱们什么时候走。”

铁锅到柜台上问了问，这个大车店还真有车出租，可以租小毛驴车，也可以租马车。马车只有一辆，已经租出去了，说是明天有人要用，钱都交了。

“我们今天白天用，下晚儿就回来。”铁锅拿出银钱递给柜台伙计，和他商量着。

柜台伙计犹豫地收下钱，叮嘱道：“你们晚上准能回来？”

铁锅毫不犹豫地答应道：“能！”

伙计还是不放心，问道：“你们俩会赶马车不？”

高俊愣了一下，铁锅斩钉截铁地说：“会，咋不会！”

“先说好喽，车要是给弄坏喽可得赔……不如这样，我们店里的伙计可以给你们赶车，付脚钱就行。”

高俊不知道铁锅到底会不会赶车，看着铁锅，铁锅没理他，跟马车店掌柜的说：“不用了，我们只租车，自己赶车。”他低声问高俊，“钱还够不？”

“够。叔不是说咱们自己这点钱就办杂事用了吗？”高俊悄悄告诉他，接着问道，“你会赶马车？”

“那有啥不会！”铁锅满不在乎地说，“我见别人赶过，也常坐马车。没赶过也没啥难的，就自己赶！”

高俊一听，着急地说：“不行！老叔肯定是有急事才一大早自己想去，这不他没办法了让咱俩替他去。去的是山路，万一马惊了马车翻了把老叔的事耽误了可就麻烦了。”

听高俊这么一说，铁锅想了想，点点头，说：“也是，我是怕跟个车夫办事不方便。”

两人商量了一会儿，决定还是请个车夫。他们又来到前台，叫了一个车夫。

车夫熟练地给车上铺上了草垫子，吆喝着马车出了门。上了车后，车夫疑惑地问：“你这俩孩子去那深山老峪干啥去？”

“我们串亲戚。”高俊抢着说。

“就你们俩串亲戚还租个车？”马夫一脸皱纹，看上去四十多岁了，挺爱说话。

“我们去走亲戚，回来要拉人拉东西，咋不能租个车呢？”铁锅不满意地说。

“哦，拉啥东西，重不重？忒重喽牲口可拉不了。”

铁锅嫌车夫话多麻烦，说：“那到时再说。不行你走着。”

“我走着？你咋想的！我凭啥走着！”车夫老大不高兴，闭上嘴了。高俊在车上忍不住笑了。

说着走着，翻山越岭来到一个村庄。车夫说：“到咧。”

铁锅看看村口，不放心地问：“是不是到了？就给我们俩放这儿？”

“疙瘩峪嘛！我咋能知不道？我妈娘家就在界壁子村，我总是路过这里，会不知道？你们先去办事，不会耽误太长时间吧？我得去喂马，咱一会儿在这村口见。”

高俊和铁锅找到赵宝财家，赵宝财正在西厢房烧着一口大锅，一脸黑灰。他俩把郭老叔的字条递过去，赵宝财看了后领他们来到后院，指着靠在墙角的钢板告诉他们说：“郭尚德老叔拉来的矿渣送到了小铁厂，还有一部分没炼完，就给了眼前的这些铁家伙，可以拿走。银子倒是炼出了一部分。”他从柴垛拿出一块长形的银锭，高俊和铁锅问道：“这就是银子？你炼的？”

赵宝财也不答复他们的问话，急急忙忙取来一个背篓把大大小小的银锭装进去，用柴草盖上，说：“银锭不光是你一家的，一会儿还来人，看见了你们就拿不走了。我也不留你们了，赶紧走吧。”

背篓还挺沉，铁锅把背篓往身上背时说：“要不一会儿叫马车过来装上？”

“车是你家的还是租的？租的就别动了吧，你们别招人来咧。”赵宝财是冀东口音，说话又急又快，“我这儿有小车你们推出去，用完还给我。”

高俊和铁锅把东西放在小车上，推到村口。车夫也喂了马，把东西放到车上后，高俊说他去还小推车，铁锅说：“你中啊？这可是独轮车。”

“中，我咋都能推过去，你看着东西别动啊。”高俊坚持要去。他记起老叔还让赵宝财带他们去二道岗子换东西的事，赵宝财咋没提呢？他得去问问。他把车推到院里，没等他开口问，赵宝财洗了把脸，穿好衣服跟着他出来，说：“走，还得去给你叔换东西。”

他们赶着马车来到二道岗子。赵宝财让车停到村口，让铁锅看着车，叫上高俊两人进去，用钢板换了一箱子东西。赵宝财进屋算账时高俊打开箱子盖儿看了看。这一看把他吓了一跳，箱子里面放的是齐整整的枪。高俊心里突突直跳。赵宝财算完账后出来把箱子用稻草苫上后又用铁钉子钉死，拍拍手对高俊说："你们走吧。回去务必把东西交给你老叔。"

上了车，车夫问："没事了吧？直接回马车店了？"

"中。"铁锅痛快地说。

"不行，回县城先在城西头停一下，把东西放下再回去。"高俊说。

"干啥呀？"铁锅不明白地问道。

高俊跳上车后在铁锅耳边悄悄跟他说："箱子里放的是枪，不能放到大车店去，得赶快放回铁匠铺。"铁锅吃了一惊，想了想，自信地说："是给咱们的。"

高俊疑惑地摇摇头："给咱们？咱会用呀？"说着扭头看看车夫。车夫似乎困了，此刻很安静地一边打盹一边赶车。高俊摆摆手做了个制止动作，不让铁锅再说下去。

回到县里，高俊和铁锅把东西放在回铁匠铺的路口，由铁锅看着，高俊回大车店结账，再从大车店借了个小推车回来接铁锅。到了门口，还没敲门，门开了，老舅出来接过小推车说："你老叔出去换药了，你们今天别回来太早了，下午再回来。"说着进院拴上了门。

高俊和铁锅你看看我，我看看你，只能回到大车店。

十

高俊和铁锅往大车店的大屋里走去，铁锅一肚子的疑惑，闷得难受，想扒开箱子看看，一直没有机会。他反复问高俊：“你看清楚了，是一箱子枪？那你说是不是给咱们用的？要是给咱的就好了。”

高俊摇摇头，劝铁锅说：“就别这么想了，老叔受伤了，咱就是为老叔去干了一趟活，其他的不想，见了叔再问吧。”

还没进门，正在门口溜达的刘昌运看到了高俊，迎过来着急地说：“我等你一天了，去参加抗日的事，到底咋说，哪天走啊？”

铁锅看到刘昌运没好拉歹地催高俊，回了他一句说：“谁不急呢，急有啥用？”

高俊在一旁劝说：“是急，急也得一步步走呀。要不进屋说吧。”

“李力锋和侯新春在呢？我不去。”刘昌运气哼哼地甩出一句，“我找你还有一件事，我碰上林至了，他着急找你呢。”

“你跟他说我们在这个地方了？”高俊今天刚刚上了趟山，看到老叔郭尚德让他们带的箱子里是枪，不知道是什么用途，他有点紧张。加上学校现在在找他们，他本能地想防备，不想让太多的人知道他们住的大车店。

“没有。”

“哦。”高俊点点头说，“你不愿意进屋，要不咱们去家常小面馆吧，我们俩一天都没吃啥。”

铁锅也不太喜欢刘昌运，说不去了，他去看看小猴子。高俊和刘昌运出门向北走，远远地看到了林至。林至也看到了他们，迎过来说：“高俊，你可真不够意思，我在校门口等了你好几天。”

高俊憨厚地笑笑，搓搓手说：“这两天忒忙，实在抽不出时间去找你。你吃了没？”

“我吃了。要不你们到我大爷家吃去？”

“不用了，我们吃了去找你。你大爷家我认识。”刘昌运推脱着说。

林至隐隐约约感到高俊在躲着他，但他始终觉得高俊和刘昌运就是两个乳臭未干的毛头小子，没把他们看在眼里，说：“那我在我大爷家等你们。你们多晚都要来，说好了啊。刘昌运你说过把你们的人交给我带走，我们这一两天就准备走了，你估摸着点儿时间。”说完，他走了。

刘昌运和高俊在小面馆坐下后感到林至的话里有话，两人没说话，都在琢磨。一碗面下了肚后，两个人才对着看看，高俊说：“咱们是得赶快走了，现在闹得动静有点儿大。”

刘昌运点点头说：“是说呢！一开始确实是林至来找的我，让我组织一下咱们这帮初中班的同学。可是……”刘昌运想了想，没有把他爹让他在学校揽招些学生组织民团的事情说出来，却说，“我们现在要是不跟他走就怕他会翻脸。”

高俊站起来，说：“咱就争取早走。你说林至那儿咱去不去？”高俊很犹豫，他现在整个心思都在从疙瘩峪取来的枪上，弄不好出点儿啥事，再把老叔搭上可就不好了。

“去干啥，再惹出点新事来！现在学校、家长们、警察所都出动了，咱们不走也得走了。咱们就自己走吧，我还是当队长，你当副队长。”刘昌运强调说。他很清楚，去找林至，就要把联系好的这些个要去抗日参军的学生交给他，以林至的能力，他是可以把这批学生接过山海关到东北去的，那自己所做的努力都白搭了。不管用什么方法，他是绝不能把人交给林至的。

高俊不知道刘昌运的目的和想法，他认真地说：“明天咱们定走的时间。中，就你当队长。”高俊也着急，恨不得马上走。可是，老叔答应给他们安排，他得听老叔的。至于林至那里，他也不想再多事，就让刘昌运联系好了，当不当带队的有什么关系，只要能去参加抗日就行。

晚上，高俊回到大车店，为了老叔的安全，他不想太早回铁匠铺，想晚点儿走。铁锅一个劲催，他急着想回去问问枪的事。

铁锅和高俊回到铁匠铺，见老叔满头是汗，正在院里忙活。要带走的东西已经装好了，其中就有今天从山里拉来的那箱子枪。铁锅刚想问，看到老叔脸色惨白，身上包扎的伤口又渗出血来了。他揪心地说："老叔，伤口咋总不好呢？"

"嗯，今天帮着干了点儿活计，这就又不中了。"老叔低头看了下伤口。

"那咋不叫我们呢？我们也能做个帮手。"高俊插嘴说。

"人多动静太大……先不说这个了。要是走的话，你们都准备好咧？"郭尚德问道。铁锅和高俊就等这句话呢，连忙点头说准备好了，随时能走。当郭尚德听完情况后说："人太多了，分两拨走吧。"

高俊看看铁锅同时问道："那我们去哪儿？"

"去东北参加抗联。出山海关，去找东北抗日联军。"

"中！"铁锅蹦了起来，追问道，"叔，那一箱子枪是不是给我们的？"

"你咋知道那是枪呢？"老叔郭尚德脸立刻沉了下来，说，"给你你会用？你们现在去参军，也是先学本事。我这儿还发愁呢，你们啥也不会，到那里会不会给人家添麻烦。"

铁锅就怕老叔有变化不让他们走了，有点儿急，说："咋会呢，叔。"

"明天能走不？"老叔突然问道，"如果能走明天一大早走。"说着，老叔拿出一个包，看了看铁锅和高俊，交给了高俊，说，"俊头，你拿着，这是给你们筹的费用，也是你们从山里跑路拉货的酬劳。省着点儿花，每人给个路费，剩下的你管起来急用时花。"

高俊感激地笑笑，搓搓手收下了。郭尚德不放心地叮嘱道："按照我跟你们说的去做，啥国民党、共产党，不要去管，现在抗日是第一重要的。抗日也要有本事，所以什么时候都不要放弃学习本事，有了本事再来找我说咋干、跟谁干。这么着，明天你老舅赶着小毛驴车也要出关，你们跟在后面走。不管发生啥事，你们不用管，出了天大的事也不要去管，就打着谁也不认识谁。记住喽？中了，你们要赶快去通知同学们，看能不能明天一早走。"

一句话提醒了高俊和铁锅，他俩商量了一下，决定回大车店和同学们准备好清晨出发。出了铁匠铺，他们想起个问题——不知道刘昌运住在哪儿。高俊记得他有个姐姐在县城开着个面粉厂，就是不知道在哪儿。

铁锅说："要不算了，不带他们了。"

高俊有点急了，说："那哪行，说好了的，人家又等咱们好几天了。"

两人说着话，来到大车店。小猴子他们一听要走了，高兴坏了；听说找不着刘昌运，更高兴了。高俊真急了，说："不中，说好了的事，怎么着也得叫上他们。"

铁锅一看高俊生气着急的样子，说："那咱不知道他住哪儿咋办？"

小猴子说："行了行了，我知道他住哪儿。我带你去。"说着翻了高俊一眼，嘟囔了一句，"死心眼子！"

县城本身没有多大，刘昌运姐姐家的面粉厂离大车店很近，在县城的东南边。刘昌运姐姐婆家的院里搭了个大棚，占了院子的一半，棚子下放着个大石碾子和一台磨面用的机器，刘昌运和要走的同学就睡在大棚底下搭的地铺上。听说要走，大家也很兴奋，但在谁先走的问题上刘昌运又和小猴子发生了争执。

高俊拉开他俩，说："这么着，明天咱们都去关口，不就前后脚吗？你非要先走，那你们就先走，等你们过去俺们再过。"

"凭啥呀？"小猴子一蹦多高。

刘昌运心里想的是自己先过了关可以等着高俊他们，把他们拉到自己的老家山海关刘辛庄。他拽着高俊说："这可是你说的，明天就我们先走，你们跟着我。现在你们走吧，明天几点在关口集合？"

"一大早，早点儿好。"高俊说。

"你去那么早，关口都不开闸。"小猴子撇撇嘴说。

高俊手一摊对小猴子说："你要都知道，那你说几点好。"

小猴子很肯定地说："清晨到就中。"

在一旁的刘昌运突然想起了什么，说："行行行，你们走吧。我还有事，就按你们说的，快走吧。"说着把他们往外推。

出了门，小猴子不高兴地说："这人你能交？说翻脸奏翻脸，翻脸不认人的主，明天我奏先走。"想了想，他又说，"跟他一样干啥！他愿意先走就让他先走，他先走了兴许咱们还不跟着他走咧。"

"哎呀，这还争啥呀，明天都走了不就行了。"铁锅也来劝小猴子了。

回到大车店，同学们还在等他们。马上要开始新的生活了，大家都很兴奋，叽里呱啦高声大嗓地说个不停。高俊说：“都赶快睡觉吧，看明天起不来了。”

大家还是兴奋得控制不住，说个不停。李力锋嚷了一句说：“谁再不睡明天起不来可别怪不叫上他。睡觉！”

大家不再说话了，可是谁也睡不着。铁锅转身看了高俊一眼，看到他一双眼睛瞪老大，骨碌骨碌地转动。铁锅忍不住扑哧笑了，坐起来说：“老李，俺真睡不着，咋办吧？这又不是你们学校里，咋还管着非得闭眼！”铁锅这么一说，大家都忍不住笑着坐了起来，唧唧呱呱地说着开始收拾东西。熬到后半夜时，大家困了，睡着了。醒来时，天已经大亮。

大家急急忙忙赶到山海关的关口时，已经有不少人了。刘昌运他们看样子早到了，排在过关队伍中间，老舅赶着小毛驴车也在排队。李力锋对铁锅说：“这么多人，得排到什么时候！刘运昌在前面，你能去问问他让不让咱们加到他们那里去？”

铁锅心动了，说：“我去看看。”

高俊拽了他一下，低声说：“别了吧，他肯定不乐意，你看不到他都不看咱们？再说老叔交代了，让咱们在老舅后面远远跟着。别往前闯了吧。”

“那我去看看老舅那儿能不能加上咱们。”没等高俊说什么，铁锅大步跨过去，来到老舅身边，老舅根本不想跟他说话，皱起眉低声说：“别过来，我这儿啥也没有，车上就是拉些葱出关换些土豆，赶紧到后边待着去！”说着，老舅抓起赶驴的鞭子左右抽打着小驴车。鞭梢抽在了铁锅身上，他溜溜地又回到高俊这边。

这时，闸门还没开，不知道什么时候，后面冲出来一群人，几个拿着枪的人没问几句话便把排在前面的林至按住了。这个突变让高俊他们措手不及，一时没反应过来发生了什么事。高俊发现学校的校长也来了，还有一帮学生家长。他们指着排在中间的刘昌运说了什么，又冲着刘昌运走来。小猴子过来拽了他一把说：“快跑！”

这时，又一群穿着军服的人冲出来喊道：“年轻人全部站在这边。”准备出关的人群瞬间乱了，今天准备出关的几乎全是小年轻，所有的人开始往回跑。枪声响了。听到枪声高俊他们愣了，只能加快脚步拼命地往回跑。小猴子回头看了一下，发现铁锅和李力锋没跟过来，于是他又跑过去抓着他俩拼命地向回跑。

跑回县城时，大家全散了。高俊上气不接下气地来到家常小馆时，被小猴子从胡同出来拦住了。小猴子抱怨他说："你咋跑这慢，铁锅见不着你又回去找你了。"

高俊一听，立刻急了，转身想去找铁锅。小猴子拽住他说："你快别去了，我们说好就在这儿等着，一是为等你，还为了等其他的同学。不能再去大车店了，警察所的人在那等着咱们这帮学生。"

高俊有些吃惊，问道："到底咋回事？"

小猴子甩着两只手说："现在咱们啥都不知道，是回家还是咋的，咱们现在只能管自己！"

正说着，铁锅跑了回来，身后还跟着几个同学。看到高俊，铁锅舒了口气，嘴角露出一丝微笑，说道："大车店不能去了，咱们也不能在这待着。快说说吧，咱们去哪儿？"

小猴子说："能不能去你家那铁匠铺？"

没等铁锅说话，高俊说："那肯定不中！这样吧，咱们现在去庄稼地里等着和同学们会合，等同学们到齐了再说咋办。"

小猴子摇摇头，说："还能到齐吗？"

高俊打断小猴子的话说："能到多少算多少吧。现在只能这样了。李力锋呢？你们先走，我在这儿等他一下。南边就是庄稼地，就在那等着我。别直接往南走，绕过大车店，免得让人抓了。别犹豫了，快走吧。"

铁锅他们走了不大一会儿，李力锋和两个同学跑来了，后面跟着穿制服的警察在追他们。高俊拽上李力锋往小胡同深处跑。这个胡同是往北边弯的，一直弯到县城中心的十字路口。仗着对县城熟悉，他们绕了个大弯后才来到县城南边的庄稼地里，和小猴子他们会合在一起。

十一

事情完全出乎他们想象，大家呆愣愣地回想着早晨的经历。高俊看了铁锅一眼，铁锅似乎心有灵犀也转身看他，高俊附在他耳边悄声说："去找老叔吧，问下该咋办。"铁锅点点头，悄声离开大家回了铁匠铺。不一会儿，铁锅跑回来，悄声对高俊说："老叔叫你去一下。"

高俊和铁锅一前一后来到铁匠铺，老叔站在院里，看到他们后，说："今天的事我都知道了，今天抓起来的那个是你们一起的？现在这种情况你们咋想？"

高俊听到老叔问，睁着一双大眼睛平静而坚定地说："没咋想，我们还要走，去抗日。"

老舅回来已经跟老叔说了今天早晨在出关口发生的事情。昨天铁锅贸然问到了箱子里的枪，郭尚德看到他俩已经知道从山里运回来的是枪支了，怕他们年轻嘴不严，临时改变计划，没有带武器出关，只是先去打探出关的情况，让老舅出关后接应一下铁锅和高俊他们，没想到碰上在出关口抓人的事情。

日本人在东北抓人杀人不是新鲜事了，但今天关里抓人不知道因为什么。

这天早晨抓人的事是突发的，是刘昌运捣鼓的。

刘昌运确认林至也带人于第二天一早在约定的时间出关，便在当天晚上通过老乡到警察所告了状。告的理由警察所不得不追究——他说林至组织学生去参加反政府组织的共产党。刘昌运想的挺好，抓了林至，他可以趁乱说服林至带的人跟他走。可是他告的理由太严重了，说林至组织学生去参加共产党，警所怎么也得管。但是一了解，林至哥哥是国民党的军官，亲大爷也是当地商会的会长，和告发人说的情况有出入，警所干脆找到县中学的校长核实情况。一了解，发现是刘昌运告发的，校长基本上断定林至也好，刘昌运也好，这天早晨一定是带着学生出关参军。校长的观点是林至和刘昌运是要参加国民党也好，共产党也好，民团也好，是啥组织是你警所调查的事，我学校就负责学生们不能从学校跑掉，学校担不起这个责任。必须把学生交给他们的家长，交给了家长，之后爱去哪去哪。这就有了早晨抓人的这事。警所和学校的人只顾着围堵林至和刘昌运，排在最后面的高俊他们撒腿跑了。林至被抓后很快放出来了，他还是去关外参加了国民党，最后死在了抗日战场。

刘昌运被抓住后关了一段时间也出来了，他回老家刘辛庄组建了民团，再也没有出来，也没有人再关心他的消息。

1931 年的 9 月 18 日，日本人在东北发动事变，接下来，日本人剑指关内，现在看来他们已经控制了山海关各个出入关的关口，以后对东北抗日联军的支援，山海关这条线怕一时用不了了。

那咋办？此时的高俊和铁锅就剩下着急了。学校是回不去了，老家高俊不想回，和铁锅一起追着老叔询问下一步的出路。

“我想想，不急啊。”老叔嘴上安慰着，脑子里迅速地分析着。

铁锅着急了，说：“咋不急呀叔，同学们都在庄稼地里躲着呢，着急呀！”

“光急有啥用？”老叔瞪了铁锅一眼，说，“不是在想法呢吗！”

铁锅沉下脸说：“叔，要不你给我们一些枪，我们自己组织队伍去打日本鬼子。”

老叔站住了，说：“枪能给你？现在枪比啥都珍贵，就算给你，你们手里有枪咧，你们能打？还啥啥都得从头学，瞎咧咧啥！”

老叔心里的烦心事多着呢。眼下想建立兵工厂，原材料、生产了武器后怎么运出去都出了问题。现有一批枪支弹药急需要送到抗日联军手里，今天他派老舅出关联系东北抗联，也是顺便看一下出关的情况，老舅赶的小驴车里放了菜，其他什么都没放，当关口打乱时他很踏实地没有跟着人群跑，而是靠向了检查出关的军人，这样躲过了枪击。警察所和学校的人光顾去追四处逃散的年轻人，老舅趁乱出关外溜了一圈。

铁锅和高俊进屋时，老叔和老舅正在商量怎样将武器运出去，老叔甚至想携带武器和物资上山。走山里的小路绕道过去，或者就让高俊他们走这隐秘的山路带上武器绕过关卡到东北。

老舅却坚决不同意。问他为什么，老舅摇摇头说："这帮孩子不中，啥都还不懂，除了拉后腿，啥事都指望不上，看误了大事。"老舅不大爱说话，看问题却很准确。郭尚德考虑再三，想到山上的路是一条非常不好走的路，又要穿过一个小山村。那里的人很闭塞，对出现在村里的每一个没见过的人都品头论足，指指点点，很容易出事。如果只是高俊和铁锅，还可以勉强考虑，但是还有其他的一帮半大小子，就不好说了。筹备一次物资和枪弹很不容易，蹚出一条运送武器的路更不容易，不能让一些没有考虑到的环节出问题。最后，郭尚德想了又想，问道："你们一定要去东北参加抗联吗？"

"要去。"铁锅很肯定地说。

"为啥？"老叔问。

"抗日联军，瞧这名字，就知道人家在那里抗日呀，在打日本鬼子。"铁锅说。

"可是你们也看到了，日本人马上要打进关内了。也就是说，这里也需要抗日呀！"

铁锅瞟了高俊一眼，看到他不吭声，也跟着不说话了。

"所以说，抗日的战场不一定全在东北。"老叔劝说着他们。

"那我们咋办？"高俊问道。他很敏感，老叔的话让他感觉到他们目前成了老叔的累赘，他一下觉得心里很没有底，很失望地看着老叔。

出关的路被堵死了，这条路目前行不通。郭尚德知道，这些学生已经没法回学校。铁匠铺是不能来的，送他们回老家，一伙半大小子聚在一起也会引起怀疑。情急中郭尚德想起了他在东北的一个地下党的老朋友——目前在北京的大学做学生运动的卓群。他说："这样，你们去北平找我的一个朋友，让他安排你们去干点啥，他正在做着抗日活动。现在抗日，不一定是拿刀拿枪去干，首先要学好本事，该让你拿刀拿枪时你拿起来就能打。你们现在基本的能力都没有，到哪能中？相信老叔，你们不管干啥，跟着啥党，先学上本事，学好了本事回来找老叔，咱们一起去抗日。”

两天后，高俊他们上路了。这两天经过家长拉，警察抓，加上学校的吓唬，学生们大部分动摇了，四下散了，只剩下高俊、铁锅、侯新春、李力锋和其他几名同学来到北平。他们怀着忐忑不安的心情按照地址找到了卓群。

卓群是郭尚德一辈儿的人，三十来岁，他正在筹备年底的抗日救国、反对华北自治的学生运动。看到郭尚德的信和高俊他们，经过简单交谈，卓群认为他们太小，又刚从老家出来，实在不适合参与年底的学生运动，他也无法抽身亲自安排高俊他们。

刚巧，一个过去在东北军里的朋友赵志鹏路过这里，准备短暂停顿后要去河南洛阳军校参加军校的训练班。卓群提出能不能带上铁锅高俊他们这几个小青年去军校，赵志鹏爽快地一口答应了，说，他本身就是带着他们东北军的人去军校的，多带几个没关系。再问铁锅他们愿不愿去军校，他们的反应不同，小猴子几乎不敢相信自己的耳朵，兴奋得直蹦，他一直向往去军校，高高兴兴地同意了。高俊、铁锅和李力锋却很不以为然，他们还是想真刀实枪去抗日。但是没有办法，他们看到老叔的朋友卓群实在太忙了，连跟他说话的机会都没有。他们一没有选择，二没有退路，几天后只好去到洛阳，进了军校。

几年后，他们才认识到能有机会进军校，是他们的福气。

十二

洛阳军校，是国民党创办的陆军学校。当高俊他们进入军校后，赵志鹏要求他们随同这一期的学员全部加入国民党。临走时卓群交代过，一切要听赵志鹏的安排，毕业后要回来。就这样，高俊、郭铁锅、侯新春、李力锋和其他几个同学集体加入了国民党。

穿上国民党的军装，几个人仿佛瞬间长大了。以前都说高俊是个美男子，穿上军装后，他更是漂亮，中等偏上的个头，白皙的皮肤，一头乌黑细软的浓密头发，大刀眉下一双大大的眼睛凹陷在眉骨下，笔挺的鼻梁，稍微厚些的大嘴，活脱脱一个英俊男子。由于太过于俊美，总是显得文绉绉的，穿上军装依然掩饰不住他的文静秀气。

侯新春，几年几乎没长个头，很瘦小，身上的军装总显得很宽大，鸭蛋形的脸上一双机灵的眼睛，一转一个主意，处处透露出精明干练。

李力锋尽管个子很高，因为瘦，衣服撑不起来，厚厚的眼镜架在消瘦脸庞之上，一副与他急躁性格不相符的文弱的模样。

变化最大的是郭铁锅。从小因为黑被笑话的黑小子，穿上军装，身材高大又魁梧，宽阔的肩膀衬起军装，变得威风凛凛。黑鬃一样的头发密密实实立在头上，一双不大却满是黑瞳仁的眼睛炯炯有神，张嘴一笑露出一口洁白的牙齿，嘴角旋出两个小酒窝，高俊怎么看铁锅怎么觉得他是伙伴中最出类拔萃的。

他们在军校的学习情况也发生了变化。

刚进军校时，铁锅对自己很没有自信。他觉得自己文化基础不是很高，对理论方面的理解很吃力，但是他在术科学习中的刺刀、射击、体育操练几科很出色，常常作为典范为大家表演，这让铁锅感到很兴奋，调动起了他的兴趣，他常常为不理解的问题死抠着学，净问些钻牛角尖的问题。小猴子表现出了极大的耐心，不厌其烦地回答着铁锅的问题，使铁锅在学习方面突飞猛进。

李力锋每科的学习都一般般，不好也不坏。他突出的特点是武打。他从小练功夫，会些拳脚，一般人打架都打不过他。

高俊却没有了在学校时学习上的优越，他仅仅是理论和历史学科不错，在术科方面总是跟不上趟。加上他皮肤白皙，阳光下也晒不黑，让教官总觉得是他不认真、在偷懒，在训练中看到他在学员中白里透粉的脸就别扭，常常留下他一人在阳光暴晒的操场上重复最基础的稍息立正，弄得高俊很没面子。侯新春在几个人当中脱颖而出，各科学习表现得都很优秀，他还学了一门日语。因为他学日语，大家没少讽刺他，但他只当没听见。

这天，高俊又被独自留在操场上加时操练。时节到了阳历 3 月。小猴子坐在地上看书晒太阳，陪着高俊。等高俊操练完在他身边坐下来，看到小猴子在看日语书，没好气地说："你要是学这玩意儿在咱们县中学不就能学了，干啥到这来学？"

小猴子把书拿开说："当初我也没有反对多学一门功课呀，艺不压身。哎，我说，你别没好气拿我撒气啊！我在这儿仔细看了一会儿了，你的动作和别人没什么不同，教官就是看你不顺眼。"

高俊甩了一把汗，坐在小猴子旁边，嘀咕着说："他干啥总瞅我不顺眼呀，我又没惹他！"

小猴子哈哈笑起来，捅捅他说："你这个人就是太实在了……你觉得我的操练课能好吗？就我这个小身板，可能吗？不可能的！"

高俊转过身看着他，心里也纳闷："是呀，怎么教官就只盯上我了呢？"

猴子一本正经地说："我看你有这几点要想想办法：一是你怎么晒不黑呢？整个队伍的人晒得黑炭似的，只有你白面书生的样子，太显眼了！教官要是个大姑娘，怕就不是这样了。"猴子边笑边说，"你在太阳底下训练时往脸上抹些水，容易晒黑些，要不就抹点稀泥，别这么显眼。二是我发现了你嗓门不大，我和你一样啊，也是个小嗓子，但是我喊冲刺时往死里喊。这，这……”小猴子抓起高俊的手摸着他的脖子说，“喊得这里青筋直蹦，起码让教官感觉到咱非常认真。你看铁锅，那嗓门一开口把所有人都盖了，教官喜欢呀。咱嗓门不行就得想办法。再有，你往前跑时谁也不要让，甚至于给别人下个绊儿撂倒了别人也要冲在前边让教官看见。”

高俊忍不住笑了，说：“不怪你叫小猴子呢！”

说归说，大家经过了从学校逃出，到没有地方可去，直到现在仍然在一起学习的经历后，相互间更加亲密，每个人都很珍惜眼前得到的这次军事学习机会，都学得很认真。

两年的训练班结束后，他们面临着分离。侯新春留校当助理教官，高俊、铁锅和李力锋被派往山西。虽说都是去山西，却是去三个不同的地方。铁锅和高俊即将被分开，这是他们都接受不了的事，而且马上就要开拔。离开老家后，他们从没有想到要分开。带他们过来的赵志鹏前不久突然离开了，连个招呼都没打。班里和他们比较好的几个东北军军人也陆续走了。他们一时六神无主，不知道和谁商量，到底是要听从学校的安排还是怎么的。铁锅问高俊：“咋办？要不咱们回老家找老叔！”

李力锋马上表态说：“那我也跟你们走。”

高俊说：“要走咱们肯定一起走。现在大家已经学了本事，我也同意先回老家去找老叔，咱们还是想办法去东北，去投奔东北抗联。就是，小猴子，你，你真要和我们分开留校吗？”高俊认真地盯着侯新春，他是真不希望和从小在一起学习、长大的小猴子分开。

小猴子犹豫着，许久，他说：“我是不想和你们分开，这要一分开指不定这辈子还能不能再见了。我想你们肯定也不想分开。能不能这样，咱们在学校再学一段时间？”

“行啊。”铁锅很高兴。这次在军校，他是真学进去了，虽然很多学科对于铁锅来说都是似懂非懂，在于他脑子糊涂着，但越糊涂，他就越想弄出来个究竟。小猴子这么一说，他也很想再学一段时间。

高俊还是想尽快参加抗日，但他也看明白了，什么事不是自己想就可以实现的。难得铁锅这么喜爱各学科的训练，他点点头，看看李力锋说：

“也行。问题是带咱们来的赵志鹏已经走了，多半是回部队了，学校还能允许咱们再学下去吗？”

小猴子很有信心地说：“这个我去说，谈不下来再说。其实铁锅也已经完全担得起术科教官的职务。现在学校缺教官，不然也不会留下我来当助理教官。”

李力锋撇撇嘴说：“你学习好！赶明日本人来了说不定还让你去教课呢。你说，我留在这儿能干啥？”

“铁锅不是说了吗，你们可以再学一期。”小猴子说，他看到李力锋和高俊都没说话，又说，“那你说现在能去哪？咱们一起来的，走到今天不容易，我不想和你们分开。我有一门军事课还没弄明白，我想留下来再学学，弄明白了我肯定和你们一起走，中不？”小猴子求助地看着高俊。

商量过后，由小猴子去和学校协商。到晚上，小猴子回来了，摇摇头说不行。自从他们参加训练班，就等于参加了国军，加入国民党就更不能随心所欲了，不按时去报到就按逃兵处理。

他们相互看看，一时没了主意。许久，李力锋问：“咱们去的国军也是抗日的吧？”

谁都没接他的话茬。高俊想来想去，说：“我们就是为了找抗日的机会出来的，但现在让我们分开得想想。我还是想回老家去找老叔，我们出来是老叔出的钱，我答应过他会回去找他。”说着，他看着小猴子。没等他再说话，小猴子说：“这样行不行？我打听过了，你们全是去山西，虽然不在一起，但相互离得也不远。不然你们先走，我过一段时间过去找你们，咱们再想办法，看到底咋办。再说，山西也有军校呀。”

李力锋挖苦道：“那军校是你家开的，想去就去？”

铁锅捅了他一下说：“别这样说话！”

小猴子生气了，说：“那你说，现在该怎么办！现在外面都在抗战，咱们几个大小伙子一下全走，等着被抓呀？再说，怎么走，按照你们去报到的时间要求，也来不及商量别的办法了。你们到了山西，没有在一起是一时别扭，可也说不定是好事，一个一个走不明显呀。那里离咱们要去的地方还近一些，走也能走回去了。咱们现在想想那几个东北军和赵志鹏，他们肯定是商量了很久才一个一个离开的。”

大家回想起来，感到东北军消失得的确有很多蹊跷。铁锅说：“是呀，他们去哪儿了呢？”

“人家有人家的目标，哪像咱们呀，傻大山粗的不懂得提前安排。”小猴子说道。

李力锋和铁锅同时立睖起眼问道：“你小子说谁呢？”

“说谁算谁。”小猴子翻了李力锋一眼。李力锋伸手拦住小猴子，抱起他的腰悠了个圈。

商量了一晚上，他们决定先去山西报到。

高俊他们到了山西长治。李力锋的驻地居中，在高俊的东边，离着高俊不到十公里，西边离着铁锅有十几公里。高俊和铁锅相距有二十多公里。到了驻地的头一个星期六的下午，高俊刚刚结束了训练，准备吃饭，他正琢磨着吃了饭去找李力锋一块儿去看铁锅，有人喊他，说是门口有人找。一定是铁锅！高俊高兴地跑出来，看到是李力锋拿着一个纸包站在门口。两人走近后，李力峰把纸包递给高俊说：“我们那儿吃山西的莜面菜卷子，给，我给你带来的。这个你爱吃。”

高俊很喜欢吃当地的莜面菜卷子，他咬了一大口，看到李力锋有些闷闷不乐的，便问：“你吃了没？”

“我没怎么吃，我不太喜欢吃这个。”

部队的伙食一人一份，李力锋跑了十多里路把饭送过来给自己吃，高俊把菜卷子拿起来，说：“走，到食堂把我的饭打了你吃，然后咱俩一块儿去看铁锅。”

高俊这里星期六的晚饭也有改善，吃的是面条。刚好李力锋喜欢吃面，连吃了好几碗。饭后两个人去找铁锅，路上，李力锋说不喜欢待在这里，说已经切身感觉到了日本对中国的侵略，却看不到部队要去抗战的迹象。高俊一直默默听着。路过李力锋的驻地时碰上了铁锅。铁锅手里也拿着一包吃的。李力锋看到他咧着嘴由衷地笑了，说：“铁锅，你肯定不是来看我的，是不是？”

铁锅笑笑，老老实实地说：“我们那儿吃包子，高俊喜欢吃馅儿，我先来看看你再给他送去，要不就一块儿去看高俊，反正要路过你这里嘛！”

高俊憨厚地插话说："李力锋，闹了半天你那儿还是吃得最不好的，可是最对我口味，莜面菜卷子。锅子，你肯定没吃饱，咱们就在这儿吃了饭待一会儿。以后咱们就在这儿见面吧，省得走得太远。"

铁锅是个很认真的人，他们几个分到部队就当了少尉。铁锅没觉得郁闷，认认真真地一边当着他的少尉，一边等着侯新春。

"你说，小猴子会来吗？"李力锋问铁锅。

铁锅很认真地瞪起一双不大但黑亮的眼睛说："咋不会呢？他说过的他会来……不，你啥意思？"

"既然咱们决定要走了，我不想在这儿待下去了。"李力锋有些烦躁。

高俊劝道："都说好了的事，就等一等吧。"

李力锋担心地说："这里也不是不好，当兵嘛，挑不着哪里好坏。我是担心到时咱们走不走得了。你看，咱们一来，就定了少尉，我可是听说还要给我提成中尉，我要能提，你们一定能提，毕竟咱们有上过军校的这一段。你们说，到时还好走吗？"

这种担心高俊也有。从老家出来到现在，只剩下他们这几个了，绝不能再轻易丢下一个兄弟，特别是从上了中学就在一起的小猴子。他安慰李力锋说："再等等，再等等。"

"需要等多久？"李力锋不客气地说高俊，"我说你这个人就是磨叽，像个娘们儿！"

高俊还是想等等小猴子，和李力锋商量着说："最长等半年……三个月，行不？"

一个月后，他们分别又被提成中尉。

然而，正当李力锋的心逐渐踏实下来的时候，却在县城碰上了侯新春。

十三

侯新春留在军校并没有达到能继续学习的目的，他做了教官刘邵阳的助理教官。小猴子的心愿是想在最短的时间里学完他想学的课程，好去找高俊他们，但他很快认识到他的想法不可能实现。在刘邵阳这里，他根本不是什么助理教官，就是一个杂役。

刘邵阳风流倜傥，有背景、有才华，从德国留学回来，学校拿他当宝贝，留下看上去机灵的小猴子当助教就是为了照顾他。刘邵阳天天跟狗撵了似的，急急躁躁，指挥着身边的人干这干那，稍不如意就破口大骂。这些，小猴子都不在乎，他自认为凭着手脚勤快些，加上自己口头不吝惜多给刘邵阳戴几顶高帽子，顺带吹嘘一下自己，会改变他们之间的关系。没想到，小猴子想拉关系的吹嘘让刘邵阳非常反感，刘邵阳根本不屑理睬侯新春这样无名无分的小人物给他的吹捧，每天分派给小猴子干不完的杂活，稍不如意就毫不留情面地骂他。小猴子被指使得团团转，忙得上厕所的工夫都没有。光是每天要给刘邵阳准备的教材就让他干到后半夜，还要照料刘邵阳生活上的私事，包括洗衣服、准备食物，哪里还有多余学习的时间。没多久，小猴子越来越想念高俊他们，后悔当初没跟他们走。他决定寻找机会走人，去山西找他们，如果找不到或者他们走了，就回老家再想办法，总之不能在这里给刘邵阳当小碎卒子再浪费时间了。有了这个想法，他开始暗地收拾东西，想找个合适的时间走人。当他收拾行装要走时发现刘邵阳把他的私人物品全给扣了，不知道弄哪去了。去问刘邵阳吧，他好像没听见，忙忙叨叨的理都不理小猴子。再问多了，他说：“我哪里记得住这种小事！咳，你那东西又不值钱，一堆垃圾，找不着算了！”

小猴子气坏了，他是一个很仔细的人，自己的东西整理得清清楚楚、干干净净，怎么就成了垃圾？他越想越生气，下决心要走！小猴子控制住自己的愤怒，开始细心地观察刘邵阳的生活细节。这天刘邵阳脱不开身，让小猴子去给他买私人物品，小猴子拿了买东西的钱，再拿上刘邵阳从德国带回来的一些教课用的设备、武器，留下一封早已写好的大骂刘邵阳的信后走了。

学校长官知道后震怒，倒是刘邵阳哈哈大笑，表示说怪自己，是自己光想着赶编教材了，没有顾及小猴子，没想到把小猴子给逼走了，还说这个侯新春很有个性，得想办法把他追回来！

小猴子来到山西长治后没有到国军总部去寻找高俊他们，他准备到各部队驻地去打听。三个朋友呢，总能打听到一个吧。他根据高俊与他的通信，记下了高俊的部队番号，没有具体地址，他查到这个番号是在长治东北边叫平胡的地方。

来山西长治之前，小猴子就打听好了去平胡的路。他一连几天没吃什么东西了，肚子饿，又没有什么想吃的。他走在街上看到一家小饭店的门口放着半锅小米粥，便进了这家店铺，很想喝碗粥。

这家店里的老板是个胖子，饭店里卖的食物以肉食为主，主要卖卤肉，也卖烧饼、大饼。小猴子奔波了几天，有点上火，不想吃别的，就想喝碗小米粥就点儿小咸菜。他指着门口放着的锅说：“要一碗小米粥！”

铺头胖老板扫了小猴子一眼，说：“粥是搭配烧饼送的，不卖！”

爱抬杠的小猴子一听，说：“我给你钱不是一样的吗？干啥不卖！”

这家铺头的粥熬得又稠又浓，老板的家人也爱喝，碰巧他家里的兄弟来吃饭，这粥老板想给家里人留着，听小猴子这么一说，他干脆把粥给收进屋了。小猴子一看把粥端走了可不干了，非要让他拿出来，说就买粥喝。正嚷着，胖老板的兄弟从里屋一挑门帘出来，连推带搡带骂地把小猴子推了出去，跟胖老板气鼓囔囔地说：“他一个外地人你怕他甚哩！”

小猴子生气地嚷起来，还要往屋里闯。

这时李力锋刚好到小镇来买东西，听到这里在吵吵嚷嚷无意间看了一眼，看到了小猴子被掌柜的家人薅着胸前的衣服骂。确认了是小猴子后，李力锋大喊了一声冲上去推开所有人，抓起薅着小猴子的人使劲推了一把，大声说：“你再动我兄弟一下试试！”

饭店的胖老板看了一眼李力锋，这个人瘦长体形，真打起来不一定能打过自己。但是他穿着军装，应该是附近的驻军，闹起来弄不好不好收场。于是，他便上前劝解道：“兄弟，有话好好说。”

李力锋上去搡了他一把，说：“谁跟你是兄弟，这才是我兄弟，你再动他一下试试！”

胖老板转身对小猴子点头哈腰地说：“兄弟，你别生气了。”

小猴子看到了李力锋，心里的火气一下没了，哈哈笑着说：“我生啥气，我就要买碗粥喝。”

“行行，进屋我给你盛上，你尽管喝，不够咱们再煮。”

小猴子也不客气，进了屋坐下来。李力锋跟进来坐在他对面，低声问小猴子：“你还真能喝下去？”

“能，咋不能呢！我好几天都没好好吃饭了。”小猴子一本正经地说着，就着胖老板端上来的一盘葱丝拌大头菜，大口喝下一口粥，嗯了一声说，“嚯，真好呀。”说着又喝了一大口，问，“李力锋，你不喝点儿？”

李力锋说吃过了，看着大口喝粥的小猴子笑了，说：“这几天我们天天念叨你，你没感觉？今天我要是没来，我看你怎么办，不得吃了亏？又没那个体格，在外面跟别人嚼叽啥。”

小猴子大口喝着粥，说：“我这几天上火了，啥也吃不下，就想买饭馆一碗粥喝，嘿，他还不卖！说粥是搭着烧饼送的。等下，掌柜的，我要几个烧饼。”

胖掌柜的说：“烧饼已经没了，要不我给你到别的人家要几个去？”

“不，我吃不下烧饼，就想喝粥。我买烧饼是为了不白喝你的稀饭。”小猴子横了他一眼说。

“那你喝，这还有差不多两碗吧，不够我已经又熬上了。”

“不用了，这两碗够了。”小猴子连着喝了三大碗粥，心满意足地摸了摸肚子，结账时把烧饼钱也付了。胖掌柜的说什么都不要，小猴子把钱放下后和李力锋离开了。

路上，李力锋堆着一脸笑看着小猴子。小猴子回到好朋友身边，高兴地抚摸着自己鼓起的肚子挺着胸走。走着走着，李力锋突然大叫了一声：“呀！”

小猴子吓了一跳，诧异地看着他。只见李力锋甩着手说：“我真是糊涂了，应该回我那里，一高兴怎么来到高俊这儿了，下午我们还有事……嗨，已经来了，咱们先去找高俊。”

高俊看到他们，先是高兴，接着把他们往外推，说：“走，咱们外面说。早晨我们营长找我了，问我认不认识侯新春。”

小猴子一听，本能地感觉和刘邵阳有关，他有点紧张地问：“你咋说？”

“我说认识呀，”高俊看着小猴子说，“那我是认识呀。”

“认识怎么了？”李力锋问道。

“说如果侯新春来了要报告。”高俊也是一脸蒙。

“坏了。”小猴子心一沉，简短叙说了一下在洛阳军校和刘邵阳发生矛盾的经过。

李力锋对小猴子说：“要不你先跟我到我那儿去。”

“这个刘邵阳很厉害，如果高俊这儿得到这个消息，你和铁锅那儿一定也能收到同样的消息。”小猴子判断说，又补了一句说，“他不会放过我的。”

“那怎么办？”李力锋看着高俊。

高俊沉默了一会儿说：“走呗！回老家去。反正咱们早有走的想法，也该走了。这样，李力锋，趁着没人看到猴子，你们赶紧走，回到你那儿能不能给猴子在你附近的老乡家找个地方住下来？今天是礼拜天，铁锅晚上肯定到你那儿去，我也过去，咱们商量走的事。”

一路上，李力锋开始叨叨，说小猴子不该贪恋什么助教，让大家跟着耽误了这么长时间。又说小猴子不该在街上跟人打架，又没人家铁锅那个体格，不是找着吃亏吗！因为找到李力锋他们了，小猴子高兴，听着李力锋叨叨一点不生气，说：“我今天真知道了，啥叫个叨叨娘们儿！你就是个叨叨娘们儿，这个磨叽！”

李力锋到了驻地，给小猴子安排好了住的地方，回到营部，也接到了见到侯新春扣留下来的通知。他在忙着安排连里的事情时铁锅来找他了。看到铁锅急急慌慌的样子，他猜到肯定也是为了小猴子的事，忍不住扑哧笑了。忙完了连里的事，铁锅抻着他往外走，说："我们营长今天跟我提到了侯新春，说小猴子如果来找我要报告。喂，我说，你怎么没事人似的，小猴子不会出事吧？咦，今天高俊咋还没过来？"

看到李力锋不吭声，铁锅沉不住气说："要不我去找下高俊？"

"高俊来了，我带你去找他。"李力锋一本正经地说。

走在路上，铁锅发现李力锋一点不急，便一肚子疑惑地看着他。李力锋索性哈哈笑了起来，边笑便拉着铁锅走。来到一个小院，李力锋大声喊着："出来！"

铁锅看到是小猴子跳着蹦出屋子时愣了一下，接着冲上去紧紧抱住了他，直到小猴子拼命挣脱开，嗔怪道："你勒死我了，干啥使这么大的劲！"

"我高兴，哈哈哈！"铁锅欢快地笑着。

被他们的大笑声惊动的房东出来不解地看着几个年轻人。李力锋说："走，高俊该来了，他还不认识这里，咱们去迎迎他。"

一句话提醒了铁锅，他说："猴子，你干了啥事，俺们营长问我认识不认识一个叫侯新春的。"

小猴子疑虑地问："也问到你了？消息来得这么快。"

"他不是找我单独问的，他是当着大家的面问的我。还说这个人要是来了一定要报告。看这样子一定要把你追回去。不是，你到底干了啥？"

小猴子有些担心了，说："这个刘邵阳到底要干啥，能把事闹这么大。他一定是捋着我老乡这条线找过来的，洛阳军校在山西部队的势力很大，毕业出来的学生分到山西这里的很多，不会出啥事吧？"

"能出啥事，你怕啥！"铁锅不在乎地说，"你不是已经来了，咱们已经到了一起了，大不了快些往老家走吧！猴子，你不知道，我们早想走了，高俊非说要等着你一起走。这不，你来了，还怕啥事呀？出来都这么几年了，咱们也真得快些想想到底该咋办……咦，高俊咋还没来？"

李力锋也感到奇怪，要在平时高俊早来了，周末再忙，他们也要在一起待上一会儿。

小猴子心里更犯嘀咕了，说："我刚才去部队找了他，会不会给他添啥事了？那个刘邵阳和山西军队的上层很熟，同属一个势力范围，不会是军校追过来把高俊给带走了吧？”

小猴子这样一说，铁锅和李力锋都待不住了。铁锅说：“要不我过去看看。”

“十来里路呢，说着玩儿呢？”李力锋瞪了铁锅一眼，“你总这样沉不住气，等下他来了还得去找你。”

又等了一个小时，高俊还没来。猴子的心怦怦直跳，他实在等不了了，非要去找高俊，说着大踏步走出去，却在村口碰上了一路小跑的高俊。

高俊满头大汗，见了小猴子就问：“你是不是给一个叫刘邵阳的当助教？”

猴子心里一沉，点点头说：“嗯，那是大坏蛋。”

“我们营长找我了，说刘邵阳是个人才，跟着他当助教应该能学到真本事。”

猴子愤怒地打断高俊的话，说：“你咋替他说话，我哪里是什么助教，就是个打杂的，一分钟自己的时间都没有。这个王八蛋还把我的东西给藏了起来……”

高俊提高声音打断猴子的话说：“人家说是对不起你了，说是因为要赶一部教材，说他这一段几乎没有时间睡觉。他说对不起你，你那东西是他觉得太乱，连同他自己的一些东西一块扔到仓库里了。他估摸着你会来找我们，已经通知了部队，见到你送你回去。刘邵阳说给你道歉，还说给你一个好前程。”

片刻的沉默后，小猴子说：“不可能！通过这段时间我算看透他了，我肯定不回去了……咦，咱们说好的回老家，你到底啥意思呀？”

看到小猴子很激动，高俊没有再说下去。他的营长看上去没有一点儿恶意，主要是劝他看到侯新春说服他回洛阳，还说了很多当前的形势，因为他是正规军校结业的，部队很看重他们。前线也非常需要人，营长说自己很快被提成团长，马上开拔到前线，说高俊会很快接替他当营长。

“你想好喽。”高俊对小猴子说。小猴子还是很激动，说：“他们就是看着咱们年龄小，欺负人，说的比唱的好听。回老家！这是咱们来时商量好的。”

“那行，就回老家！”高俊点点头，问李力锋和铁锅说，“你们俩咋想？”

铁锅想也不想，说：“我没问题。”

李力锋犹豫了一下，他的营长对他很好，也透露出要提拔他的意思。他反问高俊：“你说呢？”

“走，就回老家去找老叔……咱们出来的钱都是由小猴子管着，离开军校时他给了我，还剩了不老少，足够咱们回老家路上用。我的想法从来没变过，当初答应过郭尚德老叔，回去，去抗日。这已经出来几年了，不管什么事，当断就得断。现在就说怎么走吧，正常的路肯定不行了，我们营长对我好可能是真的，可是同时加强了监管，有人盯着我一直出不来，这我都是说上厕所溜出来的。”

“嚯，这屎拉的，拉出十来里路。”铁锅捅了下小猴子，挤了挤眼睛小声说。

“是呀，出来一趟很困难，所以赶快商量怎么走吧。”高俊说着有点儿着急。

回家的路线小猴子想了好几天，早已烂熟于心里。他很有把握地说：“我们走山路。这里就是太行山，往东边走，很快就能进入河北。”小猴子想的是先离开山西再说，他拿出了一张自已手绘的地图，接着说，“看，往东走，就进入河北了，再往北走，就在这太行山往北走，就可以回老家了。可是，咱们靠腿走吗？你们部队的马谁能顺两匹不？”

铁锅想了想，说：“我们那儿有马，可是我们的马夫对那几匹马像对祖宗似的，亲得不行，不知能不能顺出来。”

“顺带手再捞点武器怎么样？”小猴子嘻嘻一笑说。

“那行吗？”铁锅迟疑了。

“那不行！”高俊摇摇头，说，“部队对咱们不错，人各有志，走就走了，再拿他们的东西说不过去。”

小猴子撇撇嘴，说：“军人没武器你拿啥去打仗，拿点儿武器走能咋着！”

李力锋捅捅他悄声说：“别跟他们说，都拿啥，你跟我说。”

高俊急着要回驻地，说：“先说咱们准备哪天走？要走就快点儿走。”

因为还琢磨着顺点儿武器，小猴子说：“那就后天吧。你要是急赶紧回去。”说着往外推高俊，他想高俊走了再跟李力锋商量一下带些武器的事。高俊刚走，小猴子掀开衣襟拿出一把精致的德国造小手枪。小手枪是镀金的，在月光下发出温润的光泽。

李力锋眼珠子都快掉下来了，从小猴子手里拿过这把小手枪不错眼珠地看着。铁锅也凑过来，说：“嚯，好漂亮的枪！就是太小，娘们儿用的。”

铁锅和李力锋的注意力被这把精致的小手枪吸引了，小猴子打了哈欠说：“咋这困呢，几天没好好睡觉了，今天可得睡上一觉。”

李力锋说：“你反正就在我们对面，你先回去睡一会儿，半夜过来咱们去营房看看武器。”他又问铁锅，“你今天能不能不回去了？”

铁锅摇摇头说：“不回去不中，晚点儿回去没事，但是要回去。早操得出。”

“那就晚点儿再回去。夜里我带你们去看我们的武器，到时你看咱们顺点儿什么走。”

“行，半夜一块儿去看看。”小猴子一听，精神头来了，他问李力锋，“我能睡这儿吗？”

“行。”李力锋说，“你就睡我的床铺上能咋的。”

铁锅一听，说：“不行，太晚了，没准我还得住下，你就住对面，走两步吧，踏实点儿。你那儿地方太小，不然我也过去住。再说晚上还得过来看看能不能带些武器，你快走吧。”

“那我晚上起不来你去叫我，挑武器我可是内行。”说完，小猴子打着哈欠回去了。

十四

高俊一路跑着回去了。

刚一进营房门，营房的灯唰地全亮了。一个穿长筒马靴，拿着一条精致的马鞭，二十八九岁的年轻人正在等着他。看到他进来，那人指着他问："你是高俊吧？"

营长跟在旁边说："高俊，这位是军校教官刘邵阳，他从你那朋友那儿翻到你的地址找来的……"

那个年轻人粗鲁地推开营长说："你先别说话！高俊，这么晚你不在营房去哪了？是不是和侯新春在一起？"

高俊被刘邵阳冷不防一问，一时不知说什么好。

"好，好！你还没有学会撒谎，你的表情已经告诉我了。你知道侯新春在哪儿，你就告诉我。侯——新——春，在哪儿？"刘邵阳咬牙切齿地说。

营长不是说刘邵阳希望猴子回去是善意的吗，看他凶恶的表情不像有半点儿友善的意思呀，高俊不解地看着营长。营长摇摇头说："他就想知道侯新春在哪儿，你就告诉他你知不知道在哪儿吧。"

高俊头一扭说："我不知道他在哪儿，他不是在洛阳军校吗？"

话音没落，刘邵阳抬手给了高俊一马鞭，高俊脸一偏，打在他的头上。这一鞭子打得太狠了，头上鼓起一条棱子，鲜血立刻渗了出来。接着第二鞭子又挥了过来。再挥动时被营长抓住了，营长皱着眉头说："有什么话好好说，怎么能随便打人！"

"我随便打人？"刘邵阳愤怒地喊道，"我本来是没有记恨侯新春的，可我今天才看到他拿走了我所有用来做纪念用的东西。”说着，又挥起鞭子。

一股血涌上了头，高俊上前一步指着刘邵阳说：“是你先拿了侯新春的东西！”

刘邵阳冷笑了一声，对着营长说：“你看，你看，他完全知道侯新春的情况，刚才肯定就是和侯新春在一起！不然他怎么知道我拿了侯新春的东西？”

“你先拿了他的东西，你承认了？”高俊喊道。

“那不是拿，那是给他收了，我嫌那东西脏、乱，给他收了。”刘邵阳恨恨地说。

“用得着你收？你不是欺负人是什么？”高俊突然变得口齿伶俐起来。

刘邵阳急了，挥着鞭子乱打，嘴上说：“你们这帮臭叫花子，他那东西也叫东西？他拿了我的镀金手枪，还拿了我教学用的东西，又把我女友送我的金表砸了裹在一泡屎里放在我的床底下，还有一封大骂我的信！我是今天才看到的，我赶过来就是哪怕把天翻个遍也要找到侯新春，我找到侯新春不把他碎尸万段我他妈改他姓。你们他妈的还不快上！打到他说出侯新春在哪儿！”刘邵阳声嘶力竭地喊着，几个跟着刘邵阳来的士兵冲上来对高俊拳打脚踢。

来到部队后，李力锋常来找高俊，也和大家混得不错。班里有跟高俊好的士兵骑马跑到李力锋那里去报信，刚好铁锅留在他那里还没走。一听说高俊被打了，铁锅抓过马骑上往高俊驻地跑。李力锋听说刘邵阳还带了人来，带上武器抓了几个手榴弹也骑着马赶了过来。

铁锅赶到时一脚踹开了大门，抓起一个正在打高俊的士兵扔了出去。看到高俊脑袋上身上已经全是鲜血了，他怒气冲冲地问：“这是谁打的？”

“我！”刘邵阳趾高气扬地说。话音没落，铁锅用枪托照着他的头就是一下子。刘邵阳以为自己出身高贵，留过学，学过格斗，学过计谋，学过军事设备，谁也不敢惹他。然而，这一切在铁锅面前都没用，还没等他喘息，铁锅的第二下直接砸到他的眼眶上，他软绵绵倒了下去。营长上前去劝架，也被铁锅狠狠地甩在一旁，只好对围观的士兵喊：“你们怎么还看热闹，把他们都抓了、绑了！”

一群士兵拥上来，被铁锅三下两下打散了，营长不得已掏出枪来对天鸣了一枪，又把枪对准铁锅。李力锋一步跨上来在他身后下了他的枪，用枪逼住了他。场面完全失控了，营长喊道：“高俊，你不要糊涂，你们没有要命的仇恨。今天的事情不怪你，要是今天出了人命事情就不好办了。”

高俊挣扎着站起来，劝住了铁锅。没吃过亏的刘邵阳忍不下这口气，挣扎着起来去抓士兵的冲锋枪，想对着他们扫射。营长愤怒地喊道：“你们把他捆起来，拉过来！”

士兵也看不惯刘邵阳张狂的样子，把刘邵阳捆得像个粽子扔了过来，却被铁锅一把拎起向门口退去。

事情闹大了，团长也赶了来，劝大家冷静，要求李力锋他们放开营长，否则就击毙他们。

李力锋把手榴弹拿出来，说：“击毙我们？你来，来，怕死的是你孙子！”

营长看着高俊，说：“你们放开我，放下武器，今天的事情不怪你们，我会妥善处理的。”

高俊摇摇头虚弱地说：“你没那本事对付刘邵阳，侯新春离开他是对的，啥人哪，抬手就打人。咱们谁也别为难谁，今天把我们送走吧。”

营长没有吭声，对团长说：“我来处理吧。”说着，叫士兵扔给他绷带和药。李力锋提出要武器、手榴弹，营长也一一答应了。营长不明白高俊他们三人为什么不走，而是一步步往西也就是李力锋的驻地退去。

铁锅所在部队调集了人马来到李力锋的部队驻地，两个营集中后一起往北边高俊所在营赶，动静有点儿大，周围的老百姓都来观看。小猴子也惊醒了，观察了一会儿，也跟在后面。他穿着军服，黑灯瞎火的一会儿就混进了队伍里。问谁谁也说不清发生了什么，只说要赶往平胡，平胡部队出事了。小猴子听了心里莫名其妙地跳了起来。他本能地联想到自己，以最快的速度跑回住处，拿上自己的行李挤进人群中。当他看到铁锅、高俊、李力锋呈三角形押着高俊的营长和刘邵阳时，心里完全明白了。他趁人不注意飞快地往高俊身边跑，刘邵阳看到他后开始大骂。营长喊：“扣住他！”

铁锅一只手拽着刘邵阳，一只手用枪指着跑过来的人大声喊道："你们敢扣他我就打死你们！"说着对着还在大骂的刘邵阳狠狠几枪托。营长看到碰上了这样不要命的愣头青，无奈地只好看着小猴子跑到高俊身边。

高俊他们看到小猴子，悬着的心算放下了。对营长说："叫他们全退走，我们到了安全的地方会放了你。"

营长指指刘邵阳说："你们得把他交给我。"

"不行。"小猴子跳着脚说。

营长说："你就是侯新春吧？你还想干什么？都是因为你惹了这么大祸！你和刘邵阳闹矛盾，是你死我活的矛盾吗？他拿了你的东西，你也拿了他的东西，而且是他心爱的东西，这都快出人命了，还不依不饶吗？现在是什么时候，马上要打仗了，你在这儿闹这个？我是因为看到你们几个身手好，不想你们出事被击毙，否则凭你们能走得了？"

"那你给我们准备些好枪和马匹吧。"李力锋趁机提出要求。营长按照他提出的要求做了，他们退到人看不到的地方放了营长和刘邵阳。刘邵阳气得已经是有进气没出气了，他看着营长说不出话来。营长甩下他，用绷带把高俊头上的伤包上，说："怎么说你们好呢，你提营长的任命都下来了……高俊，你是个好孩子，知敬畏，懂分寸，有知识。今天的事一点儿不怪你，不然还跟我回去吧？我用这条命担保你没事。"

"不回去了！"小猴子坚决地说。

营长指着小猴子说："你要是我的兄弟，我两巴掌扇死你！算了，我也要上前线了，你们惹下这么大的祸，也确实没法留你们了。你们要去哪儿？不管你们到哪里去，记住，要去抗日！知道吧？这小日本都打到咱家门口了，你们这儿还打架！"

等高俊他们骑上马走远，营长解开了刘邵阳身上的绳子。刘邵阳有气无力地指着营长说："你成心放走他们，我跟你没完！"

营长不理睬他，回到营房后，刘邵阳仍然不依不饶。团长见到营长一个人回来，说："没把他们带回来？听说那个黑黑的高个子一连的人都近不了他，好身手呀。咦，他们是不是那批军校来的？还真是呀？我不是一开始就说过要重视他们，把他们从士兵中提拔起来吗？这是咱们军长费了不少劲要来的一批兵，就这么给放走了？”

刘邵阳插嘴说：“他成心放走的，我证明。”

营长盯着刘邵阳看了足有一分钟，说：“你和侯新春闹了矛盾，来我这儿二话不说就打人，你凭什么？凭你是皇亲国戚？你愿意去哪儿证明都行。我不怕你！”

刘邵阳对团长说：“既然你很重视他们，那我派兵去找。”

团长心里对刘邵阳也很反感，瞪了营长一眼，小声说：“你怎么叫他进军营呢？”

营长委屈地说：“是行政院军需署的梁次长陪他来的，梁次长放下他就走了。我哪里知道会发生这事呢？”

团长看看刘邵阳不依不饶的，说他还有任务，没有兵力去山里找这几个兵，建议刘邵阳到省主席那里去请援兵。

刘邵阳明显感到团长也不向着他，便无可奈何地去太原请援兵了。

高俊他们快马扬鞭一路向东奔往河北涉县。这条路被小猴子这一段时间反复琢磨，记在心里，他们走得很顺利。进入涉县后，已经离开了山西的管辖，夜路太黑了，加上高俊头上的伤，他们便找了个地方休息。

高俊毕竟年轻，伤口愈合得不出血了，只是骑了几个小时的马，震得伤口火辣辣地疼。小猴子摸了摸高俊的伤口，问道：“疼吗？”

高俊笑笑说：“你也真够嘎咕的，你把人家的金表砸了包在一泡屎里，那人家能不急？”

没等小猴子说话，铁锅说：“他急他就该打人？我赶到那儿时他们好几个人对高俊连踢带打，要没有他们张营长拦着，还不得把高俊打死呢！有气你找侯新春，打别人干啥？我他妈就该打死他。”铁锅说着，还气愤得不行。

小猴子一听，伸着脖子说：“刘邵阳这个人就是操蛋，不知他咋想的！我越着急去学课，他就是不让我去上课，天天给他干不完的活，每天熬到后半夜，白瞎了我这段时间，完了还把我的东西弄没了，我的行李里有我珍存的各种资料，全找不回来了！所以，我走也不能让他好受喽！”

李力锋从外面进来说：“行啊，这样逼咱们不下决心也得下决心，刚好走了！”

一想到要回到老家去，大家兴奋起来，小猴子说："路线我研究好了，他刘邵阳肯定搬兵找我，我给他个眼里插！他想破脑子也想不到这条路，咱们就沿着太行山一直往北走，穿过石门到了保定的最北端后，咱们想法去找卓群大叔，等于报个到吧，然后咱们回老家去找老叔，最后还是到东北去参加抗联。"

李力锋把小猴子带来的小手枪递给高俊说："你看，这就是猴子拿的刘邵阳的手枪，镶金的。"

小猴子对高俊说："送你吧，你为我挨打了。"

李力锋一听，说："你倒大方，咋不送我呢？不行，得在我这儿放几天。"

高俊说："那就给你了。"

小猴子转身从包里取出四颗手榴弹，说："李力锋，给你一颗，铁锅一颗，高俊一颗，我自己留一颗，咱们分开拿。这德国造的，也是拿的刘邵阳的，是他从德国带回来教学用的。这个手榴弹威力可大了去了。刘邵阳这小子手里的进口的好武器真多，我是扛不动啊，不然都给他端了。"

李力锋看看手榴弹又看看小手枪，说："我还是想要这把枪。"

"那把手榴弹给我！"铁锅说着把手榴弹拿过去，说，"和咱们带来的放在一起。"

小猴子又拿出来一个望远镜，说："这个我用。"

高俊也凑了过来，问："这么多好东西，还有啥？"

"还有一把德国刀。漂亮吧，只是……"小猴子犹豫了一下，把刀又收了回去，"刀不能送人，不吉利。"他又翻了翻，拿出一张地图，说，"这个给你吧，别看旧，咱们这一路可有用了。"小猴子说着，拿出来一部微型收音机，说，"这也是德国的。"小猴子有些犹豫，想了想，说，"我还是再收两天。要不把这颗手榴弹给你吧。"

高俊高高兴兴地把手榴弹收了。

铁锅胡噜了一把小猴子的包说："还有啥？收了吧，这么晚了，休息吧，明天好赶路。"

都后半夜了，几个人还是精精神神地睡不着。过了一会儿，铁锅先发出了鼾声，大家才慢慢地睡着了。

小猴子睡觉很轻，清晨听到外面有马蹄声，便起身察看，只见一队士兵走了过来。他紧张了一下，心里掠过一丝不安。他注视外面士兵的动向，外面的队伍经过门口由西向东有序地走着，不像是来找他们的。等队伍过去后，他想这里离长治高俊的部队还是太近，要尽快离开这个地方比较好。于是，他便叫起铁锅他们，想继续赶路。他伸手摸到高俊的手，感觉很烫，再摸摸头，滚烫！明显发烧了。高俊因为受了大面积的外伤，发起烧来，就怕破伤风，大家都紧张起来。商量了一下，他们决定找一户人家住下来，先休息一下。他们停止了赶路，想给高俊找个医生，或找点儿药。

他们从山口往下走，一路上一个人没有，更别提有没有吃饭的小馆子了。小猴子探头探脑找到一户人家正想敲门时，山上下来一个背筐的人，问小猴子："你找谁？"

小猴子观察了一下这个人，五十来岁，看上去挺面善，便搭讪着跟他商量说想出钱找一户人家入伙吃饭住宿。开始，这个人似乎很迟疑，小猴子跟他拉着闲篇，说了一会儿，这个人同意他们去他家入几天伙。小猴子赶忙掏了钱付给这个人，跟着他到了他家里。

这家主人是一对中年夫妇，家里还有个老母亲，祖祖辈辈居住在这里。男主人徐山客把他们迎进屋子后，又往外看看，狐疑地问道："就你们几个？"

小猴子心眼儿多，不正面回答老徐的话，说："啊，我们的一个人生病了，需要休息一下。"

"什么病呀？"老徐问道。

"摔的，外伤。"猴子答着话，拿出钱给老徐，又拉起了家常。慢慢地，老徐放松了防范的心理，拿出家里的山货，让老婆去做饭了。小猴子机灵地去帮着烧火，很快和他家混熟了。

徐山客把西偏房收拾了一下，对他们说："就在这间房里将就着住吧，吃饭让我屋里的给送过来。"

李力锋迅速地打扫了屋子，铺上稻草，和铁锅一起扶着高俊躺在炕上。李力锋又去搬东西，喂马。

铁锅解开高俊的内衣，发现他身上一处处大块红肿的瘀伤，碰到时他哆嗦着睁开眼，似乎很疼。铁锅看不下高俊疼痛的样子，想去叫小猴子来帮忙。出去看看，小猴子正帮着徐山客的老婆烧火，李力锋出去伺弄马了。他只好尽量放轻手脚，一边帮高俊换上干净的衣服一边咬牙骂刘邵阳。换好了衣服，把高俊放到炕上，铁锅满头大汗，靠在炕头大口喘气……

十五

时间到了1937年9月初，高俊他们这两年多天天忙忙碌碌，对外面的事知道得不多，一门心思学好本事，回老家，去抗日。现在走上了回家的路，他们已经归心似箭，按捺不住急切的心情。可是，高俊病了，大家不得不停下来休整。

高俊头天往返营部，连跑带赶走了四十来里的路，又被刘邵阳等人打了，浑身瘀伤，带着伤跑夜路，实在支撑不住了。开始高俊感觉双腿发软，浑身酸痛，他强撑着，想起来招呼着大家快走，很快就耗尽力气，脸色煞白，软绵绵地睡着了。

铁锅攥着高俊滚烫的手，焦心地说："太烫了，会不会烧坏了，咋办呢？"

他们这一年还不到二十岁，是年轻力壮的年龄，从来不得病，都没有应对疾病的经验。听到铁锅的喊叫，李力锋过来摸摸高俊的头，说："哎呀，这也太烫了，得想想办法。"接着又埋怨小猴子，"看看，你看看，当初你跟我们一起走多好，非要留下来。要跟我们一起走，哪有这事！"

第二天，高俊仍然昏睡着，高烧还没有退，铁锅忍不住咧着嘴抹起眼泪。李力锋又开始叨叨小猴子，小猴子火了，对李力锋说："就说了你是个叨叨娘们儿！你说这有用吗？"说完他冲出屋子，蹲在门口也流下了眼泪。徐山客听到吵吵，过来看看，说："不行啊，得想办法看呀。"

小猴子哭着问道："好大爷，我们到哪能看他的病呢？你告诉我，我求求你。"

徐山客说："哪里能看病我也不清楚，不过离咱们这儿不远有八路，他们有医生，你去试试。往东头走，也就七八里路。”

“八路？八路是啥？”小猴子不明白。

“咦，跟你们一样穿军装的。你们不是部队的吗，连八路都不知道？”徐山客有些惊奇。

小猴子小心地说：“我们一直在军校训练，现在赶着去打仗，还真不清楚外面的事。”

“哦。”徐山客点点头，“你们是去打日本鬼子？那你去八路那里给这兄弟看病，他们肯定给看。往东走，走个几里就找到八路了。”

猴子想了想，自己去了。他刚到八路军驻地，就闻到一股药味儿，便顺着味道找到卫生所。门是虚掩着的，他想推开进去，一个穿白大褂的年轻姑娘刚好开门出来，见到小猴子问道：“你找谁？”

小猴子看到从屋里出来的姑娘，觉得没有危险，便对她鞠了个躬，说：“我谢谢你，问一个事。”

姑娘笑了，说：“你还挺逗，什么事呀。”姑娘地道的北方口音，小猴子突然感到心里一阵酸楚，刚一开口，声音哽咽了。姑娘说：“怎么了，碰到什么事了吗？”

小猴子清了清嗓子说：“我想问一下，如果发高烧的话该怎么治，吃什么药？”

“什么引起的发烧？是感冒了还是有外伤？是你吗？要不到屋里来我给你看看。”姑娘诚恳地说。

小猴子说：“有外伤。不是我，是我哥哥。”

“那是不是感染了，要吃药打针的。你把他带过来看看。”

小猴子犹豫着，说：“我在你这儿买点儿药行不行？”他看到姑娘有些迟疑，说，“要不你给我开个药方，我去找。”说着，转过身抹了把眼泪。

这个姑娘心地很善良，说：“我可以给你点儿退烧药，但是你还是把他带过来看看比较好。我现在去开个会，开完会我给他看看。”

小猴子拿了药回去，给高俊服下，高俊出了一身大汗后烧退了。他们悬着的心总算放下了一些。到了晚上，高俊又烧了起来，不停地说胡话。小猴子担心地问铁锅：“要不我去八路的卫生所把那女医生请来？”

李力锋不同意，说：“别去了，这儿离长治这么近，他们是什么兵，跟山西有没有关系咱都不知道，一旦出现啥问题，高俊这样咱咋跑？”

“咋都能跑！”小猴子现在听到李力锋说话就生气，瞪着眼睛嚷道。

徐山客的老婆推门进来叫他们去吃饭，也关心地看了看高俊的伤，说：“哎呀，这是闹发了，不行的话先去弄点草药糊上。用狗藤藤草。我们这儿让狗咬了、摔伤了都用狗藤藤草煮了敷上。”

小猴子抓住她说：“那给我哥也弄点这草敷上吧。”

“今天晚了，没法去拔草了。你们先吃饭，我去地里找找，找到了是他的福气，找不到也没法。”

正说着，高俊迷迷糊糊醒了，睁开大眼睛四下看看说：“呀，我睡着了……咱们该走了吧？”说着又睡了过去。

晚上，房东大娘端来一盆绿糊糊的药，说：“还真找了不少，今晚就给他敷上，碍不着你们明天去请郎中给他看病，要好了是他的命，不好也别怪我。”

铁锅他们千恩万谢地说了一堆好话。高俊敷上药草又吃了西药，晚上睡得很沉。第二天一大早，高俊睁开大眼睛看到小猴子坐在一旁便起身摸着他的头叫了一声：“猴子。”

小猴子守在高俊的身边，连着两天没睡觉了，只在清晨打了个盹儿，他听到高俊的声音激灵一下睁开眼，看到高俊坐了起来，惊喜地说：“俊儿，你好点了？”

“嗯，我觉得饿了呢。”

小猴子嘴一咧，哭了。高俊伸手胡噜着他的头说：“咋啦？”

铁锅和李力锋也醒了，看到高俊站起来了都高兴得不知说什么好。听说高俊饿了，铁锅忙着出去张罗饭。李力锋坐在小猴子旁边，笑着说：“俊儿，你病了三天，我让小猴子骂了三天。哎呀，净拿我撒气了，我刚发现猴子这么厉害。叫啥猴子嘛，叫刺猬吧！”

一大早去地里干活的房东大娘回来看到高俊站起来了，也跟着高兴，去摸鸡窝里的鸡蛋，张罗着做早饭。

吃了饭高俊想走，小猴子坚决不同意，说还得休息养几天，高俊需要休息，自己也好几天没睡觉了，今天他去赶集买些好吃的补补。高俊走了几步，感到腿发软，身上渗着冷汗，他只能同意再休息几天。吃了早饭高俊躺下又睡着了。

小猴子看到他们睡的睡，忙的忙，悄悄一个人溜出去来到八路的卫生所，他想去感谢一下那女医生。在学校这几年，清一色的男人连个姑娘都见不着，昨天看见卫生所的那个姑娘，小猴子很想和她聊聊天。

这天上午卫生所很忙，小猴子便去集市上给大家买了鸡和一些鸡蛋，回来又到卫生所时碰上了女医生。小猴子说："我刚去找你，你们那儿正忙。"

女医生神色匆忙，看到小猴子愣了一下才想起来："是你呀。你哥哥好点了吗？"

"谢谢你挂记着，大夫。我哥好多了，我是来谢你的。大夫，请问你大名？"小猴子恭恭敬敬地说。

女医生笑了说："我不是大夫，我是护士，我叫谢云霞。你哥哥好了就好，关键还要注意看有没有内伤。如果有内伤，要养，多吃些鸡蛋。我今天可没时间去你们那儿看你哥哥，前两个月日本人在北平卢沟桥发动了事变。上午刚开了会。咦，你们——"谢云霞上上下下看看小猴子，说，"你穿的是军便服，是哪个部队的？"

猴子没回答，反问道："你们是八路，八路是干啥的？抗日吗？"

谢云霞哭笑不得，说："哎哟，你怎么什么都不知道呀！今天我是没有时间，不然好好跟你说说。我们下午开动员会，你去听听。现在全国都在抗日，你可不能不去抗日！"她说着走了。

小猴子把买的吃的放回徐山客家，又返回来听了动员会，大概知道了现在的国内形势。小猴子是个自来熟，很快和卫生所的人混熟了，打听到很多以前不知道的东西。

高俊养病这段时间，铁锅和李力锋也没闲着，两个人天天比画着练打拳。从力量上李力锋打不过铁锅，但是铁锅从来没有赢过他。李力锋从小瘦弱，他爹找人教他练兼有内功的形意拳。渐渐地，他喜欢上了这门拳术，有时间就练一练。他练拳兼练内功，感觉很有用，便拉着铁锅跟他一块儿练。在这几天，他们除了照顾高俊，就是在一起讨论练功打拳，没有注意小猴子天天忙活。

高俊心里很着急，只要能动时他就想走，但是腿软不说，浑身疼过之后感到锁骨突出的地方疼痛难忍，他觉得可能是骨头出了问题，不是骨折就是骨裂。锁骨这个地方是要扛枪打仗的，所以他只能耐着性子再休养几天。

小猴子晚上回来把铁锅和李力锋叫出去，跟他们讲了现在的形势。小猴子强调说："八路是抗日的。"

李力锋说："那他们要是抗日咱们可以跟他们干呀，省得这么奔跑，还不知道要跑到哪一天。他们要不要咱们？"

小猴子说："我想会要，但是现在别着急，高俊那儿本身就着急呢，让他再养一段时间再决定。铁锅，你说呢？"

"从打说去抗日这都多长时间了，八路要是抗日干脆就参加他们，就是高俊——"铁锅撇撇嘴说，"咋比我还一根筋，非要找到老叔再决定。现在还不能跟他说，过几天吧。"

又过了一个星期，高俊说什么不肯再休养了，非要走。小猴子这时才跟他讲了日本对中国已经全面开战，还跟他讲了当地就有八路，八路是共产党的队伍，看着人都不错，干脆参加八路就可以直接上战场抗日了。

高俊大眼睛眨巴了又眨巴，想了想，说："八路是共产党的队伍，要说老叔也挺像共产党的，我也问过老叔，他没说是不是，只让随大溜先生存，让咱们先学本事。咱们集体参加国民党，老叔也是同意的。如果老叔是共产党，他应该会支持咱们参加八路。"想了想，他又摇摇头，说，"咱们一路走来不容易，这儿离老家已经很近了，回去见到老叔再决定不好？再说，咱们是国民党的身份，现在参加八路，这冷不丁加入他们，人家信不信咱们？"

最终，高俊说服了大家，几个人收拾好东西向北出发了。依着小猴子的意见，捡两件重要东西带着，其他的东西都不要了，轻松走。大家都不同意。他们不舍得扔掉从部队带出的手榴弹和枪，觉得带在身上还能防身。在当地人的指引下，他们进了山，走着走着有点迷路了。看到山洼有一洼清水，他们停下来，开始喂马。

小猴子一个人往前走去，拿出地图看着，想问问路，可一路走去，连个人都没有。他继续往前探路，远远发现前面几个穿军装的人蹲在那里，手里拿的东西引起他的注意——他们手里拿的是无线电台。小猴子四下看看，这里的山都是碎石子，山峰也很陡。他迅速爬上一个弯角的地方，看到来的是五个人，他们简短的谈话让小猴子听到了，说的是日本话。小猴子赶快飞奔回去，对坐在地上的高俊说："前面有几个日本人，当兵的……"

李力锋把眼镜往上一抬说："你肯定，是日本兵吗？"

"哎呀，没错，他们手里拿着电台在联系。"

"几个人？"李力锋问道。

"五个。"

"那犹豫啥，打了他。咱们不是说过了，只要是小日本就打了他？！"高俊毫不犹豫地说。

小猴子想去拿自己包里的望远镜，看到高俊他们匆匆走了，顾不上取，急忙跟过来压低声音说："咋都乱跑呢！跟着我走，别直接过去，上坡，到那个探头崖。"说着，高俊拉住铁锅，铁锅拉住李力锋，三个人跟在了小猴子后面。他们爬上山坡不久，看到五个穿军服的人朝着他们这边走来。小猴子按住李力锋，小声说："别动啊，别动！我听听他们说什么，想干啥。"

这几个人顺着路来到这个探头崖的下边，用日本语说："再试试，就在这发报吧。"

李力锋听到他们说的是日本话，问都没问从山坡上跳了下来，一刀攮进手拿电台的一个日本兵的脖子。铁锅和高俊、小猴子没有选择地跳下来，三下两下戳死了三个。剩下的一个急了，突然用中文说："我投降，我投降！"

高俊从这个投降过来的兵嘴里得知，他是个翻译，这几个日本兵是到前面来探路的。其他的他说不知道了。正问着，小猴子在摆弄的电台发出刺啦刺啦的声响，里面飘出日本话询问情况。

翻译刚想说什么，小猴子按下电台的信号，说："他们后面有部队跟着，怎么回答？"

高俊问了问翻译："后边有多少人？"

没等翻译说话，铁锅说："管他多少人！猴子，你说安全，让他们过来，打狗日的。"

小猴子打开电台开关用日本话答道："一路安全。"说完关上电台。李力锋说："再听听对方说啥，你弄那么大干扰干啥？"

"我说日本话带咱老家味儿，不得干扰干扰，遮盖一下？"

一句话说得大家都笑了，高俊对小猴子说："哈，你学的日语还真有用了，还是你脑子好。"

小猴子想了想说："咱们这样是不是太莽撞了，不知道他们多少人。现在咱们赶快拿上武器，到前面那个弯路的坡上等，在那里看得远。"

"先说好，李力锋，你别跟疯子似的不等看清楚就动手，这是真刀真枪，真出人命的。"小猴子又说。

这时，被抓的翻译说道："他们人多，你们人太少……"李力锋听都不听就堵了他的嘴。李力锋和铁锅忙着把日本翻译绑起来，把马也拴好。几个人拿上带来的武器和这四个日本兵的枪，来到前面弯路的山坡上趴下来等待。

过了一炷香的工夫，一队足有百来个日本兵走了过来。小猴子一看，说："呀，人太多了，我们怕是不行。不行咱就别动手了。"

李力锋说："啥行不行的，这已经躺下几个了，一会儿他们就能看到，等他们先动手咱们更被动。怕啥呀！"

铁锅跟着说："可真是说的咧。"说着，他先拿出小猴子带来的手榴弹，拉了弦儿扔了过去。

这颗德国原装手榴弹的威力太大了，日本兵没反应过来，又飞来一颗。猝不及防的鬼子倒下了一片。

日本兵退到安全的地方，对着电台不停地呼叫。小猴子想去打开电台，铁锅说："猴子，你别暴露咱们人少，骗他们过来。"

小猴子说："这怕不行，咱们和他们太悬殊了，我觉得应该把他们吓走。"

"高俊，你那儿还有一颗手榴弹，给我。"铁锅说着把高俊的一颗手榴弹又扔了出去。

出现了一阵静默。这几颗威力巨大的手榴弹让日本兵判断不出碰上了什么部队，他们停下来继续呼叫着电台。

十六

这一切，被对面丛林中的一支队伍看得清清楚楚。对面的队伍是八路军，指挥员是353团团长王雷明。八路军听到这不同凡响的爆炸声也蒙了，不知道对面是什么路数。经过侦察，看到对面的人很少，只有几个年轻人，但手榴弹投掷得很标准，颗颗命中。只是这几个年轻人很急躁，看样子没有什么重武器，只有手榴弹和几支枪，愣敢和一百多个日本鬼子过招。

高俊他们的洋手榴弹就四颗，是刘邵阳从德国带回来教学用的，小猴子离开时拿了他的。用完了洋手榴弹，铁锅开始用自己带来的手榴弹。手榴弹一炸，日本兵大概知道了一些对方的力量，心里有了底。他们隐蔽好，迅速架上迫击炮准备轰炸山头。

王雷明团长经过仔细观察，看到这几个年轻人明显处在危险的状态中。这里离八路军总部比较近，他们的原则是不在这条路上轻易开战，目前这几个年轻人把战斗打响了，给总部和这一带的村子带来了危险，当务之急是要把日本兵往西引，远离这里。西面是山西国军重兵驻扎的地方，王雷明果断地下达了战斗命令从东面猛烈攻击，逼着鬼子向西撤退。

机枪一响高俊他们愣了一下，很快看到火力是对着日本兵的。铁锅更来劲了，索性站起来投掷手榴弹。正聚精会神地打着，头不知被什么东西狠狠地撞了一下，仔细一看几个军人用枪围住了他们，一个小战士上来搂住他，被铁锅伸手摔倒在地，铁锅弯腰去拿枪时看到十几个战士用枪抵住了自己。高俊、小猴子、李力锋也被几个战士围住，他们正连踢带踹手脚并用，和几个战士厮打。

一个被李力锋摔出去的年轻战士说："你们怎么不识好歹呢，看不出来我们是来帮你们的吗？我们团长怕你们有危险，请你们过去。”

高俊问道：“过去？你们是啥人，也是打小日本鬼子的？”

“当然是打日本鬼子的。合起来打总比分散着打好吧？”

“那中，走。”高俊站起来说。

小猴子抓住高俊，警觉地问道：“你们是啥军啊？”

“什么啥军？”小战士有点嫌弃他们，说，“怎么什么都不知道呢？我们是八路军。”

小猴子在徐家沟住的这几天有时间就去八路军的卫生所，在卫生所听到了很多当前的形势，他很认可八路军。一听说是八路，说：“中，那咱们过去。”

没等他们过去，八路军一队人马来到了高俊他们这边，一字排开和对面的日本军队交上火了。同时，另一队人马发起了猛烈的攻击，密集的火力逼得日本鬼子往西边撤退。高俊他们第一次和日本鬼子实打实对阵，立刻全身心地投入战斗。

铁锅用自己的步枪打着觉得不跟劲，过去三下两下抢了八路军一挺机关枪扫射。八路军的机枪手被铁锅薅着搡到一边，气得爬起来想跟铁锅争夺，但他马上发现铁锅像是经过训练的，端机枪的姿势标准，发射出的火力非常精准，便放弃了夺回机枪的想法，拿起铁锅丢下的步枪用起来。铁锅打着打着站了起来，向着敌人边走边打。没等走几步，一个八路军战士过来拉住他，想阻止他向前走。铁锅甩开拉他的战士，继续往前冲。这时，李力锋也拿着枪站了起来，摆出要往前冲的架势。

团长看到战士阻止不住铁锅，迅速赶到高俊身边。没等他说话，高俊和小猴子大声问道：“长官，不准备冲过去吗？日本鬼子再往西退就跑了。”

王雷明团长点点头，说：“一点不错。东边是老百姓的村庄，西边有国民党重兵驻守，不能把鬼子带进东面祸害老百姓。你们赶快去把那两大个子拉住。”

小猴子一听马上明白了王雷明的意思，看着李力锋站起来跃跃欲试地也想冲出去，冷不防伸出腿把他绊了个跟头，然后抓住李力锋喊着：“你别瞎打，先趴下！”

高俊也冲到前面抱住铁锅，铁锅肩膀一扛把他甩了个跟头，还继续往前冲。王雷明过来也被铁锅甩在地上，高俊爬起来抓住了铁锅手里的机关枪，铁锅这才看清过来抓住他的是高俊。这时小猴子也过来抱住了他，大声喊道："你干啥愣了吮叽的，你看不出八路长官是想把鬼子往西边赶吗？"

铁锅看到日本鬼子一边打一边往西北撤，恐怕他们跑了打不着了，还想往前冲。团长说："哎，哎，兄弟，这是在打仗，不能瞎打。你们跟着我，听见了吗？"

铁锅不服气地说："凭啥听你的，我们又不是你的兵。"

猴子伸手杵了他一下，跟他解释着原因。

团长被铁锅甩到了一边，一点儿不生气地看看铁锅，黑黑壮壮的一个大个子，再看看李力锋，别看瘦瘦长长的戴着个眼镜，但没有一点惧怕，满脸杀气露出狠劲。那个白白净净的年轻人沉着地射击，一个小巧的年轻人拿着个望远镜一边看一边趴在地上说着什么，一招一式的挺像样。几个年轻人一脸的稚嫩、无畏，很招人喜欢，王雷明立刻产生了想留下这几个年轻人的想法。正想着，那个白白净净的年轻人过来了。

王雷明谨慎地说："看样子这是日本兵的一支主力部队，他们很可能是经过这里。你们……不问东不问西地上来就打，已经打起来了，得避开东边老百姓的村庄，得把他们往西边赶。"

"现在鬼子一直往西边退，已经达到目的了，应该可以主动进攻了吧。"高俊拿出地图，指着县城边界说，"咱们这里是河北和山西的交界，可以打了吧？"

小猴子在一旁说："他们如果一直往西北撤，上了北面的山坡，我们追的话要过这条马路，这有危险，那样就放跑了。"

王雷明也有这个想法，只是这里离着总部还是近，没有接到命令，他有点儿犹豫。这时，小猴子缴获的电台又吱吱响了，他仔细听着，对团长说："是这帮日本鬼子在请求支援。团长，咱们现在占据的地形有利，完全可以打呀！要不借给我们点儿武器我们打。"

王雷明听他们说得头头是道，还有懂日语的，不清楚他们什么来头。看到他们今天的决心，是不会放过眼前这个机会的，他心里有了主意，虽然没有接到和日本鬼子交战的命令，是这几个小年轻打起来的，即使上级追究起来，他们是协助帮忙。他看刚才铁锅在很远距离的投掷，颗颗手榴弹都投在日本鬼子队伍里，便对铁锅说：“我看你投掷不错！这样，我们每个战士身上带着的手榴弹全给你用，把他们全投给日本鬼子，能投多少投多少，到时看看打掉他们多少战斗力再说追不追，行不行？”

铁锅一听让他们打了，咧嘴笑了，说：“那咋不行，我们几个全能做到。俊头，你肩胛上有伤，你就算了。”说着，他拿着集中起来的手榴弹掷向日本兵，又是颗颗炸中目标。李力锋又急急火火站起想冲过去和鬼子近距离作战，团长一把没拉住他，果断地下令冲锋。

一支近二百人的队伍被打掉了，八路的部队也有受伤的，没有阵亡的，应该说是意外的大获全胜。小猴子还缴获了一部电台。

打扫战场后，铁锅看上日本兵的机关枪，八路的战士不愿给，两个人吵了起来。王雷明爽快地对铁锅说：“给你，你们跟我们到团部去，要什么你说，还要给你们开庆功会。”

高俊犹豫着，小猴子捅捅他说：“是要着急赶路。可你看到没，北边有日本兵，还不知道啥情况呢。这刚打完一仗，这条路怕不能走了。八路可以信任，又不是刘邵阳派来追我的国军，怕啥？开庆功会干啥不去，吃点儿喝点儿顺便补充点儿武器不好？”

铁锅和李力锋都处在刚和小日本打了一个胜仗的亢奋状态，不假思索地说：“去，去，干啥不去！咱手榴弹都用完了，要走也得带上点儿。”

来到王雷明的团部，高俊前后看看路，自言自语地说：“这不是又回来了？”

铁锅的整个心思都在武器上，他跟着王雷明说：“长官，我看在战场上缴获的武器不错，都能给俺们分点儿吗？”

王雷明回头看看高高大大一笑下巴上旋出俩酒窝的铁锅，又看看带着眼镜瘦瘦长长却很有力气的李力锋，英俊漂亮的高俊，精明强干的小猴子，越看越喜欢，笑着说：“不是说了嘛，一会儿你们去看，愿意要什么尽管说。我说你们留在我们这儿怎么样，咱们共同抗日。”

铁锅看着崭新的日本武器，心里高兴，跟高俊说：“我看也行，这里有日本兵！咱们不就为了抗日出来的吗？”

李力锋和小猴子也想留下来，但高俊坚决地摇摇头说："看看，咱先看看，还得回去找老叔。"

李力锋不高兴了，说："你真死心眼子。在这儿先打着日本鬼子，抽空回去再和老叔联系上不中？"

王雷明看到他们意见没统一，不再说了，招呼着食堂做炖肉，开庆功会。喝酒吃肉时，团里干部战士一起来给他们敬酒祝贺，齐声挽留他们，但高俊不为所动。王团长也不着急，和他们聊天，招呼他们喝酒吃肉，吃了一顿饭后便把他们怎么来的，怎么去的，所有的底基本摸清楚了。

第二天高俊还是想走，王团长约请铁锅教战士们练投掷，中午又是好吃好喝地招待着。这一天明显也走不了，高俊心急如焚。其实他并不是不想留下来，他的意思是先设法和郭老叔取得联系后决定去向。现在大家觉得和日本鬼子打仗用光了自己的弹药，打赢了小鬼子有自己的功劳，怎么也得分点儿武器。经过这一仗，高俊也明白随身要带些武器，可是王团长没有再提武器的事，只是好吃好喝地待他们。第二天中午，又是好吃好喝的，高俊他们天性淳朴，面对如此的盛情手足无措，不知道说什么好。王团长说："今天不是请你们了，是请你们陪咱们的领导，这小米焖饭是咱们军分区首长爱吃的，一会儿他来陪你们吃饭。"

趁着王团长出去时，小猴子对高俊说："我看出你着急赶回去见老叔。饭得一口口吃，路得一步步走，咱们不得一步步走回去吗？既然到了这儿，你别太死心眼子，看看咋回事再说。哪里抗日不是抗日？"

"不是，这跟抗日不抗日啥关系？咱们不能失信于老叔，这不是先前说好回去的吗？"高俊说。

正说着，只听一阵喧哗，从门外进来一个人，挨个儿看着他们，手指着他们说："高俊、郭铁锅、侯新春、李力锋……我有事外出了，回来听王雷明团长急着找我，他把情况一说，我估计是你们，还真是。来来来，坐下，坐下说，跟我唠唠！"

高俊他们仔细一看，是卓群，愣了片刻，立刻围了过来。高俊激动地说："叔呀，我们要走就是去北平找你！这么长时间了，回来找你和我们老叔的事我们一天没忘呀！"说着，声音哽咽了。

卓群拍着高俊的背说："知道知道，就是你们这份诚意，感动了老天！

这不，咱们在这见面了！你们千辛万苦回来找我和郭尚德同志，是想问学了本事下一步咋办，还有报恩的想法，对不对？我，也代表郭尚德同志告诉你们，留在这儿，参加抗日！好好打鬼子，就是你们老叔的心愿，就是对我们最大的报答。”

大家连连点头表示同意。

高俊心里一直有点疑惑，忍不住问：“八路是共产党，我们参加了国民党，国民党和共产党不一样，不会嫌弃我们吧？”

卓群哈哈大笑，说：“你想的还挺多的。你们参加国民党是集体参加，经过咱们党组织同意的。先生存，后发展，当时的情况只能先活下来再说。现在不同了，已经国共合作了，前不久刚刚发表了两党停战，建立抗日民族统一战线的声明。你们从开始想抗日到现在用自己的行动参加抗日，说明你们的抗日决心是坚定不可动摇的。这路上，你们是打了个漂亮的胜仗，可给人家王雷明团长惹祸了。八路军打仗是要服从命令的，特别是在这个西线上是不能随便打起来的。可是，那时你们还不是我们八路军，不管不顾地和日本鬼子打起来了，咱们王雷明团长看到你们明显处于劣势，有危险，没有请示就下令作战帮你们打了这一仗。王雷明团长回来给你们请功了，你们是立功了，王雷明团长可受批评了，无论从哪方面你们都应该留下来。同意了？欢迎你们参加八路军，也欢迎你们加入共产党。我了解你们，可以做你们的入党介绍人。当然，王团长也可以当你们的介绍人，是不是？雷明同志，也得谢谢你呀，出手相救，带来了这么优秀的年轻力量。”

铁锅不愿听了，脑袋一摇说：“不用你们救，我们可以打过他们。”

“那不对，那天日本鬼子比你们人多，火力猛，你们弹药用光了呢？哦，近距离打？你再有本事，一个人是打不过那么多人的。侵略中国、占领中国，是小日本子精心策划的，到今天全面挑起侵华战争。这些日本鬼子，以为以武力侵略中国，中国人就趴下了。连你们这些孩子都不干，停止了学业跟他们打，要当抗日英雄。但是这不是一个人甚至几个人的战争，也不是个人的仇恨。不能逞个人英雄主义，要发动全民抗日，早一天赢得这场战争。嗯，你姓高，你是郭铁锅。你老叔当初给我的信中说俩侄子，只有你姓郭，是不是只有你是郭尚德同志的亲侄子？”卓群说着，爱怜地看着铁锅，伸手去摸他的头。

铁锅脑袋一躲，说："我们俩……我们四个都是老叔的亲侄子，亲亲的，真的。"

"嗯，都是都是。吃饭吧。"卓群表情复杂，没再说下去，开始不停地给他们夹菜。

这顿小米焖饭，高俊他们吃得非常香。他们从王团长的介绍中，知道卓群是共产党太行第五行署专员兼军分区司令员。高俊他们不知道专员是什么，总之是个领导，有个当官的领导介绍他们进入八路军，加入共产党，有脸有面，是件高兴的事。

吃完饭，卓群在回总部的路上心情很沉重，他对王雷明说起了和这几个小年轻认识的起因是他的好朋友郭尚德，就是这几个小年轻口中说的老叔。可是，郭尚德已经牺牲了。

郭尚德一直在秦皇岛和冀东一带为共产党筹资筹物，在艰苦的环境下建起了兵工厂。秦皇岛已经是敌占区，组织决定调他回根据地，但一时没人能替换得了他的工作，在最后一次运送制作弹药的原材料时被汉奸出卖，被俘后受尽了折磨，最后被敌人杀害，死得极其惨烈。郭尚德家属和女儿留在东北，他为了保护家人一直没直接跟家人联系。郭尚德很看重他的侄子，如同亲生儿子。卓群说，他自己也一直挂念着这几个孩子，因为和当初送他们走的赵志鹏失去了联系，一直没有这几个孩子的消息。大半年前得到郭尚德牺牲的消息，他还专门打听过这几个孩子，没想到他们以这种方式出现在了太行山。

王雷明目前最关心的是想把这几个年轻人全留在自己的团里，当他一提出来，卓群摇摇头，说："那不可能。现在根据地最需要的就是懂些军事会打仗的士兵，这几个小年轻在军校学习过，他们得去给战士们当教员，提高普遍战斗力。"

王雷明回到团里，看到铁锅和李力锋正在对打。李力锋看着很瘦，铁锅和他交手时却无法赢他。见到王团长，两人住了手。王雷明不明白地问铁锅："你是不是让着他呀，我看到你一个人轻松打几个人，怎么打李力锋很困难呢？"

李力锋得意地一笑说："咱有内功，小时候太瘦，我爹从小找师傅教我练拳。开始我没觉怎么地，练时间长了可显出有用来了。”

铁锅哼了声说：“那我是没用力气。”

李力锋反驳说：“你瞎说吧。这样，你使上全力，咱们再来。我就是没你块儿大，不然你可不是我的对手。”

王雷明看看这个、看看那个，越看越喜欢，不由得说：“你们几个要是全能留在我团里就好了。”

说者无意，听者有心。正在一旁和高俊说话的小猴子一听，问道：“团长，怎么，我们不能全留下来？”

王雷明说：“司令员说不行呢，你们懂军事，会作战，要你们去其他部队教战士呢。”

王团长这句叨叨话，铁锅一听炸了，说：“啥？还要把我们分开？不中，不中！要是再把我们分开，俺们不在这儿待了，去找老叔去。我有两年多没见老叔了，也该回去看看。”

“那你们不抗日了？”王雷明问道。

“咋不抗日？我们就为这出来的！我们找老叔去，就是去抗日，去东北参加抗日联军。”铁锅倔强地说。

小猴子听铁锅就认东北抗联，忍不住笑了，想调侃两句，看到铁锅板着脸，知道他生气了，怕话赶话再吵起来，就没吭声。

高俊他们闹起情绪来，表示要在一起，不行的话就一起走了。王雷明没想到事情有些失控，他也想借着几个小年轻不想分开，趁机再次要求留下这四个年轻人，便骑马来到行署找卓群。

十七

卓群刚回行署没多大会儿，看到王雷明骑马急匆匆赶来，赶忙问："王雷明，出啥事了？"

王雷明说："那四个小年轻的还是要走。嗨，是我跟他们说了要把他们分开，他们不干了。这次，是郭铁锅挑头闹着要走，还是要去找他老叔。"

卓群想了想，说："他们想回去也有他们的道理，毕竟郭尚德同志是郭铁锅的亲老叔。郭尚德托我想办法给他们找条出路时说过，他和他的这两个侄子情同父子。分别了两年，他们是想他们的老叔了。行，咱们一起去看看他们。"

来到王雷明的团部，卓群看到高俊他们收拾好行装要走了。看到卓群后高俊不好意思地低下头，说："叔，我们，特别是铁锅忒想念老叔了，我们还是回去吧。我们取道这里是为了到北平找你，学完了，跟你说一声。现在见到你了我们直接回老家了。看一看老叔，不行我们再回来。"

卓群拍拍高俊，说："行，想法都没错。来来，你过来一下，我跟你说句话。"

高俊跟着他走到一棵树下，卓群说："我本来是想过几天再跟你们说的，你们老叔郭尚德同志牺牲了。"

高俊一听愣住了，一句话说不出来，黄豆大的汗珠滴滴答答地流着。过了一会儿，高俊才哭了起来。

小猴子机灵，他看到卓群叫高俊私下说话，就跟了过来，没想到听到的是老叔牺牲的消息。看到高俊脸色苍白，他上前扶住了高俊。

卓群说："这也是我留下你们的原因之一。你们不是一直说要抗日吗？这就是实现你们抱负的地方呀，我就不能接替你们老叔照顾你们吗？"

小猴子帮高俊擦着头上的汗，听卓群这么说，乖巧地说："能，叔，你要理解我们……我们不走了，留在这儿跟叔一起抗日。"

"你说了算数吗？"卓群问道。

小猴子点点头，又捅捅高俊，说："高俊，你也说。"

高俊想说点儿什么，一开口，却什么也说不出来。他抹了一把眼泪，机械地点点头，才说："叔，我们不走了，我们就在这儿……"

高俊天生皮肤白皙，人长得清秀，在农村里显得很突出，反倒让他的亲爹嫌弃，觉得他什么都干不了。自从郭尚德见到他那时起，对高俊就像对自己亲生的孩子，高俊和他产生的感情情同父子，不亚于铁锅。听到郭尚德牺牲的消息，他非常伤心，很大一部分原因还是为铁锅。铁锅从小受苦，就只有老叔这一个疼爱他的亲人也走了。他抹了把泪水回头看了铁锅一眼。

卓群看到他伤心，拉起高俊的手说："那你们还要担起到其他团队教战士操练军事的任务呀。"

小猴子迟疑了一下，问："其他团队是去哪呀？"

卓群明白了，他们还是怕分开，笑着说："都在这一片，不说是天天见吧，也是抬头不见低头见的。你们学了本事，得把你们学的本事教给咱们的战士，不能你们总在一起抱团团、打连连。咱八路军来自五湖四海，是个大家庭，不兴搞小圈子。"

高俊和小猴子弄明白了分开的意思，心里有了些许的安慰。卓群让他们负责做铁锅的工作后回总部了。铁锅和李力锋看到卓群走了，高俊和小猴子还愣在那里，走过来问："咋了？咱们该动身了。"

小猴子还没想好什么时候告诉铁锅老叔的事，眨巴着一双眼睛正琢磨怎么说，只见高俊上前一步拉着铁锅，眼泪扑簌簌地掉着说："锅子，老叔牺牲了，就是没了。老叔死了呀！"

铁锅好一会儿才明白高俊说话的意思，他木头一样地盯着高俊，伸手替高俊抹去眼泪，流着泪水拍着高俊的后背，说："别哭，有我呢。"说着，转身抹去自己的泪水。他和高俊在小猴子和李力锋的搀扶下回到宿舍。

经过一段时间，高俊他们熟悉了当地的情况。两年多的抗日心愿终于实现了，一路寻找的迷茫也散去了。他们参加了共产党，铁锅留在了王雷明的团里，和高俊同属第五行署。高俊让行署要走了，当军事参谋，陈富副司令员很喜欢他，想留他在身边当机要秘书，这样高俊既当机要秘书又当军事参谋。

李力锋分在第一行署，在一个团里从班长做起。小猴子也被要到第五行署总部当军事参谋。

高俊他们几个人忙碌起来，很快习惯了在太行山的生活。他们在一次战役胜利后的庆功会上碰到了，还因为第一次和日本鬼子交手缴获了一部电台荣立了一等功。这天几个人都穿着八路军的新军装，小猴子的衣服大，显得踢里踏拉的。李力锋讥讽道："咋不要个小号的，穿着盖过屁股的衣服越发像个小猴子了。"

小猴子和李力锋见面总要对付几句，小猴子上上下下看看他说："穿上新军装也没见你好哪去，还是个竹竿挑着衣服咣当。咱们这里就铁锅，穿上这服装看上去舒服，人家那身板好，穿啥都好看。你再看高俊，本来什么衣服穿在他身上都显得潇洒有派头，像城里的公子哥，咋偏就这身衣服穿上像塌在身上了呢？从来没见过高俊有这么土气的时候。"

高俊两手一插，拢在袖子里说："土八路嘛，俺就是个土八路，挺好。"说着，咧嘴露出他那迷人的一笑。大家都忍不住笑起来。

回去的路上，高俊和小猴子想跟铁锅和李力锋待一会儿，铁锅挥挥手一个劲轰他俩走。他说去找李力锋有事，是去交流拼刺刀和格斗的经验。小猴子和高俊一路往回走时说："李力锋和铁锅已经参加过三次战斗了，单独拿了三次奖章，我啥奖都没得过。"

"哎，咱不拿过奖了吗，还是一等奖。"高俊说着掏出奖章，爱惜地看着。

"这是咱们大家一起拿的，不算！哎，我还想问问你呢，你跟我一样，也是个瞎参谋烂干事，没机会参加战斗，怎么还得了个奖章呢？"

"我是去送信时赶上打仗就跟着打了，仗打胜了也发我奖章。"高俊高兴地从兜里又摸出一枚奖章。

“哦……”小猴子点点头，想了想说，“回头我也找机会去参加战斗。你看看李力锋那样，得了奖章就到我这谝活来谝活去的，哪天看我跟他急。”

小猴子和李力锋好的时候像一个人，但见面就斗嘴，大家都习惯了。高俊笑笑没接他的话茬儿。他突然想起个事，问小猴子说：“有个事我一直想问问你，每次见面光顾着高兴了，总是忘问。咱们离开山西时，你坚持走这条路，和日本鬼子打的第一仗，也是你侦察到的，你是不是在侦察分析上有什么方法？”

小猴子嘻嘻一笑，说：“啥呀，我坚持走这条路，那不是为了躲刘邵阳嘛。这个刘邵阳恨透了我，他又有权势，我拿了他这么多宝贝，他肯定不会善罢甘休，一定会利用他在军部的关系追过来。从这儿走是离开山西部队最近的路，你们当时在山西的驻军也离这条路最近。这条路往东一偏就进入了河北，只要离开山西那地界，离开刘邵阳的势力范围，他就一点儿办法没有了……和鬼子打的那一仗，那纯属瞎蒙瞎碰，也赶上咱们有俩二愣子李力锋和郭铁锅，这俩嘛，啥事不问啥话不说上来就打，真是从小练武出身，先打了再说。实话说咱也就是碰上王雷明团长了，不然不知道啥结果。你再能打，打不过人家的枪炮呀。七赶八赶凑巧让咱们碰上了这一仗，痛快！不过，我后来仔细想想呀，这里头有问题，这队鬼子是有别的任务，是途经这里的！”

小猴子说着停了下来，思索着什么。想了一会儿，他蹲在地上，找了个树枝在地上画着说：“咱们这条路往西偏，有国民党部队重兵驻扎，从这儿搭起的电线杆就能判断出来。走这里除非有任务，应该是最危险的，他们咋选这条路呢？”小猴子思索着，不知道在想什么。过了一会儿，小猴子从兜里掏出那个小型收音机，接着说：“我当时拿走刘邵阳的这些东西就是为了气气他。这家伙的东西都非常先进，可惜咱学无线电的时间太短了，还真不精通这个。这个可以改成一个信号接收机，偶尔能听到个有用的信息。那天我沿路在看这些架起来的电线杆，琢磨着怎样把我的这个收音机用起来。这家伙还得琢磨琢磨，弄好了有用。”

“那你能分析出来哪有仗打？”高俊羡慕地问道。

“也不行，看——”猴子指指竖起的电线杆，说，“这都是国民党的通信线路，如果能借用人家的电线线路，有时能得到有用的信息。”

“不管怎么说，你立的功劳更大。”高俊由衷地竖了下大拇指夸赞小猴子。

“可没人给我奖章呀！”猴子双手一摊，说，“说实话，我挺想到作战部队去的，多拿几个奖，当战斗英雄多美呀。”

“我也想去。可是人家首长对咱挺好挺重视，这话不好提。等机会吧。”

高俊和小猴子站起来，拍拍身上的土想各自回去时，发现国民党部队的一个士兵爬上电线杆在修什么，兜里的工具掉下来了，他想爬下来捡。猴子看到后，拽着高俊说：“过去看看，看看他干啥。”

小猴子说着从地上捡起工具扔给电线杆上的士兵，和这个士兵聊起天来。

国军这个士兵姓王，山东人。见到高俊他们来帮忙很高兴，这小王仿佛没人跟他说话给憋着了，话很多。小猴子和他越套越近乎，从他这儿得知日本鬼子想南下，屡次想突破西线平原。再多问，小王也不知道了，只说要把所有的线路检修一遍，以保障通信通畅。小王在电线杆上，高俊和小猴子在地下帮助他把所有的线路捋了一遍。小王走后，小猴子指着高俊，还没说话，高俊抢先说：“我琢磨过来了，你分析的是对的，那天咱们碰上的日本鬼子，确实是路过。他们去哪儿呢？”

“那还不知道，但是我知道仗要从哪打起来了。”小猴子说。

“你知道？我明天刚好有事去353团，顺路看看铁锅和王团长，王团长最喜欢打听这些消息，到时让王团长找你参谋参谋。侯参谋嘛，正好用上。打赢了仗，他不得给你发奖章？”高俊笑着说。

第二天早晨，高俊到353团交接了文书，顺路来团里看望铁锅，在门口碰上了王团长。王团长正要出去，听高俊说来看铁锅，拉下脸说：“铁锅？他有事，你今天见不着了！”

高俊看到王团长有些不高兴，笑笑说：“有段时间没见着王团长了，我来看看你，是顺道……看看铁锅。”

王团长看了高俊一眼，笑了，无可奈何地说：“真没法和你们认真。你们前不久才刚刚见面，今天又来看他，有多少话要说呢？你说这个郭铁锅，啊，前几天在战场上因为收缴战利品和其他团的战士打了一架，铁锅人高马大的，肯定是吃不了亏的。人家那个团的团长老江——江泰——也是护犊子的主，资格又老，自己的战士吃了亏，不干呀，找来了！我不仅把多收的战利品还给了人家，还多搭了一挺新型机枪，这老江才算拉倒了。不知道这事铁锅怎么知道了，昨天开了庆功会后拉着你们那个李力锋找人打架去了，非要要回我昨天赔给老江的新型机枪。要说铁锅也真行，和李力锋俩打了人家一个连的战士，把机枪生给抢回来了。老江知道后，直接把铁锅给告到了总部。他现在关禁闭了，写检查呢！”

高俊听不得任何关于铁锅不好的消息，他担心地问：“把人打坏了没有？”

“折了胳膊腿的倒没有，他和李力锋为了抢那个机枪，撂倒了一大片！要把人打坏就麻烦了。”王团长想了想，说，“关着他吧，让老江平平气。关不了两天，喊，你不用这个样子！我和你一样，不愿意看到他吃亏。但他也不能总犯纪律！”

“哦。”高俊答应着，没有见到铁锅，心里有些不甘，又没话找话跟王团长说，“王团长，要是有仗打，你让不让铁锅去？”

王团长一听，停下来问道：“高俊，你有什么消息？”

高俊把昨天收集到的只言片语告诉王团长，王团长拉着高俊想问得详细些，不巧外面来人找他。王团长说：“我有急事要出去。这样，你等我一会儿回来，中午来，叫上侯新春，咱们好好聊聊。”

“等到中午啊？”高俊有些为难地说，“不一定能抽出时间来。”

“那晚上，咱们首长总不能不让你吃饭休息吧？”

“那倒不会。”高俊憨憨地一笑。

“那说好了，你叫上侯新春来这儿吃饭，咱们好好聊聊。到时候让铁锅陪你们。”王团长说完走了。

傍晚时，高俊和小猴子来了，看到王团长给他们准备的晚饭，一大盆冒着热气的杂和面面条，上面铺着嫩绿的葱花，飘着星星点点的红红的辣椒油，一盆葱和醋拌着的老疙瘩咸菜丝，一碗蒸肉，油汪汪飘出来阵阵香气，勾起人的食欲。高俊和小猴子有些不好意思，咽了口吐沫，局促地搓着手。王团长说：“嘿，怎么还客气上了，虽说你们现在不是我的兵，可咱们还是一家人，说好了这是你们娘家的！再说，今天的饭不是专门为你们做的，我们打了一个小胜仗，犒劳咱们战士的，每人有份，可饱了吃！”

“铁锅吃了没？”高俊问道。

王团长笑了，说：“不知道他吃了没，但饭肯定是少不了他的。”

小猴子嘀咕了一句说：“把他叫过来一块儿吃得了。”

“那不行，他现在是我的战士，不，已经当连长了，不能随便跟客人一块儿吃饭了。再说他还在关禁闭。这样，咱们今天要聊得好，你们给我提供有用的消息，你们可以去看他，一块儿喝喝酒。酒从我这拿。”

吃着饭，高俊一个劲看小猴子，小猴子说这说那就是不提听到要打仗的消息。王团长干脆直接问他：“小猴子，你们昨天听到要打大仗的消息，说说怎么回事。”

小猴子指指高俊说：“让他说，他和我一块儿分析的。”

高俊不满意小猴子吞吞吐吐，说：“猴子，有啥呀，王团长喜欢听哪里有打仗的消息，你就说吧。”

小猴子有点为难，说：“我也是分析，不为准，说错了咋整？我琢磨着，日本鬼子想分批南下，目的地不知道，去干啥也不知道。”

“那……什么意思？”王团长一时没明白。

高俊嫌小猴子说话含糊，把话题接过去说：“鬼子的主力部队可能要经过这一带！”

王团长说：“主力部队？是要打大仗还是怎么的？总部有什么说法？”

“还没开会呢，没来得及说。”小猴子看了高俊一眼，说，“说不准是不是大部队开拔，但是肯定日本人的部队想从这一带南下。我还没有得到更多消息，俊头就把我叫到这来了。”

王团长说：“这儿是你娘家，又不是到会上汇报，有想法就说。要是打个大仗就好了，你们说说有什么办法跟鬼子打。”

小猴子摇摇头说：“恐怕难了，这次日本鬼子是主力部队有目的南下，咱们的现有实力硬碰硬肯定不行。”

王团长瞪了小猴子一眼，说：“那你说了半天说什么呢，你别长别人的志气灭自己的威风啊！我跟你说，我跟你们头一次碰上时打的那一仗，真痛快！”

“那时是碰上了你家铁锅和李力锋，哎，还包括高俊这帮啥都不怕的愣头青，我们手里又有几颗威力大的手榴弹，几下里的巧碰上了。但是团长，这次不同了。”

“怎么不同了？”王团长不爱听了，沉下脸说，“有了打仗的好主意你们得告诉我，我这儿是你们娘家呢。”

小猴子严肃起来，说：“不是我不愿意说，是消息还不十分准。我只能说，沿着这西线布防，多巡逻，注意南下的鬼子部队，总能碰到仗打。”

“不，你说准确点儿，不然我不让你们去看你们那郭铁锅！”

“那别呀！”高俊赶快说，“团长，你刚说你这儿是我们的娘家，猴子的话已经够明白的了，多巡逻，找着途经这里的日本鬼子，不愁没仗可打。我在这儿保证，不管我得到什么消息，先来告诉你。中吧？要不然，你把我要回来吧，我跟你一起打仗。”

“那能行？我愿意，首长不会同意。行了，吃差不多了，看看铁锅去吧，看看他吃了没有，没吃到食堂大师傅那儿去拿给他留的饭。这是酒，带过去喝吧。今天准你们喝酒。”

高俊和小猴子从食堂拿了饭菜来找铁锅。铁锅在屋里坐着搓草绳，看到高俊和小猴子，嘴里喊着：“俊头！”伸手抱起小猴子转了个圈，又伸出胳膊揽住高俊，接过高俊端着的一碗面，大口吃起来。

小猴子看着铁锅吃得这么香，嘀咕着说：“咋吃这么香呢！弄得我又想吃了。”

“那你吃。”铁锅把手里吃剩的半碗面要递过来。这半碗面吃得那叫一个热闹，几瓣蒜都咬了一半丢在碗里。小猴子看了看，嫌弃地一挡说吃饱了。铁锅放下碗，倒了酒，说：“那咱们喝酒，今天就差李力锋没到了。”说着就是一口。

高俊接过铁锅递过来的碗，喝了口酒，辣得龇牙咧嘴的，说：“我去找李力锋，难得相聚。”

一炷香的工夫，高俊和李力锋回来了。刚拴好马，王团长骑着马从外面回来了，不知道有什么高兴的事，满脸笑意，见了高俊和李力锋，笑呵呵地说：“都来了？喝酒不请我吗？”

高俊和李力锋有些犹豫，他们现在聚在一起不容易，特别是在一起喝酒的机会。王团长指着李力锋说：“咦，你怎么没关禁闭？”

李力锋一笑，说：“我们人手不够，没关我禁闭，罚我到厨房切菜。我哪会切菜！那一大堆萝卜，还得切成条，反正也是切，我干脆把菜全给剁了，我们大师傅一看萝卜全给剁了，气得把我轰出来了。正好，高俊来找，我就过来了。”

“你这个家伙更嘎咕！你们还别不欢迎我，走，找铁锅喝酒去。我看看他反省得怎么样了。”

他们进屋时，小猴子正变着法灌铁锅，铁锅喝得红头涨脸的。看到王团长，铁锅脸一扭。王团长说：“铁锅，你这情绪还挺大！你说你俩，跑到老江团里去打架，那老江是好惹的？他是个老资格，司令都得给他面子。”

铁锅脸一横，说：“是他们先动的手。他多拿了我们的机枪就不行！”

高俊插话说：“锅子你不刚才跟我说了你打人不对吗？”

铁锅一愣，说：“我多咱说了？我没说呀，我没有不对！”

小猴子和李力锋笑了起来。王团长憋着笑对高俊说：“你这铁哥们不给你面子。”说着忍不住扑哧笑了，铁锅喝得有点晕，不明所以也跟着笑。

小猴子和高俊不爱喝酒，但架不住李力锋和铁锅连嘲带讽地劝，终于也喝醉了。高俊和小猴子第一次喝醉酒。醉了，才知道人为什么喝酒，身体是轻飘飘的，思维是空白的，语言是凌乱的……他们开始天上一句地上一句地说起了酒话……

十八

随着太原沦陷，八路军基本上转入了游击战。高俊他们见面的机会少了。这天，高俊去北线执行任务。回来在通往老岭窝的杨庄村口碰上了侯新春。

小猴子说是替卫生所的谢云霞到老岭窝送些东西。提到谢云霞，小猴子有些不自然，强调说是首长的孩子寄养在老岭窝的村子里，要去看望一下，送些东西。谢云霞身体不舒服，他替小谢跑这趟。小猴子看高俊木木的没有反应，笑着转了话题说："你的任务完成了？陪我上山去一趟吧。"

高俊考虑到路没多远，费不了多少时间，主要也想和小猴子多待会儿，便答应了。这一路全是上山路，越来越难走，小猴子心疼他的马，两个人跳下马，牵着马走过最难走的一段上坡路。高俊在重新上马时突然瞥见山下的小路上有一队人，人群中有穿日本军服的，他拉了小猴子一下，说："哎，你看。"

小猴子仔细看，小路曲曲弯弯，有一队人一闪，只看了个尾巴。两人跳下马，找了棵树把马拴上，回来盯着队伍仔细看。看到的是一队老乡被四个日本兵押着往山上走。小猴子惊奇地悄声说："咦，日本鬼子怎么会到这深山里来？"

正说话时，老乡队伍里一个孩子磕绊了一下，孩子的母亲像是在责怪似的抻了孩子一把，孩子哭起来。跟在后面的鬼子过来狠狠一脚，把孩子踢得直打滚。孩子的母亲去护自己的孩子，被日本鬼子用枪托砸几下，鬼子又赶过去把孩子一脚踢下山。

一股血“呼”地蹿上了高俊的脑门，他掏出枪来想冲过去，被小猴子拉住了。小猴子说：“等等！”

“这可不能不管！”高俊气急败坏地说。

“哎呀，我说，你手里是手枪，不够射程。哪能不管呢，再往上走是老岭窝，咱们好几个首长把孩子寄养在那里的老乡家。他们是要进山……咦，我就不明白了，这么几个人，他们上山里干啥去呢？”

高俊冷静下来，仔细观察了一下后摇摇头说：“他们在下，咱们在上，这正是急拐弯的地方，这个地形是没法和他们打。你说这老乡们得有小一百口子人了，日本鬼子就四个，就这么顺顺溜溜地让人牵着走？”他说着四下看看，看有没有可以绕过去的路。看了一会儿，高俊说：“咱们要想和这几个鬼子打，只能从这里直上。这家伙这山不好爬呀，没有大棵点儿的树可以攀附，只有那些老藤子，摔下来也够咱们呛的。咱们得从小路绕到西边，爬上去，等他们从东边过来就可以打了。”

“对。如果到时没赶上和这个队伍碰头的话，只能再爬，找下一个机会。”小猴子看了又看后认同地点点头，他想了想，又说，“就咱们俩打他们四，行吗？咱俩的格斗可都不行。”

“你在军校的格斗不是满分吗？我是不及格，几次才过，还是老师不忍心了，出的题一次比一次容易让我过的。”高俊不好意思地说。

小猴子说：“我根本就不行，纯属投机取巧，我冷不丁拧了对方一把，赢了对方。对方气坏了，我悄悄请了他一顿饭直央求，他才算了。现在看看，这投机取巧根本不行。”

高俊说：“今天你没带啥好武器？我也只有手枪。先爬上去再说，看看能不能咱俩一人一枪打死俩，剩下俩就好说了。再说，这些老乡也能帮帮咱们吧？”

“那倒也是。”小猴子说着脱了外衣，卷住双手对高俊说，“你也这样护一下手，这树上刺太多了。”他们俩说着开始往山上爬。

爬到路口，地形明显不太好，从上往下的距离太近，队形不能全部进入视线，还很容易被发现。他们喘息着看了看山上，这路真够难爬的，他们脸上、手上全被扎上了刺，钻心地疼。两人相互对看了一下，咬咬牙，又斜着爬了一段路，感觉这个位置还不错，一队的人马全部能进入视线，也在手枪的射程中。两个人静下心来开始等，没有郭铁锅和李力锋在场和对方格斗，高俊和侯新春心里有点儿没底，但是碰上了，也得打。

来不及多想，队伍上来了。高俊对着一个鬼子首先开了一枪，紧接着小猴子开了一枪，但好像没有打着，看着只倒下一个鬼子。因为是个斜坡，不能一下跳下去，高俊只能跳跃着往下冲，这几秒钟的时间一个鬼子端起枪来开始射击，小猴子对着这个鬼子开了一枪，撂倒了他。高俊跳跃着就扑上去和另一个鬼子纠缠在了一起，旁边一个鬼子拿着长枪举着刺刀过来就刺。小猴子把拿在手里的衣服甩在鬼子头上，衣服上的树刺、灰尘迷住了鬼子的眼睛，这个鬼子半睁着眼毫不犹豫地一脚踢倒了小猴子，用刀刺中了他的肩膀。

令人不可思议的是，老百姓的队伍自顾自地跑散开了，小猴子一边厮杀一边喊道：“别跑呀，还不过来帮忙！”

吓傻了正四下跑着的老百姓看了看，回来了两个四十来岁的壮汉，随手捡了块石头砸在鬼子的头上，鬼子应声倒下，这才救下了已经完全处于下风的小猴子。小猴子看到还在厮杀的高俊已经处于劣势，被骑在他身上的鬼子死死地卡住了脖子。小猴子疯了一样冲过去，抡起枪照着鬼子的头开始砸，鬼子就是不松手。其他两个村民过来帮忙，才打死了最后一个鬼子。

小猴子费劲地掰开鬼子掐住高俊脖子的手，看到高俊脑袋上流着血，被掐得脸色苍白喘不上气来，吓得“哇哇”叫着扶起高俊。过了一会儿，高俊吐出口气，有几秒钟的工夫缓过神来四下看看，“呼”地坐起来对着小猴子问道：“咱赢了？你咋一身的血？”

小猴子又哭又笑拉起高俊说：“你吓死我了，可吓死我了。”

两个村民走过来道谢，问他们是哪个部队的。小猴子告诉他们是八路后，问了问情况得知，这几个鬼子在山下路口拦住的都是要进山的村民，把他们集中在路口，哇啦哇啦的，不明白他们的意思，最后用绳子拉着他们带路往山里走。没人敢反抗，没有明白鬼子的意思动作慢了的都被他们用刺刀挑了。

小猴子和高俊听完还是没弄明白日本鬼子的意图，只可以确定鬼子不是针对部队首长的孩子去的。他俩决定今天不去给寄养在山里的孩子送东西了。高俊头上有伤，小猴子肩膀上也受了伤，这个时候进山也不方便，便下山回部队。

到了部队，高俊和小猴子先去卫生所包扎了伤口，小猴子要拉高俊去总部请功，高俊说什么也不肯，说是没有经过组织的同意擅自和鬼子打了起来不挨批评就行，没想别的。小猴子一听生气了，说："凭啥批评咱？那鬼子真扑哧扑哧挑老乡呀，咱救了他们，就得给咱们记功，还得给奖章呢！"

高俊想了想还是摇摇头，劝说小猴子："咱就当做了个好事吧。不中了，我这回来都晚了，得赶快回去了。"

小猴子看着高俊走了直生气，对给他们上药的谢云霞说："你说这人，奏是个死心眼！"小猴子越想越生气，甩着手说，"你说他不是死心眼是啥？"

谢云霞在给他们换药时听小猴子津津有味加油添醋讲了整个过程，一颗心都跟着紧张得扑通扑通地跳。最后听到小猴子生气时说着浓重的冀东口音时，她又忍不住扑哧笑了，说："你们的功劳抹不掉的，如果他们真的上山去老岭窝，咱们有好几个首长的孩子寄养在那一带的老乡家，不知道会出什么事。我去说，给你们请功！"

小猴子乐了，说："那忒不应该咧，可别光口头表扬，得给我们发奖章啊。"

高俊急急慌慌赶回去时，首长像是急着要出去。当他看到高俊一身灰尘，衣服褴褛，头上还扎着白绷带时问道："你做么事去了嚜？要这么久！头上是咋个了嘛，打架了？跟哪个学的无组织无纪律！回头你得说说清楚！"说完走了。

陈富副司令是湖北人，他一家人非常喜欢高俊，从来没有对他说过一句重话。今天首长这么一说，高俊情绪有些低落，心情一不好，就想去找铁锅。看看天色已经黑了，要是再出去怕首长回来不高兴，另外伤口开始有些疼。正在琢磨着，首长和他爱人一块儿回来了，一进家门首长就叫："小高，高俊呀！"看到高俊黑灯躺在床上，伸手按住高俊说，"躺着，伤口痛不痛？"

过了一会儿，首长的爱人杨屏端着一碗面跟着进了屋，说："高俊，刚才卫生所小谢跟我们说你和侯新春今天打了四个日本鬼子，救下了一队老乡。不然这几个鬼子上了山就麻烦了。刚有消息回来说，这几个鬼子是去屠村的。”

就四个日本鬼子就敢去屠村？高俊想到刚才的场面，就这么四个人押着一队人走，还想去屠村，让人不能理解。

“是呀，西北边有一个村，让两个日本鬼子拿着枪给屠村了。这几个鬼子听说了是不是也想去烧杀抢掠一把也说不定。”陈富副司令站起来，摇摇头说，“这北部一带山区，是老老实实的山里人，祖祖辈辈没有出过山里，没有经过战争，难免心里害怕。得起来反抗，和侵略者打才对！不说这个了，高俊，刚才我没了解情况，态度不太好，别往心里去啊。趁热把你大姐给你做的面吃了吧。”

杨屏端着碗说：“我给你做了几个荷包蛋，趁热吃了吧。”

高俊接过碗想把鸡蛋往外拨，说：“我吃不了，拿出去俩吧。”

杨屏用手挡住，说：“吃吧，怎么会吃不了。”说着伸手去摸高俊头上的伤，问道，“疼不疼？”

杨屏大姐柔软的手碰到高俊的头，高俊突然心里有些酸，出来后第一次想起了娘，他低下头没吭声。

杨屏再次把碗推给他，说：“吃吧，吃完了锅里还有。大姐得感谢你！我家娃娃小妮子也在老岭窝的老乡家，还有咱们司令部几个首长的娃娃都寄养在山里，如果鬼子去了老岭窝，后果不敢想。”

高俊端起碗开始吃面，杨屏怜惜地看着脸色苍白的高俊，问他：“高俊，大姐拿你当家里人，你也不要客气，有什么要求跟大姐说，比如生活上有什么困难？”

高俊想起了侯新春最关心的事，问道：“上级会给我们记功吗？”

“当然！你们从鬼子手下救出那么多老乡，当然会给你们记功。”

高俊记着小猴子喜欢攒奖章，说：“也会给我们发奖章吧？”

杨屏笑了，说：“这都是肯定的，你个人有什么要求也可以跟大姐说呀。”

高俊停下筷子，一双大眼睛骨碌骨碌转着，说：“大姐，我想去前线连队。”

杨屏说："你是不是又想去找郭铁锅？我都知道郭铁锅，我从卫生所谢云霞那里知道了你们很多事。你们这次受伤，也是谢云霞对我们说的，知道你们和郭铁锅还有参谋部的侯新春好得穿一条裤子……不行啊，你可以去连队，但是不可能下到郭铁锅的连队，他是个勇敢的战士，你也是。可是，大姐不舍得你离开我们呢。"

高俊又开始吃面，嘀咕说："是你让我提的要求呀，我就这个要求。"

杨屏看了高俊一会儿，说："吃了饭早点儿休息吧。"说完站起来出去了。

几天后，王雷明一大早出门，迎面看到高俊背着整齐的行李包来了，见到他喜笑颜开地给他敬了个礼，说："我给你当兵来了。"王雷明高兴地接过高俊递给他的信函，说："嘿哟，咱们首长舍得放你了？咦，是让你来我这儿当营长。这……要不你到郭铁锅那个营去吧？他们那个营的营长牺牲了，正好缺人……本来是想提拔铁锅的。"最后这句话王团长没说出来。

高俊有点发蒙，说："铁锅不是连长吗？我也当连长，和他一样。"

"可是总部的信函是让你当营长呀。"

"那不能，我们一起来的，我咋能跟他不一样呢？"高俊固执地说。

王雷明已经很了解高俊他们几个了，想了想，说："你给他当营长，可以天天见面。再说，人家铁锅很快也会去当营长的。"高俊听王团长这么一说，点头同意了。

铁锅出去执行任务回来，被王团长叫到团部，告诉他说给他派来一个新营长。王团长想看一看铁锅的反应。铁锅眼睛一翻，说："不是说让我来当营长的吗，咋又派新的？"

王团长忍不住笑了，说："那是组织派来的，怎么办？"

铁锅说："那还能咋！来就来吧，他来他的，我干我的不行吗？开饭了没有，我们都饿着呢。"

王团长继续逗他说："要不要和新营长喝顿酒？"

"要喝你们喝吧，我们下午还有任务。"铁锅愣愣地说。

"那你别后悔。"

"嘁！"铁锅头也不回地去了食堂。估计铁锅的饭吃了一半儿时，王团长带着高俊来到他面前。铁锅一看高俊，高兴坏了，抓着他问："俊头，吃了没？团长，不给点儿好吃的？"

"哎，你不是不肯和新营长喝酒的吗？铁锅，这就是你们的新营长！"

"哈！"铁锅高兴地站起来抱住高俊，"不知道是你！这下好了，咱们又可以天天在一起了。"

王雷明就喜欢铁锅内心淳朴、阳光灿烂的性格，他忍不住哈哈大笑起来，说："铁锅，你是个好兵，好兵都想当将军，你就真愿意在高俊手下当兵？"

铁锅伸脖子咽了口饭，认真地回答说："那是当然。高俊哪儿都比我强，比我俊、比我聪明，我愿意在他手下当兵。团长，我们也愿意跟着你，你有俺们俩，保你战无不胜！你高兴呗？"铁锅顺便讨好了一下团长。

周围都是战士，王雷明收起了笑脸，说："行了，郭铁锅，你马上到三营当营长。你们在霍家洼的工事修完了吗？你得把工事修完了再去上任。"

郭铁锅也当了营长，和高俊同在一个团。侯新春一直在总部，因为连续立功，已经是团职参谋。李力锋开始总想调回到高俊和铁锅身边，但他的首长很器重他，不肯放他走，慢慢地他也淡化了这个念想。几个人时不时在一起聊天喝酒，感情从没有生分过。

十九

这天，高俊去行署办完事想顺道看看小猴子，找了一圈没找着，却在回去的路上看到小猴子正在和谢云霞散步。

“猴子！”高俊叫了一声。只见小猴子看到他像没看见似的转过头和谢云霞继续嘀嘀咕咕从高俊面前走了过去，丢下高俊站在那里发呆。平常小猴子见到高俊，无论多忙都先奔过来和他亲热会儿，咦，今天是咋啦？正在纳闷时，小猴子追过来就说他：“我发现你这个人忒木头，反应不过来事，没看见我那儿有事吗？”

小猴子和谢云霞正在恋爱，甜蜜从头到尾包住他，幸福一阵阵向外溢着。他真希望与自己的好朋友分享内心的甜蜜，但铁锅和李力锋，满脑子是打仗，要不就交流练功，跟他们也谈不了别的。这个高俊，白瞎了一副漂亮英俊的外貌，咋啥也看不出来呢，让他有话没处说！“你咋这傻呢！”小猴子没好气地挖苦高俊。

“我？”高俊看小猴子生气了，有点摸不着头脑，呆头呆脑地说，“我咋了？”

“你……你说话就说话，嚷嚷啥！大呼小叫，成天土兮兮的。”小猴子瞪了他一眼说。

高俊给说得糊里糊涂，看到小猴子真的不高兴了，笑着哄他：“那谁能和你比啊，我们猴子那是精精神神、漂漂亮亮、聪明利索能干……我，俺就是个土八路嘛，不土还中？再说了，也没见你洋乎哪去呢！”

小猴子给说笑了，说：“你等会儿，柏老师给咱们写信了，给你写的。你可真是咱老师心爱的学生啊！”

“啊，你咋和柏老师联系上的？”

“行署这儿有专人负责书信，我琢磨着咱们离开家好几年了，都是爹生妈养的，咱不想爹妈，爹妈不想咱们？就给家里捎了封信，但没有回信，不知是咋了。嗨，我爹我娘忒老实，也不识字，没法呀。这我又给学校的柏老师写了信，嘿，柏老师还真回了。单独有一封是写给你的，还有一封给李力锋的。没写啥，可能怕咱们收不到。”

一封老师的信，勾起了高俊的无限心思。离开老家八年了，不知道娘会怎样想他呢。高俊的心被抽动了，他动了回家看看的想法。他自言自语地说：“不知道还能不能回老家看看。”

小猴子一听兴奋地附和着说：“咋不能呢？我也想回去看看呢。据我的分析，近期会有大仗打，怕就在这几天。仗打到这地步，打不下去了！我看日本鬼子长不了了，到时咱们一块儿回老家去，我……想回家结婚。”小猴子忍不住把憋在心里的话吐了出来。

“中！你说啥？你，你结婚？就你，你跟谁啊？”高俊瞪着俩大眼惊奇地问。

小猴子真生气了，说：“你……嗨呀！我说高俊，你在学校的聪明都哪儿去了，脑袋是让驴踢了还是让炮弹震傻了？我跟谁结婚你知不道？赶紧走吧，哎。”小猴子挥挥手开始轰他，他一生气，浓重的冀东口音又冒出来了。

高俊骑上马，一路上琢磨：“猴子结婚？咦，跟谁啊？一个穷当兵的，脑袋别在裤腰带上，天天枪炮里滚，哪个女的会跟你？也没见过啥女人呀，只见过那个卫生所的小谢。谢云霞呀……啊！”他突然反应过来，转身跑回来，在门口大声喊：“猴子，猴子！”他看到小猴子探出头来，兴奋地大声喊道，“我知道是谁了，小谢，谢云霞，对不对？”

这一声引出来好几个人探头看，小猴子急赤白脸压低声音说：“你嚷啥！哪让你敲锣打鼓咧？快溜地回去吧。”

“你就说是不是吧？”高俊很得意猜到了答案，故意大声嚷，“我说对了，那你不中呗，咱们几个得一起聚聚，你得给我们好好说说。你说吧，哪天？”

小猴子一撇嘴说：“就瞅你咋变这么笨了，还觉着自己不赖呆不赖呆的呢！那就——这个星期怕不中了，下个星期——也得再看时间了。我定好时间告诉你中不？你快溜走吧，我这儿有事了。”

高俊高高兴兴回去，还没来得及告诉铁锅和李力锋，却接到通知，第二天在下扬花河阻击日本鬼子直至接到收队的通知。铁锅接到的是在西边的湾子和狗子沟交界口阻击日本鬼子直至接到收队的通知。他们什么都顾不上了，赶快备战。第二天，高俊按通知的时间去到下扬花河，却一直没有等到鬼子。高俊正在着急，小猴子骑着马来了，高俊问他：“你咋跑来了，用电话通知不是安全些？”

小猴子说是来通知他可以收队了，说还要到湾子去通知铁锅撤退，说湾子和狗子沟那边战斗非常激烈，电话线早就不通了。小猴子说：“湾子那里的情况根本不明，得把撤退的命令口头通知到他们。铁锅的三营在那里阻击，王团长和二营也去增援了。”说着，小猴子一溜烟走了。

高俊在回去的路上越想越不放心，他掉头拉上队伍也向湾子那边奔去。

小猴子骑着马来到湾子，喊着：“王团长、铁锅，你们可以撤退了，赶快撤吧！”

战场上一片狼藉，尸体连着尸体。听到小猴子的喊叫，铁锅从尸体堆里站起来，看到小猴子后哇哇大哭，指着战壕里呜噜呜噜说：“王团长给打死了……”小猴子根本没有听清楚，他再想问什么，一颗炮弹飞过来在他的身边猛烈地炸开……小猴子侯新春就在郭铁锅面前牺牲了。

高俊赶到时，郭铁锅说什么也不肯下战场，连累带激动昏死在沟壕里。高俊疯了一般扑过来掐铁锅的人中，拖拽着铁锅从战场上下来。这时，李力锋从南边赶来，他们接到的命令是在东南边负责阻击鬼子，等了半天也没见鬼子过来，他听说所有的火力都在北边湾子集中了，阻击的是王雷明和铁锅的部队。过了阻击的时间，李力锋担心这边的情况，也赶过来想支援一下，看到这个场面，“哇”一声大叫跪在了地上。他哆哆嗦嗦地在地上收集侯新春被炸碎的尸体。高俊安排送走了铁锅后回来，和李力锋在被炮弹炸出个坑的战场里只找到了小猴子的一些残缺的躯体和常戴在身上的勋章，两人抚摸着小猴子的遗物放声痛哭……

铁锅被送进卫生所，他只是受了些轻伤，但是不吃不喝只盯着一个地方看，脾气暴躁，拒绝让任何人靠近他。只有高俊和李力锋来，他情绪缓和一些，目光里满是痛苦。高俊知道，铁锅失去了所有的亲人，虽然有他、李力锋和小猴子，但是铁锅在和王雷明团长的朝夕相处中产生了亲人般的感情，王雷明在他眼前战死已经把他的心撕碎了，侯新春又活生生地死在他眼前，铁锅的心也感受到了无比的疼痛。此时的他对高俊和李力锋充满期待，像是孩子期盼父母般能给他带来奇迹，期盼着高俊和李力锋能给他带回他的团长王雷明和他的小猴子侯新春……高俊和李力锋不敢在铁锅面前伤心，只是劝他吃饭喝水。铁锅不驳他俩的面子，就是摇头。劝急了，铁锅喝两口水，再劝，铁锅哀求道："俊头、老李，我真的不想喝呀。"说着，成串的大眼泪滴滴答答从他的眼睛里淌出来。高俊和李力锋心里难过得直哆嗦，也不能控制自己，陪着一起掉眼泪。

已经是第三天了，卫生所想给铁锅注射些盐水、葡萄糖补充些营养，铁锅不让。他大吵大叫地正闹着，卓群来了。看到卓群，铁锅不闹了，想坐起来。卓群按住他坐下来说："对不起呀铁锅，早说来看看你，这些日子实在抽不出时间。你咋不吃饭呢？想你的团长王雷明和你的战友侯新春同志是吧？"

铁锅低下头不吭声。卓群说："王雷明和侯新春同志是咋牺牲的？"

一句话让铁锅开始激动，卓群对其他人摇摇手，示意不要插话。只见铁锅比比画画上句不接下句地说："我们团长打仗不要命，我说别在战壕里乱跑咧，要不你就退下去，要不你光指挥就中。这打到后来人都死得差不多啦，我就没顾上他，脑子里就剩下个打了，没看到王团长抢了挺机枪站起来打，不知啥时候他中弹了。不是中了一颗子弹，浑身上下打得跟血葫芦似的，我看到他时他已经躺在那儿不动了，还睁开眼冲我笑了笑。他没有死，他怎么能死呢？我……"铁锅哭了起来，"我刚一起身看，小猴子跑来了，他是向我们传达撤退命令的，活生生被一颗炮弹炸着了。猴子！侯新春就这样被炸飞了。他们……都是在我的眼前死的呀，我现在睁眼闭眼都是他两个人……啊！"郭铁锅放声大哭。

卓群说："你怕了没有？"

铁锅一听，含着泪水的眼珠子瞪起来说："我怕？我会怕？！"

卓群打断他的话说："战争就是要流血要牺牲的，怕了，就离开！"

铁锅生气了，说："你咋说我会怕？哪次作战我怕过？有没有仗可打？有的话我现在就和他们打去。我拿命跟他们豁！不是，卓书记，王团长和猴子就这样死在了我面前，我、我……”铁锅捶胸顿足，“我心疼啊！我不敢相信是真的，我想他们呀！”

“有仗打，这几天就有。你郭铁锅打起仗来是一把好手，是战斗英雄，这是公认的，可是你躺在这儿不吃不喝，这是懦夫的行为，这可不像你。先要吃饭，吃饱了吃壮了，到我那儿去领任务。”卓群说着站了起来，示意屋里的其他人出去，剩下高俊和李力锋陪着。

静了一会儿，铁锅说：“刚才卓书记说到他那儿领任务，看来又有仗要打了。”

高俊看看李力锋，李力锋点点头说：“是说了。”

“那快点儿，俊头，你去追他看看咋回事。”铁锅说着起身来推高俊。

高俊一听，马上对李力锋说：“你让他吃饭，我去追卓书记。”

卓群没走远，在门口碰上了熟人正在说话。高俊追上来问道：“卓书记，你刚才说哪里有任务，是要打仗吗？”

卓群笑了，说：“郭铁锅让你来的？不这么说他走不出来！现在他的任务就是休整好，你们得陪他走出来。我知道，这个打击对他对你们对咱们部队都不小，那怎么办？要面对现实。你们团里缺个团长，上级的意思是从你和郭铁锅中间选一个，另一个到别的团去当团长。我的意思是让铁锅上，你先等等，陪铁锅一段时间，等他一切恢复了你再来领新任务。没问题吧？”

高俊回去告诉铁锅先接管353团，养好身体，当了团长，再带着兵去打仗。他和李力锋陪着铁锅吃了饭收拾了东西准备离开卫生所，出了门口，谢云霞拦住了他们，低着头递给高俊一个小包，转身走了。小包用一块红绸子包着，里面放着小猴子这些年得的一部分奖章，大大小小有几十块儿，每一块儿都被擦拭得干干净净。高俊他们的心再次被狠狠地刺痛了一下。一些奖章是他们共同得的，他们一人留下一块儿做纪念，剩下的交给了上级。

铁锅健硕的身体整整瘦下二十来斤，他始终走不出战友牺牲带来的伤痛，变得不爱说话不爱笑了，只有和高俊、李力锋在一起才偶尔露出他那迷人的一笑，露出雪白的牙齿，下巴上旋出俩酒窝。但也就是一瞬间，浅浅的笑容就消失了。

高俊也去当了团长，在这一年里上半年打了几场大些的战役后，成规模的战役少了。第二年过了春节，卓群见到瘦得脱了形的铁锅吓了一跳。他把高俊叫到总部，说有个去保定、冀东一带的差事让他和铁锅去一趟。卓群说：“你跟铁锅说一下，别总想着打大仗了，小日本鬼子已经是头尾不能相顾，长不了了，他们是用什么方式退出战争还不知道。咱们的当务之急是考虑自己的生存。经过几年的战乱，咱们这里生活很艰苦，得想法解决。自力更生是一方面，多方面求援也是一方面。你们这次出去就是替我寻求一些物资上的帮助，也和铁锅一块儿出去走走，回家看看，从成天想着打打杀杀的战争中走出来。”

高俊没等完全弄明白卓群的意思就一口答应了，他问道：“我们能回家看看？”

卓群说：“就是要你们回家看看。哦，完成任务后再回去，而且一定要注意安全。”

过了两天，高俊和铁锅就出发了。办完事后他们来到了家乡的县城。两个人紧紧绷着的神经逐渐松弛下来。特别是铁锅，这儿看看，那儿看看，露出了久违的淳朴笑容。他们到县城回铁匠铺看了看，铁匠铺已经没有了，现在是一个卖馒头大饼的小摊，只有上午卖，卖光了就收摊。整个县城死气沉沉的，没有什么生气。他们来到南边当年的家常面馆，这里还在营业，还是当年的那个老板。老板一眼认出高俊来，但没认出铁锅。铁锅的变化太大了，个子蹿到了一米八几。老板本来是挂着笑脸过来的，看到他俩穿的裤子一样，而且是军服，笑容立刻没了，小心翼翼地问：“你们现在是长官了？”

长官是对部队军人的称谓，没等高俊他们吭声，老板说：“我们小店今天啥都没了，你们到别的地方去吃吧。”

铁锅瞪起眼，说：“咦，你这儿的客人都在吃饭，我们怎么不能吃呢？”

老板也不解释，点头哈腰地把他们往外送。铁锅还想说什么，高俊拉拉他说：“算了，走，咱们到柏老师家去。”

二十

柏老师的家原来住在县中学对面胡同的一个小院里，快十年了，不知道老师是不是还住这里。高俊熟门熟路找到柏老师家的老地方，敲了门，来开门的正是柏老师。

柏老师一眼认出高俊，高兴地抓住他的手不放。另一只手亲热地抓住铁锅，说："这是谁啊？眼熟，记不得是哪个班的了。"

高俊笑嘻嘻地说："他是我兄弟。"

春节刚过，天还有点儿冷，柏老师让他们坐在炕上，看看他们穿的裤子问道："高俊，侯新春给我写了信，我给他回了，还给你写了一封信，收到了？哦，他说你们都在一起，是不是都当兵呢？是给谁在当兵啊？"

高俊犹豫了一下，比画出一个八字。柏老师点点头，说："我猜就是。高俊，八路是打日本鬼子的，打就好，到底是我的学生……你叫啥？啥？铁锅，炒菜那个铁锅吗？嗯，这个名字好记。你们从部队出来，得把军装换喽，你俩穿着军服裤子，一看就是军人。现在是乱世呀，鬼子兵、皇协军、国民军、八路军，这个军那个军的不少，啥军都不如伪军多，那奏是汉奸呀，帮助日本人打中国人。我的一个学生，叫林至，比你们高年级的一个学生……你认识？奏是让这帮汉奸出卖给杀了。"

"啊，林至死了？"高俊吃惊地问，"他哥哥不是国军的军官吗，谁敢杀他？"

"汉奸管你这个？他先立功领赏再说。为这个，引发了一波战事，国军把伪军杀了好几个，后来说都是中国人，把这事先放下咧。林至呀，啥都好，也是有点张扬。我说啥意思呢，你们把裤子换喽，穿成个农民样儿，去哪都方便。等下我给你们找找旧衣服。你们还没吃饭吧？等着啊！蓉蓉，小蓉啊。”

随着一声细细脆脆的答应，一个穿紫红色暗花小袄，扎着两个过肩辫子的女孩掀开门帘进来，看到高俊愣住了，白净的脸刹那间红得像块红布，嘴里轻声说：“高俊？”

柏老师有些惊奇，问道：“你咋认识他呢？这是我闺女柏秀蓉，小名蓉蓉。”

高俊也很惊奇，说：“你咋知道我的名字？”

柏秀蓉低下头羞涩地说：“你们上学那时候净跑我家来，你咋忘了？”说着转身跑了。

柏老师说：“你跑啥呀！这闺女，给做顿饭啊，弄点儿好吃的。”看着闺女的背影，柏老师有些发呆，不知在想什么。

高俊问：“师母呢？”

柏老师说：“你师母身体不好，长年瘫在床上，头年撇下我走咧。我家人口少，奏一儿一女，秀蓉她哥在一次出城时被抓去修工事，摔咧，把腰椎给摔坏咧。人是活了下来，身体不行咧，瘫咧，啥也干不了。我这个家就靠我家秀蓉一个女孩子撑着。”柏老师说着，看了高俊一眼，又向外看看正在院里忙活的秀蓉。

这顿饭过了中午的时间，当晚饭吃又有些早。柏老师抽空忙着给他们找些旧衣服。高俊在老师家也不外道，催促道：“老师，我们都饿了，早点儿吃饭吧。中不中？”

柏老师一听，扔下手里正在翻找的衣服说：“中，那咋不中呢！烫壶高粱酒，咱爷仨喝两盅，然后你们好好休息，休息好了再回老家看看你爹娘。”

秀蓉把桌子摆好，她不敢看高俊和铁锅，侧着脸端菜摆碗筷。一桌子菜挺丰盛，都是高俊和铁锅熟悉的冀东菜。现宰了一只鸡，一大盘蒸得稀软直颤悠的肘子，炸签子，五香花生米，一大盘焦黄的炒鸡蛋。柏老师说：“刚过了节，还有吃的。我这儿就这点好，不缺吃的，老家的亲戚、学生的家长接长不短给送，你们放开喽吃，想吃啥就说。我每天两盅酒，也不劝你们。你们自己喝，照着痛快喝！”

此刻的太行山正是青黄不接的时期，生活很艰苦，高俊和铁锅很久没有吃到荤腥了，出门在外没时间也没敢放开肚吃上一顿。高俊看看满桌子充满诱惑的菜，搓搓手，说："就咱仨？叫家里人来吃吧。"

"我儿子身体不好，吃东西很挑食，从来不上桌子。可以叫上秀蓉。秀蓉、秀蓉！她咋还害臊起来咧！"柏老师奇怪地说，"不用管她了，来，咱们吃！"

来到老师家，高俊和铁锅都放松下来。这一顿饭吃的，从下午四点来钟吃到了半夜，三两酒下肚，铁锅也打开了话匣子，讲着讲着讲到了王雷明团长和侯新春，大家一阵唏嘘。高俊想转移话题，柏老师摆摆手，说："让他说，说出来他的心里就敞亮了。"

第二天，高俊觉得该起了，就是睁不开眼。等他们彻底醒来时，已经快中午了。铁锅起来后帮助老师清理院子，老师把高俊叫到一边问："你这个好朋友铁锅结婚没？""没有。""也没订婚？""没有。""那你呢，高俊，你订婚了没？"

高俊摇摇头说："没有。我不想那事，天天打仗，脑袋别在裤腰带上，再把人家闺女给害巴喽。"柏老师点点头，没再问什么。

又住了一宿后，柏老师帮他们找了个小驴车，给准备了一车的礼物，又拿出高俊头天悄悄给老师放在桌头的钱，不容分说还给高俊，让他们赶着小驴车回老家去。

路过铁锅家他们停下来看了看，铁锅家老宅子没有人住了，房子一半都塌了。看到铁锅看着自己的房子发呆，高俊推推他说："走，走，别看了，去我家。"

高俊家的大门虚掩着，他们进了院探头探脑向里张望，从西面响起个清脆的声音："谁呀？二哥？呀，真是我二哥，我二哥回来了！"是妹子岚岚，一眼认出了高俊，跑出来快乐地喊着。

高俊抓住扑过来的妹妹，这要是在街上碰见，根本不敢认了。16 岁的妹妹岚岚完全是个大姑娘了，长高了，赶上高俊的个头了。只见她一副天然浓密秀气的眉毛下一双葡萄般的大眼睛被睫毛包着，黑黑的眼仁能滴出水来，一张端正的瓜子脸，皮肤白皙细腻，唇红齿白，一根浓黑粗壮的辫子垂在纤细的腰间，从头到脚，哪里都恰到好处，漂亮得令人炫目。高俊拉着岚岚，笑着说："铁锅，这是我妹妹——"他突然顿住了，只见铁锅像触了电一样呆在那一动不动，一双眼睛不错眼珠地盯着岚岚。他推了推铁锅，铁锅没有反应，仍然呆呆地看着岚岚，看得岚岚手脚都不知怎么摆放，转身跑进里屋。

都说高俊发育迟、反应慢，此刻他却无师自通，马上明白了。他看看铁锅，已经长成铮铮铁骨的汉子，笑起来露出一口雪白的牙齿，下巴上一边一个小酒窝，显得格外淳朴憨甜，一头浓密黑鬃般的头发支棱在头上，唇边黑黑的胡须映照着雪白整齐的牙齿，轮廓分明，此时往那一站，不怒自威，和自己比起来，常常被人用漂亮英俊来夸赞的高俊真觉得自愧不如。他突然产生了撮合铁锅和妹子岚岚的想法。

高俊上下看看铁锅，觉得今天铁锅这打扮可不中！他们两人为了安全，换上了老师给找的衣服，高俊穿着还凑合，好坏先不说，起码穿着大小还算合适。铁锅就不同了，裤子太短，吊在那儿露出半截腿，一件对襟袄穿着也小，吊在半截腰上，露出鼓鼓囊囊免裆裤的裤裆来。一块儿说黑不黑说白不白的旧毛巾搭在头上，后面揪了个疙瘩，怎么瞅着怎么像个跑堂的小二。高俊赶快抬手摘下铁锅头上的旧毛巾，说："今天咋这打扮呢，我爹成天给人做衣服，就喜欢穿得立立整整的，穿成这可入不了我爹的眼。"

正说着，娘抽打着身上的灰尘从外面进来，一进门看着高俊愣住了，过了会儿才小心翼翼地问："你找哪个呀？"听到高俊叫了声"娘"，娘揉了揉眼睛，嘴里细声细气地说着："俊头？哎呀，可真是我二小子，俊头？俊头呀，你这一走可把娘想坏了，你咋这长时间不说回来看看娘，知不道娘想你？"说着眼泪掉下来。

高俊握住娘的手，指指铁锅说："娘，我回来了，还给你带回来一个儿子。看，还认得他不？"

娘擦去眼泪，看看铁锅，摇摇头。

"铁锅嘛，娘不记得了？"

娘想了会儿，恍然说："哎哟，可是小时候总来咱家找你的那个黑小子？咋长了这大个子？"说着伸手拉住了铁锅的手。铁锅的大手握住娘的小手，心一下变得柔软了，他咧嘴一笑，叫了声："娘。"

娘撒开高俊的手，想仔细看看铁锅，高俊嫌铁锅穿的衣服太丑，怕娘不喜欢，转过娘的脸说："娘，我们来时……"高俊瞎话编得跟不上，但是在娘的面前，索性也用不着瞎编了，"我们来时没带便衣，他借的这一身衣服，忒不合身，娘。"

看娘没明白，他又说："娘，咱家有铁锅能穿的衣服吗？给找找让他换上。"

这回娘听明白了，她上上下下看看铁锅，说："这身衣服是忒、忒不合身，我看你比俊头他大哥的个子还高，现成的怕没有。"娘怕儿子高俊失望，拉着铁锅的手，说，"走，走，咱们西屋去看看。"说着，领着他们来到西屋。娘边走边说："你爹病了，头年就起不来，瘫痪在床上了，要是他身体好做身衣服可不是个难事。"说着，进了西屋。西屋最里边是高俊爹接活放杂物的地方，屋里还放着不少布料。东西虽然多，却收拾得整整齐齐。

"我爹病了还能接活？"高俊问道。

"接不了了，这都是以前的，还有实在推不掉的，我和你妹子岚岚干。我的眼睛不中了，主要岚子干，咱家岚岚可巧咧。"

说到妹妹，高俊眼睛一亮，问道："岚子长大了，越长越漂亮，定亲了没？"

娘从衣服里挑出一条裤子，比画着说："这怕也短，还是试试你大哥的这条，还没窝边，再短的话……只能接一截了。"

铁锅接过来试了试，不窝边还能凑合着穿。听到高俊问，娘说："岚子呀？还没有呢，你爹的病呀，多一半是为咱家岚子操心操的。"

高俊看看铁锅，点了下头，问："那咋回事？"

娘慢声细语地说："谁家有了个漂亮闺女都高兴，偏咱家不行。咱家岚子就是太漂亮咧，给家里添了不少麻烦。光说提亲的，那真叫踏破了咱家门槛，让你爹成天提溜着个心。也不怪你爹呀，你妹子岚岚是他老闺女，挺大岁数添了这么个闺女，那真是心尖尖子，你爹稀罕得眼珠子似的。岚子小时候，你爹抱着她赶庙会，碰上个算卦的追着给咱岚岚算了一卦。这卦算的，熬糟了你爹一辈子！说啥呢？说是这闺女长得太漂亮活不长。你爹忒不爱听，还丧邦了人家算卦的。可这话在他心里留下影儿了。赶岚子大了点儿，你爹托人找了个算卦的又算，嘿，咋这算卦的也还是这么说，说这个闺女忒俊，活不长。这可真成你爹的心病咧。”娘说话时，在机器上给裤子接了一截，对铁锅说，“中了，裤子接了一截，你试试。嗯，挺好。俊头看看中不中？”

高俊上下看看，铁锅上身穿着部队的粗布白衬衫，换上这条黑色的西裤立刻精神了。他伸出大拇指示意了一下。

娘扒拉着那堆布料说：“这个对襟袄也是你大哥的，也穿上试试。哦，小了点儿，晚上我再放放。”

高俊听岚岚的事听得认真，追问道：“娘，那啥，我爹就不打算让岚岚出嫁了？”

“那不会，要了你爹的命他也愿意给他闺女找一个好人家。后来他又托人找了个说是算卦算得忒准头的，这次他自个儿去的。只拿了岚子的八字，没让见咱家岚子。我不知道咋说的，你爹回来，只说算得忒准头，有破解的办法咧。从那时候起，来人说亲，你爹也不嫌烦咧，也不说同意也不说不同意，问了人家的八字问家世，看了本人长相看人家爹妈长啥样，闹个溜够，到头准不同意。”

“那……”高俊看看铁锅，心里有些没底了，但跟娘是什么都可以说的，他干脆说，“娘你看，能不能给我这个兄弟说说这门亲？”

“这个……”娘顿住了，弱弱地说，“我可做不了主。”

铁锅脸上闪过的一丝失望让高俊捕捉到了，高俊恳求娘说：“你是娘，咋做不了主呢？”高俊想了想，又说，“娘，铁锅给咱家带来一车的聘礼呢。铁锅，麻烦你去拿一下，我跟娘有事说。”

铁锅出去的空儿，娘小声说：“俊头，我做不了你爹的主。”

“娘，你好好看看铁锅，人好心好长得也俊气，你儿子我要没有他早死了。他到时可以到家来当上门女婿，你多这么个大儿子比啥不强？”

没等娘说什么，铁锅进来了，拎着一大麻包的东西。娘说高俊：“你快帮帮手，这孩子，真有把子力气。”说着开始仔仔细细看铁锅。

人是衣服马是鞍，一点不错，铁锅换上了一件黑色对襟中式薄棉袄，里面还是他们在部队的白衬衫，黑色的西式裤子，立刻变了个人，显得精精神神漂漂亮亮。娘笑了，说：“真挺精神挺好的小伙，今年多大咧？”

铁锅腼腆地笑笑，清了清嗓子说："我跟俊头同年，还同月，我比俊头大了五天。"

"哦——"娘拖长了音点点头，说，"俊头比岚岚大了快九岁呢。"高俊刚想说什么，娘摆摆手说，"俊头，我知道你要说啥，你爹说了，岚岚还就得找一个大点儿的，大个七八岁的。"

"那不也差不多嘛。"高俊插嘴道。说着，他突然想起他们身上带着这些年的积蓄，便从包里取出来一包大洋，"这算聘礼吧，给你，娘。"

娘无可奈何地笑笑，说："那得你爹说了算。"

高俊像个撒了气的皮球，问道："那我爹到底要啥样的？"

"你那爹——说他啥好哪。他最后一次给岚子打的卦都一条条记着呢，你没见呀，他为闺女可真不嫌麻烦，先收了人家的八字，回来一条条对，哪对不上都不中。"

高俊听了眼睛一亮，问道："娘，我爹把岚岚算的卦放哪了？"

娘想了想，说："就在他屋里的柜子里吧？我没忒理会的。"

"娘，你给我拿出来。娘，我就是先看看，能和铁锅的八字对上咱就提亲，对不上不就不想了嘛。"

娘有些迟疑地说："也中。"想了想，娘问高俊，"去拿岚岚的卦书，是不是不能跟你爹说吧？"

"跟他说干啥。"高俊不想先告诉爹。

娘走到门口又停下来问道："俊头，你见你爹了没有？"

"还没有。娘，你先去拿吧，给咱岚子找个好女婿是正经的。先别跟我爹说这些。"高俊叮嘱着。

还算不错，娘一会儿就把一张旧草纸包着的几页纸拿了过来，交给高俊，说："这已经快下晚了，想吃啥？送客的饺子迎客的面，吃面条，中不？"

高俊没应娘的话茬儿。他现在可没别的心思了，一心想着怎样成全铁锅的亲事。这件事可是回家前没想到的！高俊没想到妹妹已经出落成一个这么漂亮的姑娘，更没想到铁锅动了心思。男大当婚，女大当嫁，他们两个都是自己心爱的人，高俊现在满脑袋想的就是怎么促成这件事。铁锅推推他说："你把所有钱都用在聘礼上咱们怎么回去？不行别太勉强了。”他说着，看到高俊一句没听进去，又说了一遍。

“啊？”高俊愣了愣，回过神来，说，“聘礼钱呀，那不是哄我娘的嘛。放心吧，走时全拿走，一分不留。”说着拿着这几张纸翻着，说，“看不懂啊。给你，帮着看看。得快点儿，还没见我爹呢，见到他时得有个说法。”

铁锅见到高俊急得满头大汗，不知道他在想什么，更不知从哪里下手帮助高俊，干着急，说：“这上面说的都是跳大神用的，我也不懂啊！”

“是呢……这个是不是有用？相宜的属相、年龄，还有时辰？咋不说有几根头发呢！”从给岚岚批的八字上，高俊看不出什么，他刚想放下，突然想到什么说，“咱就照着能合上岚岚八字的生辰跟我爹去提亲中不？对，就这么做。”说着，他掏出钢笔，按照岚岚卦象上说的编派了铁锅的生辰八字，又对了对，越看越有信心。写好了，他拉着铁锅左看看右看看，满意地点点头，说：“走，去见我爹。”

二十一

高俊把岚岚的八字还给了娘，看娘在做饭，他想帮帮娘，随手往灶火里扔两根粗大的柴火，娘赶快抻了出来，说：“可不中！这大块儿柴火扔进去啥饭都烧煳喽，没有这样烧柴做饭的。快去吧，去把西屋最里面的炕收拾出来，用柴火烧锅水热热炕，晚上好住。”娘说着站了起来，说，“你们先去西屋拾掇着，我先把岚子这份卦书放回去，你爹咋说我问了他后再告诉你。”

高俊和铁锅出屋碰上岚子去地窖取东西。岚子看到铁锅突然变成了一个跟刚才不一样的俊小伙，愣了一下，不经意和铁锅四目相对，脸“腾”地红了，把头扭了过去。高俊也正好出屋，只见岚岚拎着一个提篮，里面装着刚从地窖取出来的水灵灵的艳粉色的卞萝卜和鲜艳的红薯，羞涩地低着头，铁锅腼腆地笑着看她，刚毅的脸露出温柔的神情，这两人和谐得简直就是一幅画。这一幕刚好也被娘看到了，她露出甜甜的笑，回头对高俊说：“这俩还真是一对儿呢。回头好好跟你爹说，看能不能说动你爹给他俩定下这门亲。”

提起爹，高俊紧张起来，他跟娘说：“我还没去看我爹呢，他会不会不愿意见我？娘！”

“快别说这话！你是他亲亲的老儿子，他嘴上不说，我可看得出来这几年他可想你咧，怕自己见不着你咧，好几次对着窗外喊叫你的名儿呢。”

高俊听了有些心酸，低下头去。他说：“娘，你跟我一起去看看我爹。”

“中。看他醒了没有。”娘说着拉着高俊的手进了爹住的东屋。爹躺在炕上，还睡着。家里虽然有一个瘫在炕上的病人，却收拾得干干净净的，一点儿病人的痕迹都没有。

“该醒咧哎！”娘看了看爹，轻声说，“今儿咋咧？还睡着。”说着，娘拍拍爹。爹“嗯”了一声，过会儿睁开眼抱怨娘说：“我可做了个好梦，让你给搅和咧！”

“嗯，你是做了好梦！你看看谁来咧？”娘说着扶起爹，给他浑身上下拍打着。

“爹。”高俊看到爹变得如此苍老，怯怯地坐在炕沿儿上。

“哦呵，我俊头回来啦？”爹回过头来，一双老眼还是很犀利，上上下下看看高俊，却露出一丝不悦，说，“咋穿得踢了秃噜的！日子过得不好？从小跟你说，大小要有一门手艺，有一门手艺，啥时候都有吃喝，不用求人，不听嘛……”

“快拉倒吧！孩子回来咧，拣着好听的话说。”娘轻声细语的一句话，爹立刻不说了，冲着高俊咧嘴一笑，说：“我二小子回来咧，爹高兴！”

娘说：“你二小子想给咱家岚岚说亲呢，给你带了一车聘礼。”

爹收起了笑容，说：“聘礼可不是随便收的。”想了想，他又说，“俊头走南闯北，没准中呢。俊头，你给介绍的啥人啊？先别说是干啥的，他多大咧，把他的八字给我。”

高俊忐忑不安地把手伸进口袋里，拿出他根据岚岚的卦象给铁锅编的八字递给了爹。爹拿远处看了看，看了后在炕头找出放大镜又看了一遍，立刻抬起头来说：“这是谁的八字？来说亲的是谁？人是哪疙瘩的？”

和爹生活了一辈子，他一说话，娘知道他动心了，便说：“八字中咧？人在外面呢。”

爹说：“八字是不错，合上咧，再看看人吧！他娘，我刚才梦见了好多闪金光的大鲤鱼，噼里啪啦往咱家跳哇，那叫好看。一睁眼，我二小子回来咧，还真没准我二小子给我带来啥好事呢。俊头，来提亲的这小子是干啥的？”

娘看看高俊，说：“人就在外头，你自个儿问问去。”

“俊头，你给爹说，他是干啥的？”

“他……我现在是他的伙计。”

“我问你他是干啥营生的！问你咧？不，你能干啥，你咋成了他啥伙计？”

爹还是看不上自己，高俊心里有点失望，临时编话又编不出来，张嘴把实话说出来了：“他是打铁的！”

“啥？”爹大声问了一句，把娘和高俊吓了一跳，“他是干啥的？”

高俊看着眼睛瞪得挺大的爹，想反正也就这么回事了，爹要是不同意铁锅和岚岚的亲事，只要铁锅愿意，就再想办法。这么一想，他说话也不打磕巴了，说：“打铁的，炼银子的，和金银铜矿打交道的！”

爹半天没说话，许久，颤颤悠悠地说：“俊头，你说的可是真的？是真的话，你、你可给你妹子办了件好事，所有给你妹子算卦的都说，她不是个人界之物，活不长，除非找一个和金银铜铁打交道的，命硬的，能镇唬住的。算卦先生说最好找一个拿枪打仗的，那我不能叫我闺女嫁给扛枪打仗的不是？你给你妹子说的这个亲事，哪都对上咧。他叫啥……郭铁锅？铁锅，炒菜的铁锅？好，名字也有个铁字，好哇。人长得咋样哎？”爹突然紧张起来。

“铁锅，铁锅！”高俊对着窗户喊，铁锅应声进来了。爹一看，高兴得嘴巴咧到耳朵上了，说：“哇哈，这大个子，好身板，好，好！如果给岚岚成了这桩亲事，我家俊头就给家里干下大事咧，你爹我也能闭上眼咧！找到登对的好女婿，俊头，彩礼我一点儿不要。爹还得谢你。他娘，今天晚上咱们好好喝点儿。你们先出去，他娘，扶我尿泡尿。”

出了屋高俊长出了一口气，想了想忍不住大笑起来。铁锅捅捅他，示意他小声点儿。高俊说：“这可没想到，我爹同意了！趁着我爹同意，我看你干脆把婚结了就省心了。”

铁锅迟疑了一下，说：“没跟咱部队说，不行吧。”

“哦，对。”高俊点点头，“我就是说说，我爹也不能同意，他肯定得找人算良辰吉日啥的，总之定下来就好办了。”

正说着，大哥高大壮回来了，抻着个脖子看了半天说：“啊，俊头回来咧？”他一看，还有个客人，马上拉下脸来。高俊知道大哥是怕来人吃家里的饭，便从铁锅那儿要了两块大洋递给大哥，说：“给你的，硬通货，收着吧。”

高大壮接过大洋笑了，他看到高俊和铁锅往西屋走，急忙问："咋？你们晚上住西屋？那我帮你收拾去。"说着急急慌慌去了西屋。铁锅不愿意麻烦他，客气道："不用了，我们自己收拾就行。"

高俊扯扯铁锅，悄声说："别管他，他自己的钱呀啥的全藏在那屋，他得收起来。嗨，藏了他也记不住，都得让岚岚拿了去。打小，街上来了卖黏糖瓜的，岚岚都知道从他那里取钱去买。"

铁锅喜欢听岚岚的事，追问道："你爹恁喜欢岚岚，她能缺零花钱吗？"

"岚岚心眼也多着呢，自己的钱她藏着，谁也别想找到。我娘要想偷着给我钱，就让岚岚转给我，岚岚做什么我爹都不生气，我大哥也不敢惹她。你还记不记得那年咱们走时我带的钱，全是我娘叫她给我的，那时她还不到六岁。"

娘准备好了晚饭，和岚岚在东屋摆炕桌。娘招呼着说："都来，都来吧，咱家今天来亲戚咧，做面条吃，吃挑汤面。面一会儿下，先喝点酒吧。岚岚，也过来吃吧，你怕啥呀……这孩子，中，你自己在灶头吃吧，等下帮着煮面。"

爹等大家坐好后对铁锅说："你和我家岚岚这事就这么定下来吧，按说该请媒人的，听俊头他娘说你没有家里老人咧？那我替你做主中不，铁锅？我愿意你们早点儿结婚，岚子的婚事定咧，我死都踏实咧。"

"别胡说咧，死呀活的，挺高兴的事。"娘捅了爹一下，说，"跟孩子喝口热乎酒，吃口菜。"

"铁锅？"高大壮刚夹了一大口菜塞进嘴里，听爹一说伸脖子咽了下去，烫得他拍拍胸口捋了捋脖子。高大壮细长个子，脖子也长，他把脖子抻了抻，转过头去上下看着铁锅。他的右眼没有了，转了一个大角度才看到坐在他右边的铁锅，撇撇嘴说："我说谁呢，不就是郭庄头的那个小子嘛。我说爹，我瞎你也瞎呀？挑了半天，咋就把我妹子说给这穷小子咧？"

"说啥呢！"娘先不爱听了，瞪了高大壮一眼。

爹听了仔细看了看铁锅，恍然想起来了，说："啊，可是一小总来找俊头的那个郭庄头的小子？"

“可不是咋地！”高大壮话多了起来，显着自己知道的多似的说，“后来去了县城，听说到铁匠铺学徒当了铁匠。啥了不起的？”

没等高俊说话，原本有些紧张起来的爹出了口长气，说：“家里啥都没有都中，只要合上我岚岚的八字，我就认他当女婿。铁匠咋了？踏踏实实学门手艺就是有出息，别整天溜溜逛逛的就行。”说着，娘把话接了过去说：“咱家没有溜溜逛逛的！”她想夸高俊几句，又不知道俊头现在到底在干啥，便住了嘴。

高大壮往嘴里大口塞着吃的，还不停地说：“我爹跟挑啥似的，临了挑了这么个宝。铁匠，嘿！”

高俊不爱听了，俩大眼珠子瞪圆了说：“铁匠咋了，再说人家现在不在打铁，开矿炼金子银子呢。”

“是吗？我咋那信你！”高大壮看着高俊，撇着嘴去夹菜。

“你懂啥呀！”高俊知道言多必失，铁锅和岚岚的亲事有爹做主就行了。他转了话题问道，“爹，这几年日本人来到中国，到没到过咱村？”

爹摇摇头说：“还真没有，打咱村旁过咧，不知干啥去咧，没停下来。咱这地界忒穷，除了出地瓜啥都没有，他们来这儿干啥啊。就这样，也把大家吓得不轻。说是小日本忒不是东西，家里有大闺女小媳妇的都提心吊胆的，生怕小鬼子进村来。咱家你大哥在后院给挖了个大地窖，一旦日本鬼子来喽咱好藏起来。家里呀，亏了有你大哥，他是一把种地的好手，多嘎咕的地经他一拨弄，都能种出好庄稼。咱家一年吃的全靠你大哥从地里刨。俊头，你到底学了啥手艺没有我也不问咧，你给岚子说了这门亲就是给家里立下大功咧！我给你妹子寻了这些年的亲，就没见过他俩的八字这么合的。人哪，跟谁争不能跟命争，说不准命里注定谁和谁在一起。铁锅，喝酒。”

娘一会儿出去添菜，一会儿回来看看，抽空问道：“俊头，你们还走哇？”

还要离开娘，这个话题是高俊最不愿意提的。他看了铁锅一眼，吭哧了半天说：“娘，我……我们还得走，这次出去时间短，去去就回来。”说着他转过头，不去看娘失望的脸。

这次是爹满心不舍了，他叹了口气说：“又要走？你……还有你铁锅，不兴回家里成个家立个业？”

高俊看看铁锅，不知道怎么回答好。

“再就说，铁锅，我订好了你和岚子结婚的日子，去哪找你们？俊头你这不是又骗我呢吗？你爹我能活到哪一天还不一定呢，就盼着我家小岚岚说下个好婆家，有个好去处。”爹说着说着伤心起来，放下了手中的筷子。

高俊正不知道说什么好，高大壮把酒杯往桌上一蹾，不高兴地说：“爹你也不能这么偏心吧，那我的事你就不关心关心？”

“你啥事呀？”爹有点不明白地问。

“上次给我提亲说的陈各庄那闺女到底咋说了？要是嫌礼金少爹你就再给添点儿。”

“哦。”爹点点头，明白了高大壮的心思。这几年家里给老大没少说亲，可惜条件好的都嫌他眼睛瞎了一只，脑子也不太利落，是个残疾人；条件差的在他爹这儿还看不上。陈各庄的那闺女听说不错，家里下了重聘礼托人去陈各庄说亲，谁知人家来看了还是不同意，已经退回了聘礼。高大壮天天在地里忙活，白天根本见不着他人，爹还没有来得及把陈各庄退亲的事对他讲。听他这么一说，爹一时没话，过了一会儿才说：“陈各庄那闺女已经许配给人了，咱旁边屯子双上庄的老魏家有个闺女，我这想着哪天托人去提提亲。”

没等爹说完，高大壮打断了，说：“老魏家那个闺女啊？我知道，那大一个脚片子，看着让人腻歪。不中，我不要！”

爹叹了口气，嘴上没说话心话说，那人家还不乐意哪。高大壮也是喝了两盅，话开始多，摇头说：“那闺女可不中，顶我三个胖。这年头年景都不好，家家都不能敞开口往饱了吃，老魏家闺女她咋那胖呢？那大屁股……”高大壮用手比画出个大圆圈，把人都逗笑了。他看到大家笑了，不高兴地说：“笑啥！”说着独眼一翻，脖子一抻，说，“哎，可以给俊头说呀！对，我说真格的，爹，俊头也没说亲，把这闺女说给俊头，就咱家俊头长得这漂亮，人家还兴许连聘金都免了，白得一个大屁股胖媳妇。”说着，他又比画了一下。高大壮喝酒喝热了，衣服敞开了，长脖子挺老高，吃一口饭往前伸一下，把大家都逗笑了。爹看看高俊，高俊喝了酒越发唇红齿白，一双大眼睛闪着晶莹的光泽，不由得疼爱地往他碗里夹菜，说："多吃口。爹不是不想给你说亲，是不敢说，你一走这么多年，哪知道你什么时候回来，还回不回来？说下媳妇你不回来咋办？爹想啊，是爹当年打走了你嘛，记恨爹了。你就是不要爹了，你娘呢？你不想你娘？你走你娘说是我把你骂走咧，跟我怄了几年的气，想你想得把眼睛快哭得半瞎咧，天天到村口等着你。"

高俊看到娘撩起衣襟擦起眼泪来，捅了铁锅一下，铁锅立刻明白了他的意思，拿起酒杯说："爹，喝酒。"

这一声把爹叫得心花怒放，他拿起酒杯喝了一大口，刚想说话，高大壮拿酒杯蹾了蹾桌子，大声说："爹，那胖闺女到底咋说？"

爹被问得有些丈二和尚摸不着头脑，气恼地说："啥咋说？"

"你就给俊头去提亲，说下那个胖闺女，省下一大笔聘金加给陈各庄的那闺女中不？你再多加聘礼，没有不行的！"

"你说啥呢！魏家那闺女比你还大一岁，比俊头大了四岁，岁数上也不合适呀！"爹生气了。

娘在旁边说话了："我说老大，你就是心眼子嘎咕，你都不愿意要的人，给你兄弟提亲，你咋想的呢？"

高俊一看气氛有些不对，赶忙说："娘，上面条吧，我们中午吃完跑了一路，饿了呢……铁锅，我娘的面做得那叫一个好吃。"

娘一听，慌忙起身往外走，嘴里叫着："岚子、岚子，下面，下面咧！"走到门口娘转过身指指高大壮说，"这吃饭呢，别尽扯没用的，听到咧？俊头、铁锅，帮我去端面。"

"你去下面条吧。岚子、岚子，屋来。"爹对娘说着，隔着门大声叫着。岚岚应声一挑门帘进来了。灶锅的水汽挂在她密密长长的睫毛上，越发显得一双眼睛水灵灵的。她羞涩地一笑，低声说："干啥？爹！"

爹看到岚岚，脸笑成一朵花，说："闺女，你二哥给你说下门亲。爹这次看是不错，八字合。正好人在这儿，你也看看，看看愿意不？我闺女要是满意可就一好百好喽。"

岚岚的脸更红了，她一扭脸转身出去了。爹哈哈笑了："嗯，我的闺女我知道，她是满意了。中，铁锅，我找人给你们选日子，就把婚事办了吧。定了日子，我去哪找你们啊？”

“爹，我一会儿给你个地址，就是我老师家，你定了日子就给他写封信，他能找到我们。”高俊很认真地说。他们在部队通信有固定的人来收取，再转发到他们手中。以前总是侯新春帮助忙活这些，高俊、郭铁锅、李力锋成天没心没肺的没牵挂，从没有关心过。以后就不同了，如果铁锅的亲事说成了，就有了牵挂，他就得盯着往来的书信了。再说，爹娘年龄也大了，牵挂着自己，也得把自己的消息接长不短写信告诉他们。

说着话，娘把面煮好端了上来。面条是娘手擀的，炸酱用的酱也是娘做的。娘做面食是出了名的，周边很多人常常来定面食，家里有红白喜事也经常请娘去主厨。家里的灶台捎带做生意，也就比较大。灶锅有四个，堂屋进门东西两个大锅台，一边一个连着东西两个屋子的火炕。西面的偏房有两个房间，里面是爹做裁缝活儿的地方，摆放着针头线脑和缝纫机器。外面屋有灶台，是娘主要干活儿的地方，大灶台，容得下娘煎炒烹炸。今天为了端面方便，就在堂屋煮的面，满屋子都是热腾腾的水蒸气，扑鼻子的饭菜香味。

吃了饭，娘让高俊和铁锅去休息，让岚岚帮着拿铺盖去给铺炕。岚岚悄声说："我都给我二哥铺好炕了，炕烧得挺烫的。"

高俊说："你不来跟哥说会儿话？"岚岚悄悄看了铁锅一眼，正碰上他投来目光，她手脚都不知该怎么放了，心跳得说不出话来，转身又跑了。高俊两手一摊说："咋又跑了！"

二十二

高俊和铁锅在家住了两个晚上，娘忙完活计就来到西屋跟高俊唠嗑，高俊实在困了睡了，娘还在旁边跟他说呀说，不眨眼睛一夜一夜看着他。岚岚趁别人不注意时隔着窗户偷偷地看铁锅，当被发现后铁锅冲她招手叫她时，她总是转身匆匆跑开。

第三天，高俊和铁锅要走了，娘睁着一双熬得通红的眼睛，抹着眼泪跟着走了很远。高俊心里酸酸的，眼睛通红通红。铁锅看到他难过，不知道怎么劝解，闷着头走了一会儿，看高俊还边回头边抹眼泪，就不想让他这么难过，捅捅他说："要不咱们再回去住两天？"

高俊摇摇头。铁锅说："我说也不能回去，万一你大哥说服了你爹真给你说下那魏家的大胖闺女咋整，你真娶喽她？"说着，在臀部比画了一个大半圆。

高俊见状，忍不住扑哧笑了。

放下对亲人的牵挂和思念，他们回到部队，又忙了起来。

回来约莫也就月把的时间，柏老师突然来部队，找到了高俊，是李力锋带过来的。看到柏老师，高俊又意外又高兴。铁锅从延安学习刚回来。高俊赶忙招呼人去请铁锅。

柏老师给他带来家里的信，说是铁锅和岚岚定下了成亲的时间，就在当年的 5 月 6 号，如果这个时间成不了亲要推到第二年的 7 月了。柏老师告诉高俊说，他走后没多久，他爹就去世了。听到爹去世的消息，高俊十分难过。他有点儿奇怪柏老师怎么会知道这么多他家里的事情，而且怎么会找到这里来。柏老师也不避讳，开门见山地说："我接到你家里的信后去了趟你家，是给你提亲去了。”看到高俊惊讶的模样，柏老师说，“你听我慢慢说。”

高俊走后，他爹很快定下女儿岚岚和铁锅的亲事，照着高俊留下的地址写了信寄到柏老师家，请柏老师转交给高俊。柏老师正发愁用什么理由和高俊联系呢，高高兴兴地当了联络员。

柏老师有自己的心事。他的闺女柏秀蓉和高俊同年，大高俊几个月。柏秀蓉从小喜欢读书，喜欢安安静静地待在家里。家里人口单薄，只有她和她哥哥。秀蓉娘和哥哥身体都不好，什么事情都要秀蓉和她爹商量着拿主意。秀蓉不爱多说话，却很有主见。

她曾经定过一门亲，男方的父亲是冀东一家大买办里的高级职员，那男孩长得眉清目秀的，和柏秀蓉同校不同班，也算认识，互有好感。日本人来了之后，男方的父亲参加抗日，被杀害了。男方一家人便全部参加队伍真枪实刀开始抗日，被日本人满世界通缉。他们的家也散了，男孩子不知去向。两年后，男孩子来了一封书信，解除了和秀蓉的亲事，再也没有了音信。打那以后，柏秀蓉就拒绝任何来提亲的。柏老师拗不过她，加上秀蓉娘有病家里离不开她，就这样给闺女耽误了。秀蓉常说自己就这样一直照顾爹娘到百年。

自从高俊来了后，柏秀蓉突然变了，变得沉默寡言，常常发呆，柏老师心疼地看着从不出门、闷在屋里桌子上写写画画的闺女，不知道怎样才好。偶尔他在闺女的屋里看到女儿在纸上画的头像，乱划拉的字，只有一个内容：高俊。柏老师心里明白了，闺女是看上了他的学生高俊。可是，上哪去找高俊呢？高俊走时留下了一个地址，说是把信写到这个地方，经过转交他就能收到。地址是一个学校，是个中转信件的地方，未必能找到高俊。

柏老师正一筹莫展时，高俊的爹给他来了这么一封信，柏老师想来想去，决定去提亲。他来到秀蓉的房间，小心翼翼地说：“秀蓉啊，爹想给你去提亲……你先别烦，先听我说……高俊，是高俊，我想给你说的是高俊。我亲自去高俊家提亲。”

第二天，柏老师拎着礼物由村里教书先生常致礼陪着来到高俊的家，说明了来意。听说是县上中学的教书先生柏老师来给高俊说亲，爹感到很光彩，心里那叫一个高兴！听说柏老师要把他自己的闺女说给高俊更高兴了。高兴归高兴，程序一样不能少，皇帝的闺女到家来也一样，得看闺女的八字！柏老师没多想便把秀蓉的八字交给高俊爹，高俊爹说得过几天给回话。没想到，回话没等来，等来了高俊爹病亡的消息。看着闺女期盼的眼神，柏老师决定想办法找到高俊。

侯新春曾经给他来过一封信，柏老师知道他和高俊、李力锋在一起，在抗日。柏老师是冀东商会的成员，也在暗中给抗日的队伍筹措过资金、物资。为了闺女，他通过关系打听到高俊他们大概的地方，一路打听，便来到太行山，在八路军部队上，总算把高俊给找到了。

高俊听说给自己说亲，头摇得像拨浪鼓，一个劲说：“不用，不用，可不用！”

看着高俊这个不解风情、拨拨愣愣的样，柏老师正没法和他深谈时，李力锋去把刚从延安集训回来的铁锅找来了。看到柏老师，大家都很高兴。

柏老师开门见山地说：“铁锅呀，你的事说是 5 月 6 号是好日子。这个日子说话就到了，你咋想的？”

铁锅瞬时间就红了脸，他看看高俊，小声说：“还没跟领导说呢，这刚回来，怕不行。”

柏老师说：“有啥不行的？要我说，你和高俊的亲事一块儿办。”

“高俊？高俊啥亲事？”铁锅和李力锋都有些惊讶。刚才柏老师提到铁锅的婚事，李力锋就挺稀奇，现在又冒出高俊也说亲了，这可得听听怎么回事。他们俩一齐盯着高俊看，高俊也盯着他们看，一双大眼睛比他们更无辜，说：“啥嘛？”

“这不，我大老远给高俊来说亲，他听都不好好听。我去他家里提亲他爹都没说啥，可高俊自己却这么不上心。”柏老师有些责怪的意思。

“柏老师，你是说给高俊提了亲，他反悔了？”李力锋看老师不高兴了，开始主持公道。

柏老师想起闺女，鼓了鼓气儿说：“那倒没有。铁锅你说，你都定亲了，高俊定亲不该？”

“该，该定。”铁锅点头说道。

“那就这么说定了！听到了，高俊？”柏老师倚老卖老地说。

“看看，你们都定亲了，都不跟我说？”李力锋指着他们，眼睛瞪老大说道。

高俊辩解道：“不是，我定啥亲？咋定了亲了？跟谁定呀？”

柏老师说：“跟我闺女柏秀蓉！我到你家去说的亲，你爹都答应了。”最后一句话是柏老师说的，实际上他没有等到高俊爹的同意，高俊的爹就得病去世了。

高俊和铁锅都有点儿发蒙，一下不知道说什么好。李力锋高高兴兴地说：“好事，好事呀。高俊，不行你们俩一块儿结婚！部队是可以结婚的，咱们也都到了结婚年龄了。我是没人稀罕，要不也和你们凑凑热闹。”

“李力锋，你要是信得过老师，老师我回去也给你说门亲。”柏老师许诺说。

只住了一晚上，柏老师回去了。柏老师一走，李力锋就追问高俊，怎么就和柏老师的闺女对上象了。高俊两手一摊，说：“哪有的事呢！我都没注意他家秀蓉长啥样。”

铁锅说：“是，你是没注意，但你的年龄到了说亲的年龄，柏老师来给你说亲是关心你，他不是一直都很关心你嘛。”

大家都没当回事，以为这事就过去了。谁知几天后，柏老师带着柏秀蓉来了，说是来和高俊成亲的。在大家的张罗下，高俊稀里糊涂结了婚。高俊满心拘谨有些不高兴地进了洞房，柏秀蓉见了他，大大方方地站起来，冲着他一笑，不吭声递过来一张画。画的是高俊。高俊接过画，看了看，画得挺像，他一颗紧张的心放松下来，抬头这才仔细地看了看柏秀蓉。

柏秀蓉细细长长，皮肤白皙，眉清目秀，一对细长向上挑的笑眼。柏秀蓉抓住高俊的手靠过来，轻声说：“高俊，是我喜欢你，我叫我爹来的……你肯定也会喜欢上我的。”说着，把高俊的一双手放在自己的脖子后面。

柏秀蓉只住了一个礼拜就回去了。她走后，满屋子都是她留下的香胰子味儿，新婚的高俊脑子里也都是她的影子和对她的思念。

柏秀蓉回家后不久，发现自己怀孕了，她把她舅舅家的表妹大红接来娘家，照顾家里的老人，自己到高俊家做媳妇去了。

说话就到了5月初，铁锅根本不能考虑马上结婚的事。他和高俊接到通知，5月份再次去延安学习三个月。学习完以后，卓群分别找他们谈话，组织上派出了两万精锐的干部化整为零奔赴东北，其中有他们俩，任务是为解放东北做准备。可以带家属，化装成老百姓过去。

领完任务，高俊和铁锅商量说："那咱们可以回家一趟了，你和岚子成亲，咱们也不大办了，成完亲你带上岚子，我接上秀蓉，一起去东北。"

商量好了，他们各自回到团部。高俊回到团部看到李力锋在等他，他们已经有一段时间没见面了。高俊赶忙准备了酒菜，叫人去把铁锅叫来一起喝酒。他们说走就可能走，匆匆忙忙没准这是去东北之前最后一次在一起喝酒了。

李力锋接到的命令是南下，很快开拔。他还是想和高俊、铁锅在一起，可是他的领导坚决不放他。李力锋打仗以狠、敢玩命出名，很受他的领导器重，现在已经是副师长了。虽然提拔了，可是李力锋和他的师长有点儿说不到一起，他来是想劝说高俊跟他一起南下的，当听说铁锅也是被派到东北，知道无法劝说了，便喝起了闷酒。

高俊最初接到的命令是随卓群书记去辽沈，关于铁锅的去向，因为铁锅的老叔郭尚德烈士的特殊情况，卓群征求郭铁锅本人的意见。铁锅说愿意去黑龙江，安顿下来后他想找一找老叔的家人，但他不愿意和高俊分开。卓群看出了铁锅的心思，又征求了高俊的意见，高俊毫不犹豫地说愿意跟铁锅一起去黑龙江。他还有个不想明说的小心思，去东北可以经过老家，看看媳妇秀蓉和刚出生的孩子，另外希望让铁锅和妹子岚岚能完婚。

组织批准了高俊和铁锅去黑龙江，高俊和铁锅因为能一起去向往已久的东北很高兴，此刻的心情和李力锋不太一样。高俊看到李力锋不高兴，无法劝解他，只好陪他喝酒。这以前，高俊的酒量一般，喝酒也就是应付。他和铁锅的情感都有着落了，只有李力锋落单了，心里好像觉得挺对不起李力锋，所以便一个劲地陪着他大口喝酒。开始时每喝一大口酒都辣得龇牙咧嘴的，酒过三杯后，味道突然变了，变得绵软有味道，好喝起来。三个好友越喝越起劲，不知不觉放开肚皮畅饮起来。如果不是没酒了，还不知道喝成什么样。

第二天清晨睁开眼时，高俊看到李力锋还没有醒，便拍醒了他，说："老李，回吧。我总觉得咱们很快会再见的。"说着，高俊拿出来一个红布包说："这是猴子的奖章，他喜欢攒奖章，大部分奖章都在猴子牺牲时上交了，剩下的咱仨一人留几块儿做纪念。"

李力锋收起奖章，看到铁锅还呼呼睡着，过去把他拍醒了，说："起来，睡啥睡！咱们马上要分开了，还睡？我可说下，我没有家人，如果我撂在战场上了，你俩得给我收尸，每年得去看我。"

铁锅起来洗着脸说："说啥呢，一大早晨的，我死了你也死不了。要不今天咱俩再过过手，再摔上一跤？"

"拉倒吧，走了！"李力锋头也不回骑马走了。

8 月份，卓群和大部队奔赴辽沈。前一段时间高俊收到家里来的信，说是媳妇秀蓉马上生孩了，铁锅催他先走，他处理完手头的事情再回去。高俊和铁锅两人说好在老家集合，一同取道秦皇岛、山海关去黑龙江。

9 月底，高俊回到家时，秀蓉早产生下一个女儿，刚刚满月。过了几天铁锅也来了，一家人又为怎么走争执不下。

老大高大壮娶媳妇的事还没有着落，没人照顾他，娘不放心。本来秀蓉刚满月没几天，留在家里，娘在家里可以照顾她。可是秀蓉非要坚持跟着高俊走。高俊和秀蓉久别见面，又刚添了个小女儿，心里是万般不舍，也就没有反对。他还想了却铁锅的心愿，娶上岚岚一同去东北。岚岚帮助照顾秀蓉，也挺好。所以，就没有反驳秀蓉的意见。可是这次这个意见娘不愿意，说铁锅和岚岚还没有成亲，不中。

"那咱们现在给他们办亲事行不行？成了亲不就没啥了？"高俊跟娘商量。

娘摇摇头。高俊爹临走时最不放心的就是岚岚，他再三交代，铁锅是个好孩子，但是他们成亲的日期一定按照他说的去办，他是找打卦的推算的日期。今年 5 月的日子赶不上，就得等第二年的 7 月了。不喽不中！

高俊听到这个理由，觉得劝娘都不知道从哪劝。娘是个绵软性子的人，心里有啥想法也不说，这次是为了闺女岚岚，也是遵从爹的意思，不愿意匆匆忙忙嫁了岚岚，非要自己跟着高俊走，照看秀蓉，留下岚岚照顾大哥。她的理由是高俊的孩子太小，又是早产，岚岚和秀蓉都没经验。留岚岚在家照顾大哥，两人是个伴，也就几个月的事，等到明年，孩子也大点了，好照顾了，娘回来，岚岚和铁锅成了亲过去，顺带帮着秀蓉照顾孩子。

高俊结了婚，有了缠缠绵绵的牵挂，看到铁锅和妹子岚岚的眉目传情，深切地感觉到他们现在彼此的爱慕和相思，看着他们的眼神，高俊心里就疼得慌。他想了又想，跟娘商量说："不行让我大哥也跟咱们一起走，一家人在一起。"

没等高俊说完，娘摇摇头，说："那是不可能的事。你大哥不能同意，他的心思就在土地上面，找荒地开荒，等着收成。你不让他种地可不中！他地里的庄稼都种下了，一天天长着，你大哥能同意？不能够。不信你问问他。"

晚上高大壮回来后看到娘做的包子，不高兴地说："咋又吃白面啊，他们吃得又多，做这么两大锅，多费粮食啊！"

娘说："我咋这么不爱听你说话呢！看不到我做的是两样面的包子？馅是倭瓜干的，大馅，咋费粮食咧？吃着你的了？你先别吃，帮着端过去！"

吃了饭，娘对高大壮招招手，说："来，这屋来，你兄弟问你个话。"

高俊直截了当地说："大哥，我们都要到东北去，你跟我们一堆儿去吧。"

话没说完，高大壮说："拉倒吧，我才不去呢！"

"不是，你先听我说，东北那地方土地多，你……"

"我不去！"高大壮倔生生地说，"我头年冬天刚开了一块儿荒地，已经下了种了，我上啥东北！娘，你也不能去！万一俊头是共产党，就真应了我爹的担心咧！人家都说那是土匪，不能去！"

娘是个轻易不发火的人，就是跟高大壮在一起天天着急上火。娘说："你成天瞎咧咧啥！你等你把娘急死看谁疼你！这跟你商量走不走呢，你说啥呢！"

“我说我不去！反正娘你也不能去！”

娘说：“我去不去不是你说了算的！”

高大壮看娘生气了，声音小下来，说：“你就是偏心，只偏着俊头，你们都走了，我咋办？”

娘双手拍着大腿说：“这不是跟你商量嘛！我要留下，秀蓉就得留下，她不想留下，她和俊头正热乎啦的，硬给他们拆开？快别价吧！再说岚岚也照顾不了个月壳子娃。我跟着去，岚岚先留下，等明年天暖我回来换岚岚，中不中？”

高大壮不吭声了。高俊这边也征得了铁锅和岚岚的同意，10 月上旬，趁着还不太冷，他和娘、秀蓉、孩子、铁锅一块儿去了东北。

二十三

1945 年，高俊和郭铁锅被党组织派往东北。高俊被任命为五道河行署副书记兼宝利县工委书记，郭铁锅被任命为五道河行署武装大队大队长。10 月份，高俊和郭铁锅赴东北上任。

去东北是高俊和铁锅少年时期的共同愿望。抗战胜利了，铁锅希望去东北，他内心想闲下来去找找老叔郭尚德的遗孀和家眷，也想顺道看看岚岚。想起岚岚，铁锅就忍不住脸红心跳，心里浮现出一丝温柔。高俊想去东北是不想和铁锅分开，内心里也渴望顺便回家看看刚刚出生的女儿。

自从想参加抗日的那一天起，高俊和铁锅以及同学们最向往的就是去东北，参加抗联。抗日联军，那时，还是初中生的他们只知道这个军队，崇拜得五体投地。抗日联军，多么直白，多么明确，一听就是抗日的。就这个名字，令无数青年向往，当年他们就是因为这个名字，一门心思想到东北去打日本的。按说，他们的家乡离着东北最近，出了山海关就是。但偏偏事与愿违，几经周折，他们都没能去到东北，而是留在了太行山。自从参加八路军、加入共产党那天起，高俊和郭铁锅的青春和汗水全部都洒在了在太行山与日本兵战斗的岁月中。即将离开太行山时，已经成了大龄青年的他们在情感上也有了归宿。

高俊和铁锅在老家满庄子会合，接了刚出月子几天的媳妇和娘，还有长得像极了高俊的漂亮小闺女，一同出了关。

岚岚因为要照顾家里的大哥，年龄也还小，铁锅临走时和她约好，来年娘回来换岚岚去东北，找铁锅，做他的媳妇。岚岚看见铁锅不再跑了，但还是低着头，脸红红的，毛茸茸的长睫毛垂下来遮住了黑漆漆的大眼睛。这个姑娘美得真像仙女，铁锅忍不住拉住她的手，用力攥着，另一只手撩开她的头发帘。岚岚眨着大眼充满了幽幽爱意地看着铁锅，铁锅忍不住亲了亲她的眼睛，想进一步抱抱她，岚岚身子一拧躲开了。铁锅看着岚岚苗条的背影，幸福地笑了。

铁锅变得温柔了，话少了。他闭上眼睛，就是岚岚那双漂亮的被长长睫毛包裹着的乌黑的眼睛，一丝甜甜的笑意挂在嘴角。为了掩饰自己情不自禁的失态，铁锅突然抱起高俊娘怀里的娃娃，脸贴在孩子的包裹上。一路上，铁锅一直抱着高俊的小女儿。一个高大的男人，抱着一个小小的娃娃走来走去，不时地用脸去贴住包小娃娃的包裹，惹得别人笑。

秀蓉在怀孕期间有娘照顾，早产生下的小闺女一点不像不足月的，坐月子期间有娘的精心照顾，人稍微胖了点儿，皮肤更白皙了。高俊和柏秀蓉结婚待在一起的时间还不到半个月，还算是新郎。他的一双眼睛常常盯在秀蓉的脸上不错眼珠地看。

黑龙江宝利县是五道河行署的下辖县，到了宝利后，高俊把家暂时安在县委办公室后排的两间房子里。铁锅帮着把两间简陋平房的门窗和灶台修好后到地区行署报到去了。高俊一天都没有休息，也赶去走马上任。

到任后的高俊，感觉到不太适应。这里人事关系复杂，远远不如在太行山区心情舒畅。他每天工作到深夜，常常是东方欲晓才回家。不管他多晚回来，娘和媳妇都在等着他，轻言细语地嘘寒问暖。知道他肠胃不太好，无论他吃饭没有，家人总会端上来一碗玉米糁或是小米粥和一小碟小葱拌疙瘩头咸菜，让他喝两口粥暖暖胃。这一小碗热乎乎的粥还真管用，喝几口下去，难受了一天的肠胃舒缓起来，一天的疲惫也消失不少。这时，高俊会附身在床上看着还没起名的女儿。这个女儿酷似高俊，一天一个样地变化。一般他回来时孩子都睡着了，有时醒着，不哭不闹睁着一双大大的眼睛看着房顶，嘴里有时欢快地喔喔叫，不知在表达着什么。

11 月上旬，东北人民自治黑龙江省军分区副司令员苏宇江突然来到宝利县工委，没有和工委商量，就召开了工委扩大会议。会后，工委提出希望向他汇报工作，苏宇江说再找时间。再找他时，苏宇江已经离开，到下面视察工作去了。下午，副县长王国栋说有事和高俊商量，说是下班后来家里找他，高俊便提前回家了。

到家后，高俊脑子里一直想着苏宇江突然到来的这件事。苏宇江没有通知县工委他的到来和不通过县工委直接召开会议，高俊从心里感觉到很不理解。不光是因为苏宇江今天的发言没有征求他和县工委任何人的意见，主要是他突然宣布了扩大收编范围和扩大机构的决定。

苏宇江是东北人民自治军黑龙江军分区副司令员，是当地人，是宝利县早期党的干部，对于宝利县确实比高俊熟悉。高俊刚来，不了解情况，没有发言权。但是高俊也是共产党党中央派来的干部，谁来县里开会，最起码开会的内容应该和他说一下。苏宇江来了只是和他们这些党中央派来的干部打了个招呼，便要求召开全体干部会议，会上直接宣布了扩大收编范围的通知。收编的人员之广非常出人意料，五花八门，什么人都有，连最基本的审查程序都没有，仿佛新的县工委班子不存在，弄得高俊他们很被动。高俊还意识不到这样扩大收编范围会带来什么，但就是感觉哪里不对。

娘端过来粥给高俊喝，他似乎没有听见，眼睛看似在看着他漂亮的小女儿，心不知在想什么，直到秀蓉把他的脸搬正了一下，他才把眼光收回来。他接过娘手里的粥，却没有心思喝。当他看到娘和秀蓉眼睛都盯着他看时，收回神来，低头喝下一口说："嗯，好喝。娘，这小米子还是咱带来的？"

秀蓉和娘相互看了一眼，没吭声。她们从老家带来一些小米，已经吃光了，现在天天给高俊熬的是玉米楂子粥。娘一眼看出高俊不对劲，喝粥喝得无滋无味的，便开始担心了，啥事让俊头这么心思重呢？她不知道怎么劝儿子，就在一旁着急。

这时，有人敲门，是副县长王国栋。王国栋没有家属，单身一人住在这个院里。娘看到来人找儿子，迎上去问："吃了没？没吃和我家高俊一块儿吃点儿。"

高俊看到王国栋也赶忙让座，王国栋喜欢吃娘做的饭，也不客气，对娘端上来的饭狼吞虎咽吃得很香。看到高俊不动手，王国栋说："你吃呀，你不也一天没吃啥吗？"

“你吃，你吃。”高俊看到小王爱吃，把娘热的杂粮大蒸饺推到他面前，自己只喝碗里的粥。

这小王把一大盘子蒸饺都吃了，吃完推开盘子，点了根烟，吸下一大口后直截了当地说：“今天咱这啥苏副司令做的事有问题！特别是他要收编的苏久旺，听说是他的一个什么侄子。你知道那是啥人吗？那是全省都有名的土匪，可以说是恶霸土匪！这样的人能收编吗？”王国栋情绪激动起来，说话声音有点儿大。

高俊注意到秀蓉轻轻把门关上了，知道是怕吵到孩子，天也晚了，娘也该休息了，他站起来说：“走，咱们出去走走透透气。”

出来走了走，王国栋激动地说对收编苏久旺这件事有意见。高俊说：“我看会后你去找苏宇江了，没把意见跟他说说？”

“说了，他都不想和我单独谈，所以我找你，咱们得一块儿找他去。你看，苏宇江不仅收编他，还对他委以重任——军分区宝利武装队的大队长。职位跟咱们的县工委领导不相上下，而且有武器，一旦有事，一个被收编的土匪头子能听我们指挥吗？”

高俊点点头，最后和王国栋商量好明天和县工委几个持有不同意见的同志去找苏宇江谈一次，如果谈不通的话再抽个时间去行署反映这个问题。

高俊回到家已经很晚了，他本来不想进里屋了，就在外屋跟娘凑合一宿，免得吵醒秀蓉和孩子，不想秀蓉披着衣服在门口等他。高俊进了里屋后秀蓉打了一盆热水让他泡泡脚。躺在床上后高俊满腹心事地对秀蓉说：“我这一两天得去一下行署，汇报工作，另外看看铁锅，看样子他也忙，不然不会一直没过来看娘。我想跟他说让他在五道河行署的院里给咱们找个房子，把家搬过去。”

秀蓉抚摸着高俊浓密的黑发，问道：“为啥？”

“孩子小，你们跟着我得不着清静。另外，住在行署也不远，也就几里路。我这儿天天有人找，也不像个家啊！委屈了你和娘。”

“那你每天回来吗？”

高俊想想现在的状况，摇摇头说：“不一定每天都能回来，隔三岔五回来吧。”

秀蓉拉着高俊的手放在脸上说："我们不委屈，这样挺好，我和娘还有孩子，每天都能见到你，还是住在这儿吧。"

秀蓉有自己的小算计，住在这儿，和高俊上班的地方是前后院，高俊早中晚的饭都可以回来吃，分分钟都可以见到。到了行署就不会这么方便了。再说，高俊忙起来哪里顾得上天天回家呢。所以秀蓉不想搬离现在的地方。

高俊心事重重地思索着。他来东北到行署报到时组织上就提醒过，说这一带土匪势力很大，目前还看不出形式上投诚的土匪是不是和共产党一心，要密切观察，还要真诚团结他们。想到今天发生的事，又和王国栋分析了一下现状，高俊感到同意秀蓉和娘一同跟他来东北是他冒失了，想得太简单了。没成家时什么都不怕，成了家就有了顾忌。眼下东北的形势极其复杂，苏宇江不仅收编了苏久旺，而且给苏久旺的是军权，高俊感到非常不妥。当看到县工委的党员干部都很激动，和苏宇江会上提出扩大收编范围的精神也很对立时，他不得不劝县工委的干部，毕竟苏宇江是省里的干部，不便把矛盾激化。

不管怎么说，他感觉到了不安全，特别是娘和媳妇孩子都在身边。看到秀蓉不同意搬到行署，他不再说什么。他必须先考虑眼下的安全，得尽快去行署找一下铁锅，找个可以安顿娘和秀蓉的地方，再找时机把她们娘几个送回老家去。他知道秀蓉根本不想离开他回老家，不想走不中啊！遇啥事说啥话吧。想着，他说："我是担心……嗯，看吧，先看能不能找个合适地方把家搬过去，在行署有铁锅在，怕是安全些。喂——"

秀蓉睡着了。在她的心里，有高俊在，就有一切，她什么都可以放心，什么都不用去想。

高俊和王国栋约了两天都没有约上到了五道河行署的苏宇江。苏宇江在行署和县工委两边跑，忙着应酬四面八方来投靠的人，就是没有时间和宝利县工委班子的成员好好谈谈。

三天后，苏宇江招呼都没打就离开行署回省里了。苏宇江走后，县工委成了大车店，来来往往的人要求落实给来投靠的人封下的官许下的愿，被许愿的人因为有苏宇江撑腰，说话理直气壮，根本不把新的县工委班子放在眼里。高俊和王国栋都被拖进了无休止的会议和争吵中。

就在高俊和县工委班子商量如何到行署汇报解决这些问题时，土匪头子，也是刚当上宝利县武装队队长的苏久旺突然暴动。暴动土匪的口号是打倒共产党，要求自治，行动上就是杀光共产党，赶走共产党！面对突发的事变，高俊立即主持召集紧急会议，制定应急对策。经过了一天一夜的激战，土匪的第一次围攻被打退了。第二天的下午，出现了暂时的寂静。就在高俊他们紧急调兵求援时，铁锅一身土灰出现在县工委开会的现场，出现了小说开始的一幕。

二十四

已经走出宝利县了，仍然没有娘和媳妇孩子的影子。高俊反倒坚信娘和媳妇还活着。这个念头支撑着他，让他沿途走走停停寻找着，一路向南，两个多月后回到了老家。

高俊进了门，高大壮没有认出他来。一向干干净净的高俊衣衫褴褛，瘦骨嶙峋，整个人都脱了形。

“你找谁咧？”高大壮诧异地看着他问道。

妹子岚岚一眼认出了他：“二哥吧？呀，真是我二哥！”岚岚欢快地奔过来，哥长哥短地叫个不停，“咋你一个回来咧？娘呢，我嫂子呢？”

岚岚这么一追问，高俊心里抱着的那点儿希望没了，他的心凉下来，本想问问娘和秀蓉回来没有的话吞了回去。他的心再次被紧紧抓在一起，他脚下像踩着棉花，深一脚浅一脚，没等走进屋，眼前一黑昏死过去。

不知过了多久，他才醒过来。岚岚坐在他身边，不错眼珠地看着他。看到他睁开眼岚岚才长长舒了口气，说：“二哥，你吓死我了，你一直在昏睡。”

高俊想站起来，但浑身一点儿力气没有。岚岚扶他起来，说：“二哥，你起来走走！”她紧张地向外看看，压低了声音，“二哥，你跟我说，娘和嫂子还有……”岚岚不好意思提铁锅的名字，“他，咋都没和你一起回来呢？”

高俊看看妹妹，一时无言以对。他只觉得浑身没有一点点力气，软软靠在炕上，忍住心里的悲痛，摇摇头想说话。但是，他两个多月没怎么说话，一开口竟然发不出声音了。他清了清嗓子，咳了半天才发出嘶哑的声音，费劲地说："没事，岚岚。没事。"

"那娘他们怎么没和你一块儿回来？"岚岚不理解地问，瞪大了一双眼睛。高俊没有回答，回到炕上又闭上眼昏昏沉沉地睡了过去。岚岚还想问问，看到二哥脸色煞白便拉开被子给他盖上。这时，高大壮探头进屋了，一进门，看到老二躺在炕上，便大着个舌头吼叫说："老二，你还挺尸呢？我跟你说啊，岚子！我这还得到地里去，这小子醒了你去找我，我得问问他，咋回事，娘咋没跟他一块儿回来！娘没事他没事，娘要有事我可跟他没完！我先报官抓他，他肯定是共产党。共产党你知不知道？就是'共匪'！"

"嚷啥呀？你小声点儿。"岚岚着急地说。

"我怕啥！"这家里爹没了，娘不在，这个二小子高俊不再是那个被娘捧在手里的学堂的洋学生了，邋邋遢遢那样是落魄了，现在高大壮就是家里的老大，还怕啥！高大壮蛮有气势地撇撇嘴，说："看把他能的，天天美美洋洋，闹半天怕就是个共产党！我干啥小声点儿，谁爱听谁听，怕啥？整不好我报官抓他！"

岚岚急了："你要是再胡说，我到王彩凤家说去，就说你傻，脑子有病，让她不给你当媳妇！"

王彩凤是高大壮提亲的对象。高大壮的亲事说了无数个，都因为他眼睛有残疾，脑子又不太好，没说成。王彩凤是二嫂秀蓉临走时托媒人给高大壮说的亲事，是离着县城不远大王庄的。王彩凤人长得一般，敦敦实实的。这门亲事因为秀蓉嫂子走得匆忙，虽然没定下来，但两家人还有来往。王彩凤家不知怎么想的，今天要点儿这个，明天加点儿那个，就是没提娶亲的事。女方家要的东西都是岚岚准备好让大哥高大壮给送去，岚岚尽力维持着王彩凤和大哥的关系。高大壮内心渴望赶快娶个媳妇成个家，也知道岚岚辛辛苦苦是为他好。现在一听岚岚说这事，高大壮马上不吭声了。高大壮最后说："老二醒了，你去叫我。"说完出去了。

岚岚是个心思单纯的姑娘，没遇上过什么事，脑子里也不愿意想太多的事。眼下家里的事可把她愁坏了，二哥一直昏睡不醒，娘没跟着回来。岚岚从小就和二哥亲近，习惯性依赖和相信二哥，二哥不想说的事岚岚就不问了。不问不等于不想，娘和二嫂带着小侄女和铁锅一起高高兴兴热热闹闹地走了，二哥咋一个人回来了？岚岚脑子再不过事心里也满是疑问——娘呢？最让她担心害怕的是大哥。大哥脑子不太好，又一直不喜欢二哥，一直嫌着娘偏向二哥，他说去报官抓二哥倒不一定是真的，可是他傻乎乎总说二哥是共产党啥的，嗓门又那么大，万一被人听见会不会出麻烦？岚岚急得不知道该怎么办好。她甚至想去找嫂子秀蓉的家里人问问，秀蓉的爹是个先生，总能给出个主意吧？或者把二哥送过去，到他们家养养身体，躲开大哥高大壮。

这样胡思乱想着，岚岚几天没好好睡觉。她再担心也没用，只能等二哥醒来。几天了，看着昏迷不醒，瘦得皮包骨头的二哥，岚岚的心一直揪着。她就守在二哥身边，眼巴巴看着二哥，盼着他醒过来后对她说，娘在等着她过去，二哥就是来接她的。

这天半夜，岚岚闭眼迷糊了一会儿，一睁眼看到高俊醒过来了，瞪着两大眼望着房顶。

“二哥，你醒了？”岚岚高兴地问。

二哥不吭声，一双大眼睛盯着房顶。岚岚有点儿害怕。在岚岚的印象里二哥总是笑眯眯的，从没发过脾气，也从来没有像这样木木地一句话不说。她没敢再问什么，起身从锅里取来一碗温着的蒸蛋羹，小声说："二哥，吃点儿东西吧。"

“你吃吧，岚儿。”高俊打起精神说。他一点儿食欲没有，只要一睁开眼，就会想起娘、媳妇和他那才几个月大的女儿。他一路上赶回来，就是想看看娘和秀蓉是不是带着孩子回来了。没有看到娘和秀蓉，高俊那一丝幻想破灭了。她们没有回老家来，支撑着他的希望消失了。连日来的紧张和路途的劳累，随着消失的希望让他觉得自己的力气一点儿都没有了，浑身酸软，脑子里只有一个想法缠绕着他——娘她们到底去了哪里啊？

没有人能体会到此刻高俊内心巨大的失望和瞬间失去几位至亲带给他的毁灭性的打击。他无法把发生的事情和家里任何人说。他避开岚岚乌黑的大眼睛，那期盼的眼神满是疑问。可是，娘没跟他一起回来，去了哪里，这是个躲不开的话题啊！

“岚儿，想娘了吧？”高俊低着头说，“我来办点儿事，过一段时间我把你接过去，娘和你嫂子她们——”他顿住了，他不会说谎，但是，他必须得说。他嗓子发哽，清了清后说：“她们都想你呢！”

岚岚的脸上露出灿烂的笑容，使劲点点头，说：“那二哥得吃点儿东西，吃了才有劲呀！”

高俊听了，点点头，接过岚岚手里的碗，强迫自己吃下去。吃完他努力站了起来，在屋走了一圈。脚一落地，明显地感到十分软弱，一脚一脚像踩在棉花上。吃下的东西顶在胸口，非常不舒服。高俊靠着炕沿儿坐下来，翻翻王国栋留给他的小包袱，想找个礼物给岚岚。可是他什么都没找到，稍微值钱点儿的东西都让他在路上变卖了，最后身上一分钱都没有了。高俊一路上能搭上车就搭段车，不能搭上车就走，常常连饭都吃不上。高俊脸薄，饿死也不肯去要饭，就这样回到了老家。高俊歉意地对岚岚笑笑说：“妹子，哥什么也没给你带，等下次吧。”

“哎呀二哥，说啥呢，我也不是小孩了。”岚岚笑了，“二哥，你就多吃点儿东西吧，你怎么这么瘦了？你别着急走，在家多住几天养养吧。”

高俊说：“这次不能多住了，我想等天亮就走。”

“二哥！”岚岚想娘，想铁锅，也想嫂子和刚满月的小侄女，她想着等二哥醒过来在家住几天，好好聊聊。再说二哥身体虚弱成这样了，怎么也得养一养。为了给二哥杀只鸡吃，岚岚今天准备安排大哥去王彩凤家送她给王彩凤做的新衣服。支走了大哥才能杀鸡，过后大哥也弄不清楚。如果大哥在家听说要杀正在下蛋的鸡，还是给二哥吃，那可不行，得闹翻了天。二哥这说要走，岚岚有一肚子话说不出来，哭了。

“岚子，岚子”。高俊伸手拍拍妹妹。岚岚的眼泪让他更加难过，他手脚冰凉，眼前一阵阵发黑，心突突地快跳到嗓子眼儿来了，让他觉得憋闷，便张开大口喘气。岚岚不敢哭了，扶着高俊躺炕床上，难过地说：“二哥，你这身体哪能走呢？万一你出事，我和娘还有嫂子怎么办呢？”这句话让高俊又一阵心酸，感到胸口一股股嗳气向上涌，他用手胡噜着胸口。

“二哥，你不是碰上什么事情了吧，你那个好朋友……铁锅咋不帮帮你？”岚岚羞涩地说。她的本意是想问问铁锅，这句话却像一个霹雷炸中了高俊的心！铁锅，铁锅啊！这个从小和他形影不离的兄弟离开了他。

如果铁锅死了，他一家人连个后人都没有了……高俊再无法控制自己，赶忙用胳膊挡住额头。

这时，天已经亮了，高大壮挑开门帘进来，问岚岚："我咋听见你说话呢，二小子醒了？"

"醒啥了？出去，出去吧。到我屋里来，我把给王彩凤做的衣服给你，你收拾收拾早点儿去，路不近呢。"岚岚把大哥推了出去，在给大哥收拾东西时看到大哥把家里的鸡蛋也全收拾到箩筐里，便说："鸡蛋你别拿走。"

"我拿到集上卖喽。"

岚岚知道他不想让二哥吃，也不点破他，说："我已经用鸡蛋和卖布的伙计换了布了，你要是拿走鸡蛋就把我给王彩凤做的衣服还给我。"

高大壮一听，不情愿地把鸡蛋拿出来给了岚岚，说："鸡是我养的，你可不能给二小子吃。"说着冲屋里喊了声，"没脸的才吃呢！"

"喊啥呀，大哥，我还说鸡是我养的呢！你快走吧！"岚岚催促着。

高大壮走了，岚岚进屋看看二哥，她怕二哥听了大哥的话不高兴，说："大哥脑子有毛病，他说啥别往心里去。"

高俊完全沉浸在对铁锅锥心锥肝的思念中了，根本没有听到他们的对话。岚岚以为二哥睡了，放下门帘出去了。

娘走后，岚岚承揽了照顾大哥和家中里里外外的家务。她心灵手巧，会做衣服，会做饭。为了让大哥定下的媳妇早一天进门，对方家里提出要这要那，岚岚总是想办法满足，常常给王彩凤做漂亮的衣服让大哥送过去。高大壮知道岚岚是一心为他好，所以很听岚岚的话。

高大壮一出门，岚岚快手快脚抓了只正下蛋的母鸡，宰了放进锅里炖，从地窖取出红薯和卞萝卜，红薯蒸在炖鸡的大锅上面。她又飞快地和了块面，擀好切成细细的面条；卞萝卜切丝，掺上自家地瓜做的粉条，用鸡汤做了碗二哥最爱吃的萝卜粉条面，面里一口气放了六七个荷包蛋，盛了一大海碗给二哥端过去，放在炕桌上，又端上来一盘葱丝拌的芥菜疙瘩和一小笸箩软软的红薯和焦黄嘎吱的黑豆玉米面饼子。准备好这一切，她进屋推推二哥："二哥，起来吃碗面。"

高俊睁开眼，看到岚岚额头上沁满了汗珠，他的心柔和下来了，坐起来接过岚岚手里的碗，开始吃面。不知道为什么，肚子虽饿，心口堵着就是吃不下，端着碗喝了几口汤后，就放下了。

“咋吃这么少？不好吃？”

“好吃，比娘做的还好吃。”高俊说。无意中提到娘，他的心就一哆嗦，停顿了一下又说：“岚儿，我等会儿再吃……放这么多鸡蛋。”

“你多吃点儿，好有劲，二哥——”岚岚欲言又止。

高俊知道岚岚心里全是疑问。娘、铁锅、秀蓉和孩子都是他现在不能说的，也说不出什么来。他现在最重要的是恢复体力，往回走，继续找。于是他说：“岚子，我再睡会儿。”

高俊喝了半碗鸡汤，也没怎么吃面，胸口又开始堵得慌，有什么东西一股一股往上涌。他只能又躺下来合上眼睛，用手轻轻揉着胸口，慢慢地又睡着了。

这一觉睡得昏昏沉沉，其间岚岚扶着高俊起来又喝了点儿鸡汤。沉睡中高俊听到吵嚷声，睁开眼时听到是大哥高大壮在院里骂糊涂街，岚岚和他吵着什么。睡了一会儿，他起身时感觉到身上有点儿劲了，便起身出门叫了一声：“大哥。”

高大壮的脸上想挤出点儿笑容，可是挤不出来。他拉下脸直眉愣眼地问：“娘呢，你咋一个人回来咧？”

当初娘跟高俊走，高大壮就一百个不愿意，自个儿还没娶上媳妇，二小子不仅娶了媳妇还生了孩子，娘还非跟着去伺候孩子！没这二小子，高大壮觉得自己家日子过得好着呢。他们这个地方出的红薯粉条远近闻名，他高大壮漏的红薯粉儿是这一片的头一份！没到下粉儿的时间人家都提前来订光了。家里那几亩田在他手里侍弄着，无论什么年景都能丰收。谁家能比上？

没等高俊说话，岚岚沉下脸抢先说：“二哥对我说了，娘过两天就回来，你这是干啥呢？呼啦喊叫的。”

高大壮听岚岚的话，岚岚一大声说话，他就不吭声了，自己去灶台上找吃的。揭开锅盖儿，看到一锅鸡肉，高大壮马上急了，吼道：“谁把我下蛋的鸡杀咧？”

这一嗓子把岚岚吓得心里直哆嗦，恐怕大哥再“共匪”“共匪”地喊。

不知怎么回事儿，二哥吃东西变得这么少，这一天她都盯着喂二哥，希望二哥能多喝点鸡汤，把杀的鸡尽量吃掉，省得大哥回来看到生气。可是二哥也就吃下了小半碗面汤和一块剁得碎绒一样的鸡胸脯。岚岚光顾盯着二哥吃饭的事儿，忘记把炖好的鸡藏起来。果然，高大壮看到正下蛋的鸡被炖在锅里了，加上去王彩凤家没有人跟他说什么时候过门子成亲的事，还让他干了半天活，饭也没让他吃。憋了一肚子火的高大壮立刻炸了，大喊大叫说："咋恁败家？不过咧？你是不是给那个土匪吃咧？"

岚岚吓得快哭了，说："大哥，你是不是嗔着炖鸡咧？鸡是我杀的，是我吃咧。你把账算在我身上，不用再这么吵吵！"

"看把你能的！"高大壮撇撇嘴，"还算你身上！你算个爻算个六呀？一个破丫头片子你能干啥，快一边儿待会儿吧！"

岚岚虽然还不满十八岁，但漂亮乖巧，非常懂事，从小家里外面的人都喜欢她，从来没有人这样对她吼叫过。岚岚哭了，说："我早想躲开你去哪儿待着去了，你不用嫌弃我，等我二哥走时我跟他一块儿走。"

高俊最见不得是岚岚受委屈。这几天他一直处在昏睡中，不知道岚岚为了给他做顿好吃的补身子费了这么大心思。看到岚岚哭了，他不满地问："大哥，你是跟谁这么大火？"

"跟你！"高大壮的火气本来就是冲着他的，岚岚一哭让他也心疼，高俊一接话茬就交上火了。没等高俊再说话，高大壮嚷道："哎哟，你看看你，美美洋洋的知道自己是谁不？"

高俊笑笑："哪来这么大火，我咋让你生气了？"

"你快别装咧，你是'共匪'，你以为我知不道？我都知道咧！爹就说过，你敢说你不是'共匪'？"高大壮嗓门愈发大了。

"你瞎说啥？"高俊收住了笑容。

"你是'共匪'，'共匪'！寻思着我不知道？"高大壮恶狠狠地说。

平时不太爱发火的高俊听到大哥口口声声叫他"共匪"，顿时失去了理智，他一双大眼瞪得溜圆，冒出杀气，伸手摸摸别在腰上的枪，指着高大壮说："你再说一个？"

"咋着，你还想动手？就你？"高大壮轻蔑地上上下下看看二小子，挑衅地说，"你就是'共匪'！"说着顺手抄起了个柴火棍。

高大壮和岚岚都不知道高俊身上有枪，没等高俊有动作，岚岚怕动起手来虚弱的二哥吃亏，她冷不防一脑瓜子顶过去，把高大壮顶了个结结实实的仰八叉。高大壮跌疼了，咧嘴大喊起来：“娘，娘！你干啥跟着二小子走，你现在在哪呢？你怎么恁偏心眼子呀，娘，你干啥不回来？啊，啊……”

这一声声的娘叫得高俊的心无比酸楚，他清醒过来了。是，娘跟着他高俊走了，他没保护好娘。娘也是大哥的，他此刻没有资格和大哥吵。他想了想，做了决定：“我走，我、我去把娘给带回来！”说着，他转身回屋去收拾东西，拿了几件衣服后他往大门口走去。岚岚拦住他声嘶力竭地哭叫：“你不要走，你要走带上我，我要去找娘！”说着大哭起来。

二十五

高俊走得着急，走到门口时感到脚上好像踏空了，头一晕腿一软，倚着大门口软软地出溜在地上，只觉得眼前发黑，满眼金花。

岚岚过来扶二哥，无意中往门外的缝隙中看了一眼，看到外面有双眼睛正往里看。岚岚吓了一跳，她打开门，看到门口站着的是住在斜对过村南头的王老汤。

岚岚问道："叔，你找啥呢？有事呀？"

王老汤诡异地一笑，撇撇嘴用手指头指指岚岚，点点头，什么也没说，很得意地转过了身体。岚岚家从来没有和王老汤来往过，她很诧异，没等她再开口问，王老汤撂下她走了。

岚岚生气地关上门。高大壮问道："谁啊？"

"王老汤！"岚岚想起王老汤神神秘秘的样子，不高兴地说，"大哥，你别和这样的人来往，啥人呀，咋鬼鬼祟祟的！"

高大壮说："我没和他有啥来往。他啥正事不干，来咱家干啥？"

高大壮被岚岚推倒在地没起来，仍然坐在地上说话。

岚岚的心一阵莫名其妙地发慌。村里很多人私下议论这个王老汤，说他是个踹寡妇门儿、挖死人坟儿的人。岚岚听不太懂大家为什么这样说，也不关心别人的好坏。她记着娘走时说的话，不要去惹是非，啥都不要掺和。岚岚从来不去串门，人前人后不多说一句，外面的事都叫大哥高大壮去办，也不关心谁名声好不好。今天看到王老汤这个表情，岚岚心里很奇怪，想，大哥那么大嗓门喊，门外肯定能听到。王老汤在门口都偷听到什么了？如果听到了他们在家里吵架，知道了二哥是共产党，那就不会像大哥那样光打雷不下雨，他会不会去告发二哥？

岚岚把门闩上，靠着门冷静想了一会儿。她先把二哥扶回屋里，又到院里扶起地上的大哥，问道：“大哥你咋发邪火呢？……王彩凤家人咋说？”

“我都没见到她，她家也没人跟我说结婚的事。”大哥高大壮撇拉撇拉嘴，委屈地说。

“哦，为这个呀！大哥，等回头我去找她，找个媒婆一块儿去，让他们把结婚的日子订下来。可是现在，我想和我二哥走，去找娘，把娘叫回来，中吧？”

高大壮一听都快哭了，拉着脸说：“不中！你干啥要走，都走了，不要这个家咧？”

“那你这么闹也把家闹散了。”

“咋我闹咧？我没闹，是你们把我正下蛋的鸡给杀咧，咋成我闹咧？”

“你要这样说，那咱们就要说说了。咱家的活不是你一个人干的吧，是不是也有我的份？我二哥吃的是我那份。二哥是咱的亲兄弟，你亲兄弟身体虚成啥样了，吃只鸡咋就像吃了你身上的肉咧？”岚岚和高大壮讲道理。

高大壮不吭声了，过了会儿他说：“你要不跟他走，我让他吃一只鸡，中不？”

“那我明天再杀一只。”

“不中！”高大壮一骨碌爬起来，急得脸通红，说，“就那一只。正在下着蛋的鸡，杀喽不败家呀！”

哄好了大哥，岚岚进屋看高俊。看到二哥歪在炕上，脸煞白，闭着眼，气若游丝，满头的冷汗。她惊慌失措地说：“二哥，你脸色忒不对，不喽找个大夫看看吧，看再出事！”

高俊摇摇头，捋着胸口揉着，说：“不用。岚儿，我想明天一早走了。”

“不行！”岚岚坚决地说，“你这能走？你都啥脸色了，再不养养非出事不行！哥，你要是不愿意住在家里，要不去嫂子家养一段时间？”

“说啥呢岚儿，我怎么会不愿意住家里？哪有和我妹子大哥在一起好呢。我是真的有事，岚儿。”高俊喘息着恳切地说，话没说完，他干哕着，唠着唠着，一口血喷了出来。

“二哥！”岚岚吓得大叫，赶快去拿了脸盆。高俊胃里一股一股地往上涌，他张开嘴，大口血喷射出来，一气吐了大半盆子。吐了之后，人舒服了许多，高俊舒出一口长长的气，无力地歪在床上闭上眼。

岚岚看到二哥高俊吐的这盆血水，不知道该怎么办好。看看二哥收拾了行装，知道他是决意要走，想起刚才在门口看到的那双不怀好意的眼睛，岚岚也不敢再留二哥。她还是想说服二哥带上自己走，说：“二哥，我知道你肯定有事，但是你现在身体不是太弱了吗？要不这样哥，你就带我跟你一起走，一路上我照顾你。”

高俊闭着眼摇摇头。他无法把娘、秀蓉和铁锅的事说给妹子听。一想到娘、媳妇、孩子和铁锅，他心里就涌上喘不过气来的焦虑。他知道岚岚虽然懂事，但她有自己的蔫主意，认准的事不好转变。一定要让岚岚打消跟自己走的想法。他想了想，说：“你走了，大哥谁来照顾？他咋办？”

岚岚不吭声了。娘走时嘱咐过她，照顾好脑子不太好的大哥。娘为啥没回来？二哥这次回来像是遇上了什么事情，是什么事她想不出来。大哥不知从哪听说的，总是“共匪共匪”地说二哥，都说共产党是要被抓的，今天门口的那双眼睛更加让她提心吊胆。二哥再待下去会不会有危险？想了想岚岚说：“那大哥娶了媳妇，我就可以去找你和娘了吧？”

等着高大壮娶媳妇那天还早呢，这话说着说着成了遥远的期待。高俊马上表示同意。商量到最后，高俊同意再休息一天，后天一大早走。

高俊怕岚岚再追问娘的情况，就闭上了眼睛。他平静了一下，又开始琢磨起寻找娘和秀蓉的每一个细节，最后他想后天动身先去县里柏老师家看看——万一秀蓉回家了呢？

岚岚看到二哥闭上了眼睛，知道他想休息了，就拉开一床被子给二哥盖上出去了。

岚岚有好多活儿要忙。她惦记着让两个哥哥吃顿可口的饭菜，一门心思琢磨着怎么让二哥多吃点儿。支使大哥去地窖取来过年时储存的猪肉来包饺子，趁大哥出去的时间她把能拿的钱给二哥准备好，连夜赶着做了一身里外三新的衣服。忙活了一天一夜，一切都准备好了，岚岚包了饺子，兄妹仨在一起吃了顿饺子。

一大早，高俊穿着岚岚给做的衣服，带上岚岚给准备的干粮、衣物和钱上路了。大哥高大壮这次没闹着要翻高俊的东西，他手里拿着干活的家伙，跟岚岚一起跟在高俊后面远远地看着他。高俊停下来想和他说句话，他就远远停下来，高俊走，他也跟着走，一直送到看不到身影。

直到看不到二哥的身影，岚岚抹去眼泪转身往家走。岚岚是这一带出了名漂亮乖巧的女孩子，不光家里人喜爱她，村里的人们也喜欢她，碰到她都喜欢看她，想和她说会儿话。岚岚记着娘的话，家里人少，大哥有病，不去招惹任何人，她对于邻居的招呼都是报以羞涩的一笑，从不多话。娘不在家，在岚岚眼里这个家里有她干不完的活计，她要赶回家干家务。

回到家，时间还早，岚岚把屋子里里外外收拾干净，从床柜里取出一双已经纳好的鞋底，开始上鞋帮。这双鞋，是给铁锅做的。娘走后，留下话说明年 7 月让岚岚和铁锅结婚，岚岚内心满是期盼。眼前常常浮现出铁锅那一笑，嘴角一边一个小梨窝，一口洁白的牙齿……想到这儿，岚岚甜甜地笑了，她把期盼和思念埋在心底，家里的针线活多了一份给铁锅的。

这两天忙着照顾二哥，岚岚上完了鞋帮觉得困了，躺在炕上睡着了。

睡得正熟时，岚岚觉得有人动她。二哥在家的这两天她太累了，眼皮沉得睁不开，直到感到身上被什么沉沉地压住了，她才下意识地睁开眼，冷丁被吓了狠狠一跳。她看到一个满脸皱纹的人压在她身上，岚岚吓得大叫起来。对方用被子捂住了岚岚的头，奸污了她。完事后，对方拉开裹住岚岚的被子，岚岚被闷得几乎窒息了，她喘息着仔细一看，竟然是王老汤。

“啊！叔，是你！”岚岚蒙蒙地坐起来，看到自己下身赤裸着，她愤怒起来，连喊带叫地想去抓王老汤。

王老汤，住在村里的最南头，离高俊家也就百米的斜对过。他四十多岁了，还没娶媳妇，听说和邻村两个寡妇傍扯着。因为纵欲，王老汤人瘦瘦巴巴，脸上的皱纹纵横交错，像五六十岁的人。他不喜欢做农活，有一张能说会道的嘴。祖上留下的地他不去侍弄，日常靠两片嘴活着。谁家有点儿事，本来不大，他去说和，让他说着说着成了大事，他再出面两边劝，从中还能赚到吃喝和零花钱。他也有主业，是给人卜卦，经常手里拿着布幡到外乡去走串，有卜卦的收入。日子本来是能过得不错，可是他的一双眼睛专门注意有点姿色的妇女，有点钱全用在女人身上，把日子过得清汤寡水，村里人都管他叫王老汤，不知道是不是他的真名字。

高岚岚是这方圆几十里出了名的漂亮姑娘，来说媒的人踏破了门槛，是多少年轻人梦寐以求想娶进家门的女孩子。以前王老汤想也不敢想能和岚岚沾上边儿。自从岚岚娘走了以后，王老汤就开始注意岚岚家的一举一动了。

那天当高俊瘦骨嶙峋地出现在村里时，王老汤刚从外村回来。他一眼没认出来，看到高俊进了家门，他判断出那是高家的老二。他很惊奇，高家老二一向干干净净斯斯文文的，怎么变了。当高俊进院后，他们安安静静的家传出了吵架声，他立刻有了好奇心。他琢磨着，这个高俊是和他娘、媳妇、孩子，还有一个威风凛凛的黑大个子一起兴高采烈走的，凭着王老汤阅人无数的观察，他看出高俊和郭铁锅是军人，是国军还是八路军看不出来。不管是哪路军都不敢招惹，但是这才刚走了不久，高俊就一个人回来了，衣裳破破烂烂的，神情焦灼，有事！善于挑事的王老汤马上莫名其妙地兴奋起来。高俊家传出吵闹声，高大壮高声叫骂高俊是“共匪”，这句话让王老汤激动不已，他立刻断定高俊是八路军。本来还在疑虑中，当听到高俊说还要走时，王老汤心里按捺不住的兴奋。不管高俊是不是共产党，想办法也得把他说成是共产党。他开始找机会。这天高俊刚走，当他看到高岚岚在送走她二哥时伤心地哭，心里跟猫抓般的难受，等岚岚回到家，准备了几天的王老汤迫不及待地对岚岚下手了。

二十六

高俊离开老家的这天早晨，王老汤强奸了岚岚。

看到岚岚又抓又打，王老汤狠狠地给了岚岚几个耳光。岚岚从来没挨过谁的打，本身就受了污辱，对方还打她，嗷嗷叫着要和王老汤拼命，被王老汤推在炕上用被子捂住了头。王老汤说："嚷，大声点！说你二哥是共产党，让人家都知道好来抓你二哥！"

岚岚大哭着在被子底下挣扎，声音在被子的闷堵下小了下去。王老汤掏出早已准备好的绳子绑住岚岚。王老汤看到岚岚几乎不怎么动了，掀掉捂在岚岚头上的被子。岚岚被捂得快窒息了，大口喘息着，王老汤胸有成竹地坐在一旁拿出个烟袋子，装满烟锅大口大口抽了起来。等到岚岚恢复了一口气，还没等她嚷，王老汤捂住她的嘴揪住她的头发把她拉起来。岚岚看到几个人进到院子，扔到院里一个蠕动的麻袋，没说几句话便动手拿着棍棒开始下狠手打麻袋。岚岚听到麻袋里喊叫的是大哥，他被打得呜呜哭叫。自己的大哥被打，岚岚挣扎着要过去，被王老汤紧紧抓住，他说："你这么光着出去是想干啥？"接下来的下流话让岚岚听了浑身起了一身鸡皮疙瘩。王老汤说："你现在要是答应嫁给我，我出去替你救下你哥，要不然你就看着你亲大哥被打死吧。"

岚岚说："我已经定亲了，凭啥嫁给你。"她的嘴被捂着，说话乌噜乌噜的。王老汤放开手，岚岚大声喊起来，又被王老汤死死捂住嘴。

王老汤说："你就看着你哥被打死吧。"听到外面噼噼啪啪像打树桩一样的声音，王老汤也急了，他不想高大壮被打死。他知道，有高大壮在，就有控制岚岚的筹码。他说："你要是同意就点点头，我现在就能救你大哥。"

岚岚听到外面大哥的声音越来越弱，嘴被王老汤捂着一股黏汗腥味令她快要窒息了。她闭上眼，泪水淌出来。

“你不吭声就是同意了。”王老汤把岚岚用被子捂住，穿上裤子，出去对那几个人低声说了几句，那几个人把装在麻袋里的高大壮用小推车拉走了。王老汤回到屋里，看到岚岚挣脱开蒙着的被子，正在穿衣服。他猥琐地笑了笑，说：“这帮人说你大哥开荒地冲撞了他们的祖坟……”没等他说完，岚岚冲了出去，没有见到大哥，她喊着：“大哥，大哥！”她喊着要往外跑，被王老汤拽住推搡到屋里。他怕村里有人听到过来，从里边锁上了大门。回头看到岚岚还想往外跑，王老汤便扯住岚岚的辫子将她拽回屋里，说：“你大哥的命就攥在你手里，如果你和我成亲，你大哥就能平安无事回来；你如果不答应，那他就是个死！”

“你做梦去吧！”岚岚恨恨地扭过头去。王老汤的手又伸过来去解她的裤子，岚岚使劲打开他的手，突然有点醒悟似的说：“这事是不是你干的？你害我大哥！”

“你爱咋说咋说。”王老汤淫邪地笑着，说，“你大哥，开荒时开了外村的一块地，人家说你大哥开的地是在人家祖坟的圈内，你大哥刨了人家的祖坟，人家还不来找他算账？要是没我，人家不打死他！不管他现在去了哪里，反正死不了，只要你答应嫁给我，我就把你大哥救回来。”

连着几天了，王老汤仔细地盯着岚岚一家人，盯着高大壮，观察他们的作息时间。赶巧就在前天，王老汤从村外回来，邻村的一户姓任的人家在生气地说着什么，王老汤仔细听了听，任家人说是他家里的祖坟被动了。王老汤专是个挑唆是非的，他赶过去看到任家的祖坟地确实不知被谁动了一块儿边角，地被平整了。一片新开的荒地一部分是满庄子的，一部分是邻村任姓人家的祖坟。这件事不知道是谁干的，也不是个多大的大事，把平整的地还给任姓家人再赔个礼道个歉，也就过去了。王老汤却很肯定地告诉任家是高大壮干的，还添油加醋地说这一动，把任家祖坟风水破坏了，运气也坏了。任家一听风水被破坏了，都非常生气，也很计较。他们知道王老汤是个卜卦的，问他有什么破解的办法。王老汤说，要想破解就得让开荒地的人出血见光。在王老汤的挑拨下，任家把高大壮用麻袋套住，按照王老汤说的时间把高大壮拉到他指定的地方，就是高大壮自家的院子，动手把高大壮打得头破血流，就算破血见了光。因为用麻袋套住了头，高大壮不知道谁打的他。这样做是为了让岚岚看到高大壮在挨打，好镇唬住岚岚。

不明白真相的岚岚连踢带踹想冲出去，她说：“我嫁给你我哥就能出来？这不还是你捣鼓的事吗？走，你赶紧走！”

“我走了你哥咋办？”王老汤不再解释，再次动手揪住岚岚的辫子往炕上拖——他是吃饱了喝足了睡够了有备而来。岚岚因为二哥回家忙碌了几天，早晨送二哥走也没好好吃饭。想着中午把剩饭剩菜热一热跟大哥好好吃，谁知在自己家遭遇了这突如其来的灾祸。还不谙男女事情的岚岚没有明白发生了什么，被有经验的王老汤拖到炕上奸污了。整整两天，王老汤把岚岚的双手绑上，饿了他在岚岚家找东西吃、找酒喝，然后就是折腾岚岚。他不给岚岚吃饭，只给岚岚水喝。到了第三天，他再一次对岚岚说：“你要是答应嫁给我就能救你大哥，不答应没人能救你大哥，你答应不答应？”

岚岚已经没有力气挣扎了，闭着眼睛。王老汤恶狠狠地说：“你要是再不答应，就是你害死了你大哥。”岚岚长长的睫毛动了动，泪水流下来。王老汤说：“你不吭声就是答应了，我这就去救你大哥。但我是有条件的，第一，你不要出大门，你不能寻死，否则你大哥也活不了。第二，限你三天和你大哥商量好当我的媳妇。第三，没嫁给我的这几天只要我叫你，你就得过来。听到了？在我没回来之前你不能出大门。”

王老汤把绑着岚岚双手的绳子解开，出去了。走到门口，他又折了回来。事情已经做到这样了，一定要把岚岚搞到手，不能有一点闪失。他把岚岚继续用绳子捆上，堵住嘴，出去找高大壮。

王老汤知道高大壮在哪里。他指挥任家兄弟把高大壮扔进了他自家后院的地窖。快三天了，他得赶快把高大壮从地窖救出来。王老汤是不会让高大壮出事的。只要攥住高大壮，岚岚就不敢怎么样，她年龄小，没有生活经验，高大壮脑子不好，他们只能听他的。只要能娶到岚岚，豁出命也值得。

被捆在炕上的岚岚强撑着从床上坐起来，双腿打着哆嗦，站都站不住了，腿上是干涸的斑斑血迹和肮脏东西。她试图挣开被绑住的绳子，绳子的一头被绑在炕桌上，岚岚的心被耻辱吞噬着，她惦念着大哥。大哥也一定几天没吃饭了，如果大哥能回来，她会好好给他做顿饭，说服大哥跟自己走，离开这里去找娘。“娘，娘！”岚岚想起娘忍不住哭出了声音。

等到了晚上，高大壮还没回来。岚岚开始着急，然而，又是整整一夜，高大壮依然没有回来。岚岚越等心越急，她无法挣脱绑住她的绳子，胳膊已经拉破了。岚岚歇一会儿，接着挣扎。天亮了，开始用牙咬绑着她的绳子。这时，她听到厨房有动静，岚岚叫着大哥，可掀开门帘进到屋里来的还是这个丑陋的王老汤。此刻，岚岚心里惦着大哥，不敢再哭闹了，她瞪了王老汤一眼，低下头恨恨地说：“我大哥呢？”

王老汤是在耗时间，他要利用高大壮让岚岚彻底屈服。他从锅里盛出一碗粥递给岚岚，说：“你几天没吃东西了，先吃了再说。”

岚岚看都不愿看他一眼，转过身去说：“你不是说找我大哥去了吗？我大哥人呢？”

“我说的条件呢？你必须答应嫁给我！”说着，吃饱喝足了的王老汤薅住岚岚的头发摁在地上，精疲力竭的岚岚连反抗的力气都没有了。

这一夜和第二天，王老汤不停折磨岚岚，岚岚身上多处擦伤，体力渐渐虚脱，完全放弃了抵抗。她脑子里只有一个想法，就是救出大哥。

王老汤估摸着高大壮能够挺住的时间差不多了，岚岚心里也彻底崩溃了，他说：“去找找大哥吧。”

岚岚听他也管高大壮叫大哥，肺都快气炸了，她闭上眼不吭声。

“我说真的，这都好几天咧，再不找真出事咧。”王老汤说着去扒拉岚岚。

岚岚实在不想和他说话，拧着身子眼泪无声地淌下来。王老汤冷冷笑笑，说：“你要还别扭，那就等——等看到你大哥出事！”

清晨，王老汤从岚岚身上下来，大声呵斥道：“你倒是说句话，找不找你大哥？不找，你就真的害死他了！”

王老汤一嚷，岚岚吓了一跳，浑身哆嗦着睁开一双惊恐的大眼睛。

王老汤取出烟袋锅子点着了，狠狠地吸了一大口吐着浓烟说：“你说句话！你要说去找你大哥，我就帮你去找。可有一样，你得嫁给我，你大哥得答应这件事，不喽我不帮你找你大哥，让他去死！我还要到官府去告你二哥是个‘共匪’，把你二哥也抓了，不信你就试试。你说，你自己说，到底找不找你大哥！”

岚岚不吭声。

“瞧不上你这死眉塌眼的样！”王老汤说着，磕掉烟袋锅子里的烟灰，用滚烫的烟袋锅照着岚岚的大腿狠狠抽打了几下，恶狠狠地说，“你不说话，就是同意了。我帮你把你大哥找回来，你给我当媳妇！不然的话你们就试试！”说着，王老汤又举起了烟袋锅子，他看到岚岚闭上眼睛团缩起来便没有再打下去。他坐那又抽了一袋烟，生性多疑的王老汤还是不放心，怕放出来高大壮，岚岚不嫁给他。想了又想，王老汤说：“嗯，我去帮你找你大哥，可是你得跟我先到我家待几天，等你答应了嫁给我再说。”说着，趁着天色还早，王老汤用被子裹住岚岚把她拉回到自己家，放到了炕上的橱柜里，又用绳子拴住。

王老汤来到高大壮家的后院。他仔细地观察过岚岚家，看到高大壮干活回来总要去地窖一趟，把秋收时没来得及收回家埋在地里的红薯陆续拉回来放进地窖。岚岚家后院挺大，地里四季也不闲着，靠屋子后墙，一片地长年种着白菜萝卜豆角，因为高家的红薯粉好卖，他把院里后面的一大块地也种上了红薯。地窖就在后院西北角。高大壮勤快，把地窖挖得挺深，挖到下面向右拐个弯，储藏白菜萝卜，又往下挖，向左拐个弯储藏红薯。王老汤知道地窖里放着红薯和萝卜什么的，把高大壮扔下地窖也摔不死饿不死他，把梯子撤走，高大壮就是从麻袋里挣脱出来也无法上来。

二十七

高俊按照自己心里想了又想的计划来到了县中学，他要找岳父柏老师看看有没有秀蓉的消息。

走到柏老师家胡同口，高俊站住了。看着冷冷清清的胡同，他心里已经基本肯定秀蓉没有回家。秀蓉一旦回来肯定先回婆家去等着。如果她没回来，自己带着媳妇孩子才走不长时间，就一个人回来找媳妇，会让柏老师一家慌乱不安。但是在高俊心里，还抱着一丝希望，他犹豫着，怎么也没勇气迈进老师家门，于是便找了个可以看到柏老师家门口的地方远远观察。

柏老师家的大门一直紧闭着，快到中午时，柏老师开门走出去，不多时拿着一些草药和菜回来了。柏老师的儿子一直病歪歪的，离不开人照顾。秀蓉走时安排了亲舅家的大红二红照顾家里的大小事情，买菜拿药的事应该是她们做，怎么没见着她们两个？因为还要急着赶路回东北，高俊心里着急想知道老师家里的情况。

柏老师拿着东西进院后，高俊来到柏老师的小院，趴在门口，想听听院子里的动静，有没有小孩的哭声。

院里静悄悄的，没一点儿声响。高俊集中全部的注意力听着院里的动静，突然身后远远传来叽叽嘎嘎的说话的声音。高俊回头看到是大红二红连说带比画地进了胡同。他躲不开了，急忙闪进一户半开着门的人家。等着她俩进了院门，他才出来。看着老师熟悉的家门，高俊心里一阵阵冲动，想到老师家去看看，看看老师，看看熟悉的环境。可是他不能去，老师把知书达礼的女儿送到太行山嫁给了他，跟着他高俊才走了几个月，却发生了与他走失的事，无论什么原因，他都无法面对老师。他竭力使自己平静下来。一直等到傍晚了，在外面站了一天的高俊没发现老师家有任何秀蓉回来过的迹象。他来到老师的家门口，伸出颤抖的手上上下下把老师家的门摸了摸，深深鞠了几个躬，转身走了。

这段时间以来，因为一路寻找娘和媳妇、孩子，心里着急，加上生活不规律，高俊身体极度虚弱，一路走得很慢。他把能想到的地方全找到了，走走停停，回到五道河时，前前后后过去了五个多月。

到了五道河，高俊开始寻找组织。因为土匪的叛乱，组织人员大幅度变动。土匪叛乱基本上被平息下去了。高俊来到宝利县，县工委依然冷冷清清，进去看看，没有人在里面。高俊不好贸然去打听，又回到了五道河行署，在行署碰上了也是从太行山过来的组织部门的科长刘启贤。

从土匪暴动瞬间失去了身边所有的亲人，到漫漫长路一路寻找的艰辛，让高俊反应有些呆滞。刘启贤看到他，迟疑地叫了他一声，高俊站下来，没等他说话，刘启贤激动地拉住高俊，问道："呀，真是你？你还活着？还好吧？"

高俊张张嘴，没有回答刘启贤的话，反问道："你还在行署工作？那好，有个事我想求你办一下，我来是给郭铁锅同志申请确认烈士身份的。"

"郭铁锅牺牲了？"刘启贤吃惊地说。他这时看到高俊神情落寞，胡子拉碴的，忙把高俊拉进房间，听他讲述了 11 月份在宝利县发生的土匪暴动事件，以及自己寻找母亲和媳妇、孩子的经过。

刘启贤也是从太行山过来的干部，虽然土匪叛乱是从宝利开始的，但整个五道河地区都遭到了破坏，全是土匪暴动的重灾区。刘启贤在行署工作，很清楚当时发生的事情。他和郭铁锅也是很好的朋友。郭铁锅为人磊落，大家都非常喜爱他。他从郭铁锅嘴里听到的讲述最多的就是高俊。刘启贤和高俊在太行山区见过几面，那时的高俊英俊潇洒，前途无量，和现在瘦骨嶙峋已经脱形的高俊完全是两个人。刘启贤心情非常难过，也很复杂。目前大部分土匪暴动基本上被平息了，现在的干部基本上是新调来的。对于上一届党政领导，虽然他们经历了土匪血腥的屠杀，但是必须接受组织对每个人在这一阶段表现情况的审查。他自己也刚刚接受完审查。这一段组织的工作就是核查登记失踪的干部，牺牲的一旦认定后可以定为烈士。活下来的，要审查是否脱离组织。眼下的高俊，就面临着组织的审查。从时间上讲，高俊脱离了组织。虽然他遇到的是特殊的情况，原先的组织已经被打散了，现在重新组建的组织会怎样给高俊定性、怎样安排？一直做人事工作的刘启贤隐隐有些担心。

然而，高俊一直高度紧张和过度伤心，完全没有去想这些。他没有为自己解释一句话，他满脑子里是铁锅、娘、秀蓉和孩子。他对不起他们呀。特别是铁锅，他和铁锅奋战八年，胜利后千辛万苦来到向往已久的东北，想把自己的满腔热血贡献在这片土地上，却没想到铁锅永远地留在了这里。他要让铁锅活着，永远活在人们的心里。当刘启贤问他有没有铁锅留下的线索时，高俊有些不明白地问道："啥线索啊？"

"在哪里牺牲的？尸体有没有？"刘启贤问道。

高俊一听有些发急，说："这都过去这么长时间了，组织上就没说找找牺牲了的同志？"

"找了，怎么不找呢！"刘启贤看到高俊情绪有些激动，劝慰着说，"这些个工作都在做，只是咱们要是知道，能提供线索不更好吗？"

高俊的身体状况已经处在危险的边缘，他自己完全没有意识到这点。再次来到东北，他只有一个心思——给铁锅追认烈士的身份，要找到娘和媳妇、孩子，就算搭上自己的命也在所不惜。高俊有些急躁起来，他猛地站起来，话还没说出，一口血吐了出来，抱着脑袋说："哇呀，疼死我了！"说着一声大叫，不省人事了。

刘启贤把高俊送到医院后，看到高俊抱着头被疼痛折磨得已经气若游丝，根本无法商量事情。刘启贤含着眼泪，左思右想，想到他们刚到东北不久，很多领导并不了解他们这些中央调派来的干部。最后，刘启贤决定到辽北省工委找老领导、工委副书记卓群。高俊此时躺在医院，昏迷不醒，刘启贤不管高俊听不听得到，他附在高俊耳边说："我这就去给铁锅办追认烈士的事，你等着我。不管多久，你可一定等着我回来。"

刘启贤来到辽北，千方百计找到了卓群，讲述了高俊目前的状况。卓群听了后沉默了好一会儿问："高俊有生命危险吗？"

刘启贤想到瘦得脱了形和大口吐血的高俊，摇摇头说："不好说，真不好说。我看，我们专署武装大队大队长郭铁锅同志牺牲对他打击太大了。自己的亲娘、老婆、孩子，都是至亲的人，都找不到了，恐怕……不知道他能不能挺过来。高俊要求马上追认郭铁锅同志为革命烈士，情绪非常激动。”

卓群点点头，说：“现在情况已经很明确了，土匪头子是谢文东，五道河地区宝利县，发生的是一场大的土匪叛乱，是整个土匪暴乱的肇始地。东北的土匪联手，不仅杀我们的同志，还杀了家属，当地的同志和家属几乎全部遇难了。遇难的同志，都是经过抗战考验的相当优秀的同志，这些人没有倒在抗日的战场下，却倒在了解放战争的战场上，当然应该追认为烈士！”说着说着，卓群语气坚定起来，“郭铁锅的叔叔是我的老朋友，是革命先辈，因为叛徒出卖，一家人都牺牲了。如果郭铁锅也牺牲了，那他们是一门先烈呀。郭铁锅当初去东北，是想找寻一下郭尚德同志遗留的家属。临走的时候，我问过郭铁锅同志，有什么要求，他挺不好意思地说希望高俊同志和他一同来东北。在太行山抗日的八年，大家都知道郭铁锅和高俊是一对离不开的好朋友，也都很羡慕他们的生死友谊。铁锅的死肯定对高俊是致命的打击。这个事不解决，高俊身体好不了的！小刘呀，我会通过组织给黑龙江省领导发函，说两点：一、追认郭铁锅为革命烈士；二、全力救治高俊。还有，高俊这一个班子的人都牺牲了，这段历史有人给他做证明吗？”

刘启贤摇头说：“目前我认识的人当中没有。我们那儿的土匪这一闹，人员全部打乱了、打散了，生死的人数至今不明，还没有做这方面的工作。”

“那你给他当证明人吧，你们正好还都是从太行山来的，彼此了解。他到五道河行署正好碰上你还在行署工作，相互之间给做一个证明，以后没准用得着。”

“嗯，我也是这样想。可是他回家这一段我不是很清楚呀。我担心……”

“担心什么？他在这段时间能去当土匪，能逃跑？他想逃跑去哪？”卓群情绪有些激动地打断刘启贤的话说，“高俊同志丢失的是他的亲生母亲、媳妇和亲生孩子！他不去找那他是啥人了？我们共产党人为什么闹革命，是想让全国的老百姓包括自己的家人能过上幸福的生活！我们不能不管自己的亲人，如果不管，那不是没有人性了吗？”

“不是，老领导，我是担心别人会挑这一点。高俊咱们了解的人知道，他是不会为自己辩解的。我们见面时他已经是有气无力了，说话都费劲。只简单讲了他这几个月的行踪，然后就是一定要求给郭铁锅定为烈士。对他自己的母亲、媳妇、孩子只字没提。”

“那——”卓群想了想，说，“那要让高俊自己去组织那里陈述，把情况说清楚。”

当年在太行山卓群得知郭尚德牺牲的消息后，一直在暗中关注郭铁锅。和铁锅要好的高俊、侯新春、李力锋，自然也进入了他的视野中。八年的相处，对于高俊，卓群还是了解的。抗日战争结束后郭铁锅提出让高俊也同去东北的要求，也是经过他同意的。设想过来东北会碰到艰苦困难，但谁也没想到发生土匪联合叛乱打共产党。

卓群和大部队来到了辽北，和郭铁锅这一别没想到成了永别。别说高俊心里过不去，卓群心里也难受，感觉对不起老朋友郭尚德。

沉默了一会儿卓群说：“小刘，我看这样，等高俊同志身体好点儿了，你和他商量，一起调回到我们这儿来工作吧。毕竟这里的人相互熟悉，知根知底。”

刘启贤拿了组织的公函高高兴兴地往五道河返，他急切地想要告诉高俊这一消息。

刘启贤回到五道河，先跑去看高俊，但高俊却不在医院。刘启贤在医院找了几圈没找到他，还以为高俊出事了呢，高俊、高俊地喊叫着满院子找。医生问了半天才明白刘启贤是在找人。医生帮着查了工作记录后说不知道高俊去哪了。

“这么说，高俊还活着？”刘启贤悬着的心放下了一点儿，接着又提溜起来——他会去哪呢？刘启贤焦急地说：“怎么能让他出院呢？”

“他是自己溜走的。”医生无奈地说，“这不他的出院手续还没办。我们的人手不够，也不能一刻不停地盯着他。”

找不到高俊，刘启贤找组织解决郭铁锅的事，因为有辽北省委的公函，追认铁锅为烈士的事很快办妥了。刘启贤更加急着想把这消息告诉高俊。可是他人呢？

高俊在医院稍微能动弹了，就溜了出来，每天出门到几位亲人有可能去的地方打听消息，有时回来到刘启贤的宿舍看看。

这一天，忙了一天的刘启贤正愁上哪去找高俊，回宿舍时看到高俊在他宿舍门口向里张望呢。没顾上进屋，刘启贤迫不及待地告诉高俊，组织上同意追认铁锅为革命烈士，已下发了通知。高俊听了后咧嘴笑了笑。他这一笑，刘启贤才能感觉到他还是那个骑马在太行山奔驰的高俊。他没多想又说："还有更高兴的事呢。咱们的老首长卓群对你非常关心，可以把我们调到他们那里去工作！"

高俊听了想了想，沉默了。再问他，他摇摇头，什么也没说，脸上没有任何表情。

高俊以前是出了名的好脾气，有时大家发生些鸡毛蒜皮的摩擦，和他挨不着边的事，他都常常憨憨地一笑来一句"你看这事都怪我"。现在他变了，变得让人看不出他在想什么了。刘启贤不知道高俊在想什么，还想劝说，看到高俊瘦骨嶙峋的脸庞和深陷下去的那双绝望的大眼睛红红的，心里一下酸了起来。他说："卓书记很挂念咱们，问你好呢。"

高俊还是沉默不语。

刘启贤又问高俊："你吃饭了吗？"

高俊摆摆手，低下头去说不饿。

"我可饿了，跑了这几天哪吃上什么正经饭了。咱们找地方吃点儿东西去？"刘启贤换了个欢快的语气问道，高俊点头同意了。

二十八

高俊和刘启贤来到镇里，看到一家叫“淑英酒馆”的小店，刘启贤说：“就这家吧，听人说这家的饭菜不错。”

酒馆老板娘叫李淑英，白白的，微胖，四十来岁，是个地道的东北女人。看到高俊和刘启贤落座后，她走过来说：“俩兄弟是吃饭还是喝酒？要是喝酒请到里边吧，里边有炕。”接着问，“想吃啥？俺们家酸菜白肉是全镇最好的，也是最便宜的。尝尝吧，看俺们家的猪肉炖粉条，那叫真正的猪肉炖粉条。”

“行。”刘启贤说，“就上你们的拿手菜。”

“不要太多，我胃不好。”高俊说道。

老板娘说：“胃不好要吃炖菜，酸菜炖粉条，土豆茄子蘑菇都是炖菜，稀软的汤汤水水，吃完胃里热乎乎的舒服。这俩菜加个煮花生米够你俩吃了。想喝啥酒？”

刘启贤和高俊心里有一肚子话要说，相互对看了一眼。老板娘说：“我家的酒可好啦，自家酿的高粱米酒，那家伙，舀出来闻着就香。我就敢说这话，可着整个方圆百里你喝不着我家这酒！绵绵软软的，胃不好的喝了没事，喝了后的感觉也是热乎乎的。看咱两个兄弟头一次来，我拿我家最陈的高粱酒给你们上，管你好喝。喝好了下次管保你们再来！”

高俊原本对喝酒没多大兴趣，听老板娘这么说，心有些动。刘启贤把高俊这一瞬间的变化捕捉到了，他想不管用什么办法，先让高俊开口说话，把心里的话说出来，打开心结，工作才好往下做。刘启贤一拍桌子，说：“行，那就上你说的酒！”

老板娘把热过的酒端上倒入酒杯，一股沁人心脾的酒香吱儿吱儿地往鼻子里钻，还真是醇香醇香的。刘启贤端起酒杯送到高俊鼻子下让他闻了一下，富有表情地说："真香啊！"高俊伸手接过来，扬脖子一口干下，伸手又要去倒。刘启贤把酒拿开，夹起一口菜说："你得先吃点儿菜。"

"我先喝了再吃……"

"不行，你身体不好，先吃点儿菜！"刘启贤很坚决。高俊挑了些土豆粉条吃了两口，继续喝酒。

他俩平时都不大喝酒，三杯酒下肚，两个人脸红心跳，话开始多起来。刘启贤说："兄弟呀，我比你大两岁，就叫你兄弟了啊！在太行山时，本来我是跟着大部队去辽北的，那两天我正闹肚子，拉了几天稀，结果没赶上，分派到这儿来了。听卓群书记说你和郭铁锅是自己要求来的？现在看来，还是跟着熟悉自己的老领导在一起好哇。"

一句话戳住了高俊心里最疼的地方。

几个月来，高俊的心和脑子是空的。他除了找娘和媳妇，还有盯着给铁锅定烈士身份的事，其他什么想法都没了。他不敢回忆发生过的事，不敢想明天没发生的事。刘启贤的话撕扯开高俊的记忆。为什么到这最东北边来？铁锅的想法他知道，是不掺杂任何私念的。上学那时，铁锅自从知道了老叔曾经是东北抗联的，东北抗日联军这个名字便刻进了他们年轻的记忆里。铁锅和高俊就一直想追随老叔到东北抗日。当年没有去成，几经转折，后来留在了太行山。得知老叔牺牲后，铁锅几次对高俊表示，还想去老叔曾经战斗过的地方，老婶还在这儿，说不准还活着。而高俊自己，没有劝阻铁锅的想法，说起来惭愧呀，化整为零来东北是可以带家属的，高俊还在新婚期，想顺道带着媳妇和刚出世的孩子一起来东北，也想把铁锅和岚岚的亲事定下来，让他的好兄弟也有一个牵肠挂肚的家。现在想想，他脑子让驴踢了还是咋的，为啥要带娘和媳妇来一个一切都是未知的地方？铁锅丢了性命，娘、秀蓉和刚满月的孩子也不知去向……高俊的心开始翻肠倒肚地难受，头也开始隐隐疼痛，他端起酒杯一口吞下。

刘启贤也将一杯酒喝下，看到高俊心里难受，开导他说："话说回来，组织上的安排也不好多讲个人条件。这次我去辽北找老领导，老领导约请我们过去，这边的组织被土匪破坏得太厉害了，很多人撤走了，来的都是新人，重新组建的组织对我们不了解……所以，我说，咱们一起过去吧，去辽北，找咱们的老首长去。在哪儿都一样革命，过那边去了，把这儿的事忘一忘对你的身体也有好处。”

高俊揉着太阳穴，眼眶红红的，摇摇头，许久才哽咽着说：“老哥，我不能去啊！我的兄弟，我的那么多的战友，活生生地死在我身边，我忘不了哇！我有时就在想，死的咋不、咋不是我呢？啊啊……你说全找不着了，这让我咋活下去呢？”高俊哭了，他的哭号从心里哀哀地发出来，眼里却没有眼泪，眼眶干红干红的，清鼻涕肆无忌惮地淌。

“你别这么说呀，你不能死，你哪能死呢？你死了，谁给你找你娘和你媳妇、孩子？”

“我不能去辽北，老哥。实话说，我都不知道我还能活几天，因为啥吐血我不知道，因为啥头疼我也不知道。这头疼起来连气都喘不上来，我已经不是以前那个铁疙瘩都能消化的人了，我绝不能给人增添麻烦。老哥，我谢谢你给铁锅做的一切，他是英勇牺牲的烈士，没有后人，我不在了会有人念着他。我呢，趁着我能走动，去找我娘、我的媳妇和可怜的连名字都还没有的孩子。一旦我走不动了，随便哪个江河山川都可以埋了我。我兄弟铁锅在这里，我娘、我媳妇孩子在这里，我的魂儿会和他们在一起的。啊啊啊……”

刘启贤是大连人，从小是个孤儿，一直在部队，部队就是他的家，战友就是他的亲人。听了高俊说的话，想起战友被土匪屠杀惨烈的场面，不由得号啕大哭起来：“你可别这么说，咱们老领导说了好好给你医治的，你会好起来的。你不用摇头，我也好，咱们的老领导也好，能做的也就是这些了，真正好起来还要靠你自己。”两个人说着、哭着，刘启贤看到高俊捧着头掐，知道他的头疼病又犯了。他过去扶高俊，说：“不管你以后到哪去，你得先回医院治病。这是咱老领导的建议，也是我的想法。”说着，他要结账准备送高俊回医院。

没想到高俊不肯走，拿起酒还要喝。已经几杯下肚，他从喝酒中尝到了快乐。他端起酒杯把剩下的酒喝掉，对刘启贤憨憨地露出一个请求的笑容，说：“还有酒不？再给点儿。”这憨憨的笑容让刘启贤想起在太行山骑在马上快乐奔跑的高俊，他不忍心拒绝高俊，想到高俊虽然身体很弱，但失去亲人的心结也是造成他目前身体弱的原因，不如干脆让他喝痛快了把话吐出来。

又上了一斤酒也喝没了，刘启贤晃晃酒瓶子，说：“酒没了，咱们走吧。”

“再喝点儿吧！我兜里没钱，要不我请你了。”高俊说。

“那咱说好，再喝一杯就回医院。”

“行！”

“一言为定，不兴说话不算的。等你好点儿了我还请你来喝这儿的酒！”刘启贤说着招呼老板娘，又让老板娘给他们每人上了一杯酒。

这顿酒喝的，真叫一个痛快！俩人喝着，说起了太行山的往事，渐渐地随心所欲地喜笑怒骂。外边不知什么时候竟变天了，一个电闪后劈了个惊雷，下起了雨，雨水竟然变成雪，很快变成大片的雪花洒落下来。老板娘惊呼道：“六月雪，还真有六月雪呀。”

高俊仰头举起酒对天哀号着：“无论什么冤、什么仇，都该我扛，杀了我、剐了我都不怕，只求保佑保佑我娘她们祖孙几个吧。”

老板娘过来了，搭讪着问：“你们是干啥的？”

1946 年的 6 月，土匪已经基本上被消灭了，可是因为环境复杂，共产党干部还是处在警觉中。也是多喝了几杯，刘启贤露出一脸疑问，说：“问这干什么？”

老板娘赔着笑脸说：“我是想说……”

喝酒正喝在兴头上，刘启贤不想被打搅，岔开话题，竖起大拇指称赞道：“你的酒还真好喝，下次我们还来！行、行，就结账吧。有瓶子吗？有的话再给我打半斤酒。”

结完账，刘启贤搀扶着烂醉如泥的高俊回到他的住处，本想再乘兴继续喝，结果不知道怎么就睡了。第二天早晨，刘启贤醒来时高俊还没醒，他在院里找了个平板车把高俊送回了医院。

组织上给高俊请了苏联专家会诊，得出来的结论是极度缺乏营养和过度疲乏造成了身体各项功能衰减，目前白细胞低于正常水平，发展下去就是败血病。剧烈的头疼是因为脑子里的神经线扭曲。在调理的过程中，刘启贤一直照顾高俊，并应高俊的要求去了一趟宝利县替他交接工作和再次替他查看被害家属名单。

工作交接很快办完了。宝利县也基本平息了土匪叛乱，新任命的县工委领导班子是部队过来的，以前的县工委班子成员基本上全部认定死亡。当刘启贤要求为高俊交接组织关系时，一个姓房的分管组织的干事有些为难地说："我们已经有县工委书记了，不能再接受以前的。他回来……"

刘启贤瞬间明白了高俊为什么来到宝利县后没有露面，他解释道："不不不，高俊同志不是要求回来任职，他目前的身体状况也不可能回来工作。"

"那你要我们做什么交接呢？"

"证明在你们任命现在的县工委书记之前这里的县工委书记是高俊呀。另外，能不能帮助查一查被杀家属和失踪人员名单？"

"那……"房干事有些犹豫，说，"你能确定高俊同志没有被土匪俘虏？"

"那肯定没有！"刘启贤说，"如果高俊被俘，就一定被杀，连叛变的机会都没有。土匪执行的是杀光共产党的政策，又不是破获地下党，一个刚刚从外地调来的共产党干部叛变了对他们土匪有什么用？基本上是抓到就杀。"

"也是，这次土匪的暴乱可让我们吃了大亏了，死难的党员干部太多了。这土匪杀起人来比日本鬼子还狠，刨膛破肚，把五脏都挑出来。抓到党员干部家属的女人更不得了，什么狠毒的招都用。高俊同志没有被抓还真幸运。"房干事同情地说。

"嗨，还……怎么说呢，死了，一了百了，就不受这份罪了。你是没看到高俊和失去亲人的那些同志痛苦的样子，生不如死呀！我们，也就能帮着做点儿什么就做点儿什么吧！"刘启贤的话说得小房连连点头。连着两天，小房很积极地陪着刘启贤翻找了死亡人员名单，也拜访了一些知情人，还是没有找到关于高俊家人的消息。刘启贤辞别小房，在回来的路上想，组织关系接上了，等到高俊身体好些可以商量去辽北了。可是，没有高俊娘和他媳妇的消息，高俊会和自己去辽北吗？

刘启贤来到医院，一位医生正拿着一根长长的烧得通红的针往高俊脑袋里扎。刘启贤不忍心看下去，到外面去等，等医生给高俊扎完针后他才进屋。看上去高俊脸色依然苍白，他现在很配合治疗。高俊听到刘启贤说还是没有家人的消息后沉默了。刘启贤耐心地劝导他，还是希望他们一起去辽北。许久，高俊说："启贤，这个扎针和整个治疗挺对我症，我感觉好些了。你回来了，我也想出院了。去辽北的事还是你一个人去吧。你听我说、听我说，我是真想和你一块儿去和自己熟悉的同志们在一起工作，也不愿和你分开。我的好兄弟，铁锅走了，侯新春走了，李力峰随部队南下了。我还有谁呀？我也不想和你分开，更想念老领导，可我不能啊，老哥，我得去找我娘和孩子、孩子娘，起码说我得去尽力。我明白你的意思，怕我一个人去新的地方重新开始对前途有影响。我在新的地方，即使是再有影响也还有前途，铁锅呢？猴子呢？他们看不到明天了。我们当初参加抗日，是我们做该做的事，即使有人对我这几个月回家找亲人提出异议，也没有什么。这毕竟是我自己的事，你说呢？"

话说到这个份儿上，刘启贤也只能点头。他说："你说的也对。咱们都别难过了，总难过对你的身体不好。我也想了，如果土匪真的抓到了你娘和你家人，杀了，肯定不会悄悄没没地杀，他们得造声势。从这一点上说，她们有可能活着。"

听刘启贤这么一说，高俊更待不住了，想马上出院。刘启贤想让他多治疗些日子，说："别这么急呀，还得办组织手续，你也得等我几天吧。"

"等几天？"

"怎么也得十天半个月的。"刘启贤想尽量拖延时间，让高俊在医院多治疗几天。

"太长了，一个星期！"高俊说。

一个星期后，高俊给老领导卓群书记写了封信托刘启贤转交，拿着刘启贤给他办好的组织关系，以及从宝利县得到的失踪、受害人员名单，依依不舍地与刘启贤拜别了。

二十九

高俊仔细分析着刘启贤给他的名单，上面有一个叫赵有粮的人引起了他的注意。赵有粮是辽北阜兴人，也是这次土匪叛乱从宝利撤出来的，他们一同撤走的有几十个人。阜兴县是东北通往关内最边界的地方，高俊一路打听着来到了阜兴县。

高俊到了阜兴县县委，递交了组织关系。管人事的是个小年轻，看了高俊的介绍信撇撇嘴说："嚯，还是老革命呢，我们这儿庙小，可没什么好职务安排你。"

高俊赔着笑说："不用安排什么职务，干啥都行。"

"那能行……干啥都行，嗯……那你先打杂吧。"

高俊点点头说："中，中，干点儿啥都行。"

"这个钟点了，还有啥活儿呢？这么着，我们伙房现在缺个干活儿的，你去那儿找点活儿干吧。"

"这个……饭我不会做，别耽误了大家吃饭。"高俊歉意地说。

"没让你做饭，到伙房也是帮着打杂，就别想去当啥领导了。我们这儿不缺领导，缺打杂的。烧锅炉缺打杂的，扫院子也缺打杂的，你到哪儿也是打杂。去到伙房打下手干杂活儿傻子都能干，有啥不会的？你就先到伙房干些杂活儿吧。"

"都有啥杂活呢？"

"去了就知道了！帮厨师打打下手、扫扫院子、烧烧炉火。有点儿眼力见儿，看到这样的活儿你干就行。我们领导带队伍出去了，等他们回来再说你的事。"

“中啊。”

“现在厨房最缺人手，伙房做饭的大师傅叫桂芝，到她那儿干点儿什么杂活儿吧。”

高俊来到厨房时，正是快吃中午饭的钟点，厨房里正在忙活。这个叫桂芝的是个约莫三十来岁丰满的女人，她揉擀着面团正在蒸包子。只见她把一大坨子面从大缸里拿出来放在案板上，经过一双胖胖的手揉搓后变成一团团软软的剂子，按瘪剂子放入韭菜鸡蛋馅，五个手指一抓一扭合上了就成了肉鼓鼓的包子。眨眼的工夫一笼屉的包子上了锅，高俊看得直发呆。他很久没看到这样富有生活气息的场景了，马上联想到娘。娘做的面食也不错，只是娘的手没有这么快。想到娘，高俊心里一沉，他定定神，走上前去说：“大姐，你好手艺呀。”

全神贯注的桂芝吓了一跳，听到夸奖，她用膀子擦了下汗，得意地说：“嗯，五个人擀包子皮儿都供不上我一个包的。”她说着看了高俊一眼，说，“咦，我咋没见过你？”

“嗯，是，我是新来的。”高俊堆起笑脸说，“我是被派来给你打下手帮忙的。大姐，你看我干点儿啥？”

桂芝听了再次仔仔细细看看高俊说：“你……能帮上啥忙呀，我看你不像个会干活儿的，怎么又叫新来的到厨房来干活？准又是张景叫你来的。你是从哪来的？”

“我呀，是从黑龙江大东北来的。”

“哦，来干啥？跑饥荒的？”桂芝一边手脚麻利地干着活，一边跟高俊聊天说，“前一阵子也有一拨从大东北来的。”

高俊一听，抓住机会问道：“我就是想打听一下，你们这儿最近有从黑龙江省五道河那边来的人吗？那边闹土匪呢。”

“那一拨子说是从黑龙江省来的。具体啥地方我没记住，是，是说闹土匪呢。我们这边也闹来着，没那边厉害。”

高俊听了心里立刻生出了希望，小心地问：“从黑龙江省回来的是干部还是家属呀？”

“都有。”

“他们人还都在吗？”高俊迫切地问。

“有的在，有的走了。你想找谁啊？”

“有一个叫赵有粮的人吗？”

“赵有粮……有，有一个姓赵的，刚来时也到我这伙房帮过忙，不知道和你说的是不是一个人。他是前一段时间从大东北那边过来的，现在是我们的一个啥大队长了。”

“是从黑龙江省五道河那边过来的？他人在哪？”高俊急切地问。

“具体啥地方我不知道，反正是从大东北过来的，是说那边闹土匪呢。这几天没见他来吃饭，是不是有任务出去了。不是，你问那么细我也说不出来。”又有一屉新包子要上蒸锅，桂芝顾不上回答了。她停下手中的活儿说道：“哎，你帮我搭把手。”

高俊急忙上前帮着搬笼屉。能问到赵有粮确实在这里，让高俊看到了希望。看到桂芝忙得满头大汗，高俊不再问了。他脸上堆起谦卑的笑容，踏踏实实帮着桂芝干起活儿来。

现在的高俊变得很敏感。一路走来沿路寻找组织，他只是为了打听家人的消息。他不是一个被打散的散兵来谋求职务抢别人的位置，也不是来打听别人消息的，他只是要打听娘和媳妇的消息。当他感觉到对方的怀疑时就会露出讨好的笑容。桂芝看出高俊有些紧张，放松地笑了笑，说：“咋看你咋不像个干活儿的，还喜欢问东问西。”

高俊心里着急，忍不住打断桂芝的话说：“赵有粮是一个人来的吗？”

桂芝说：“不是，他们来了好几个。哎，这个嗑别唠了，他的事我也说不清道不明。不是跟你说了吗，他有任务出去了，过几天就回来。咦，你认识他？要不是他刚来时也被张景，就是让你到这来干活的那坏小子，打发来伙房帮着干活，我也不会认识他。这个张景，可真有点儿不着四六，只要领导不在，来了新人准往我这支，他准是琢磨着新来的人抹不开脸，不会偷嘴吃，可以白使唤人给干活儿吧！这小子！行了，最后一屉包子了，你再帮我抬一下屉，把这笼再蒸上就行了。待会儿你去帮着往灶膛里添把柴火。”

高俊手忙脚乱地帮着，仔细回忆着关于赵有粮的信息。

“嘿，你想啥呢！把柴火放炉灶外面了，火烧这么大，一会儿再把房烧喽！你不行，干不了这儿的活儿，这样吧，干完中午这顿饭的活儿，你去帮着采购吧。菜不用你买，咱们后园子里有菜，就采购些油盐酱醋，一个星期买两次肉就行。来，再帮我搭把手，这笼包子熟了。”说着，她揭开锅，蒸汽缭绕着一个个胖胖的包子，包子收口处汪着绿色的油汁，一股浓浓的韭菜香气扑面而来。桂芝伸手抓了两个放在碗里递给高俊，说：“饿了吧，先吃俩。”

这一个动作一句话，让这一段时间四处找人碰壁受气的高俊心里感到说不出的温暖。他感激地看着桂芝。桂芝自己也抓起一个包子，撕下一小块儿放进嘴里说：“吃吧，你肯定饿了，咱们先吃完好给大家打饭。”她这样一说，高俊拿起包子吃起来。

高俊在等待赵有粮期间，在阜兴县县委里干杂活儿。所有的活儿高俊都没干过，清晨起床后，他很认真地把院子打扫一遍，烧上供开水的大锅炉，将暖水瓶一瓶瓶灌好，再出去采买东西。这些别人干起来一点儿不费劲的活儿，高俊干得满头大汗。但是，他要等出去执行任务的赵有粮回来，不能闲着干等。想起娘、秀蓉和孩子，他浑身焦灼，饭都吃不下去。

等了一个星期，赵有粮随工作组执行任务回来了。听说来人要找他，他马上来看高俊。一见面，赵有粮说：“哟，这不是高俊书记吗！咦，你不是在宝利县当书记吗，也离开了？你咋跟人说你是来参加工作的，还让别人给你当入党介绍人？”

“我来谁也不认识，不是跟人拉近关系嘛。”高俊解释道。张景当初挖苦高俊的几句话，让他立刻认识到要把自己放到最低处，只要能打听到娘和秀容她们的消息，就是当牛做马也可以。高俊小心地问：“你咋到这儿来的？”当时高俊刚到宝利县上任不久，并没有熟识所有的干部，和赵有粮也不是特别熟悉。

赵有粮说：“咳，这不土匪叛乱，为保存实力，组织暂时疏散了。这你都知道的。我把我娘和我家属还有孩子送回阜兴县老家来了。我爹最早是闯关东到的东北，老家是山东的，来阜兴县十来年了，也就是当地人了。我家兄弟仨，都跟了共产党。我二弟弟也在这次叛乱中死了，他一家人都被土匪杀了；大弟弟失踪了，估计凶多吉少。家里老的老、小的小，能找的我都给找回来了，这不也就没走了。这儿也缺人，就在这儿干了。你呢？你咋到这儿来了？”

“你们逃难时是不是随大伙一块儿走的？”

赵有粮回忆着说：“有那么三十几个吧。”

“有没有一个皮肤白白的老太太，和一个抱着刚满月孩子的妇女？”

赵有粮想了想，很肯定地说：“没有。咋，是你的家人？”

高俊失望地点点头，说：“我娘和我媳妇、孩子。”

“呀，你们怎么会走散了？咱们提出的口号是避其锋芒，保存实力，护送家属疏散。咋把家人都丢了？”

“我当时正在开会，咱们行署大队的郭铁锅队长得到信赶过来，先接了县委的家属们，又来通知我们，我们赶过去时家属们一个没在，地上丢的有包袱什么的，不知道是不是被土匪劫了。”

“哦，郭铁锅大队长啊，那是个好人，我们也认识，关系挺好。他咋样？”

“他，牺牲了。”这一段时间稍稍淡了些的酸楚刹那间又排山倒海似的从高俊心里涌出来，冲击得他的心脏突突地跳，跳得他浑身发软。他蹲下来，大口喘着粗气，低下头。

“啊，牺牲了？你别这样，兄弟。”赵有粮眼圈红了，他蹲下去扶高俊，感到高俊瘦弱的肩膀在无声地颤抖。赵有粮说：“兄弟，这次土匪叛乱，我二弟一家人都死了。他……”他突然想起现在要安抚对方，改口说，“你好歹还不能确认家人死了不是？你自己要挺住，你得想着家里的人还盼着和你团聚呢。没有找到你亲人，可能有最好的消息等你呢！你说呢？”

高俊低着头点着脑袋。

正说着，那个叫张景的过来看到他们，说：“耶，你们这是老相识又见面了？”

“去去！”赵有粮不耐烦地说，“我还没找你算账呢！我刚来时，赶上县长不在，你把我支去干活儿，现在来了新人你也这样做。你知道人家是啥人！我们干革命时你还穿着开裤裆呢！”赵有粮一股火冲张景去了。

正说着，高俊伸手抓住他的手，一双深邃的大眼睛红红的。他轻声说：

“别说了。”

“怕啥，咱是谁？老革命了，走，我带你去见县长。”赵有粮说。

高俊摇摇头，说：“别，你听我说，我跟你的情况不一样，如果这里没有我要找的亲人我还得走。我在这附近还有几处地方要去找，就别和县长说了——特别是我以前的工作情况。”高俊的手冰凉冰凉的，眼神透出恳求。赵有粮叹了口气，点头答应了。

这时，张景过来说：“老赵，县长找你。”

赵有粮出来后，张景悄悄问他说：“怎么安排这个新来的人？”

赵有粮瞪了张景一眼，说：“那谁知道！人家是不是留在这儿还不知道呢，别老琢磨自己那点儿小心思，他不会抢谁位置的！”

等赵有粮离开，张景进到伙房笑着对高俊说：“让你来厨房帮厨，我也没啥意思，县长不在，我看桂芝姐挺累，她又会联络人，一张嘴叭叭地可会说呢。在她那儿帮着干活儿的人基本上全留下了。我们县长不在，你跟我有啥唠头？你别怪兄弟我啊。”

“张景，你过来。”正说着，赵有粮在喊张景，他答应一声走了。

高俊看着他的背影，脑子里走了神，他琢磨着什么时候提出离开阜兴县合适。正想着，赵有粮带着一个人过来了，老远就笑着说：“这是老高……高俊是我在东北的战友，这是我们县长张树林。”

张树林热情地握住高俊的双手摇着，说：“委屈你了，我批评张景了。”

高俊赶快接过话说：“不、不，小张挺好，人家有啥错？”

“我们这一带正在土改，和国民党的战事也不少，缺少像你这样有经验的干部呀。”高俊看了赵有粮一眼，不知道他和张树林说了什么。正疑惑着，张树林又说：“留下吧，老赵说你很有才华。你以前是啥职务我们安排啥职务，我们是真需要人。”

看来赵有粮没有详细地讲自己的过去，高俊松了口气，说：“我还有事没有完成，恐怕不能留在这儿。”

“我听老赵说了，你在找自己的亲人。如果需要，我们可以派人帮你找。”张树林脸上露出诚恳的神情，说，“我都觉得对不起你，你千里迢迢来到俺们东北干革命，结果呢，叫俺们东北的土匪给弄得家散咧！留下吧，俺们真正的东北老爷们儿对人好着呢，实诚、爽快！”正聊着，冲进来几个人，对张树林说：“王老财的儿子带着土匪洗劫了西边的印各王庄村，打死了土改队队长一家人，其他参与土改分他家土地的共产党员也遭到报复，我们的人死伤挺严重。”

“土匪呢？”

“退回到鸭岭寨去了。”

高俊一听，拉了赵有粮一下，悄声说：“要不然我去打这一仗，打完了我就可以离开了。”

“这股土匪是从大东北边过来的，挺凶悍的。你不能去，你如果牺牲了呢？”赵有粮严肃地反问道，“谁不知道，人两眼一闭就省事了，可你的亲人如果还活着，她们怎么办？她们在等着你呢！兄弟，寻死太自私了。我弟弟就是因为他一家人都死了，他没了活着的念想，要求上战场。牺牲了，他是求死去了，他去求死了，我娘还活着呢！他怎么不为生他的娘想想呢？我娘到现在还不知道。我离开宝利县回阜兴这儿，也是为了我娘，不能让她知道她老儿子一家人都死了。再者说，你不一样，你娘和媳妇孩子并没有肯定是死了，我听着觉得她们活着的可能性很大，你得活下去，先不能参加这样危险的战事。你等我一会儿，我开个会就回来。要是累了你先休息一下，我一会儿去找你。”

赵有粮说着急匆匆走了，他去找张树林县长，如实讲了高俊的情况。张树林是个很惜才的人，不想放高俊走了。他说：“呀，咱们这儿缺人呀，特别是缺有本事的人，能留下他不？我是个大老粗，他做我这个职务都行。你做做他的工作，行不？”

“不行呀，我经历过二弟一家人的死亡，我大弟在叛乱中失踪，我带我娘回来，这阜兴是我爹娘的老家，有我娘在呢，大弟如果活着，早早晚晚会回老家的吧？”赵有粮声音哽咽了，他清了清嗓子，“高俊不一样，他失散的是他娘他媳妇和刚满月的孩子。能找到她们娘仨是高俊活下去唯一的念想了。”

“那，咱派人帮他找，他留下来，咋样？”张树林还是想挽留高俊。

“那看看吧。”赵有粮含糊地说。经过一段时间的接触，他知道张树林是个有原则，但也认死理儿的人，还喜欢抬杠。“掰扯不清干脆不掰扯！”赵有粮心话儿说。他去厨房找高俊，没找到。便来找张景，问道：

“明天打土匪你去不去？”

“明天我要去渠扶镇办事。”

“那你给高俊开一个证明吧，证明他来咱们这儿工作过。”

“行，行。”张景也听说了高俊的事，内心充满了同情，赶紧开出证明信交给了赵有粮。

赵有粮在后院找到高俊，说：“张县长说你是个人才，想留下你。”高俊听了有点着急，赵有粮按住他说：“别急，你看这样行不行：我们明天就去打土匪，这儿有张景开出的组织介绍信，你可以随时走。但今天不能走，信，是我找张景开的，张县长还没有同意你离开，你等我们明天出任务后再走。”

高俊听了，心里挺不是滋味，说：“不然我跟你们一块儿去打土匪吧，完事后如果我活着我再走。”

“那哪行！”赵有粮拉下脸摇摇头严肃地说，“你现在主要的事是要活下去，找到你娘她们。你要是能帮忙，有这样一件事，看能不能帮我们干。我们现在正在进行土改，没有章程，摸着黑干，哎呀，出了不少错误。上级行署给了我们一些建议，我们是应该写出文字条例，可我们这儿没有文化水平高的人，加上这里那里还不停地有战斗任务，就一直没写出来，不然你帮着写写？可是我要和你说清楚，是要耽误你点儿时间的。你……”赵有粮期待地看着高俊。

高俊点点头，忙说：“行，行。”

“那谢谢你！”赵有粮高兴地抓住高俊的手晃着，想了想又说，“通常我们出去是十天半个月回来，你……掌握好时间吧。反正老张回来你要走得费点儿事，干脆直说吧，没有可能性。你家的人，他可能会派人帮你去找。”

赵有粮的话让高俊一晚上没睡好，他想来想去，决定等县大队出发后他马上离开。决定了后，高俊睡着了。睁开眼时，天已经大亮，他慌忙起身。院子里静悄悄的，县大队已经出发了。他去食堂吃了早饭后，桂芝手里拿着两个袋子，她翻了一下，递给他一个包袱，说：“这是老赵留给你的包袱，里面有他家属给你做的几身衣服，你拿去试试。”

高俊回到房间，打开包袱，里面有一封老赵的信，字体挺大，歪歪扭扭地写着：

高俊同志：

你看到信时，我已经出任务去了。我想了一晚上，觉得挽留你很不应该。我们参加革命，很重要的一部分是让我们的亲人和广大的老百姓过上好日子，所以你去寻找亲人是当务之急。另外，起草土地改革的方案是件费时的工作，不能耽误你去寻找你的亲人，所以不准备把文件交给你了。你尽早上路吧。很高兴我们在这阜兴县见面。送上我们大家给你凑的费用，一点儿心意，一定收下。我在这一带，也帮着打听你家里人的事，有消息了我会通知五道河行署。

等到胜利那天，带着亲人到我们这儿来团聚、庆贺！一路保重！

赵有粮

高俊心里一阵热乎。他来找桂芝，问道："桂芝，老赵还有其他要交给我的东西吗？"

桂芝指着案子上一个信封说："有，这个信封。但是他又跟我说不让我给你了。"

"我看看。"他问道，"就这些？那个还是给我吧，我先拿去看看。"

高俊打开信封，里面只有几张纸，有一些土改成功的实例，没有指导性的意见，还有一些县的土改记载。他看了材料有些犯难，老赵提供的材料太简单了。好在他在宝利县工作过，时间虽然短，但是看到过中央关于土改的指示，赵有粮留给他的文件袋里没有。高俊很快进入角色，将脑子里关于土改的政策条款罗列出来后便出去和人聊天了解情况。整整用了三天的时间，高俊总算写出了一份关于阜兴县土改工作的建议。他又给赵有粮和张县长分别留了信，心里觉得轻松了许多。第二天一大早，高俊收拾完东西到伙房，来和桂芝告别。没想到桂芝看到他，问道："要走了？"

"哎，你怎么知道？"

"你脸上都写着呢。"

高俊憨憨地一笑。

“兄弟，有你这一笑我是真心的高兴！这么不想留在俺们这儿？行，别说了，姐知道你心里有事，不留你了，但吃了饭再走！送客的饺子迎客的面，咱们吃饺子。”桂芝接过高俊递给她的信件，不容分说地吩咐高俊帮她打下手。

不一会儿，饺子煮好了。桂芝把捣好的蒜泥和醋端上来说：“你先吃着，我一会儿就来。”

桂芝做的饺子太香了，高俊没挡住美食的诱惑，先吃了。一会儿的工夫，桂芝回来了，手里拎着个包袱。看着高俊吃完了饭，她把包袱打开，说：“这是姐给你做的几件衣服和鞋，带着路上换着用。另外你身上的衣服全破了，不如换上新的。”

高俊一时不知道说什么好，喃喃地说：“让我咋谢你呢？”

桂芝摆摆手，说：“咋说外道话呢！你的事老赵跟我说了，找自个儿的娘是大事，路上碰上困难只能靠自己了，我们再也帮不上什么忙。老天爷会保佑你，你是个好人，找到亲人给俺们打个信来。走吧。”

高俊离开了阜兴县，一路向南继续走去。

三十

高俊又连续找了几个地方，连个线索头绪都没有，他心里已经不抱什么希望了。他还能去哪里找？快到山海关了……老家是不能回，他无法面对大哥和妹妹期盼的眼神。

高俊开始喝酒，酒后恍惚中他一直往北，又回到了五道河行署。

来到五道河行署的招待所，已经是傍晚了。从他离开五道河到现在，过去了十个月的时间，已经快进入1947年的春天。高俊心里没着没落的，他绝望地斜躺在床上看着天花板，想歇一会儿去烈士纪念馆，看看铁锅，去和他说会儿话，明天再到铁锅牺牲的地方去看看。不行……咳！也许会去找他吧。这样一想，心里也就踏实下来，眼皮发涩，迷迷瞪瞪地看到了娘。娘向他伸出手，想抓住他，嘴里喃喃地说着听不明白的话："儿呀，儿呀，娘……"他伸出手想去抓娘的手，抓着抓着娘不见了……这时，有人敲响了房门。高俊睁开眼，半天迷糊过来才知道是个梦。

来人是招待所的服务员，递给了他几封信，说："你看这是不是给你的信？"

高俊诧异地接过信，从信封的字体上，他一眼认出是李力峰写来的。几封信中的意思是说知道了高俊的事，非常着急和关心他的状况。表示对铁锅牺牲的事万分痛心，再三约请高俊到他自己的部队和他并肩作战。从信中的叙述高俊得知，他已成为师长。想到李力峰梗着脖子和人抬杠和打起仗来不要命的样子，高俊嘴角泛出一丝温柔的笑容，可是很快就消失了。他开始思念他的战友，侯新春、李力锋、铁锅，想到他们在太行山紧张却无忧无虑的生活。想着想着，高俊抓心地焦虑。他来到街上，非常想喝酒，突然想起去年和刘启贤喝的那场酣畅淋漓的好酒，便又来到那个“淑英酒馆”。

“淑英酒馆”还在。五道河地区的土匪已经平息，还不到吃饭的时候，饭馆来吃饭的人还不多。这一年天气冷得早，高俊穿得少了，进到淑英酒馆后冷得直搓手。女老板一眼认出了高俊，热情地把他直接领到有火炕的房间。没等他开口便说：“还想着我家的高粱酒吧？”

高俊点点头。

女老板向外看看，想问“咋就你一个”，看到高俊落寞的表情，便不问了，说：“行，还没到吃饭的时候，今天客不多，姐一会儿来陪你喝。”

高俊独自一人喝了会儿闷酒，女老板过来给自己斟了一杯，说：“来，喝一杯！兄弟，你是不是有什么心事？”

高俊笑笑，没说话，一口喝下了一杯酒。

女老板说：“我记得你，你和你那个朋友上次来喝酒，两人一起大哭，让我记住了你们。”

高俊还是默默地喝酒。

“我记得你们是在说土匪的事……是不是走丢了什么人？”

刚刚夹了一口菜含在嘴里，高俊停住咀嚼，一双大眼睛滴溜溜盯在李淑英脸上。

“我当时想问，你那位朋友不高兴我插话，我也就没问。也是，当时正是闹土匪的时候，人心惶惶的都相互防着，不愿意让别人插话。打那以后你们咋再也没来过？”

高俊囫囵一口吞下含在嘴里的菜，点点头看着女老板。

“你们当时那叫一个激动，我想插一句话，你那朋友不愿让我插。喊！”李淑英撇嘴摇头说，“大姐我这儿人来人往来了好几拨人，都是找人的。都是共产党的党员、干部，一开始也不敢说，直到现在土匪被共产党灭了，这才敢问。我这小饭店在三岔路口上，是个打尖的好地方，来来往往人多，来打听消息的人也多。哎呀，找的净是自己的亲人。”

这话勾起了高俊的伤心事，高俊又咽下一大口酒说：“是呀，大姐，我要找的那是我娘呀，在我这儿把娘丢了我没法交代呀！”

“等等，等等，先别急，你慢慢说。”

“我娘不识字，没离开过老家。”高俊是想说娘不识字，说不清楚自己老家的具体地点。女老板子也是个直性子，打断他的话说：“你就说你娘长啥样！”

“五十来岁……”

女老板打断高俊的话，顺着自己的思路说：“五十来岁？那年，就是闹土匪时我这儿来过一拨人，是我的老客人，老板姓查。这帮人是闯关东时在大兴安岭做木材买卖的，他们是我这个小店的常客。他们二当家的和土匪里有认识的，所以土匪没为难他们。当时土匪也只是抓共产党和共产党家属，做买卖的当地生意人没有抓。查老板他们来我这儿时，带着几个女的，不知道是啥人。这个查老板说他们那儿缺人手，带她们回去干活儿。”

高俊放下了酒杯，睁着一双大眼睛认真地听，小心翼翼地问了一句：“大姐，那几个女的什么样？”

“你别插话，先听我说。其中有一个和你说的人很像，给我印象也很深，就一个岁数大点儿的五十来岁，皮肤白白的。她眼睛不太好，也没你眼睛这么大，但是脸形轮廓和你很像。”

高俊头重脚轻地站了起来，脑子却异常清楚。按照女老板描述的，应该就是娘！从这儿往大兴安岭走，是往东北的北边走，他找了这么长时间，一直是往南走，往家乡的方向找。往北去找，他想都没想过。想到这儿，他问道：“那他们是一块儿走的吗？去了哪儿？”

女老板很肯定地说：“一块儿走的，是往大兴安岭方向走了，那里有查老板的林场。”

“大兴安岭？北面，往北去了，他们带着一群女的干什么，还老老少少的，是为了救她们，还是为什么？”高俊狐疑地问。

“那我就不知道了，也许是他们顺带手救了她们，也许他们缺人手干活儿。对，为啥那位大姨我记住了，是因为她做一手好饭，特别会做面食。他们在我后院的店里住了几天才走。这几天的饭都是大姨做的，面条馒头包子啥的做得真好吃。”

就是娘了！一行泪水从高俊的眼中淌下来，他说：“那就是我娘！还有，我娘是不是和一个抱着孩子的年轻妇女在一起？”

女老板想了想，摇摇头说：“没有，没有抱孩子的年轻媳妇。你、你家里还有走失的？”

“嗯，我媳妇和孩子。”高俊痛心地说。

“呀，呀！”女老板一时不知道说什么好，她也不敢再说什么。她在这儿生活了半辈子，知道当地的风俗。越往北走，女子越金贵，土匪抓住共产党家属，漂亮的糟蹋完了有的就卖了，有的抓到山里去了。一个年轻的妇女落在老光棍手里还好点儿，要落在土匪手里，那真不知道啥下场了。她这才明白了为什么高俊他们两个大男人上次来喝酒失声痛哭。她不能把这实情说出来，便站起来说：“我再给你拿点儿酒去。今天我请客。”

“不，不喝了。我这就走，回去收拾东西，去找我娘。”

“这都晚上了，你咋走？”女老板很同情高俊，劝阻道。

“我可以走路，这一年半，尽走道了。找我娘，爬也得走呀，那是娘啊！是不？”

女老板说：“你那是说话呢？你这喝得醉醉醺醺的，上百里路，可不是闹着玩儿呢！兄弟，兄弟，你听姐说，娘、媳妇、孩子，都是至亲的人，一下全丢了，你人没死还真不是一般人。也是因为你娘和你的亲人等着你呢，老天爷不让你死！千辛万苦好容易有了娘的消息，你再出点儿事儿，你娘咋办？今天有了你娘的消息，咱喝酒庆贺，你就住在姐后院的旅店里，明天姐给你备马车送你走，中不？”

高俊听了，点点头说：“中。让我咋谢你的大恩呢？”

“你不用谢我，我给你算着脚钱呢。再说，姐也想让你知道，俺们东北除了土匪，还有好心人你大姐我！”

“那好那好，那你知道我娘在大兴安岭哪里吗？”

“我知道查掌柜的那帮人在哪儿，他们的人时不时有来这儿的，来了就一定会到我这儿落脚，吃饭住店的。不过，你娘还在不在他那儿可不知道了……别想了，睡一觉，睡醒了去找。等你找到你娘，带她回来，咱好好喝酒庆贺，我在这儿也帮着你打听着你老婆孩子的事！”

这一年多了，高俊心里就没宽松过，天天处在焦虑中。今天有了娘的消息，女老板又说帮着打听媳妇孩子的消息，高俊一直紧紧揪着的心总算能透过一丝希望，能喘口气了。他痛痛快快地喝了一顿酒，不知不觉睡着了。

第二天女老板安排了马车，叮嘱他说："你娘在他们那儿当然好，没在也别直眉愣眼地问，要拐着弯儿问出来。给你赶脚的车夫姓李，叫李家鹏，你就叫他家鹏就行，是我的姑表兄弟，靠得住。他认识查老板，不行让他问。你外地口音，少说话。"

高俊坐在马车上，走了一夜的马车次日清晨才到了大兴安岭的呼兰镇。一路上高俊一点儿没休息，车夫想跟他搭个话，他也没心思回应，有一搭没一搭地应付着。他翻来覆去地想，姓查的这些人会不会和土匪有什么关系。他走得匆忙，没有和组织联系，如果娘真还在这儿，不管姓查的出于什么目的，也算是救了娘，不能把事情弄得更复杂。就这么反复地想来想去，清晨到了呼兰镇查老板的厂子时，他努力用轻松的口气问李家鹏说："怎么找我娘？"

李家鹏看了高俊一眼，笑笑说："等下看。"说着，将马车赶到了工厂的食堂门口。食堂的人出来进去开始干活儿，李家鹏拿了个水瓢去接水，随意地问一个正在接水的人，说："查老板在不在？"

"没看见，怕还没来吧。"

李家鹏说："我怎么没见过你呀？"

"那谁知你怎么没见过！我在这儿很久了，只是到林场的时间不长。你们是哪来的？"

"五道河。"

"嚯，不近哪。"

"来拉点儿山货回去。中午吃不吃面呀？"李家鹏话头一转，问。

"大清早儿的饭还没吃，问中午的饭咧？"对方撇撇嘴说。

"听说你们这儿的面做得是真好吃，我们是专门来吃你们的面条的。能吃上不？"

"哦，那可不一定碰上了。做饭的老娘子不在这儿了。"

李家鹏就这样把高俊娘的消息套出来了。在一旁的高俊的心忽悠提溜起来了，不由得想往前走。李家鹏往后拽了他一下，拿出烟袋装了一锅烟，又拿出一包洋烟递给对方，说："抽口，歇一会儿。"

对方接过烟锅吸了一口，赞叹道：“洋烟，我还真没抽过。也不见怎么好抽，就是方便。”说着又吸了两口。

“对，也就是个新鲜物。外边还不一定好买呢。送你了！”

对方高高兴兴接了过去。李家鹏问道：“我们想吃高老娘子的面条，高老娘子去哪了？中午能吃上她做的面条不？”

对方边闻着洋烟边说：“高老娘子做的饭是好吃，不光是面条，所有面食她做得都好，连点心都会做。来我们这儿的都是来吃她做的家常饭的。食客太多了，我们老板干脆在镇里开了家饭店。她去那里做饭了。”

“去那儿吃她做的饭，能见到她吗？”

“那能见到，她就在那儿现场做面。你们现在可以过去，她做的早饭也好吃，大油饼有锅盖儿那么大，一碗清粥，一碟小咸菜，一大碗刚磨出来的豆浆，嘿，饭到了高老娘子手里一整鼓就变味儿了，变得特别好吃。我现在走不了，不然我带你们去，顺便吃早饭。”

“好找吗？”

“好找。早点摊儿哪儿人多你往哪儿找。饭店名字叫查家饭庄。马喂了没？喂了就赶快去吧，能赶上吃早饭，再过一会儿早饭就收摊儿了。”

高俊他们来到镇上，很顺利地找到了查家饭庄，高俊拨开排队吃油饼的人群，隔着窗户看到了娘。娘面对着墙，弯腰从大面缸里扤出一块儿面，放在案板上用力地揉啊揉，瘦弱的身体随着她摝在面团里的胳膊晃动着，她的衣服已经被汗水湿透了。

娘！一行泪水涌出眼眶，高俊想冲进去，被李家鹏一把拉住，他低声说：“知道在这儿了，咱不能着急。”

“咋的？”高俊有些焦躁。

“你沉一沉，老弟！你年龄比我小，就叫你老弟了。你说咱接了大娘去哪儿？”

“回去呀。”

“万一人家不让走咋整？”

“那是我娘——”

“是，是你娘！人家就是不让走咋整？”

“要不，我去找——”高俊吞下“找我们组织”的话，改口说，“找人。”

并把手伸进腰里摸了摸枪。他现在后悔没有找组织，贸然来到这里，可是他不想在并没有完全把握知道娘在哪里的情况下麻烦组织。

“那些事离咱们都远，也不合道上的规矩。这是人家的地盘，你有枪人家怕也有！你急没用。你想呀，你娘现在还在，是人家救了你娘，这是恩。你娘现在能让人家挣钱，人家还专门开了饭馆，他们会愿意放你娘走吗？咱不知道，万一不放，就得打起来，那咱能走得了吗？”

高俊冷静下来，问道：“你说咋整？”

“你先在这儿等着，我去找一下我淑英姐的表兄，他在这做买卖。你在这儿别动地方，先吃点儿东西。”李家鹏说着离开了。

高俊一口饭吃不下去，眼睛紧紧盯在娘的背影上。

大约有一个多时辰，李家鹏满头大汗地回来了，看到高俊还坐在那儿，他嘘了口气，说：“我这一路上真怕你冲进去。现在吃早饭的人散了，好，你可以进去找你娘，出来咱们悄悄地走，先去淑英表兄家。”车夫看到高俊有些迟疑，补充道，“你讲话咧，你是找自己的亲娘，天地都得让道，鬼神也得伸手帮你，没说的！别把俺们东北人想得太坏！就是千万不要弄出动静来。”

高俊顾不上再说什么，进到饭馆，拉住娘正在擀面的细弱胳膊，轻轻叫了声：“娘！”

娘愣了一下，侧过身来。她的眼睛已经不行了，看什么都是模糊的。她呆呆地静了片刻，小声问：“俊头？”

高俊声音哽咽说不出话来。娘默默地又转过身去擀面，擀了一下，撩起衣襟擦了下眼睛。她停下来，望着墙壁叹了口气，用手擦拭着眼睛，又侧过头来狐疑地看着身后的人。

“娘，娘，是我。快跟我走。”高俊架着娘往外走。娘轻得像一片树叶，几乎是被高俊抱着飘出了饭馆。走到门口时，娘似乎怕强光，用手罩住了额头。高俊容不得她仔细看，架着娘上了马车，李家鹏快马加鞭拐了几个弯儿，来到淑英的表兄家。

进了院子，高俊扶着娘从车上下来，说：“娘，你仔细看看，我是你的二小子俊头呀！我对不起娘，可苦了我的娘了！”

娘哆哆嗦嗦摸着高俊的脸，摸到他嘴角边上的痣，说：“真是我二小子。怎么这么瘦了，我都认不出你来了，孩子！”娘抓住高俊，眼泪扑簌簌地流着，呢喃地说，“是老天让你找到娘的吧？我以为这辈子见不到我儿了。孩子，孩子！”她上气不接下气，浑身发软，哆嗦着说不出话来了。

女老板李淑英的表兄原本对表妹的事有求必应，但听说他们要接走的是查老板餐馆的大厨，有些犹豫。查老板在当地是有影响的人，现在镇子里都知道他餐馆的饭好吃，生意好得让人眼热，把他的主厨给带走，不知道查老板是什么想法。但是眼前的这一幕让李家鹏和女老板的表兄在旁边都跟着心酸。表兄拉了李家鹏，到外面悄悄说：“你说这事该咋办？”

“你说。”

“我说这事得管，不管你是啥党，人家是母子呀！”

“对喽，阻拦这事天理不容。再说了，查老板也不一定非扣住人家娘不放，他还救了老娘子呢。”

“不怕一万，就怕万一。万一他不愿意放呢？不如这样，趁他们没反应过来，你们现在就走，等他们反应过来你早就走远了。那时咱再谈天理，再说谁对谁错，行不？”

“行。我现在就去装货，装好后我们就动身。”

李家鹏回到房间，看到高俊抓住他娘的手不放，便说了他和淑英表兄商量的意见，又很担心地问：“咋样，老太太身体受得了受不了？”

高俊犹豫着说：“应该没太大问题，我娘太激动了，安静一下就会好点儿。”他想了想又说，“嗯，还是马上走的好。我留下一封信，你想法看看怎么转交给查老板，我在信上说是我这个儿子带走了我娘，感谢查老板，他的救命之恩容我以后回报。”说着，高俊要了笔和纸，写了信，非要用信封封起来。他的名字曾被土匪在五道河和宝利县以及周边的县悬赏过，事情虽然过去了一年了，东北地区的土匪也被剿灭，但因为有娘在，还是谨慎些好。

装好车，车上铺好被褥，大家简单吃了点儿饭，就往回赶路了。路上，娘一直握着高俊的手，不敢相信似的反复问：“儿子，咱们真要是回家了？”

“回家了，娘。”

“人家让不让？”

“人家让不让管什么用，俺娘想回家了，咱就得回。”

不知道娘想起了什么，她开始哭泣，高俊劝不住她，只好让瘦弱的娘躺在车上，他揉着娘的手，让她哭出来。娘越哭声音越大，高俊在一旁默默地看着，泪水也大滴大滴地掉下来。娘扭头看到儿子的眼泪后，抽抽咽咽想止住哭，口齿不清地说：“我让我儿伤心了。”

“娘，娘！”高俊一次次给娘擦拭眼泪，努力止住自己的眼泪。他心起了疑惑：娘这么伤心，是不是看到媳妇柏秀蓉和幼小的孩子她们娘俩遇到了什么不测？但是他不能问，怕娘更加伤心。娘毕竟年龄大了，大哭后累了，睡着了。高俊抱着娘的双腿不敢睡，一年来寻找娘的辛酸，内心对媳妇孩子的愧疚，对铁锅的思念，此刻全化成了泪水，默默地流淌着。

三十一

一直到进了五道河的地界，高俊才放心打了个盹儿。

到了李淑英的小酒馆，高俊要跟组织交接工作，但他实在不敢再把娘单独放下了，便背上娘跟女老板李淑英说，要给娘去医院看看病，晚上回来。

高俊来到行署人事部门，跟娘说："你在门口等我一下，我一会儿就出来。"娘一把拉住他说："儿呀，我不一个人在这儿，带上我，我跟你一块堆儿去。"

"也行。"高俊背着娘进门报到，娘在身边，高俊说话声音提高了几度，说，"我是来报到的。不过报到归报到，我还得走。今天得安排我娘住医院看病。"

人事部门接待他的是个女同志，看到高俊大呼小叫的不满意地瞪了他一眼，撇撇嘴小声说："喊，你走不走关我们啥事，走走呗，喊啥呀！"

高俊听了也不生气，说："也是，那你帮着给我娘联系一下医院咋样？"

"联系啥，你自己去医院不就行了？"

"这是啥话，我不是请求组织帮助嘛！"关系到娘的事，可不能含糊，高俊有点儿不高兴了。

"看病咋还用帮助，没听说过！"这女同志冷漠地说。

"你啥态度？！"外面冲进来一个胳膊系着吊带的军人，指着这位女同志喊了起来。

高俊仔细一看，欣喜地喊："李力峰！"

“你先等会儿。”李力峰扒拉开高俊的手，拽着高俊走上前去，眼镜后面的眼睛怒目圆睁，指着那个女同志说，“你知道他是谁吗？抗日英雄！你看你的态度，像个什么？夜叉！你要是个男的，我就给你个大巴掌。”

这个女同志挺厉害，说：“看把你能的，你敢——”话音没落，李力峰上去薅住她搡了一把。李力锋身后进来行署书记和行署专员一帮人，喝住那女的，拉着李力峰说：“李师长，别生气，你的伤没好，哪能生这么大气。”

李力峰抓着高俊推到前面，说：“你们这儿什么工作作风！就这样对待一个抗日英雄？”高俊打断他的话说：“不是，李力锋，没谁对我不好，我没有提过要求，谈不到对我好坏。”

“我就知道你不会提的，我还不知道你？你现在说吧，你有啥要求。娘要住院是吧？你、你们给不给安排？我娘要住院！”李力锋蛮横地说。

五道河行署的书记弄得糊涂了，费了好大工夫才弄明白李力峰是利用战场上受伤养伤的时间，专门过来看望他这个朋友高俊的。弄明白了情况，行署书记说：“先别说别的，赶快安排大娘住院检查。”

高俊回头去看娘时吃了一惊。娘浑身颤抖，眼中流露出惊恐的目光，小声哀求道：“儿呀，别撇开娘，娘和你在一起，哪儿也不去。咱走吧。”

所有的人都沉默了，高俊说：“各位领导，我来报过到了，其他的事我得先把我娘安顿了再说。娘，哪儿也不去，咱回淑英酒馆去。”

“就住在行署招待所吧，这里安全。”

“那我也得回去拿东西。”高俊说。

“让别人去拿吧。”李力峰说。

“不中，我得和老板说一声，是人家帮了我，费用我还没结算。不中，我得去一下。”

“那我和你一块儿去。”李力峰转身又对几位行署的同志说，“我就是来看高俊的。”

“啊？他就是高俊？”所有人都大吃一惊。大家想留住高俊，但是他娘一脸恐慌，扒住他的胳膊就是不放手。

高俊背起了娘说：“中，走。咱先上医院看看病，再回去取东西回家。

有话回头说。”

娘趴在儿子的背上，安心了。高俊感到娘还在颤抖，他尽量转了轻松的话题说：“娘，你不认识锋子了吗？”

“疯子？啥疯子？”娘喃喃地说。

“李力锋！就是我旁边胳臂上缠着绷带的这个人，他是铁锅的兄弟，也是我的兄弟，好兄弟！”

李力峰一直板着脸沉默着，高俊用胳膊碰了他一下，说：“喂，咋了？”

“我说你是怎么回事？碰上这么大的事也不说。你不和我说，行，你怎么和组织也不说呢？起码你能得到些组织的帮助，你瞧瞧自己受的这些苦！”

高俊憨憨地一笑，想说什么，又把话咽了回去，说：“你是师长了？你那胳膊咋回事？伤得不轻吧？”

“嗯，这只手保住就不错了。我要不是受伤，还来不了这儿呢！来这儿一趟可真不容易。”

“你是趁养伤过来的？”

“嗯。要不我哪走得开？我给你写信你也不回，忒想你——”李力峰想说“你和铁锅”，但是，从小一起长大，他清楚高俊和铁锅的关系，知道铁锅的牺牲给高俊是什么样的打击，他改口说，“我想约请你到我那儿，和我一起打仗，跟着大部队，痛快！另外，我也忒想你们……”李力峰接着说，“我就说你们当初就该听我的，跟着大部队南下。你说，铁锅，我的兄弟，他怎么就……”终于，他忍不住对好朋友的思念，还是说到了铁锅。

高俊背着娘走了一段路。虽然娘体重很轻，但高俊的身体还没完全恢复，加上连日的劳累，他眼前一黑，感觉头晕腿软。他强撑着把娘放下来，大大地喘了口粗气，感到一股腥味涌上来。他怕自己像以前那样吐血吓着娘，便拼命地闭住嘴往下运气。此刻，娘没有注意到他，她问李力峰：“铁锅？你说的可是俺们那郭庄头的郭铁锅吗？他咋啦？”

高俊在娘的身后边摆手示意李力峰别说，李力峰此刻的悲伤已经发泄出来，控制不了了，他抱住高俊娘，说：“娘啊，我想你们呀，想你家高俊和郭铁锅呀，子弹又不长眼，我就怕见不到他们了。”

娘听了松了口气，说：“这不见到了。咦，可是呢，我怎么没见铁锅呢？”

李力峰知道高俊不善说谎，替他说：“他有任务出门了，我也没见到他。”说完转过身去叫跟着他一起来的通信员，“小宋，你来背着我娘。”

“不用咧。”娘说，“我自己走走，坐了一天一夜的马车，腿回不了弯儿了，走动走动好。”

医院离得不远，医生已经等在那里了。给娘检查的结果不好，娘极度的营养不良，还有严重贫血，血色素远远低于正常值，现在最需要的是输血。

李力峰不容分说地要求说：“输我的。”

高俊推开他说：“你一个伤员，输啥输！输我的，母子连心，我的血我娘一定能用。”

医生摇摇头说：“不行，你的身体还需要输血呢。我们医院自己解决吧，医院的血浆还有。”医生把他们带到另外的房间里。高俊娘很快被安排到病房输血，但娘还是不让高俊离开自己，轻声叫着：“俊头，你别走啊，陪着娘啊。”

“好好好，我就在这儿和李力锋说会儿话。”

直到这时，两个好友才能有机会说话。李力峰说：“我就知道你这个人，遇到自己的事就不吭声，你咋不和当地组织说，要求帮助呢？一个人单打独斗？”

“怎么去求组织，这大海捞针的，让人放下工作？不可能的事。这一回来人家都帮忙，我很感激了，让我一辈子拿啥还？”

“跟我一块儿去大部队吧，跟着咱陈富副司令打仗去。陈富副司令没有忘记你，我这养伤能出来看你是经过他默许的。”

“中，我安排了我娘，去找你。”高俊想了想，又说，“可能还不行……”

“为啥？哦，对了，你媳妇、孩子有消息了没有？”

高俊摆摆手，指指身边的娘，示意他不要再说下去。高俊站起来，说：“走，咱俩到门口抽根烟去。”他俩一起身，闭着眼睛的娘马上睁开眼睛，显示出不安。高俊又坐下来，悄声说：“等会儿吧，一会儿咱们到小酒店里喝酒时再说话。那家的酒可真好喝，高粱米酿的。”

“啊？那可好了，我这一路上怕出事一口酒没敢沾。”

“你能待几天不？”

“怕不行，我原来打算不管怎样都叫你和我一块儿走，可看你这样，走得了吗？”李力锋摇摇头。

“你说你不来吧，彼此想想也就过去了，你这一来，走了……嗨！”高俊心里一阵难过，把头转了过去。他俩同时想到了铁锅，高俊扭着头，忍住眼中的泪水。李力峰站了起来，看着窗外，他以为他一来，就能劝说高俊和他走，拖也得拖走他，没想到情况是这样的。病房里一时间陷入了静默。过了一会儿，李力锋问道：“咱家老太太今天除了输血还治疗啥？”

“没了吧，输完咱回旅店。无论如何咱们要好好喝顿酒，我、我还有什么亲人呀？也就是娘和你了。”高俊回答道。

回到旅店，女老板李淑英给他们腾了个小单间，进屋靠窗一溜炕，炕上摆了张长方炕桌，备了酒菜。高俊让娘躺在里面的炕上。娘累极了，她强撑着睁着眼一直拉着儿子的手一遍遍问：“俊头，娘是和我二小子俊头在一起了？”

“是，是，娘，你好好睡一觉，我和我兄弟喝点儿酒。”高俊挥挥手说。娘答应着，不一会儿就睡了，发出轻微的鼾声。

李力锋看到高俊娘睡着了，才敢问：“怎么回事，碰上这事？”高俊扭头看看娘，李力锋说，“睡了。”

“到现在我娘没提这件事，”高俊满腹疑惑地说，“我也还没敢问。咋问呢？如果她们走失了，我娘能有啥办法！酒热了，喝！哎，你身上有伤，能不能喝？”

“喝！”李力锋把酒一口搁进嘴里，“嘿，好酒，还真是好酒……你也知道，初到太行山那一仗，咱们靠着手榴弹占了便宜，打那起，我就看上了这东西。没想到在一次战役中失手炸伤了胳膊……我听说铁锅牺牲的消息，脑袋嗡地炸了，我第一个想到的就是你。是你呀，兄弟！这比亲的还亲的兄弟就牺牲在自己的身边，怎么受得了？还不如死的是自己呢！”李力锋又给自己灌了一盅酒，说，“所以我就是爬着，也得来看看你。我知道你受的打击有多大。咱们在太行山和日本鬼子打了几年仗，从来不知道什么是怕。猴子牺牲了，咱们这颗心撕碎了一次。我那时就想，抗战不结束，我不成家！死，我不怕，亲人的生离死别，受不了啊！”李力锋又喝了口酒，说，“我爹娘因为我参加八路，不好好上学，生生给气死了；我还有个弟弟不知到了哪，怕他也不认我这个不孝的哥了！我也就你这么个亲人，你得跟我走，我这次来就是叫你跟我走的。娘跟着咱，你说啥都得跟我走！”

李力锋爱打架，作战勇敢，有感情色彩的话就没说过，今天脸红脖子粗地说了这么多掏心掏肺的话，却没有得到高俊的回应。经过了多次心灵的磨难，高俊的心磨硬了，他不想把酒喝成个生离死别的场面，说：“锋子，咋婆婆妈妈的！来，来来，喝酒。”几杯酒下去，清了清嗓子继续说，“喝酒，锋子，兄弟呀！”李力锋跟着一杯酒下肚，拍着大腿说：“铁锅，铁锅！我的兄弟，可叫我心疼死了呀！”

说话声吵醒了熟睡的娘，她伸出一双柔软的手拨着儿子的头，轻声说：“二小子，二小子，铁锅咋啦？”高俊把头扭过去，哽咽得浑身抽搐。娘明白了，她清楚铁锅和儿子的关系，心疼地把儿子的头抱在怀里，轻轻拍着儿子的背喃喃地说：“娘知道我儿心里难受，哭出来吧，哭出来吧儿呀。”高俊不再憋着，放开声号啕大哭，喊着：“铁锅，锅子，我的兄弟，他因为救我死了呀，我连他的尸首都没有找到呀，你叫我咋活下去！”他哭得上气不接下气，脸色煞白。娘流着泪拍着儿子。高俊和李力锋的眼泪像积蓄许久的洪峰，终于在这时奔泻了。两个人哭着喊着，不知道什么时间窝在炕上睡了。

娘看他们睡了，把枕头给他们垫好盖上被子后，脑子里想着铁锅一笑露出雪白牙齿的模样，又由铁锅想起了闺女岚岚，不由得一阵心疼。心虽然疼痛，总算和儿子团聚了，回家看闺女的日子也就不远了。想到回家，安安静静的娘忍不住一阵心跳，没了铁锅，回去怎么和闺女说？越想，娘心里一阵突突跳得发慌：儿媳妇秀蓉和孙女呢？怎么没有跟着二小子在一起？她拍拍儿子，想叫醒儿子问问。高俊沉沉地睡着，他太累了，找到娘又和老友李力锋喝酒发泄了一通，这一觉睡得沉实。娘不忍心再叫。和儿子分开的这些日子，她以为再也见不着了，老天爷可怜他们，让他们重逢了。娘上上下下看着熟睡的儿子，发现高俊瘦得只剩下皮包骨头，心里不由得发酸：儿子究竟经历了什么，怎么瘦得没了人样？听他们刚才的话，铁锅牺牲了，那媳妇秀蓉和孙女呢？

娘回忆起来，那天，听到外面的枪声，没弄清楚咋回事，铁锅闯进家叫跟上他赶快走。娘是小脚，走得慢，紧赶慢赶落在了后面。眼看前面一帮拿着枪的土匪在抓人，有几个妇女跑来说："快别过去了，那边土匪在抓人，抓共产党的家属。"娘一听，迟疑地站住了，这时，已经看不到铁锅和秀蓉他们的影子。这些个妇女中有县委院里的家属，催促道："快别愣着了，快走！"这样，娘跟着她们向北来到五道河行署，又被领到淑英酒馆。

娘不知道发生了什么，她只能闭上嘴，什么都不说，什么都不问。她相信儿子高俊、铁锅会来找他。老板娘吩咐她们帮着下厨，娘无意露出了会做饭的手艺，被老板看上了，要留下来，后来又让跟着查老板走。这一走，娘虽然不知道到了哪里，却能感觉是往越走越远的北边走。她不敢反抗，每天都在发愁，怕再也回不了家了。但是，内心里她仍然有一个信念，儿子会来找她的。

看儿子瘦得只剩一把骨头，除了和娘失散揪心折磨，看来媳妇秀蓉和小闺女也不在他的身边。娘不敢想下去了，她把满肚子的疑问藏在心里，静静地靠在儿子身旁。

高俊一睁眼，看到娘疑惑地看着他，一碰到他的眼神就躲开。因为李力锋在，高俊和他两个人有说不完的话，顾不上和娘谈心。他和李力锋在一起待了三天，两个人去烈士纪念碑看了铁锅。三天后李力锋要走了，他是南下，高俊要把娘送回去，两人正好同行一段路。到秦皇岛分手时，李力锋想再次约高俊和他一同南下，看到高俊白发苍苍的老娘便把话吞了回去。李力锋抓住高俊的手说："我说，高俊，送了娘回家，还是去找我们吧。"高俊依依不舍地看着他，迟疑地点了点头。

"真的？"李力锋不相信地盯着高俊。

"真的。"高俊真诚地说，"没有人比我更想和你一同去参加战斗了，可是，送了娘回家我还得去找找秀蓉她们。人家跟着我到东北去，被土匪打散了，这生不见人死不见尸的，没有个交代，也对不起咱老师呀！

李力锋，我想了又想，咱当初是为打小鬼子参了军，咱们把命别在裤腰上，出生入死。小鬼子投降了，咱第一步目标实现了。接下来打土匪，是我没想到的；死了这么多人，是我没做好啊！”

“你可别总这么说，宝利土匪暴动我全问清楚了，是有预谋的一场土匪叛乱，不是谁能左右的，你刚到任，有什么责任？”

“话是这么说，锋子，人全死了，都死在我身旁，这心里过不去呀！你想，铁锅，咱们那兄弟——”高俊说着大口喘息起来。高俊见到老战友心里高兴，多喝了两口酒，头疼病又犯了，他从身上取出随身带的止痛片吃下去，等片刻平静了些他用手按住头说，“我想了，解放战争很快会结束，咱们会赢的。放心吧，兄弟，一旦有可能，我会去找你的，赶上打仗就参加，赶不上打仗咱干别的。这几年我就是这样过来的，不会趴下的。”

“这我不担心，我是怕——”李力锋把要说的话咽了回去，说，“你要把身体养好，咱们还会再见的！会吧？”

“咋不会呢！我这儿有消息了就去投奔你。”高俊开始安慰他。

两人依依不舍地分手了。李力锋马不停蹄奔赴了前线，高俊带着娘回了老家。

三十二

一路上，高俊和娘有说不完的话，商量得最多的是怎么和妹子岚岚说铁锅的事，岚岚下一步怎么办。进了村，到了家门口，正碰上从家门口出来的岚岚，却让娘吃了一惊——娘一眼看出，岚岚怀孕了。

高俊没看出来，高高兴兴地上前拉住岚岚，说："妹子，妹子，看谁回来了！"

娘性情柔软，不会大吵大闹，皱起眉头刚想问岚岚，岚岚见了娘一句话没说哭起来。娘赶快拉着岚岚进了家门，颤声问道："这是咋回事？"

岚岚哭得上气不接下气，什么事都还没说清楚，高大壮从外面干活回来了，见了娘，高兴得嘴咧到耳朵边，呵呵笑着叫着："娘，娘！"

"啥呀！"娘心烦地瞪了高大壮一眼，说，"你先出去，我跟你妹子说说话。"随后，又狠狠瞪了高大壮一眼，低声说，"你这哥当的！"

"啥事又怪我？"娘刚一回来，就数落高大壮，高大壮急了，直着脖子喊。

"你妹……这是咋啦？"

"咋啦？"

娘抓起炕上的笤帚疙瘩，"啷啷"地敲着炕沿儿，压低声音说："咋了？不嫌丢人现眼呀！"

"咋咧？"高大壮一脸懵懂，他没见过娘这样急赤白脸的，怕娘生气，声音小了下去。

高俊也有些糊涂，听到娘的话，看了看岚岚，岚岚胖了，脸色黄黄的像蜡渣一样。她才十八岁，已经没有了这个年龄的稚嫩。

娘看着哭得抽抽搭搭上气不接下气的闺女，拍着炕沿儿也哭了，说：“不如带着你走啊！不想你跟着你大哥这个傻玩意儿出事，还就出事了！岚岚，你说吧，孩子是谁的？”下边的话她吞了回去，扭头狠狠地瞪了高大壮一眼。

“啥孩子？咋回事？”高俊一脸诧异，沉下来了。他脑子里瞬间闪过无数个想法，难道……妹妹被糟蹋了？

高大壮眨巴着独眼，半天才反应过来：“娘你说岚子呀，她有孩子了，她结婚咧。”

“结婚咧？俺们都没在，她跟谁结婚了？”娘和高俊都愣住了。

“界壁子的老王，王老汤。”

“啥！”娘又惊又气。这个王老汤干干瘦瘦的，脸上的皱纹纵横交错，四十多岁，像个六十来岁的干瘪老头，拎着个幡走街串巷给人算卦的。恁大岁数了还没娶上媳妇，说是在和村里村外的寡妇傍着，家里要啥都没啥，日子过得踢了秃噜清汤寡水的，村上人才叫他王老汤，凭啥我闺女成了他媳妇？娘颤颤悠悠痛心地问：“咋了，这是？闺女，咱不是定亲了吗？你这……你这对得起谁呀！”话刚出口，娘想起来铁锅死了，便腿一软，脸色煞白靠在了炕沿儿上。闺女，漂漂亮亮的小闺女岚岚，从小捧在手心怕飞了，含在嘴里怕化了，娇生惯养长大的乖巧小闺女，如今焦黄蜡皮的怎么成了个干瘪老头的媳妇，叫娘疼得心都直抽搐。

高大壮和高俊过来搀扶她，她拨开高大壮的手，喘息着斥责着他说：“你这大哥是咋当的，谁说我闺女成亲了，哪个媒人说的亲？下了啥聘礼？他王老汤凭啥娶了我家岚岚？”

“娘，他说给二百大洋聘礼……”高大壮喏喏地说。

“二百块大洋？给谁的？给你你凭啥收？你是她爹，还是她娘？你就是个傻瓜！”娘越说越生气，不停地责怪着高大壮。高大壮嘴笨，脑子反应慢，他也不明白妹妹岚岚怎么会同意这门亲事。

那天高大壮被人装进麻袋里打了一顿，又被扔到地窖里。是王老汤把他从地窖救了出来。虚弱不堪的高大壮回来后看岚岚不在家，立刻急了。他想：岚岚从来没有出门去过哪里，她能去哪里呢？高大壮顾不得自己虚弱的身体，着急地想出门找岚岚，却被王老汤劝住了。

王老汤对高大壮说岚岚出门去找他了，他要再出去找，没准两人两下错开了，不如在家等。王老汤对高大壮说：“再说，你让人给打了，知不知道谁打的你呢？”

高大壮摇摇头。

“是邻村的人。”王老汤有意没有说明是谁家打的，免得高大壮上门去闹，他只说，“是你开荒刨了人家的祖坟，人家还要找你算账呢。你先别出去了吧。”

高大壮确实是常常开荒，他不记得是不是开荒动了邻村谁家的坟地，他思索着问：“我开的哪块儿地动了别人的祖坟？”

“村东南边的荒地。”王老汤说。

高大壮想不起来是哪块儿地，看到王老汤说得这么肯定，他也是被打怕了，没再详细询问，只是说：“那咋整？”

王老汤大包大揽地安慰高大壮，说：“你放心吧，包我身上！我去找岚岚，准把她找回来。”

高大壮又饿又冷，心里还惦记着岚岚，没再多想点点头说：“那忒谢谢你咧。”

“不用不用，都是邻居住着，这不是忒应该的？”王老汤说着跟着高大壮进了西屋。高大壮饿坏了，去灶台找出家里的杂和面馍馍，捞了一块芥菜疙瘩就着吃起来。王老汤给他倒了杯热水说：“大哥，喝点儿水，别噎着。”

高大壮听了，一伸脖子吞下嘴里的馍馍说：“不，你咋叫我大哥呢？你多大咧，赶上我该叫你爹咧。快别这么叫吧。”说着站了起来。

王老汤赔着笑脸说：“我没恁大，比你大不了多少。”

高大壮没心思听他说谁大谁小，应付着说：“啊，今天还得谢谢你咧。你回吧，我还是想去找我家岚子。”

“我眼看着她到村里转了两圈，出村咧。你不怕再被人打？你的事还没过去呢，快别添乱咧。这么着，你歇会儿，我去帮你找岚岚。”

高大壮听王老汤这么一说，觉得也行，这都几夜没好好睡觉了，王老汤愿意帮忙找岚岚，就让他先去找找，自己歇儿会再去找。就这样，高大壮回屋躺下睡了。可他毕竟心里有事，迷糊了一会儿就醒了。醒了还看不见岚岚，就出门去找王老汤。

王老汤家与高家离得不太远。高大壮记得他家以前的院子就用木头栏杆拦着，也没个院墙，一眼能看到院里的动静。这啥时候砌起了围墙，土坯垒的，垒得挺高挺厚实，还安装了严严实实的大门，门上挂着把大锁，王老汤不在家。高大壮想从门缝看看里面，大门严丝合缝的什么都看不见，他只好离开。回到家门口，看到王老汤站在院门口，没等他说话，王老汤责怪他说："你忘了咋挨打了？不让你出来非得出来？你待在家里别出来了，到时我准把岚子给领家来。"

王老汤把高大壮哄进屋，自己急急忙忙回家了。一进门，他把岚岚从炕柜里拽出来扒拉到床上，没完没了地折腾着岚岚，边折腾边让岚岚答应嫁给他。

连着几天，王老汤忙得脚不沾地。他把家里的地卖了，忙着垒院墙，修大门，对着大门口还建了一个影壁，防止外人从门缝里看到院子里，又在屋里挖了一个地窖。他每天忙乎完了外面的活就是折腾岚岚。岚岚喊叫，王老汤用被子蒙住她的头，她闭上眼不再吭声。王老汤今天失去了耐心，发狠地说："我已经把你大哥救出来了，你咋给脸不要脸？你都已经让我整成这样了，不嫁给我还指望嫁给谁？你再不答应，谁都别想活，我这就去整死你大哥！"说着，他跳下床，看到岚岚还不吭声，抓起笤帚疙瘩开始抽打。岚岚身上处处是伤，笤帚疙瘩打上去又暴起一条条新的红肿，摸上去滚烫滚烫的。王老汤都已经下不了手，他愣了片刻，去灶台拿来了刀，说："死吧，都去死！"这时，他看到岚岚的眼泪淌出来，眼睛睁开看了一眼天花板，干裂的嘴动了动，轻声叫了声"大哥"。说着，躬着身子团缩在一起，身体一耸一耸。王老汤解开了捆在岚岚手上的绳子，端来一碗热水，喂岚岚喝下去，岚岚长长地吐出一口气。这时，王老汤跪了下去，抽打着自己的脸说："你就嫁给我吧，不嘍的话真出人命咧。我就先活不了，我死也得拉个垫背的！"

岚岚总算开口了，她垂着眼皮说："我大哥呢？"

"你大哥就在你家呢。"

岚岚挣扎着坐起来，说："我要去找我大哥……"

"岚子，这些天了，说不定你已经怀上我的孩子了，你得嫁给我！"

“我去找我大哥。”岚岚下了床，王老汤看着决绝的她，知道再囚禁怕是真要出人命了。此刻的王老汤已经没退路，他说：“你今儿个得答应嫁给我，不然今天谁也别想好！”说着给岚岚穿好衣服，又从柜子里取出个包袱，里面有他连借带卖东西攒下的钱，又将一把剔骨的尖刀放了进去。跟着岚岚回到她家。

回到家里，高大壮看到妹妹，带着哭腔说：“你干啥去咧，可急死我咧！”

岚岚在炕沿儿上坐下，高大壮看到王老汤还跟着便说：“我妹子是你给找回来的？那中，赶回头我再去谢你，你赶快回去吧，我跟我妹子说会儿话。”

王老汤说：“你不用谢我，我还有事找你，我是来跟你提亲的，我要娶你家岚岚。”

高大壮脸上的笑容消失了，看到王老汤不像开玩笑的样子，生气地说：“你说啥呢！那可不中，我可做不了我妹子的主。再说，我妹子已经定亲咧。”

“她定亲？和那个叫铁锅的？那人和你弟弟高俊一样，是共产党！当我知不道？官府知道了非抓了你和你妹子不可！”

“你瞎说啥！”高大壮越发生气地说，声音却小了下去。

“你家高俊是共党！是不是？你自己也这么说的！官府在抓共党，你敢把你妹子嫁给共党，你奏试试吧！”

高大壮不吭声了，半天闷声闷气地说：“我家老二早走咧，他是不是共党和我妹子有啥关系。再说咧，也不是我给我妹子定的亲。”

“所以这就不叫定亲。你做不了主我给做主！你反正不能把你妹子嫁给那个啥铁锅！岚子，你自己说说，你是不是答应嫁给我咧？”王老汤恶狠狠地说。

岚岚侧过脸去，没有吭声。王老汤打开包袱，对高大壮说：“这是给你的聘礼，一百块现大洋！你去问问，哪家闺女的聘礼能有一百块大洋？你先收下，我回头再给你送一百块来。”

高大壮疑惑地看看岚岚，摇摇头，坚持说做不了妹子的主。

王老汤走过来，狠狠地对岚岚说：“你给句话，是不是你答应嫁给我咧？”

以前的岚岚心里轻得是一片蓝天白云，什么心事也没有，此刻却沉重得一片黑暗。她脑子里曾有无数的想法，和王老汤打，打过之后她也无法说服大哥高大壮跟她一起离开这里去找娘和二哥。可是，去哪里找二哥和娘呢？大哥脑子不好，遇事反应不过来，弄不好丢了性命。岚岚沉默了一会儿，说："大哥，收下了吧。"

"啥？"高大壮惊讶地说，"妹子……"

"收下吧大哥。"岚岚垂下眼皮，说，"咱离得近，我还能照顾大哥，等着娘回来——只要大哥愿意让我回来。"说着，大颗的泪水一串串淌下来。

一句话说得高大壮心里也难过起来，他说："说啥呢岚岚！这是你的家，你、你真的要嫁给这么个人？"

岚岚擦去眼泪，点点头说："大哥，把钱收了吧。剩下的钱——"岚岚把头侧过去，却不愿意看王老汤，"你啥时候给我大哥，你什么时候把钱给了我大哥，这事才算了结。"

"中，中！"一个精心布置的阴谋真的就这么得逞了，王老汤欣喜若狂，连连点头。

岚岚低下头说："还有，你得保证，打我哥的那帮人不会再来找我哥的麻烦……你走吧。"

王老汤还想说什么，还想把岚岚带回家，看到岚岚冰冷的眼神，悻悻地说："中，都答应你。我凑够了钱，就给大哥。"

岚岚摇摇头，说："你走吧。大哥帮着送送。"

高大壮看到突然变化的岚岚，心里纳闷。再看看那一堆白花花的大洋，也没再说什么。送走王老汤回来，高大壮想再问问岚岚是咋了，可是岚岚躺在炕上拉上被子蒙住了头，什么话都不讲。那以后，岚岚变得不爱说话，问什么，都是一句"嗯"，没有解释，没有诉说。几天后，王老汤送来了剩余的钱，岚岚跟着他去了他家。可岚岚每天一早还过来收拾屋子，给高大壮做饭。看到高大壮大口吃着她做的饭，岚岚脸上才平静些。有时她想留在家里住一夜，王老汤立刻跟过来跟她吵闹，她只能跟着回到王老汤的家里。没多久，方圆几十里都知道漂亮的岚岚嫁给了老光棍王老汤。

此刻，高大壮看娘不高兴，把钱拿过来给了娘，说："这是王老汤给的钱。"娘一肚子火没处撒，还是生气地不停地数落高大壮。

岚岚抹着泪水问娘："铁锅呢？"

娘看了高俊一眼，没吭声。

岚岚泪眼婆娑看着高俊，没等回答又说："已经这样了，说啥也没用了。"

"那你也得等等我和娘啊！"高俊低声说。

岚岚又哭了，她是个善良的姑娘，不会抱怨也不好意思跟二哥说所发生的事情。

"行了，别哭了。"娘心烦地说。她看出岚岚有没说出来的话，她心里也实在无法接受漂漂亮亮的小女儿嫁给了一个拎着幡满街串巷的卜卦老头子。她不想再提这件事，想先让自己静一静，等清静下来再和闺女好好说说。没容得娘好好想想安排时间，王老汤来了，说："娘，我来接岚子。"

这一声"娘"，把娘叫得肠子肚子都翻腾出来了。娘挥挥手说："去呗，去呗哎！"

事后，娘追问高大壮，高大壮还是说不出个原因。问岚岚，她一个劲流泪。岚岚很少回来，只要在家待上一袋烟的工夫，王老汤准会跟过来。打那以后，岚岚很少回家。娘只要看见王老汤，心里立刻腻烦起来。刚刚回来，家里一大堆事，娘把和岚岚好好谈谈的这件事暂时放下了。

岚岚结婚，高俊也觉得奇怪，可是他心里的事太多，没顾上深问。他一心想的是怎样回到东北，再去找找秀蓉和孩子。第三天，他对娘说去县里办点儿事。娘马上明白了，这二小子又要走！

儿子要走，娘拦不住，可是，娘用疑虑的眼睛盯着高俊。一路上，娘始终没有问过秀蓉和孩子。高俊知道娘心里满是疑问，当时是娘和秀蓉在一起的，知道娘和秀蓉是走散了，高俊再也没有提到这个话题。找不到媳妇和孙女，娘的心里同样不好受。问不出结果，不如不问吧。找到娘已经是万幸了，高俊也不想让娘心里边再多背负担。娘已经吃了太多的苦，以后的生活高俊只希望娘能快乐，哪怕是一点点。秀蓉和孩子还得去找，这是他的责任。看着娘满是疑虑的眼睛，他知道娘舍不得他走，说：“娘，我得去把秀蓉娘俩接回来。”

娘的眼里立刻闪出一丝希望，问道：“你知道她娘俩在哪儿呢？”

高俊沉默了，娘不再问了。第二天一早，高俊拿着头天晚上收拾好的行装，悄悄走了，走到村口时，回头看见娘远远跟在身后默默追着自己小跑，岚岚也磕磕绊绊地从村口出来，跟在娘的后面。他的心一下被揪得生疼生疼。他犹豫着，停了一下脚步。片刻，他狠狠心大步向前走了。

三十三

高俊再次回到了五道河，是不是还继续往北走，他心里开始犹豫。年轻的媳妇带着幼小的孩子去往大北边凶多吉少。找了这么久，问了那么多的人，秀蓉和孩子去大东北边的可能性不大。高俊已经找到了娘，再次踏上寻找亲人的路，感到脚上的步伐越来越沉重，身体越来越疲惫不堪。他对于继续北上产生了犹豫。是娘在家牵着他的心，他也从心里感到累了，想往回走了。想想往回走的理由，娘能够找到，是因为娘会做饭，被带到北边的，秀蓉带着个刚满月的孩子不可能往荒无人烟的大北边走。不去北边，其他的地方还是要去找，不然对不起秀蓉她们娘俩。高俊仔细地想来想去，决定还是从共同分配北上的战友处找起，看看有没有可能寻到柏秀蓉母女的踪迹。于是他跟组织上办了手续向关内走。

一路上，碰上部队他都会停下来加入进去，有仗打仗，没仗时他就问部队人员的家属情况。这几年来，他改变了性情，学会了隐忍。打仗时立了功也不求表彰，到了新的地方不再提起以前的历史，而是低下身段想方设法和人拉近乎询问，看看秀蓉有没有可能跟着哪个部队的人走了。

走的地方多了，高俊每到一处都能很快融入组织，也能提出有建设性的建议。地方组织留他，他不同意，找出理由离开，继续寻找秀蓉和孩子。

1948 年的春天到了，高俊孤身一人来到了冀东地区。这里，是他当年和铁锅、小猴子、李力锋一同走向抗日的地方。这一年，冀东进入了土改期，没有了以前战争期间的紧张对峙状态，轻松下来的工作状态让一直行走的高俊不太适应。他不习惯冀东这一带有些人的油嘴滑舌，也不习惯与他们在一起吃吃喝喝。高俊始终处在寻找妻女的压力下，心情一直压抑着、焦虑着，明显感觉到各种不适应。

1948 年的清明节，庄稼地里有了充满生机的绿色，早春的野菜发了芽。高俊来到冀东后住在地区党委大院，仍然没有打听到秀蓉母女的任何消息。这一带，离老家很近了。这天，他一个人带了些酒水和吃的，从地区党委大院里出来，悄悄找到一片空旷的庄稼地，在空地上烧了些纸，还没说话，泪水先下来了。他用酒浇在地上画了圆圈，把纸放进去烧起来，边烧边说："铁锅，铁锅呀，我真想你呀！秀蓉，秀蓉呀，我找你们找得真苦啊！"说着，他在空旷的田野里放声大哭起来。他呜呜咽咽诉说着心里的思念，哭着喊着，任鼻涕眼泪肆意流淌，直到精疲力竭，才渐渐平静下来。这时，一个念头清晰地跳跃出来：铁锅走了，这是铁定的事实；秀蓉和孩子杳无音信，好在娘找回来了，也算了了个心愿；现在应该南下了，去找李力锋，死活还是和自己的战友在一起。这样一想，高俊感到了心里始终紧紧绷着的弦儿渐渐地松下来。他抹去脸上的鼻涕眼泪，喝下了瓶子里剩下的酒，想等着地上的火星灭了再离开。等着等着，他昏昏沉沉睡着了。

迷迷糊糊中，有人在喊"荣荣，荣荣"，他扑棱一下惊醒过来。已经是傍晚了，天阴阴沉沉的像要下雨。在地上坐了半天感觉有点凉，他懵懵懂懂地起身准备往回走，刚站起来，却听到一个小女孩哼唱歌曲的声音。他抬头望去，一下愣住了：一个穿枣红色碎花小袄、绑着两条乌黑辫子的女孩唱着小调，一手抓着个篮子，一手舞着一把黄色的迎春花蹦蹦跳跳向他这边跳跃过来。

秀蓉？秀蓉！高俊欣喜若狂，冲上前去一把拽住这个女孩，把她紧紧揽进怀里。他呜呜地哭起来，喃喃地说："秀蓉啊，可让我好找呀！"

女孩子吓得"哇"一声大叫，拿着手里的篮子用力推向高俊。高俊看吓到了对方，赶快松了手，说："蓉蓉，别怕，是我呀！"

"你是谁呀！"女孩生气地问。

"怎么啦，荣荣？"女孩的这一声大叫招来了几个人。

"蓉蓉？"高俊疑惑了，又去抓住女孩的手，"蓉蓉？你是蓉蓉？"

女孩子愣了一下，想问他怎么知道自己的名字，话到嘴边没有问，用力想挣开他。跑过来的人都是区里的干部，看到高俊脸上抹得一块黑一块灰的，上前搡了他一把说："你是干啥呢！一脸黑灰，这不把人吓着？走走，跟我们回去说清楚。"

地区党委就在不远处，也是高俊来报到的地方，几个人把高俊带到地方，吵嚷之间，组织科的吴茂才吴干事把他认出来了，说："啊，是高俊，咱们的同志。你咋一脸黑灰呢？让人误会了，先去洗洗。"他跟女孩子和那几个人解释道，"这是咱们新来的干部。"

高俊拿着个脸盆出去了。这个被他认错的荣荣全名叫边晓荣，她的姐姐是地区党委的副书记，边晓荣过来看望她的姐姐。因为她年龄小，大家都随着她的姐姐叫她荣荣。边晓荣听到吴干事的解释后说："嗨，吓了我一大跳。你说，我刚刚找到一片荠菜地，一个满脸黑一块白一块的花脸冲出来——"她突然想到，说，"哎，他叫我荣荣——咦，他咋知道我的名字？他认识我？"

正说着，高俊洗了脸回来，边晓荣一看，不说话了。眼前这个叫高俊的人是个十分俊美的男人，皮肤白白的，双眼皮下一双大大的眼睛，乌黑的头发略有些卷。边晓荣第一次近距离接触男人，脸一下涨得通红。

用凉水冲洗了一下，高俊喝的酒劲下去了，人也清醒了，知道自己认错了人，可还是不错眼珠地盯着边晓荣。边晓荣雪白的皮肤，瓜子脸上嵌着一双黑黑的杏仁眼，厚厚的嘴唇显得很憨厚。她穿着一件枣红色的小棉袄，一股扑面而来的青春气息让高俊一下想起秀蓉穿着枣红夹袄在她自家院子里干活的样子。高俊的心里交替着眼前这个荣荣和柏秀蓉的身影，整个人似乎都要融化了，一股熟悉的感觉让他立刻体会到什么叫一见钟情。都说人在恋爱时会变得傻傻的分不清东西南北，经历了千难万险的男人高俊脑子此刻变得异常清晰。他盯着这个叫边晓荣的女孩子看着。

知道了高俊是自己的同志，还是个老干部，边晓荣不再计较他的唐突。她想问问他怎么知道自己的名字，但看到高俊一双眼睛不错眼珠地看着她，有些不好意思，低下头问道："你咋知道我叫荣荣的，是不是认错人了？"

"没有认错人，你就是蓉蓉！"高俊摇摇头，不再解释。过了一会儿，高俊竟情不自禁地伸出手，用力攥住了边晓荣柔软的小手。

从来没有和异性接触过，边晓荣怦怦跳着的心里一下乱了，她想挣脱开被攥住的手，却没有挣开，只是喘息着点点头说：“对呀，对，我就是荣荣。”

“你多大了？”

“我十八了，你呢？”

高俊已经三十多岁了，他不想说实际年龄，也不再絮絮叨叨地跟谁都说在找媳妇。他甚至不想说自己娶过媳妇。他转动了一下大眼珠，说：“比你大个几岁。”

“哦。”边晓荣点点头。高俊长得年轻，那样子真就大个几岁，到底大几岁，边晓荣也没个概念。

边晓荣的家在冀东，父亲是冀东一家大煤矿公司的高级翻译，1937年，因为参加抗日被通缉，家里的人待不住，全部离家逃难了。姐姐带着不满九岁的妹妹逃难到天津，进纺纱厂当了童工。抗战胜利，她跟着姐姐回到冀东参加了革命。姐姐已经懂事了，正在谈恋爱，顾不上她了，姐妹俩经常几天见不着，边晓荣感觉心里没着没落的。因为从小没跟着母亲，对于男女之间的事，边晓荣还什么都不知道。她不明白从小形影不离的姐姐怎么就变了，忙得顾不上她了。

这一天，边晓荣利用休息时间来地区党委找姐姐，姐姐不在。碰上两个和她同年龄来学习的女孩子，见面后挺谈得来，挽留她一起在地区食堂帮厨。边晓荣正不愿意一个人回去呢，一听去帮厨，高高兴兴答应了，还自告奋勇说自己会包饺子。食堂的师傅看几个姑娘来帮厨也挺高兴，让她们到地里去挖些野菜，就依着她们，包饺子。

没想到碰上了高俊。

高俊看着年轻单纯的边晓荣，竟然产生了爱慕之情。

边晓荣发现了高俊的心思，所以脸顿时涨得通红，心都快跳出来了。此刻，她想甩开高俊的手，却被他抓得更紧。有人在食堂叫边晓荣，高俊才松了手。他看看表，时间不早了，出来时没有打招呼，他得先回去。走时，他问：“你在地区上班？”

晓荣摇摇头，又点点头。她正在办到地区工作的调动手续。

这一天晚上，边晓荣翻来覆去睡不着，她第一次失眠了，一颗年轻的心像是悬空了一样麻酥酥的不着边际。第二天早晨，她刚出门，高俊却在门口等着她。边晓荣一见他，手脚都不知道往哪放了，不知道手里拎的小包袱怎么就到了高俊手里。

为了突然碰上的令他心动的女人，高俊第一次在没人挽留他的情况下留在了冀东。历经了失去至亲好友和亲人的伤心痛苦，很多事情高俊看开了、放下了。他不在乎职位前途，准备在这个陌生人际关系的环境中留下来……

一个月后，高俊和边晓荣结婚了。九个多月后，边晓荣生下了大女儿。高俊看着这个圆圆大眼、圆圆小嘴，酷似他原先丢失的女儿的婴儿，忍不住流下了眼泪。

孩儿她妈边晓荣——这时，高俊已经不再称呼她“荣荣”，而称她为“孩儿她妈”了——瞥了他一眼，说：“你干啥呀，咋还哭咧？你是高兴还是不高兴啊？”

高俊忍不住笑了。边晓荣对于他的过去一点儿不知道，不知道就对一切都无所谓，她的一颗心是完整的，有了孩子就更完整了。高俊但愿他这个漂亮的小媳妇永远保持着一颗不受侵害的完整的心。

孩子满月后，高俊对媳妇说：“咱得回家看看老人了。”

“行。”边晓荣也不问去哪，跟着就走。

高俊先来到县城柏老师家。师娘早几年前已经没了，儿子一年前也走了，闺女柏秀蓉没有回来，家里冷冷清清。柏老师正在躺椅上拿着本书晒太阳。秀蓉舅舅家的表妹二红来家里住着，一直照看着他。看到高俊，柏老师呆愣愣地半天回不过神来。高俊小心翼翼地说：“柏老师，我，我来看您了。”

“哦，高俊回来了？”柏老师颤巍巍地站起来，他看到边晓荣，愣了一下，转身看着高俊。看着苍老的老师，高俊失去亲人所受的痛苦刹那间涌上来，嗓子哽咽着说不出话来。李力锋途经这里时已经来看过柏老师，老师已经从他的嘴里知道了高俊所经历的事情。今天高俊带着新媳妇来家，柏老师不想说破所有的事情。高俊也不想多说，他迟疑了一下，说：“晓荣，晓荣也来了。”

柏老师仔细地端详着眼前的新媳妇说：“这是晓荣？”

“我是边晓荣。看，这是我闺女，叫圆圆。”边晓荣笑着把圆圆递过来。柏老师摸了摸圆圆胖胖的小手，笑了，转身对高俊点点头，说：“小闺女长得和你真像。”

高俊把边晓荣安排休息后，回到老师的身旁，刚想说什么，柏老师摆摆手止住了他，说：“李力锋去找你，打山海关过时来看过我了，我都知道了……”

高俊一时不知道说什么好，反倒是老师安慰他说：“我知道铁锅的死对你的打击有多大，也知道你娘和秀蓉和你的分离对你是什么样的伤害。战争时期，什么都可能发生。啊，你娘找到了，那忒好了！这个，这个晓荣的个头、那两条辫子、瓜子脸，猛一看，真像我那闺女，我真以为秀蓉回来了。高俊，你这个媳妇，就是咱们的蓉蓉，就是她回来了。”老师感慨地说。

“柏老师，我已经和李力锋说好去找他，可现在孩子太小了，我、我不想走了，要不过一段时间我安顿好了来接您，您和我们一起过？”

柏老师摆摆手，说：“可不行。这个晓荣年轻，不知道以前的事吧？那就不要提起了，让她活得简单些、快乐些吧。你师娘和你师弟一走，我可知道亲人的分量了，可知道失掉亲人的滋味了，我没法和你联系上，没法劝说你呀！”柏老师清清嗓子继续说，“把自己稳定下来，不管去哪儿，媳妇孩子就是你的家！先把家安顿下来，带着孩子赶快去看看你娘，和她好好过几天舒心的日子。我这儿，你看过了，我也放心了，你就不要惦记着了。以后，这也是你的一个家。”

高俊知道老师的个性，不愿意给任何人找麻烦，第二天他们和老师告别往老家走。边晓荣不明白了，她问：“这是你的家吗，他是你啥人？你咋叫他老师呢？”

“他是我的老师。”高俊给她讲起了他们在学校的事情。边晓荣从小逃难到天津去当童工，没学到什么文化，她很羡慕有文化的人，听高俊讲着以前学堂的事情，看高俊的眼睛里多了一份爱慕。

三十四

1949 年的 4 月，高俊带着媳妇边晓荣和月壳大的女儿回老家，让娘看看媳妇和孩子，让娘心里舒展开来。

回到老家是黄昏快吃晚饭的时间，娘在村口张望。高俊看着娘孤零零站在村口的身影对荣荣说："娘站这儿干啥呢，等我呢？她知道我会回来？"

娘就是在等高俊。多少年了，在这个时间娘总是到村口等他。小时候，是等着他放学吃饭；当年他跑去当兵，娘认为是爹打跑了他，每到这个时候，总在村口流着泪等他，盼望着能第一眼看到她心爱的小儿子。站在村口等待已经成了娘的习惯。

高俊老远叫着娘，娘看了他们一眼，没认出来，还是看着远处。高俊走到娘跟前了，娘还是没认出他来。高俊抱住娘大声叫着："娘，娘哎！"

娘眯着眼看他，疑惑地说："俊头？呀，我儿子真回来了。儿呀！"

高俊侧开身子说："娘，你看——"

娘用力闭闭眼，再使劲睁开看看，伸手攥住边晓荣的手，颤声说："秀蓉？秀蓉啊，媳妇啊，可想死娘了。"说着，泪水流了出来。晓荣缩回手，往后躲了一下。娘是个敏感的人，她探过头来仔细地看着边晓荣，心里有些疑惑。高俊在一旁接过边晓荣怀里的孩子说："娘，这是晓荣，我的媳妇，你儿媳妇。"

娘有些迟疑地看着晓荣，当掀开布包看到里边的孩子时，立刻舒展开皱纹，笑了。这个酷似高俊的小月壳娃娃不就是她的那个大孙女吗？娘笑着把孩子接过去往家走。

高俊看到晓荣站住不走了，拉了她一下说：“走哇，家去，怎么啦？”

边晓荣疑惑地问：“你娘是眼睛不好还是咋的？秀蓉，秀蓉是谁呀？”

“嗯，我娘眼睛是不好使。你是不是累了，我背着你走？我赶上猪八戒了，猪八戒满世界找媳妇，找了媳妇就是要背着媳妇回家的。”

边晓荣笑了，和高俊一起回家。

进了高俊家的院门，边晓荣四下看看，一看就知道是勤快人家。院子是很普通的农户住房，三间大些的南北正房，三间西厢房，院里的农具收拾得有条不紊，干干净净。娘把已经睡着了的小孙女圆圆放在炕上，给盖上了一条小被单，堆起笑脸细细地看。高俊赶了半天路，有点儿出汗，一进屋赶快脱了外套，说：“还挺热。”随手把圆圆身上盖的被单也给掀了。

“你这人，你热孩子就热？她睡着了不盖着点儿不行！”边晓荣上前一步拿起被单又给孩子盖上。

“你歇一会儿，我帮娘张罗张罗饭去。”高俊说着跟着娘要去厨房帮忙。

“不用，可不用，你们快歇会儿，我已经叫了岚子回来帮忙。”娘在西屋灶台上边做饭边说，“这一段岚岚没怎么回来，刚才我去她家叫她了，王老汤家咋砌了那老高的一个院墙，谁知道岚岚听见我叫她没有。”

边晓荣抱着孩子走了半天路，也有点儿热，正说出去透透风，听到院门有响声，门帘一掀进来个人。晓荣一看呆住了，谁家有这么好看的一个小媳妇，两颗瞳仁黑亮黑亮的，被长长的浓密眼睫毛包裹着，像两颗大葡萄，真叫水灵。瓜子脸，端正的鼻子，丰满的嘴，一头乌黑浓密的头发，浑身上下没有一点瑕疵，只是脸色有点苍白。

高俊一看，说：“岚岚，快炕上坐。”说着从炕上下来介绍说，“这是我妹子。岚岚，这是你嫂子。”

晓荣惊奇地赞叹说：“村里咋还有这么俊的人？还出在你家！”

岚岚被晓荣盯着看得有些不好意思，低下头叫了声“嫂子”。过了会儿又说：“我二哥不比我俊？我听我娘说，他小时还没名字时，村里人都说他俊，管他叫俊头，后来俊头就成了他的名字。”

“岚呀，快来帮娘端菜。”娘在灶火间叫岚岚端了菜摆桌子。过了一会儿，娘进来说：“俊头，岚子今儿看见你来了，高兴，话也多。”

高俊说："那叫她今天别走了。咦，她不是有孩子了吗？咋不一块儿来吃饭？"

娘回头看看，本来不想说，可忍不住悄声说："孩子掉了。岚岚可遭了大罪，哪天咱们得好好说说咱岚子的事。"

话没说完，岚岚进来了，有点生气地说："娘，你又说啥呢？说我的事干啥！"

"啥也没说，啥也没说。"娘看岚岚生气了，赶快转了话题，赔着笑脸说，"岚啊，等下陪你二哥二嫂吃饭喝点儿酒，中不？"

岚岚没吭声，又出去端菜了。高俊看着岚岚的背影有点不明白。在他的印象中，岚岚脾气好，明事理，人又漂亮，是万里挑一的好姑娘，从来没见她发过脾气，现在怎么有点变了。他低声问娘："岚岚咋了？"

娘赶快摆摆手，示意别说了，自己却忍不住，说："闺女心里准有事，不跟娘使性子跟谁使！先不说这个了，等下你大哥回来了咱就吃饭。"

边晓荣看到岚岚没进屋，跟了出去，看到岚岚站在院子里流眼泪。这么招人喜欢的漂亮女孩子，怎么哭了？看到她流眼泪，边晓荣莫名其妙地心都揪着疼，人家管自己叫嫂子呢！一股豪气生出来，她过去拉着岚岚的手，说："咋咧，有啥事说出来，别闷在心里。"

岚岚抹了把眼泪，还没等说什么，高大壮干活儿回来了。看到晓荣，他愣了一下，不客气地问："你是谁家的？这个钟点来我家干啥？"

这咋是个绝户脾气！边晓荣心想，嘴上率直地说："这个钟点我是来吃饭的。咦，你眼睛咋了，怎么少了一只？"

这一句孩子气的话让岚岚忍不住笑了，她说："大哥，我二哥回来了，这是二嫂。"

娘从屋出来了，说："回来了？洗洗进屋吃饭吧。"

晓荣进了屋，对高俊嘀咕道："你家人眼睛咋都不好？"高俊顾不上听她嘀咕，忙着招呼高大壮："大哥，吃饭了，你坐上面。"

一桌子的可口饭菜仍然以面食为主：普通的饺子捏成麦穗形；肘子皮炸成琥珀色又经过酱烧，发出浓郁的香味；四喜丸子、炸豆皮签子、粉条白菜炖肉……高大壮看看一桌子菜，不客气地坐到主座上去。娘一看，说："你坐这儿，让俊头坐那儿。"

高大壮梗着脖子不想动，娘去薅他，他才让开。娘斥责他说：“你兄弟回来一趟不容易，还带着媳妇孩子，咋一点儿不知道礼数呢！”

高大壮一落座，看看边晓荣问：“你是谁啊？你今年多大咧？”

晓荣心里不怎么待见这个独眼大哥，假装没听见。高俊赶快倒了杯酒给大哥，想把话题岔开，说：“咱哥俩多久没一块堆儿吃饭了？大哥，咱俩喝一杯，我敬你。”

“我看你年龄不大，不是我那个弟媳妇。”高大壮没接高俊话茬，自顾自“咕唧”喝了一口，说，“老二，她不是你媳妇，对不？年龄不对，你那孩子的年龄也不对呀。不喽的话，俊头你还另外有媳妇和孩子？”

边晓荣的脸一下涨红了，没等她说话，岚岚先说了：“大哥，你这说啥话？”

其实岚岚也看出这个二嫂不是以前的二嫂，但是二哥做什么都有原因，岚岚想等清静下来，再细问问。没想到大哥这么不管不顾，她忍不住了，呵斥着大哥。娘也生气地看着高大壮。

不知是说话的声音吵着了还是饿了，床上的圆圆哭了起来，边晓荣抱起孩子，边哄边生气地对高俊说：“你们都说啥话呢？你有啥事瞒着我吧，我咋不是你媳妇咧？”

高俊点点头说：“你是我明媒正娶的媳妇，咋会不是呢？行，行，现在孩子该吃奶了，你到那屋给孩子喂喂奶。岚子，要不你陪你嫂子过去。”说着，高俊挥了挥手，示意岚岚去帮着边晓荣逗逗孩子。

边晓荣和岚岚刚出去，高俊脸严肃起来，自己端起酒喝了一大口，说：“这个确实不是原先那个媳妇，这不是我的错，是1945年的土匪叛乱闹的。娘，你当时看到土匪叛乱了没有？看到了，当时是铁锅把你们从县委宿舍接出来的，你和秀蓉跟着县委的人逃难时，是一起走的？”

娘惶恐地点点头，似乎感到自己犯了什么错误，她颤抖地说：“是，是呀！秀蓉抱着孩子，我这小脚跑不快，和她走散了。”

“娘啊，这么些年我不敢问，不敢提这个话头，那天我回来时你和秀蓉还有孩子都不见了，我被土匪追杀，我那兄弟铁锅为救我，死了！他是为救我死的呀！我是咋活下来的，娘，当时不是为了找你和秀蓉，我没法活下来！”高俊说着端起酒大口喝下去，喝完把酒杯往桌上一蹾。

娘难过地喃喃说："俊头，娘，娘……"

"娘，这些年我没有跟着大部队走，我随地方部队打仗，是一直在找你们呀。老天有眼，让我找到了我娘。娘啊……"高俊仰头大喊一声。

娘想起了那段没着没落的时日，抽抽搭搭无声地哭了。她流着泪含混不清地说："俊头，怪娘，怪娘啊！"

"娘，咋能怪你呢？你这样说，是让你儿子无地自容呀。土匪叛乱，杀死的人不计其数。娘，你能活下来真是想不到。这么多年了，我已经来来回回跑了东北三四次，就是找你们。娘，如果找不到你，我是没脸回老家了。咋回来？我咋回来见这边大哥和妹子岚岚。我当时已经做了打算，找不到娘，我就不回来了，去找我那兄弟郭铁锅。老天爷让我找到了你。娘，你回来了，我那媳妇秀蓉和孩子……还没有找到，一点线索没有，我能怎么办？我有娘和孩子，有了孩子就有了牵挂，为了娘和我那个刚满月的孩子，我得活下去呀，娘。"高俊哽咽着说不出话来。

娘上前拍着高俊，心疼地流着眼泪说："俊头，荣荣不是找到了吗？这就是咱家的荣荣呀。"

高俊说："是，找到了，她就是荣荣！边晓荣！她是老天爷还给我的秀蓉。她啥也不知道，干啥我受过的罪吃过的苦再让她知道？谁要是再说三道四，就是跟我过不去！"

娘翻了老大一眼，生气地说："也是跟我过不去！"

高大壮惶恐地说："我也没说别的啊？"

"你还想说啥？你为啥那样说人家荣荣！"娘生气地呲睖着他。

高大壮不好意思地咽了个饺子，说："俊头原先那个媳妇给我说过媳妇。那个媳妇人好，识文断字的还没有看不起我。"

娘和高俊这才明白高大壮的心思。娘撇撇嘴，说："就因为这个呀，就说话伤你兄弟？"

"这也不是小事啊，娘。你家老二又有一个孩子了，我还没娶过媳妇。娘，你不能恁偏心！"高大壮急赤白脸地把碗往桌子上一蹾，生气地说。

"咋是我偏心，我这一直给张罗这事你看不着？谁叫你瞎了只眼呢？眼瞎咋心也瞎！"娘也有点儿急了。

"还不是你生的！"高大壮不满地顶戗着。高俊岔开他们的话，说：

“这是个事，大哥都三十多了。娘，这事是应该抓紧。”

“那也不是今天的事，今天是我二小子、媳妇带着孙女来家里了，是咱一家子高兴的事，也是娘高兴的事！快，快把她们叫回来。去呀，你去叫！”娘对高大壮说。

高大壮来到西屋，看到边晓荣和岚岚正在说着什么，他堆起一个笑脸说：“娘叫过去吃饭哪。”

“嫂子，我抱着孩子，你去吃。”

“一块儿来吧。”高俊也过来叫她们，他看着边晓荣的眼睛说，“啥事没有。”

“咋啥事没有，整天秀蓉、秀蓉是咋回事呀？”荣荣眼睛一挑问道。

“那是以前的事，跟现在没关系。”高俊摆摆手，诚恳地解释着。高大壮也在一旁“嗯哪嗯哪”地顺着说，晓荣也就没再问下去。边晓荣毕竟年轻，思维简单，头一次做母亲，抱着她可爱的女儿，没有心思想别的事。一件事在她心里就停留几分钟，她更不想费事追问和自己不相干的过去。

吃完饭，一家人在一起逗着圆圆。岚岚抱着圆圆爱不释手，苍白的脸上出现了少有的红晕，人更漂亮了。边晓荣在一边看呆了，不停地重复说：“咋还有这么俊的闺女啊。”她再看看喝了酒的高俊，白里透红的一表人才。就连瞎眼大哥，除去那只瞎眼，长得也十分端正俊秀。咦，一个小村里还出了这么漂亮的一家子人。晓荣感到十分好奇。她看看这个，看看那个，眼光最后还是落在岚岚身上。她越看越喜欢漂亮的岚岚，她突然想起地区机关里的组织干部吴茂才还没成亲，他人也挺清秀，心想赶明给岚岚说说不知行不行。

边晓荣正想问问岚岚的婚事，大门口有响动，没等谁去开门，王老汤掀开门帘进来了。岚岚正在快乐地逗孩子，见到他，笑容一下全没了，把脸扭向一边。

三十五

家里正热热闹闹的，边晓荣正欣赏地看着漂亮的岚岚，越看越喜欢。正在兴头上，被来人打搅了。当晓荣看到来人身材瘦小，一脸皱纹，猥猥琐琐，有些不耐烦地问道：“你是谁呀？咋不敲个门呢！”

王老汤点头哈腰地说：“我来找我媳妇。”

“这儿哪有你媳妇啊！”晓荣看看满脸纵横交错的皱纹、模样猥琐苍老的王老汤，不解地说。

王老汤没说话，用头冲着里面点了点。晓荣不明不白地四下看看，迟疑地说：“我娘是你的媳妇？”

“啥呀？”王老汤不高兴了，指着岚岚说，“岚岚，岚岚是我媳妇！”

边晓荣一口饭喷了出来，她惊奇地问道：“你说哪个？哪个是你媳妇？”

“岚岚！岚岚是我媳妇！”王老汤露出了得意的神情。

边晓荣吃惊地看看岚岚，又看看王老汤，说：“你，你说啥？”说着她又看看坐在岚岚旁边的娘。娘的脸上显出了愁容，一副无可奈何的样子。

高大壮在一旁闷声闷气地说：“他是岚岚的女婿儿！”说着，去找烟叶揉碎了装进烟袋里。

边晓荣的脑子立刻不管用了，直眉愣眼地说：“你咋会是我家岚岚的女婿儿！说着玩儿呢吧？你来我家干啥，快走吧！”

王老汤是个公羊嗓子，说话声音越大越尖细：“我找我媳妇岚岚回家，听见了不？岚岚，赶快回去！”说着，王老汤抓出腰里别着的大烟袋锅子，装上烟叶，自顾自抽了起来。

晓荣提高了嗓门说：“你赶快出去！”

高俊看了荣荣一眼，低声说：“你别价，喊啥呀？”

“二哥。”王老汤对着高俊弯弯腰。

“都跟你说了，你比我还大，管谁叫哥呢！”高大壮抽了一锅烟，将烟锅里的灰倒掉，在鞋底上“啪、啪”地磕着说道。

平时王老汤对高大壮说话都是命令式的，今天高俊回来了，高大壮感到有了仗势，说话硬气起来。加上喝了两口酒，他的嗓门高了几度：“俊头，我跟你说，这王老汤可不比以往咧。他现在是村上的贫协主席，天天领着人斗地主啊。就是他，娶了咱家岚岚。”

“不敢这么说。”王老汤哈哈腰，软中带硬地敲打高大壮，“大、老大，娘，这两天太忙，正忙着给村上人定成分。你家的成分还没定，准备按上中农定。”

“咦，不是，你自个儿跟我说的我家中农都够不上，这咋又按上中农定呢？”高大壮不明白地问道。

“你、你没装着好心眼子！”岚岚突然不高兴了，沉下脸来说，“是不是想用定成分的事来拿捏我家人？”

岚岚一说话，王老汤就软下来，说：“你看你看，急啥，这不还在我手里没定嘛！”

王老汤这么一说，高俊警惕了，说：“定成分不是哪个人的事，得根据事实来。该定啥定啥，你说给俺家定个上中农，根据是啥？俺家有地吗？岚岚，咱家有地吗？”

当年高俊和铁锅去东北宝利县就任时分别留下了一些钱给岚岚，再三叮嘱她不要购买土地，等到他和铁锅在东北安定下来就接她过去，也让大哥过去，喜欢种地，东北那地方土地富足，一家人先安家团聚，到那边再置业也不迟。

岚岚解释着说：“我大哥呀，他闲不住！天天找地开荒。咱们家的地不是买的，都是我大哥在边边角角开荒开出来的。为开荒种地，可没少和人打架，我大哥净剩下吃亏了，等他把地开好了，人家就来抢，看，这脑袋上、胳膊上都是为开荒被人打的。最后大部分被人抢走，也留不下啥地。到底有多少，我也不知道。”

“开荒地还挨打？那又为啥？”高俊不明白。

“我大哥把荒地费劲巴拉开出来了，开好了人家说是他的，人家来论理，我大哥拙嘴笨腮也说不过人家，急了就骂人，可不就挨人打了！那时咱家是‘共匪’，谁也惹不起不是吗。”岚岚说着，翻了王老汤一眼，小声说，“现在谁要再欺负俺家人，咱就得好好说道说道！先说这地，都在村边山沟犄角旮旯，东一小块儿西小一块儿，哪一块儿是俺家的？”

“那地都没有地契，能给办地契不？”高大壮突然插嘴道。他心里算计的是，不管什么上中农贫农啥的，把开出来的荒地算给他，给办了地契就行，爱啥成分啥成分。老二回来咧，是大官咧，村里的事别的不去想，把自己开出来的那几块儿荒地还给自己就行。

“你先别说，这时谈要地干啥！”高俊说他。

“不种地俺和娘还有岚子吃啥？”高大壮的心思很简单，付出劳动种地，地里就会长出庄稼回馈你，就有饭吃；你不种地不劳动就没饭吃。然而，却没人理他的话茬。

高俊对王老汤说：“村里已经定成分了？是咋定成分？根据啥？地要真是我大哥开出来的，能算他的？有啥手续没？不过这事呀，不在这儿说了。”高俊看看王老汤，心想：这个人不简单，他现在到家提定成分是个啥意思？他一个人就把村里大家的成分全定了？

“咋不是我的地！”高大壮只要一听说到地，就开始从心里着急，他瞪起眼睛认真起来。

“就算那荒地不是你大哥的，那你大哥还有农具，你家过得也比别人家好不是。”王老汤对高俊说。

王老汤因为能说会道，敢说话，又是全村没有土地，最穷的一户，在土改初期，满庄子一村子老老实实的村民没明白怎么回事时，王老汤自告奋勇当了贫协主席。带头斗地主，他下得了狠劲，话也跟得上，歪理一套一套的，但说到深层次的政策，他就说不出来了。

“啥农具？”高俊有点不明白，问岚岚，“咱家还置牛置马了？”

岚岚也不明白，说：“啥农具啊，我大哥都是拿着铁锹用手一点点儿干的，最大的农具是个木犁，还有铁锹、铁铲、镐头、耙镂啥的，还都是我铁锅哥当年进县城时留下给咱家的。是你和我铁锅哥给拿回来的，你咋忘咧？我大哥会收拾农具，每一件都拾掇得挺好用，一直在用着。这也算啥农具？”

当年定成分时农具也算一条，高俊对这条也不理解。他说：“这都是最普通的家伙什儿，就像家里吃饭得有锅有碗，啥也没有那是啥样懒的人家嘛！”

王老汤习惯用滋事压一压对方的气势，可是今天挑起的话题是政策方面的，他自己根本就稀里糊涂，再说就烧上自己了，于是赶忙说：“那真连中农都够不上。二哥，咱这小地方没啥水平，还是你有水平有见识。”

“都跟你说咧，你别叫哥、哥的！”高大壮不高兴地说，“你比我还大呢！你叫哥我咋听着这硌硬！”

虽然家是斜对门住着的邻居，高俊从来没有和王老汤打过交道，突然知道岚岚和这么个人成亲，心里虽然一直很别扭，但再怎么说，岚岚和王老汤已经是一家人。于是，高俊客气了一句，说：“看，光说话了，你吃了没呢？”

“嗯。”王老汤含糊地哼唧着。他内心是想和高俊拉拉近乎的，也想改善和岚岚家的关系。

“哦，我说你没吃的话来喝一杯。”高俊客气了一下。

“中啊！”王老汤答应得很痛快，也不客气，走过来想往炕上挤。

边晓荣早就不耐烦了，她心里很反感这个人。她把孩子放在炕边上，自己也坐下挡住炕头，说：“哪有地方啊，挤啥！”话没说完，突然闻到王老汤身上发出一股烟酒混合的难闻气味，晓荣心里一阵翻腾，“哇”地一声要吐。这一下把王老汤吓了一跳，在炕边站住了。

晓荣捂住嘴，“呜，呜”地干哕了几下，高俊赶过来给她轻轻拍打后背。

“你先回吧，岚岚在这跟她二哥待会儿，今晚不回去能咋着？”娘过来轻声说。娘始终没有机会和岚岚说话。岚岚一回娘家，不一会儿王老汤准来叫走岚岚。娘一直想问问岚岚怎么会嫁给王老汤，一直没有机会，一提这个话头，岚岚就不吭声，再问，岚岚的眼泪就出来了。正好高俊带着老婆孩子回来了，娘想就着这个由头留下岚岚，好好问问她。

“不中！”王老汤从来不让岚岚在外面过夜，也不让她离开自己的视线，即使是回娘家也不能多待。

高大壮脑子再不好，自己家人还知道护着，特别是对岚岚，这些年全靠这个妹子给做吃、做穿照顾着。高大壮有点急了，数落王老汤说：“你说你是啥玩意儿啊，咋哪儿都不让我家岚子去，看贼似的看着我妹子。我妹子回家待两天咋不中咧？”

“就是不中！”王老汤用没有商量的口气断然说道。

边晓荣听后气愤地说：“凭啥不中？！”正说着，她的胃里又一阵一阵阵往上唠，看着挺难受。唠着唠着，晓荣“哇”地大口吐了起来，大家赶快拿盆去接。趁着大家照顾边晓荣的时候，王老汤想把岚岚拽走。

晓荣呼哧带喘吐了一会儿，回过神来后说：“岚岚，不走，咱不走……”没说完，“哇”地又吐起来了。

“这是咋咧？吃的不合适咧？”娘担心地问。

高俊看着晓荣哇哇大吐，心里有些犯愁。晓荣正在奶孩子，生了病不知道会不会影响孩子吃奶。

晓荣把吃的东西全吐了出来，感到舒服了些，她看看周围，不见了岚岚。她失望地问：“咱家岚岚还是跟那个老头子走了？她不愿意走干啥非让她走？”

“先让她回去吧，省得打架。”娘无可奈何地说。

“她咋嫁个那样的老头子！”晓荣愤愤不平地说。

“你就别操这份心了吧。”高俊劝说道，“你看你的脸色不好，吃的东西全吐了，还想吃点儿饭不？”

“不想吃。”晓荣摇摇头。

“能吃就吃点儿，还得奶孩子呢……不吃就休息吧，明天咱们去县医院看看，岚岚的事和家里的事回头再说。”高俊说道。

娘帮着铺好了炕，看着晓荣睡下，还想和二小子高俊说话。走了一天路的高俊困得睁不开眼，可他强撑着，东一句西一句和娘说话，但实在困得不行，还是睡着了。娘看不够地看着和自己一盘大炕上的二儿子和他媳妇孩子一家人，一夜没合眼。

三十六

边晓荣呕吐不止，孩子也有些溢奶，高俊心急火燎地第二天一大早送边晓荣赶回到地区看病。

经过检查，医生说晓荣怀孕了，孩子有些消化不良，建议饿一饿。高俊不放心，坚持给孩子开了药。

离开医院，高俊犯难了，离家这么多年，回家只住一晚上，怎么也说不过去呀！再说，回家这一天，感到老家有事需要他弄清楚。首要的事是帮着把大哥的亲事解决了，另外村里正在定成分，看样子是走偏了。农村定成分的事刚刚开始，想给谁定什么成分就给谁定什么成分，这是哪家的规矩！还有，妹子岚岚的事。现在只要提起岚岚，娘就抹泪，妹妹是全家人的心尖尖，到底发生了什么事，怎么没和娘商量就结了婚，她到底幸福不幸福，也该弄弄清楚。

最主要的，高俊觉得自己真该回老家住几天，好好陪陪娘。娘最疼爱他，这么多年里，他连一把柴火都没给家里捡过，更别说给家里做点儿什么了。家里靠着大哥是个踏踏实实的庄户人，有着一手好庄稼手艺，让娘还能有吃的喝的。娘现在最操心挂念的就是大哥娶媳妇的事。无论如何，自己这个最让娘疼爱的儿子得给娘解决些实际的事情，先解决大哥的婚事，还有岚岚。想来想去，只能委屈媳妇边晓荣了。他还是先把晓荣送回冀东地区党委大院里，去那儿保养保养又怀孕了的身体，还可以继续上她的夜校，那里还有她的姐姐可以照顾她。

高俊把想法和晓荣一商量，晓荣还不乐意自己回去，说："我想和你一起回老家，还没够上和你妹子岚岚好好聊聊呢。我看她那样，心里有话想跟我说呢。”

高俊说：“有话抽空再说吧。你看你这次怀孕反应可挺厉害，村里还是太不方便，万一生病了你难受不说，还给别人找麻烦。”

晓荣还是不愿意，她摇摇头。她这一摇头，感觉到天旋地转地眩晕。边晓荣坐下来，闭着眼等到眩晕过去。高俊说：“看看，是不是又难受了？你还是别去了吧，再说，这里离着老家又不远，有事我会马上回来。你说呢？”

晓荣无奈地不说话了。她第一次怀孕没感觉什么，几乎是足月后就生了。怎么这次刚怀孕就这么大反应，天天呕吐，就差把五脏六腑吐出来了，还动不动就眩晕。她想了想又说：“不喽把岚岚接到咱家来，我们俩也是个伴。”晓荣有她的小心眼儿——和这么漂亮的小姑子在一起，脸上有光。

高俊一听，点点头说：“对呀，对！我回去给岚岚打个车票，叫她来。来照顾照顾你，也能和你做做伴。我看她对她家那个老头一定不满意，咋回事呢，和这么个人成家了！我娘都快愁死了，正好她来你也帮着问问。岚岚要是过得好，那她就过下去，日子是自己家的，别人不能管太多。如果岚岚的日子过得不好再想办法。”

俩人商量好了后，高俊把晓荣送回地区，又返回到县城。他要去看看柏老师。

自打上次高俊他们来过后，柏老师旧病哮喘复发了。高俊进屋时，柏老师躺在炕上。高俊握住老师冰冷的手，心里挺不是滋味，一个大院子，就剩下柏老师孤零零的一个人。接走老师和自己去过吧，他自己还没有安稳下来，现在还处在动荡时期，即将成立的省委的地址还没定，他和晓荣在冀东地区的家就是两间房子的宿舍。在食堂吃饭，做饭的地方都没有。晓荣害口时，只能用酒精炉给她做点吃的。老师这么大年纪了，肯定是无法照顾周全。可是他这个曾经被老师钟爱的学生、女婿，总得为老师做点儿什么吧？起码，他要把这些年对秀蓉的寻找经过对老师讲一讲，让老师明白他心里的苦衷。

柏老师似乎能看透他的心思，攥了攥高俊握着他的手，漫不经心地说：“你师娘家的亲戚一直照顾我，住得都不远，家里有人，你们就忙自己的吧，不用惦着我。过年过节来看看就行了。”

高俊这次来，一是想再看看老师，还有就是想问问当年秀蓉给大哥说的那门亲，现在情况怎么样。说的是哪个亲戚家的闺女，这门亲事还算不算，还能不能进展下去。高俊自己倒了杯水，坐在老师的一旁问道：“柏老师，现在来照顾你的是哪个亲戚呀？”

柏老师说：“你师娘家有两个姐妹、一个弟弟，都在她老家离县城不远的南各庄。我家人丁稀薄，就哥俩，我还有一个同父异母的兄弟，没有来往，他参加的是国民党，这你都知道，现在一家人去了台湾。来照顾我的是你师娘亲弟弟家的两个闺女，大闺女大红一家也在县里工作了，二红女婿在县中学，二红也在县中学后勤工作，就住对面学校里。大红二红两人花插着来，这些年，我这儿从来没断过人。”

不管过了多少年，高俊只要和柏老师在一起，就像没有离开过似的，相互间没有一点儿隔阂，心里有什么就说什么。高俊问道：“柏老师，秀蓉当年给我大哥说过一个媳妇，不知她说的是哪一家的？这次回家我大哥还问呢。”

“哦，这我还真不知道。这都这么多年了，你大哥咋还没娶媳妇？那人家闺女还能不嫁？”

“哎，有些话我不愿意提。李力锋已经和你说了我娘和秀蓉在土匪叛乱时走散了，我才敢说。老师，我、我咋说呢，我这些年没管过我家里的事，一直在找秀蓉，我娘被我在大东北边找到了，可是秀蓉……”高俊想起了刚刚出生的孩子，一阵心酸。稍等一会儿，他清了清哽咽的嗓子，说：“柏老师，我娘、秀蓉和孩子比我的命还重要哇！”他是想说他没有光找娘没找秀蓉和孩子，他是想说他尽了所有的力了。

柏老师打断他的话说：“高俊，别说了，我都知道。我都已经跟你说了，李力锋去看望你那回，专门来我这儿一趟，把发生的事原原本本讲了。你们去东北那年土匪叛乱事情闹得挺大，共产党吃了大亏，说你能活下来还真是命大呢。多亏了你那兄弟铁锅。李力锋来，说是你瘦得没了形了，他跟我说你的事是怕你想不开，想让我劝劝你，让你尽快去找他，和自己知根知底的同学在一起，赶紧从伤痛中走出来。我按照李力锋给我的地址给你写了封信，你没收到？”

高俊孩子似的抹了把眼泪，摇摇头。

“我跟你说，要学会忘记。我知道了我闺女的结果，也伤心，可又一想，人啊，都是命，和啥争，都别和命争。你带着这个叫边晓荣的闺女来，挺好的闺女，我也就不想提起以前的事了。挺好，俊头！她知道以前的事不？”

高俊摇摇头说：“她不知道。”

“那就别说了，我看这闺女年龄不大，阅历不多，没那么多心眼儿，你跟她说，她不一定能理解，你不说是对她的保护。高俊，你啥也别想了，你还是我的孩子，能来看看我就中了。现在不说秀蓉和她的孩子了，说说你大哥的事。这个事是秀蓉张罗的？我不太清楚，等下问问秀蓉表姐大红二红，她们没准知道。”

两人正聊着，从外面进来个女子，手里拎着一包面。柏老师看了，介绍道：“这是你师娘家的外甥女二红，给我做午饭来了。”

“这？啊。”二红端详着高俊，放下手里的东西，笑着说，“姨夫，他我认识呀，是我表妹夫。高俊，我表妹的事我们都知道了，都是老天的安排……也难得你那样苦苦地找寻。”

听了她的话，高俊不知道说什么才好。

“别说这个事了。”柏老师忙把话题岔开，“二红，我问你个事看你还记得不？秀蓉当初给人说过媒？”

“秀容给人做媒？那不会，她哪会做媒呢！”二红说着说着，突然想起来了，“哦，嗨，那是我姐姐大红！她忒爱管说媒拉纤的事哎。我记起来咧，是我秀蓉妹子让大红帮忙来着，说是给她婆家的大伯子帮着说门亲事。具体的我也不太清楚，就知道我家大红也真帮着找过。是有这么回子事。”

柏老师说：“大红当年给说的那个闺女咋样了，她和高俊大哥可还能成？”

“那我可不知道，得问大红。”二红围着围裙，利落地和着面说，“今天我姐和我一块堆儿来的，现在她又给人说亲去咧，中午不家来吃饭了，她下午过来。你们问问她吧。”

二红利落地做了几个菜，不一会儿工夫端上来一沓子烙饼和几碗汤面，招呼着说：“该做顿饺子给高俊妹夫，时间不够了，咱中午吃汤面和烙饼。”

“这么一会儿就把饭做好了？真能干！”高俊夸奖道。

“她姐大红更能干。得亏了她姐俩的照顾呀，得了她们的济咧。”柏老师说。

吃了饭，高俊跟着柏老师进他的房间聊天。高俊怕把老师的生活习惯打乱，老师和他聊天他不搭茬。一会儿，两个人都迷迷糊糊睡着了。

高俊刚刚睡沉，一阵叽叽咕咕的说话声给他吵醒了，睁眼一看，老师已经起来了，在院子里，二红身边多了个妇女，不用说，一定是大红了。

“你多咱来的？”看到高俊，大红客套地问，没有提到秀蓉，她妹妹二红眼睛红红的，好像哭过。老师和她们讲起秀蓉了？高俊了解老师，柏老师不愿意让自己的亲戚总是提起秀蓉刺激他，看到二红哭过了，知道是老师又叮嘱过她们。

“今天上午。”高俊拘谨地回答道。

“哎，我说大红，当初秀蓉让你给她婆家大伯子，也就是高俊的大哥找媳妇，是有这么回子事吗？那闺女嫁了没呢？”柏老师问道。

“哪个闺女嫁了没有？”大红一时没反应过来，经过二红的提示，才想起来，说，“哦，大王庄那个胖闺女。这都有些日子咧，她怕早结婚咧吧，是要给谁说亲哪？”大红疑惑地看看高俊，又看看姨夫柏老师。

“我想托你给保个媒说个媳妇呢，中不中？给问问，先看看大王庄的那闺女啥情况，那闺女要是结婚了你就再给张罗一个。你认识人中有没有合适的闺女吧？”柏老师对大红说。

大红似乎有点疑惑，看看柏老师说：“有是有。不，大姨夫你咋问起这个咧？你要给谁说媒呢？”

柏老师说：“是姨夫我求你帮个忙，给高俊的大哥说个媳妇。”

“哦，还是高俊的大哥呀，还没娶上媳妇呢？”大红看看高俊，又看看柏老师，想了想说，“姨夫，你对高俊可真好，把自己的闺女给了高俊，这又帮着他哥哥说媳妇。”

柏老师认真地说：“我也是才知道你还有这个事呢，就帮帮忙吧。先看看大王庄的那闺女嫁了没有，如果嫁了就再给张罗一个，中不？”

柏老师把话说到这份上，大红说：“大姨夫你都这么说了，我就去张罗张罗。”说着转向高俊，“你大哥咋还没说上媳妇？”

高俊老老实实地说：“我大哥有点残疾，瞎了一只眼，加上我当兵连累了他。秀蓉当年说给他说媳妇时，我们急等着走，原想到了东北把我大哥和妹子也接过去，他的婚事也就没有砸实。说是我大哥还一直联系着大王庄那闺女家，具体的情况也不知道怎么就没成。”

“嗯，嗯。”大红嘴上答应着说，“高俊，明天我问一下给你个准信，今天我心里有点乱，脑子也不好使咧。”说着，进屋去了。

柏老师低声对高俊说：“看到你，她又想起秀蓉了。她们几个姐妹从小一块堆儿长大，心里难受呢，等会儿我去劝劝她。”

大红、二红心里难受，看见姨夫跟进屋来，大红说：“我妹子秀蓉不知道是死是活，那他高俊咋不知道找人呢？”

“咋没找呢？为找人高俊的命差点儿丢喽。那是他的媳妇孩子，他不难受？”柏老师把李力锋来家里说的情况讲了，大红二红不作声了。半天，大红问道：“高俊再娶媳妇了没有？”

柏老师没回答，只是说：“那是他的事，咱们问也别问了。人得活下去，这高俊拿我当亲人，换别人不来咧，他实诚地还跑来找我，儿子也不过这样罢咧。”

“他咋不说给他自个说个媳妇，还真有适合他的。”一说介绍对象，大红的话多了起来。

“高俊已经有媳妇了，别管他了吧，他现在也是共产党里不小的官咧，他的事咱就别操心了。能做到的话，你就帮着高俊的大哥说个媳妇，算姨夫托你的一件事吧，也算圆了你妹子秀蓉的一个心愿。不过，不能帮也就算咧。”柏老师说着伤感起来，“你们也别说三道四的啦，我不主张再和高俊走得太近，看到他看着我战战兢兢的样子，我心里忒难受。我不想让谁觉得谁欠着谁的，成为各自的压力。战争嘛，不是谁想谁不想的事，就是你死我活残酷的事。”

说话多了，柏老师有些气喘，大红二红都不再说什么了。

三十七

第二天一早，柏老师对高俊说："高俊，回吧，回去等信儿，既然是秀蓉留下没做完的事，我会给安排好。你好好保重自己，替我问你娘好。"

高俊回到老家时推开院门，看到高大壮在院子里摆了一地的农具，沉着个脸正在生闷气。高俊随口说了句："家伙式儿坏了？摆这一地，你会修呀？"

"我不会你会呀！你说你会啥啊，回来有啥用，家里啥能靠上你？"高大壮没好气地给了他一句。说着，他开始在院里拿着农具摔摔打打，边摔边嘟嘟囔囔骂着什么。

高俊莫名其妙地看着大哥，不知道他发的什么邪火。娘出来拉着高俊往屋里走，进了屋，悄声说："别理你大哥。他昨天又去了那个大王庄，人家还是没给准日子，也没见着彩凤。你大哥心里没好气，天天这么跟我闹，你快别跟他一样。"

高俊点点头，说："娘，当年我大哥的婚事不是秀蓉牵的头吗？我去找秀蓉爹问了，人家答应去看看给大哥提的大王庄的这门亲事到底怎么回事。行，咱们就谈婚嫁该干啥干啥，不行拉倒，咱们再说一家。"

"是说呢，是说呢。"家里高大壮的婚事成了娘的一块儿心病。

高俊接着说："大王庄的那闺女是秀蓉托她表妹给说的，现在接不上茬了，人家说是咱家当初没给这个王彩凤家正式送彩礼。娘，是不是当初咱没给人家正式下聘礼？"

娘一听，仔细地回忆了一下，说："可不是咋的！那一段时间的事忒多，那时你爹刚死不久，秀蓉刚生完孩子，她非要跟着你去东北，你又非愿意铁锅赶快娶了岚岚。天天哪，事儿赶着事儿，就吵着谁去谁不去东北咧，给你大哥下聘礼这事家里是没忒认真。”娘边想边说，“也不对呀，我听咱家岚子说她隔三岔五地让你大哥去给送东西呢，都是岚岚准备的，你大哥送去的，送完东西还帮着给他家干活计，这都不算数那啥叫正式送聘礼啊？”

高俊劝道：“娘，不去想了。这不，我托人给我大哥说亲呢，你别着急了。”

娘一听，喜眉笑眼地说：“那可好咧。俊头哇，听娘跟你说，以前你在外面娘也不指望你，现在共产党腰杆硬了，你就在家住几天，帮帮家里吧，就帮你大哥把媳妇的事给办喽。你看看咱家……秀蓉和我那大孙女找不见了，你大哥到现在没说上媳妇，你妹子……”提到岚岚，娘更伤心了，“你说你妹子咋会嫁给那个王老汤呢？到底咋啦，你爹要是知道喽，他得多心疼哟！岚岚，那可是你爹的心尖子呀。”

高俊轻轻拍着娘的后背说：“娘，娘，别哭了，我这不是回来了？肯定在家待一段时间，咱们一块儿帮我大哥把媳妇说上。咱家岚岚，唉，这事……”高俊为难地拍了一下手，说，“咱咋掺和，她已经结婚了，还不知道是咋回事呢。娘，你的闺女你问问中不？看看到底咋回事。她的事还得由着她，过得好那就过她的日子，如果过得不好，咱们得看看咋办。咱不能光是看着王老汤又老又丑，就依着咱的喜好让岚岚离是不是？”

娘摇摇头，说：“我也说不好咋办，我到现在是心里忒腻歪这件事。我想不开呀，我那漂亮的闺女，到底是咋回事啊！岚岚来家时她愿意说她就说，不说我也不问！我咋问？岚岚回来有数的几次，好不容易回来吧，还没问，王老汤就跟来了，岚岚在家待一会儿都不中呀，非拉走岚岚。这不，到今儿个，我都没和岚岚好好说上一会儿话。谁个知道她是咋咧？这几天都没见着她咧，早晨我碰上王老汤，他老远见了我刺溜给溜咧，连个照面都不打一下。你说这啥人哪，连个礼数都没咧！你躲我，正好，我眼不见心不烦，还不想见你呢！等过些日子，你大哥的事有了准头了，咱们好好说说咱家岚岚的事。”

高俊和娘说着话，吃了午饭不大会儿，有个嘶哑的声音在门口喊：“老高，这是高俊家不是？”

随着声音，推门进来一个自称是离县城不远北里庄的五十来岁的妇女。她头上箍着个翠蓝色头箍，穿着绣着翠蓝色绣花边中式夹袄，一手里拎着个小包袱，一手抓着个大烟袋锅子，熟络地用一口冀东口音开门见山地问：“是老高，高俊家不？我是专门来给高家的老大说亲的。”

高大壮下地了，家里只有高俊和娘在说话。娘一听说给老大说亲，喜笑颜开地把人往屋里让，热情地说：“你是安平镇北里庄的？可挺远吧？”

“是呢，不近哪！离你这儿二十多里地，离你家妹子大红家南各庄近些，也有六七里路。”

高俊一听明白了，是柏老师家大红托的人来给大哥说亲的。那边属冀东，所以说话基本上是冀东口音。他问：“是大红叫你来的？”

“嗯哪。我姓李，我们那块堆儿老的小的都叫我李婶。你们也都随着叫我李婶吧。”

李婶上了炕盘腿坐下，自顾自掏出她的长烟袋锅，装上一锅烟点上，连续嘬了几口嘬着了火，闭上眼深深地吐了个烟圈，仰着身子再嘬了几口烟，说：“这一路这个颠哒，骨头都给我颠哒酥咧……我跟你说了没有哦？是大红托我来给你家大哥保媒的。我是专门给人牵线说媒的，是个媒婆子。这次是受人之托，千叮咛万嘱咐让我一定办好这事，给你家大哥说个媳妇。我一定尽力把这事给办好。”

娘一听，欢喜得脸上的皱纹都舒展了。赶快让李婶坐上炕头，端来一笸箩花生瓜子干枣，赔着笑脸乐呵呵地说：“坐马车来的？敢情颠哒。大前儿个下了场雨，赶上个大集，赶马车的人多，路上压的轱辘印子忒深，不好走哇。我腿脚不好，所以不分冬夏，家里总烧着热炕，你坐这儿，热乎热乎腿脚，解解乏。马车放门口咧？”

“不知你家有没有牲口棚，让车夫去大车店喂马去咧，等会儿过来。”

高俊看着这个李婶花红柳绿的穿戴有点不知道说什么，便对娘说：“我大哥呢？我去找找。”

娘说：“他干活儿的地方你不一定能找到，你坐下，坐下。”娘不想让高俊离开。她觉得有他在旁边她有面子，心里也有仗势。

“那岚子呢？”高俊没明白娘的意思，就想出去走走。娘拉着他按着他坐在炕沿儿。

“你听你娘的，先不急着出去。”李婶往炕头挪了挪，又装了一锅子烟说，“咱们先说说，老大来咧反倒不好说话。”

“也中，正好我这二小子在家，能拿主意。”

李婶说：“听大红说，你家定过一门亲事，是大王庄的？”

“是呢。”娘说。

“这事大红让我打听打听，我问咧——”李婶挑起眉毛看了娘一眼，叼着嵌镶着玉嘴的长杆烟袋一锅子一锅子吧嗒吧嗒抽着烟，整个屋里烟雾缭绕。李婶接着说，“那闺女叫王彩凤，对不？那闺女到今天还没有嫁。不过，人家跟我说咧，你家没给下聘礼。”

高俊对当地说亲的规矩一点儿不懂，他看看娘，娘点点说：“我也是才刚儿听我这个二儿子说了，可是我那大儿子说他接长不短地到大王庄给送礼。”

李婶打断娘的话说：“是聘礼不？谁去送的？你不是正式聘礼人家心里没底，怨不得人家不往下走。”

娘和高俊想想这两年奔波在东北的经历，不吭声了。只听李婶说：“王彩凤这闺女到现在没有聘出去。他家一是因为等你们，再就说这闺女条件不是说忒好，长得一般人不咧，有你家老大给垫底，他家里东挑西挑也是挑得忒厉害了，给闺女耽误咧！现在年龄大咧，二十七八咧，高不成低不就咧！现在咱们可不是找她一家，可以挑选的不少。”说着，李婶身体向前探着，磕掉烟袋锅里的烟灰，掰着手指说：“一个是刘家庄的，闺女长得俊，二十四岁。再一个，二十一岁，尹官屯姜其庄的，是我们邻村，家里就是老实巴交的农民，这闺女长得敦实，年轻了点儿。最后这个二十五岁，是吴庄头村的，也离我们那儿不太远，长相嘛，也中喽，小眉小眼的，顺溜个儿，左手多了个指头，六指。咱不能瞒着，有啥都得实说对不？多个指头碍不着吃碍不着喝，也碍不着生养，比少个强对不？我奏先说这仨吧，你们先看看咋样？”

这个李婶嘴头子溜，说出的话一串一串，说故事似的。高俊和娘相互看了一眼，忍不住笑了。娘说：“他李婶——嗯，不知你知道不，我大儿子有点残疾，瞎了只眼。”

“知道呀，不碍的，他少一个零件，这不有一个多一个指头的嘛。现在共产党的天下咧，你家老二是共产党的大官咧，你大儿子的媳妇不会忒难找咧。你不用忒担心，大姐。”

“嘿呀，那可是好。这仨——俊头你说。”

高俊点点头说：“要说年龄上……是不是年轻了点儿，娘……也算合适吧，几个闺女在咱们农村年龄都不小了。还是你定吧，娘。”

李婶说：“我不就照着给你大哥踅摸的吗。这个二十四岁的闺女长得可俊，说过亲，是个啥国民党的官，没成亲那人没影咧，那男方家还不错，打了封信来算是退亲咧。”

“这闺女家里是干啥的？”

“地主嘛。这成分现在可不吃香咧，可人家是个闺女，出嫁得随男方，你家啥成分？还没定呢？那咱们先不考虑这成分，人家这闺女长得可俊呀，娶了人家就随了你家的成分。”

“另一个，这个二十一岁，年轻，长得一般，敦敦实实。仨闺女我都见过，再敦实都不如王彩凤。敦实不奏是胖不咧，屁股大，好生养。”

高俊忍不住笑了，问道：“除了胖，模样咋样？”

“一般人不咧，哪儿也不缺，哪儿也不少，奏黑点儿、胖点儿，个儿也不高，矬点儿。”

高俊看了娘一眼，娘没点儿笑模样，不知想着啥。过了会儿娘自言自语地说：“算上大王庄的王彩凤，就四个闺女咧，你爹要在就好咧，他会算，八字得合呀。他婶子，带来八字来咧？”

“带咧，我干啥来咧！”李婶从小包袱里取出几张小红纸，逐个辨认看了一会儿，说，“大姐，我不识字，用画记下咧。几个闺女的八字都给你，窝了个角的是王各庄的王彩凤。大红那儿没有你家老大的八字。这么着，合得上合不上，我来取你家老大的红庚八字。嗯，老姐姐，不用发愁找媳妇，不用几天，我保你把媳妇娶到家来。中不？大姐呀，这路忒远，我得走咧。不喽这么着，你现在把你家老大的八字给我，取红庚八字的事我都替你家操办咧，三天后我也不用来咧，就回准信谁最合适，咱们都少跑点路。你看中不中？”

看李婶要走，娘说什么不干，按着李婶说：“我家老大娶媳妇的事就按你说的，今天说啥你都得吃了饭走。耽误不了你走路。”

李婶说的话，高俊没听太明白，只知道李婶能把大哥的亲事说下来。那可解决娘的一大心病了。娘听得可认真了，不停地点头认可。娘一直是个很柔弱没啥主见的人，没想到在给大儿子定亲上这么有主意。娘轻声说：“李婶，就按你说的。按说呢，过了红庚得走动走动，可我家大儿子年龄大咧，今年的春节已经过咧，我不想等明年再过门子咧。三天后，合上了八字，我大儿子换红庚的事他婶你替我家操办吧。一切顺当的话让我家老大去上门，上了门，差不多就娶亲吧。大儿子娶了亲，我这个当娘的心就放下咧。”

李婶说：“嗯，中啊！有老姐姐这句话我就知道咋办咧。我一手托两家，女方也都托我咧，我就都操持着吧。可是，大姐，咱再急，也得先合八字，合了八字换了红庚，成亲的日子好定。”

眼看大儿子的婚事有望，娘笑了，不停地点头表示同意，由衷地说：“李婶，到时我家好好谢谢你呢。”

“那忒应该不咧。”李婶不客气地说。

“我去做饭，俊头，你帮娘抓只鸡杀喽。”

高俊一听，连忙摆手说：“娘，这我可弄不了。”

“嘿！鸡都杀不了？我这二小子呀！还得说我那大小子，家里宰鸡宰鸭的活儿啥都能帮上我，地上的活儿也没人比得过他呢。咱这地方出地瓜粉条子，地瓜实心的，干棱棱粉条吃起来筋道！村里家家户户会漏粉，可谁家的都比不上我大儿子漏的好。我家大儿子漏的粉自家都吃不上，有多少让人家买走多少。”

从小高俊看到的都是娘呲嗒大哥，第一次听娘这么夸他。正说着，高大壮回来了。娘说：“哎，我家大儿子回来咧。你今天咋回来这么早？”

“别提咧，我今天中午饭吃咸咧，下午去水沟找水喝，正碰上今天王老汤带着人在地里量地，跟有地的主打起来咧，几个人围着跟王老汤吵架，王老汤再能说会道也说不过人家好几张嘴。他吃了亏，嫌我没帮他，说今晚定成分给我定个富农！这王八犊子，我就一只眼，没看清楚你为啥打架，我咋帮你？你给我定富农？因为啥？我一会儿就去他家找他问问！”

“别去，千万别去！”娘说，“老大，咱家有贵客，俊头给找的媒人，正给你说媳妇呢，闹好喽咱很快给你就把媳妇娶回家来，可别去惹事啊！你先帮我把鸡杀喽，你李婶是咱家的贵客。待戚是正事，别去惹不痛快吧！”

“那他给我定富农咋说？中，你给我定富农也中，你把富农该有的地、家伙式儿给我，给我办了地契，我也认！”高大壮赌气地说着。

“这就是大小子？你可别傻呀！可不能让他给你定了富农，不然你连媳妇都说不上咧！”李婶插嘴说道。

高大壮一听急了，说：“不，你就说王老汤这是个啥人呢！干啥我没帮他打架就定我家是富农？我现在就去找他！”

“叫你别去咋不听呢！”娘不高兴了，呵斥高大壮，“你快帮我把鸡杀喽。”

高俊在一旁说话了：“大哥你不用听他的，吓唬谁呀！定成分是有规定的，他一个人说了不能算！晚上咱们都去开会。”

这方面的事，高俊说话还是有分量的。高大壮听了点点头说：“那，中！吃了饭咱们去开会，看王老汤他咋说！娘，杀啥鸡啊，正下蛋呢。”高大壮嘀咕着。

“把那只大花公鸡杀喽，一天好几遍打鸣，忒闹得慌。”

“就那一只踩蛋的鸡，你杀喽拿啥踩蛋，没踩蛋的你拿啥孵小鸡！”高大壮还是不太愿意。

“你咋恁多话呢？叫你杀你就杀了吧！”娘有点儿不高兴了。

高大壮不吭声了。他杀鸡添灶火，饭很快就好了。这顿饭是娘做的，一大盆野荠菜傀儡，一小碟捣得稀烂的蒜泥醋，一盘焦黄的摊鸡蛋，香椿拌豆腐，一盘醋熘白菜，一盘炸签子，一盘素丸子粉条萝卜，一盆子漂着油花香喷喷的炖鸡，一盆南瓜小米粥，一摞软软薄薄的烙饼。娘拿了酒，想想说：“你俩晚上要去开会，别喝酒咧，看喝多喽脑子不清楚再和人打架。他李婶，没啥好的，你吃啊，我家二小子就喜欢吃我做的傀儡，他来我就做给他吃，你吃我做的烙饼卷鸡蛋，我跟你喝两口。”

李婶忍不住啧啧称赞，说：“大姐，看不见你忙活，这么一大桌子菜就端上来咧。”

娘说：“车夫呢，他在哪吃饭？”

“不用管他咧，等会儿有什么吃点就中。哎哟，姐你这饼是咋做的？恁好吃呢！”

娘爱听别人夸她的饭做得好吃，笑着说：“好吃就敞开了多吃。”

三十八

吃了饭，高大壮要去开会，高俊说跟着去看看，两个人就都走了。李婶看着他们出去了，对娘说："大姐，你这老大我看咧，他眼睛是瞎了一只，他另一边没瞎的脸长得真俊呢，细溜长的高个子，比老二高出大半个脑袋！如果没瞎眼，这个老大比你那二小子还漂亮。可惜咧，咋瞎的？"

"他两岁上出麻疹，没出好，闹发咧，眼睛没保住，还把脑子也带坏咧。不过，老大有老大的好，那是过日子的一把好手。"

"嗯哪，我看得明明白白的。你这老大是个扎扎实实过庄户日子的人，传话的说他脑子不好使，啥叫脑子不好使哎，瞎眼老大忒清楚过自己个儿的日子。我一进院就感觉到咧，你家过日子踏实、勤快，要知道这个，我再给他多介绍几个挑一挑。"

"中，中啊！他李婶看着给说合吧。"娘笑着说。

"嗯哪。娶媳妇合八字事大，合上八字就等着娶媳妇。现在不太平啊，这两天别让老大去惹事。"

"他？他可不敢，我家老大净是让别人拿捏欺负咧。这不是仗着他兄弟老二在家，屋里说说罢咧。"

正说着，车夫来了。吃了饭李婶要走。娘抻着她的衣服非留她住下。李婶说："大姐，咱不外道，我还有事，在你们邻村，还有一家等着我呢，说好了的事改不了。等你家老大成亲时，我奏住下不走咧。到时可别嫌乎我。"

娘看留不住，赶快去拿出来一麻袋的东西，一一说给李婶："你先别推，保你喜欢。看，这包烟是我大儿子用麻酱渣滓描出来的烟砖，看厚的，像不像块砖？可不是我替我大儿子吹，也就他能做出来，大集上哪儿都买不到。这是我自家漏的红薯粉……”娘一一介绍完，掖给李婶一个红纸包，说，“这个礼金他李婶你拿着。”

“这可不中，东西我收下咧，礼金不能收……姐，姐，你听我说，我已经收咧钱咧，是人家大红给的。我虽是一手托两家，可钱只收一家。这么着，等媳妇过了门子，我再收不迟。我走咧，姐，有你这么金贵的烟奏全有咧！”

娘没有把该给的礼金送给媒人，心里很不安，愣怔了一会儿，她去拿了李婶送来的小红包，里面是今天说的这仨闺女的八字。要放出来，放哪儿呢？娘琢磨着。依当地的风俗，如果家里不会看八字，就放在灶王爷或佛龛的香炉下，看几天，几天里家里顺顺当当的，说明说下的媳妇八字真正相合，可以进行下一步相亲了。可家里没摆设供奉，娘屋里屋外看了一圈，决定放在堂屋八仙桌故去的老头子的相片下面。刚想放，她心里又犯嘀咕了：今天老大回来就气儿不顺，晚上开会时再打了架，算是这仨闺女哪个带来的？娘心里七上八下，犹豫来犹豫去，脑子又转悠到晚上开会的事情上。娘也想出去看看开会的情况，定成分也有自家的事呢。李婶不是说了吗，给自家定成富农地主什么的，没哪个闺女嫁给老大咧。

娘出了门口刚走两步，又开始犯嘀咕：自己这小脚忒不方便，天又黑，眼睛也不好使，看啥都雾蒙蒙的，摔一下子还给人添麻烦，不去咧！娘想了又想，最后自言自语道：“嗨！是福不是祸，是祸躲不过，命里有就有，没有就没有。”想明白了，娘拿着仨闺女的八字，恭恭敬敬地放在老头子的遗像下，嘴里叨唠着说：“老头子啊，你大儿子到现在没娶下媳妇，快保佑保佑你大儿子吧，早一天娶个好媳妇回来。”

这边高俊、高大壮两个人一前一后来到会场。村里的会场设在打谷场，夏忙时，这里是村里人拉着石磙子碾麦子、晒麦子、晒谷子的地方。打谷场北边自古就有个台子，村里有事都在这儿集合。过年过节谁家有红白喜事时，请戏班子唱戏也在这个台子上。

4 月的天，白天还短，暮色早早地把打谷场罩住了。这天月亮是个上弦月，格外明亮，旁边挂着一颗明亮的星星，泛着明亮的闪闪的光，把打谷场一览无余地映照得清清楚楚，反而衬得台子上的一盏煤油灯昏昏暗暗的，看什么都照不见。场子里还没人坐进去，早来的人都在场子边上聊天。

走到场边，高俊突然意识到自己这时候去会场有些不妥——以什么身份参加会议？高俊看到村里的人陆陆续续来开会。今天是王老汤主持会议，高俊心里感觉到王老汤这人不太地道，但也说不清哪不地道。就这定成分的事，关系到农村土地改革，涉及人与土地之间的关系，怎么成了个人说了算呢？再说，王老汤现在是村里的贫协主席，不管自己家人对王老汤多有看法，多讨厌他，他和妹子岚岚现在是一家人，和自己的关系是没法摆脱的。这个时候来打谷场，人家会不会产生误会？这样一想，他停住了脚步，对高大壮说："大哥，你自己去吧，我先不去了。"

"为啥？"高大壮有点不高兴。这么多年了，因为老二的共产党身份，家里净受欺负了，现在共产党上台咧老二也当官咧，不该给自己撑点仗势，和自己一起在村里走动走动让自己长长脸？还嫌乎自己？

高俊解释着说："我刚回来，也没和乡亲们走动走动，今天就在一边听听就行。你进去吧。"

高大壮不高兴地搬了两块砖，进了会场中间，放好砖坐上面。高俊在会场最南面的一棵大树下找个地方坐下，远远看见王老汤拿着个锣，当啷当啷地敲着，喊道："开会咧，开会咧啊！各家各户能来的全来，不来的出一个人到打谷场开会！"说着，王老汤跳到台子上，把煤油灯拨大了些。旁边不知谁自制了个火把拿了上来，忽悠忽悠地在王老汤头顶上晃荡。王老汤说："干啥，你再燎着了我。快拿一边去！"

在边边角角散落的人开始陆陆续续地往场子里聚集，不一会儿，场子上的人聚满了。

"开会！"王老汤说，"今天的会主要是按照上级要求给各户评成分，每一户都要评，咱们今天是先议一议。各家各户都来了咧？上级说咧，要分出阶级，谁没来就给他定成富农……说说，先议谁？"

会场一下静下来。

"这么着，谁先来的就先议谁。谁先来的？"

"我先来的。"高大壮提高了声音说。

“那就先议你家。你家有地几亩？”王老汤问道。

“三四亩吧。”高大壮随口答道。他想得很简单，当初家里不让他置地，他只能去开荒地，开好了的荒地有人跟他打架，他打不过人家，地也就被要走了。剩下的这几亩地，都是边边角角的，没主跟他来争的，应该算成他的了吧。他算计着既然在大会上说土地是他的了，就算占下了。只要把这几亩地占下，别的他不去想，至于定成分，高大壮还没弄明白是啥，你爱定啥定啥。

“你说几亩就几亩？我说你有五亩呢！谁量来着？”人群里谁说了一句。

“那就算五亩，不够村里再给补点儿。”高大壮认真地说道。兄弟高俊说他自己开的荒地都没有测量过，没有地契，不能算自己的。他就不服这口气，咋不算呢？自己开出来的荒地，在村里的会上大家认可了那就是自己的了。一说到土地的归属，高大壮马上忘了娘和李婶嘱咐他不要往大里说自己有土地。他本来也没有，偏忍不住往大里说，如果没人和他争，等于认可是自己的了。

“你那地够三亩呀？就算够三亩地能是你的呀？”说话的是村北头住的常家老三常盛田。在这个满庄子村，常姓是第一大户，王姓排第二，高姓排第三，是个小户了，还有其余几乎不多的零零散散的姓氏。

村里人都知道高大壮脑子不太够用，常盛田本意是向着高大壮说话的——都还不知道开会的目的，干啥你先承认自己有多少地呢？高大壮听不出来常盛田的好意，急赤白脸地说：“咋不算我的呢？我还去帮着给你家白打过工呢，你咋白眼狼啊？我开的荒地不算我的算你的？”

常盛田知道跟高大壮争不明白，也不急，说：“地都算你的，给你定啥成分？”

高大壮还是梗梗着脖子犟，说：“爱定啥定啥，定了那地可奏是我的地咧！”

看到高大壮一根筋，旁边的人忍不住笑了。

“那给你定富农你干不干？我说高老大，说你家不够三亩地你急啥，说你有三十亩你有哇？你来干啥来咧？现在在评定每个人的成分，你争着说自己的地多少，是要抢着当富农呢？你够格不？你家这三亩地又不是你一个人的，你娘占一份，你妹子……不能算一份咧，你还有个兄弟呢，不也得占一份，你还有啥？有牛有马？我看你也就该定个贫农。大家说说，老高家老大高大壮该不该定个贫农，大家同意不同意？同意举手。”常盛田先开了一炮。

常盛田的这一番话让高大壮有点儿明白过来了。下午在地里干活儿王老汤嫌他没帮忙打架，说要给他定富农，他本来的想法是给定富农就给他地，就是定了富农他也认咧。回家后刚被李婶说明白了，定了富农连媳妇都说不上，咋到了会场给忘了？

常盛田早就看出高大壮家自从他爹死了后，他兄弟又出门了，家里只剩了高大壮和他的妹妹，两兄妹一直受欺负。高大壮的妹子高岚岚，真正的一朵漂漂亮亮的鲜花，咋就成了半大老头子王老汤的媳妇了。即使是成了王老汤的媳妇，王老汤也绝不帮着高大壮。下午在村头为测量土地打架他也在，王老汤嫌高大壮不帮他打架，说给高大壮定富农的话他也听见了。说出给完全靠着自己的体力干活的高大壮定富农，明摆着是想怎么欺负高大壮就怎么欺负。如果连高大壮这样没有什么土地的人都定成富农，那他们常家人在村里就没活路了。

常盛田家地也不多，有十来亩吧。他家干农活的人没有，就这几亩地他家都顾不过来，每到农忙时他家人请高大壮来帮工，高大壮都会来。高大壮干活儿不偷懒不耍滑，一下是一下的，实在，常盛田可记着高大壮的好，也见不得别人欺负他。高大壮的兄弟当年跑去打鬼子，后来参加了共产党，连累他一家是“共匪”家属，高大壮脑子又不够用，净受人欺负了。现在是共产党的天下了，不能再欺侮人家高老大了。只是眼下的事有点捉摸不透，不管咋的，王老汤娶了高大壮的妹妹，他们是一家人。但这个王老汤不仅不帮着高大壮，还处处压制他，让人看不明白。事情看不明白，一个村子住着，人是啥样人大家心里都明白。常盛田毫不犹豫地开了一炮，省得心眼不正的王老汤再拿高大壮说话。不能让王老汤因为仗着是高大壮的妹夫，既欺负了脑子不够用的高大壮，又可以用来显示自己出于公心来整和他不对付的人家，特别是他们常家人。

常盛田这么一说，大家把手都举起来，附和着说：“同意！高大壮，一家人贫农！”

高大壮这时也缓过来一点儿神了，咧嘴笑着赶快回了一句："那常盛田家也该是贫农，对不？"

会场上常姓家族以压倒优势的人数都举手赞同说："同意！"

"哎，哎哎，哪能这么定呢？"王老汤阻止道。他也知道高大壮根本够不上富农，故意说的，好给他定个中农。要想定贫农，他高大壮一家子得求他王老汤！那样，他就更好拿捏住小媳妇岚岚了。

王老汤是靠着指东说西，没事找事，将小事挑成大事，专门滋事生事从中渔利活着的人。他在村里的人还没明白什么叫解放的时候，自告奋勇地当上了贫协主席，仍然以狭隘的芝麻心眼和充满私利的眼光去判断处理事情。他满脑瓜子里就是保住他自己，保住屋里头的小媳妇岚岚。

"那你说咋定？"常盛田咄咄逼人地问，"就说高家老大家，一家每口人勉强合上一亩地，能定什么成分？"

"他，"王老汤被逼得无话可说，只好说，"他家是够上贫农。可你不中，你家不该定贫农！"

"我家凭什么不该定贫农？你先说定成分的依据是啥？"

"我给你定啥是啥！"王老汤说不出理了，强硬起来说。

"你是个幺是个六啊？咋你说了算？"高大壮不服气，开始发倔，站出来说公道话。

"瞎眼老大，给你家定了贫农，就别跟着瞎咧咧了，看再给你定成富农！"王老汤呵斥高大壮。高大壮怕真定成富农娶不上媳妇，不敢说话了。

常盛田说："你咋这能耐呢，你今天敢给高大壮家定个富农试试！"

"他家定贫农大家不是举手了吗，咋还带改的？"会场其他人问道，"这会到底咋开法呀？"

"是呀。"

会场上有些乱，王老汤赶快改口道："一个一个说。这么说高大壮家定贫农没意见了？"

"没有！"会场上异口同声。

"常盛田家定啥？"

"贫农！"高大壮嚷道。

"大家说。定啥？"

“贫农。”来开会的常姓人口多，王姓人口来了也没人附和王老汤，大家七嘴八舌地跟着说。

“不是，定啥成分先要把条件摆出来，那是张嘴就说的？”有些人提出了不同的看法。

“所以说得先议议呢。常盛田家我不同意定贫农，不中！”王老汤一拍桌子说，“就是说他家的事还说不清。下一个！”

会场上乱了起来。

这不等着让大家打罗锅架呢？这会咋开嘛！高俊在后面的树下看着，心里想着，却一声不吭。农村划阶级定成分是要有依据的，他不信凭谁一个人能瞪眼把别人的成分想定什么定什么。但是，在目前的场合他不能说话。

高俊多年没有回家，现在解放了，娘成天为家里的大哥没娶媳妇、妹子岚岚嫁得不对急得吃不下睡不着的，指着他给家里帮帮忙。高俊觉得自己也该抽时间帮着娘给家里干点儿事情了。这次回老家来，给大哥说亲是个人家的私事，村里的事还什么都不明白，他不能说话，免得因为不明情况和别人起争执闹矛盾。自己家的情况他清楚，爹和娘都是手艺人，不会侍弄庄稼，只有大哥是把种地的好手。大哥对土地无比地热爱，但是他不会算账，有了钱只进不出，这儿藏那儿藏的，都让岚岚给偷偷收了，他也没数。高大壮不知道出钱置地，也拿不出钱来置地，他只愿意付出劳力开荒。他开的荒地都是难啃的半阳坡子的石头窝窝地，那真是一块儿石头一块儿石头地捡出来、筛出来，再拉来好土，上上好肥，变成好地。开好了荒地，常常有人来跟他打架，抢走他开好的荒地。高大壮打不过人家，生两天气，再去找荒地开。几年下来，这一溜、那一块儿的总共算下来有几亩地了。一个家庭两三亩地仅够生存，如果拖家带口的饭都吃不饱，高大壮是一个人顶起了一个家。家里有爹做裁缝的收入、娘出去做厨子的收入，岚岚会管家，大哥是种地的好手，把一家人的日子过得挺平稳。就是再平稳，今天给高大壮定一个贫农从哪方面都能说得过去。从村里的乡亲们在这里开会定成分，高俊看到了自己家爹和娘、大哥和妹子在家把日子过得踏踏实实。倒是自己，长年在外，天天让爹娘念着想着，却没给家里做过什么事，还让家里吃瓜落儿。高俊这样一想，心里一阵内疚。

抬头看看，一牙弯月翘在树梢，几颗星星散落在周围，清清凉凉的。那一牙弯弯的月亮让高俊想到了秀蓉一双弯弯的眼睛，他又突然想起了再次怀孕的边晓荣和孩子，心里一阵莫名其妙的紧张。这种突如其来的紧张和焦虑在娘、秀蓉她们走失之后经常出现，让他很长时间寝食不安。高俊算计着来说媒的李婶要过个几天才能来，不如趁着这两天的空闲回地区去看看，看看晓荣是不是安好，顺便把农村定成分的事情跟有关部门反映一下，然后再回来。下次无论如何要把家里的事捋捋清楚，帮大哥把媳妇娶上，再看看岚岚的事，不行把岚岚接走。想起了岚岚，看到王老汤在开会，高俊决定趁他不在家到岚岚那儿去看看。

高俊离开会场，来到王老汤家，大门关得挺严实，什么都看不到，门上还上着锁。高俊纳闷地想：岚岚不在家会去哪里呢？正琢磨着，远处一片嘈杂声，村里的会似乎是散了。这么短的会能商量个啥？高俊心里琢磨。他不想和王老汤打招呼，快走几步回家了。

三十九

高俊到岚岚家，看到她家的大门和二道门紧紧锁着，看不到里面有任何动静。他回到家，娘还没睡觉，拿着双纳好的鞋底比画着准备上鞋帮。高俊伸手把小小的油灯苗调大，说：“娘，你眼睛不好，把光弄得这么暗，累眼睛。咋还不睡？”

“你俩不回来，我也睡不着啊。会开得咋样？”娘放下手里的活计问。

“嗯，也是呀。”高俊不知道怎么对娘说。

“咱家定了啥成分？”

“说是给定贫农，但我看今天定不成。”

“那又为啥，不是开会就这事吗？”

高俊摇摇头，问道：“娘，村里咋会让王老汤当贫协主席？这人不中。”

“可说是呢。原先村上管事的是常家人，村上有个事都是他们出面。”

高俊插话问道：“是常盛田家的人吗？”

娘放下手里的活计，说：“是，是常盛田的亲三叔常宝山。常宝山那人可是忒好的一个人，办事公平，让人都服气。可是常宝山年龄大咧，也不怎么出来管事咧。你看你，走得忒早，村上的事一点儿不记得了？常盛田他爹家这一支有哥仨，老大没咧，老三常宝山一直是咱村的村长，常盛田的亲爹排行老二，是个老实巴交的庄户人。你从小读的私塾老师常致礼是常盛田的亲爷爷。”

高俊听得吃了一惊，说：“啊，那我老师常致礼还在吗？”

娘转身又摸出个没纳好的鞋底子，慢慢悠悠地说：“早死咧。常致礼一家就哥俩，常致礼和他兄弟常致义。他们兄弟俩年龄差得挺多，常致礼早死咧，他兄弟常致义还活着，听说得了病，也快不中咧。他们家里的孩子倒是不少，常致礼家仨儿子，老大死得早，老二是常盛田的亲爹，老三就是常宝山，还有一个闺女，嫁到外村去咧。常致礼的弟弟家六个儿子，都在村里，都是忒老实的庄户人。”

高俊问道：“那他们一家人就没有一个愿意出来替村里出头露面做点儿事的？”

娘想了想，摇摇头说：“还真没有，也就常盛田能张罗，可他那一大家人忒多，都太老实，老老小小几十口子都指着常盛田安排春种秋收呢。”

高俊听了点点头，他就感到王老汤哪点不对。按说不管是什么原因，娶了岚岚，应该护着点大哥高大壮，可是他不仅不护着，还时时处处想压制，都不如一个外人能主持公道。高俊跟娘说：“我看这个常盛田说话挺赶劲，咋让王老汤当了贫协主席？”

说到王老汤，娘一脸的不高兴，她摇摇头说：“村里自古有个习惯，就是常姓人家出个管事的，过几年王姓人家也得出个管事的。这些个年头，都是常家人常宝山当村长，他这一病就没见谁出来管事咧。王老汤有啥，有两片嘴，死人能说活喽，兴许他去说该着王姓人家出来管事咧，挑着王姓家的人去斗了人家常宝山，常宝山本身就有病，这一生气就病就更重咧，不知道咋王老汤就当上了这啥主席。有啥用！”

高俊看到娘不高兴了，岔开了话题，说：“娘，别干了，太费眼睛。”

“没事，那个鞋帮我先不上咧，再上歪喽。纳鞋底子不费眼，闭着眼摸着我都能纳。我说哪儿咧？”

“说王老汤当上了贫协主席。我说娘，这些事你是咋知道的？”

娘放下手里的活计，说：“是你大哥有一嘴没一嘴说的。俊头，你说咱家岚岚嫁了王老汤这么个人，人家咋看咱家啊！”

哦，高俊想起刚才在会上的情形，安慰娘说：“个人是个人的事，娘，咱不去猜别人咋看了。娘，我就是不明白岚岚咋嫁了这么个人！”

“是呢！别的不说，我咋觉得王老汤这个人心眼子不好，我是想问问岚岚到底为啥跟了这么个人，岚岚总共没回来几次，问她也没说出个啥，问多了，她就知道哭。好不容易得着个空闲想问问岚岚，你这儿正问着，王老汤就赶过来领走咱岚岚。忒闹心哪！”娘说着皱起了眉头，看得出她为这事心烦。

“哎，我咋没看见岚子过来？”

“你今儿不刚来嘛。是呢，两天没见她咧。”

“娘，晓荣想叫岚子去和她住几天。”

“那敢情好。哎——”娘突然想起了什么，说，“俊头，这两天岚岚不来先别去叫她吧。”

“为啥？”高俊明显困了，一个劲打哈欠。

“这几天啥事都不如你大哥娶媳妇事大，正在合八字呢，要是出点儿啥事，也是八字不好，还得另说亲。躲着点儿是非吧。你大哥要娶亲，事儿可不少呢，被褥得赶着做，这房子也得修修。”

高俊又连着打了几个哈欠，说：“娘，你懂得还挺多。你别累着，这么多活儿，不正好把岚岚叫回来帮帮忙？让岚岚帮着准备准备。”

娘摇摇头，说：“那不中。结婚的这被窝得在村上找儿女双全，夫妻双全，老一辈也双全的全乎老人给做，图个吉利。这都是老规矩，我们都是打这么过来的。你大哥也不易呀，眼睛瞎一只，脑子也不忒好用，娘能做的也就是盼他吉吉利利成个家，顺顺当当过日子。他成亲了我就不管他了。俊头，困成这样咧？去睡吧。”

“娘，我就睡你脚边吧。”

“中。我去给你拿铺盖。”等娘拿来了被褥，高俊已经睡着了。娘不再叫醒他，给他盖了被子，拨大了油灯，端详儿子。

第二天天还没亮，高俊醒了，睁眼看到娘，感觉真像做了个美梦。他刚看了娘一会儿，娘就睁开了眼睛，赶快起来，说：“呀，今天起晚咧。”

“再睡会儿吧，娘。”

“那谁给我儿做好吃的？”娘说着去了灶间。见不着咋忙乎，片刻的工夫，娘端来了早饭：一大碗南瓜疙瘩汤，疙瘩扒拉得小麦穗般匀称，成块儿的老南瓜连着皮软软地混在面疙瘩里，嫩绿的葱花似隐似现漂在上面，香油和着醋的味道把人的食欲一下勾了起来。高俊一看，这高兴：“呀，南瓜疙瘩汤就大红薯，这可是咱老家的饭，在外面净想这一口了。”说着端起碗，挑了一下，里面滑出五六个卧鸡蛋，“娘，鸡蛋太多了，给你两个。”

“你快吃吧，补补身体。红薯在饭笸箩里。”

正说着，高大壮从西厢房进屋，嘴里嘀咕着：“今天头一遭起不来咧。”

“我看会散得挺早的呀。”高俊说。

“后来我又去了常老三，就是常盛田家，喝了会儿酒。昨天弄得忒晚咧，天都蒙蒙亮咧才回家。”

“都说啥来着？那啥，成分后来到底咋定的？”娘问道。

“说是给咱家定的贫农，谁知能不能算呀，估计也差不多。就王老汤非给我一会儿定富农、一会儿定中农，谁知他咋回事啊。他爱说啥说啥，也没人听他的呀！我听着都别扭。后来王老汤在台上说一句，常家人这一嘴那一嘴说十句反对他。你是没见呀，后来都快动咧手咧。”

高大壮到饭笸箩里翻腾，看是红薯不高兴了，说：“咋吃这个呀，不顶饱。”

“那是给俊头吃的，你吃焖饼。在锅里烀着呢。”

“娘，你恁偏心向着俊头，舍得让他吃红薯呢？”高大壮取了锅里的焖饼问娘。

娘看了他一眼，说：“你吃焖饼你弟吃红薯，那你说我到底偏心谁？”

高大壮没说话，闷头吃饭。

娘数落着他：“你眼瞎心不能瞎啊，一家子都忙活你相亲娶媳妇的事，你说娘偏心！你爹没了，你娘可没本事给张罗怎大的架势给你满世界找媳妇，看不着是你弟俊头，给你张罗的来说亲的媒人！你这娶了亲，该谢谁呢？”

“谢媒人。”高大壮闷声闷气地说。

“谢媒人是咱一家人该做的事，那用你谢？谢俊头，你弟！”

高大壮不服气地歪了歪肩膀，还是闷头吃饭。过了会儿，他端着碗说：“俊头，给你点儿焖饼。”

高俊往后躲了躲，说：“我不要，大哥，你总吃红薯是不喜欢吃了，我长时间不吃了还真想吃这口。这个大红薯就南瓜疙瘩汤可是咱这儿有名的饭，我敢说这饭娘是做得最好的。我在外面，想的就是娘做的南瓜疙瘩汤就大红薯。”

高大壮撇嘴摇头，表示不赞同。

娘说："我大儿子实诚，就是脑袋瓜子不好用呀，转不过筋来。我小儿子心眼子好使，总想着娘，想帮衬着咱这个家。"

"他帮啥呀，昨天连会场他都没敢进。是人家常盛田在会上提的给我定贫农。"

"你快拉倒吧，人家还不是看俊头？就凭你个花子脑袋中？说你脑子不好还真就不好咧！"娘呵斥着高大壮。

"也是，凭我还不定啥样呢！"高大壮说，"昨天人家也说咧，开荒的地不算，咱家的三亩地是娘算一份，俊头算一份，我算一份，合下来一人才一亩地，肯定定贫农。可你说，他王老汤为啥非胡说呢？一会儿说给我家定富农，一会儿说定中农，他凭啥？说起来他和咱还是亲戚，咋回事呢？我想起他就来气呢！昨天晚上的会开不下去，就因为他搅和！这么闹，咱村的成分定不成。俊头，这事你不得管管？"

高俊笑笑，说："大哥，你说我该不该管？"

"该管。"高大壮一笑，"你当官咧，跟上边说说，撤了王老汤，别让他瞎咧咧。那会儿不知贫协主席是干啥的，他自己说当，就让他当咧，这会儿怕是要坏事。他咋想干啥干啥！"

"中。"高俊放下碗筷，说，"我今天去县里说一下，看看上边是啥意见。"说着向外走去。

娘颠着小脚追出来，在身后问："中午回来吃饭不？"

高俊站下，想想说："别等我了。"

娘眼巴巴地看着高俊说："晚上回来吧，儿子！你可是答应娘了，帮着你大哥办了喜事再回去的。"

"对，我答应了。"高俊肯定地点点头说，"我办完事就回来，回来吃晚饭——晚饭回不来明早回来，中不？娘，回吧。"

四十

高俊在东北寻找亲人时得到过很多人的帮助，留下了终生难忘的印象。那时他就养成了只要碰到任何需要帮助的，自己能帮上的一定出手相帮的习惯。他这次回老家，是答应了娘帮助大哥把媳妇娶回家，借机会和娘多住些时候，弥补多年来对娘和家里人的愧疚。还有，就是抽空调研乡村土地改革碰到的各种问题。

高俊对娘说回家看看晓荣再回来，一大早先来到县城。县政府在城西的一个祠堂里办公。高俊不认识县长，可是他老家满庄子村这事还就得找县长。高俊想找人打听打听，身后却有人找他问路："同志，政府办搬哪个房间去了？"

高俊一看，是地区组织科干事吴茂才。两人惊喜地互问道："你来干啥？"

小吴说是来给县办公室转送一份材料。高俊说他来反映一下村里在定成分时的问题。"找谁反映呢？"高俊问小吴。

"这个问题呀，地区已经接到很多底下反映的意见了。你不如把问题拿回到地区党委反映。"吴茂才听了高俊简单的介绍，给他建议道。

"那事情就拖下来了。满庄子村就这个县里的，就找县领导吧。"高俊不想绕弯子，直接在县里解决快一些。

小吴说："那你干脆找县长吧。"

"你认识县长？"

"啥认识不认识的，这是县里的事，有问题不找他说找谁说？我和他谈不上熟，见过他几次。我知道他也姓吴，叫吴保平，常来地区开会啥的。

走，走走走，咱一块儿去找他，我就把材料交给他吧，我还着急去另一个地方送材料呢。”

他们俩很快找到县长吴保平。县长对高俊反映的情况很重视，说是这种情况其他村也出现了，当即安排了三个人作为工作组去满庄子考察评定农村阶级成分的工作。高俊也没来得及回家看看媳妇荣荣，跟着工作组的车又回到村里。

工作村进村后开始投入工作。高俊安心回到娘的身边，帮娘为大哥娶亲的事打下手。村里的事还是通过高大壮传回来。

工作组来了不久就撤了王老汤的贫协主席职务，大家推荐常盛田当了村长，就等着开大会宣布了。不过，在讨论评定每个人的成分时也还是不太顺当。每个人都想定贫农，满庄子这个村人多地少，主要生活来源都靠着秋天漏粉条卖。村里土地的情况，贫富每户占有的地都不多，没有相对的评定标准，只能是根据村里的情况评了。

高俊保持着他的一贯作风，不掺和村里的具体事情，不回答没有理解的事情，不提出没弄明白的任何建议，但还是被常家人给堵在了家里。

来人是常盛田。高俊看到他挺高兴，热情地把他往家里请。常盛田是个爽快人，进屋直截了当地说：“二哥，我比你小一岁，可从小我就听我爷爷常致礼夸你，说要不是战争，你准能当状元。我三叔常宝山后来一直打听你来着。”

娘正白天晚上地忙着给大哥准备着娶亲的东西，屋里炕上都摆满了东西，不愿意让人打扰她。高俊端了两个板凳让常盛田在院里坐下，说：“嗯，你爷爷当年还给我捐过学粮呢。”

“二哥，你还记得？”常盛田惊喜地说，“我爷爷帮的学生可多了去咧。他不光给学习好的孩子捐学粮，还捐粮捐钱给过八路、国军——就是国民党，人家当年也是在打小日本不是。”

“嗯。”高俊点点头。

“那你说王老汤带人不光斗了我三叔，还斗了我二爷爷，也奏是我爷爷的亲弟弟常致义，老爷子吓得一病不起咧，估计快咧。”

“那王老汤不是给免了嘛！”

“他该免！这事做得忒对咧，王老汤可真不是个好东西。”常盛田本想提醒一下高俊妹子岚子的事，想想没有证据，只是猜测，不便说出口。于是，他转了话题说今天主要来谈的事情："今天我是为我家三叔常宝山来的。王老汤现在是给免了，可是他在时提的每家定成分的提议没有改呀，就真真地给我三叔定个地主让大家去斗咧。可是，我三叔也够不上地主呀。"

"村上不是有工作组吗？他们咋说？"高俊问道。

常盛田想起了王老汤带人去斗三叔常宝山恶狠狠的场面，忧心忡忡地说："不知道咋说！村里就我三叔家地多，那也够不上地主的成分呀。说真格的，按照政策，咱村没有一户够上地主成分的！再说，我三叔常宝山一辈子没做过恶事，打日本鬼子那前儿带头捐粮捐款。现在一点儿都不念着当年他的好了？"

高俊当年在打日本鬼子时，尝到过挨饿的滋味。赶上没吃没喝的时候，心里对老百姓捐粮食捐钱的感激记忆犹新。他们在部队时曾说过，一定不忘记这些帮助过他们的人。高俊点点头说："说实话，你三叔确实是做过不少好事。不会的，大家不会忘了他的好。这工作组也是刚来，他们会修正不正确结论的。"

想了想，高俊问常盛田："你三叔当年给抗日捐粮捐款还留着啥收据没有？"

"有，收据多咧。"

"那天晚上开会，我看你是个挺明白的人呀。"

"哪天晚上？"

"王老汤召开会议那晚上。"

"哦，那天你也在场？那我明白啥咧？"常盛田不明白地问。

"那天你说我大哥那几亩地有我的、我娘的。你三叔常宝山是你家的领头人，怕家里人勤懒不分、能力大小不分，有人吃不上饭，把你家的土地集中管理了，现在这些地该谁的是谁的，你三叔还有啥？怕最多是个中农吧？"

常盛田一下被高俊点明白了，连连点头说："啊，明白咧！"

"你拿着捐粮捐款的收据叫上家人一块儿去找工作组说说吧。"

"中。那……那你也在，中不？"

常盛田高高兴兴走了。最后，常宝山家定了个上中农。他们这个满庄子村土改中评定个人成分的工作做得早，没有阶级对立，最高的是上中农。工作组顺利地收回了村上的土地，重新分配给各农户。

这几天高大壮可是笑得合不上嘴了。给他全家定了贫农，土地没收走，还分了六亩口粮田回来。所有的土地都给了地契。但是村上明确地说，土地是他一家子人的，地契上有二弟高俊和娘的名字。高大壮偷偷找到工作组，问能不能把地契全改成他的名儿。

“能！”人家回答得也干脆，“那你的成分也得改。”

高大壮一听，拉倒吧。他回家磨叽着想让娘和二弟把分到的地全给他。娘正忙着给他娶媳妇的事，没心思听他说啥，说：“你和俊头说去吧。”

高大壮不敢去。

娘看三天的时间到了，认为八字合上咧，可是仨闺女哪个更合适些呢，也是有点拿不定主意。娘问高大壮：“你李婶给你说媳妇，有个是六指，除了这手上有个六指，人瘦瘦溜溜的挺顺溜；另一个黑点胖点矬点，屁股大身体好；还有一个人长得俊但家里成分不好，你说这仨哪个好？”

高大壮不知在想啥，直愣愣地看着娘。

娘不高兴了，说他：“问你呢！你天天都想啥呢！你等着，我去把八字取来。”

娘拿了仨闺女的八字，打开一看说：咦，咋就一个呢？她又去找媒人李婶留下的小红包，红包的布是绒面的，粘住了一个纸片，只有一个闺女的八字放在了遗像下，却是那个王庄子的王彩凤。

“哎！这咋弄差咧？我这眼睛呀还真耽误事！也是天意呀。奏这个咧，王彩凤，敦敦实实的好过日子。中不，老大？”

高大壮直眉愣眼地想着，说：“娘，挑啥呀，就她吧，不喽的话这几年白给她家送东西了。这事就这样吧。我跟你说分给咱家地，都在我名下，我好经管着。我谁也不想给咧，到时你跟俊头说。”

娘生气地抓起炕上扫秃了毛的笤帚疙瘩拍打了两下，说：“天天你都想啥呢？我说啥你说啥呢！谁的东西是谁的，放你这儿你奏经管着不咧？我跟你说啊，你别这两天找事，趁俊头在家，赶快把你的亲事办喽，娶了媳妇喽你爱干啥干啥，我跟着俊头过去。我跟你李婶约好咧，明天你的八字庚帖让你李婶直接送到女方家，她和说下的亲家家离得远，就不跑咧。三天后，女方发八字过来，你就去定亲。如果是大王庄的王彩凤，就马上把亲事办喽。就这几天的事咧，娘就跟你说这么句话，这两天别惹事！”

晚上，娘赶着去请村里的全乎老人给做娶亲用的铺盖。她突然想到娶亲的房子还没收拾，便端着油灯去西屋察看。西屋虽然在过年时收拾得挺干净，可是屋子年头长了，修修补补显得黢黑。娘叹了口气，准备天一亮把屋子拾掇拾掇。

第二天天刚亮，常盛田来了，跟他一起来的还有几个常家兄弟亲戚。娘问道：“盛田来咧，吃了没？没吃在这吃点。”

“吃咧，姑。我们今天帮你家修房子咋样？”常盛田说。

村里人的关系都是亲戚套亲戚，娘家的一个没出五服的大哥家闺女嫁给了常家没出五服的兄弟当了孙媳妇，叫“姑”是从这儿论的。

“那、那咋中，不用咧。”娘不愿欠人情，谨慎地答道。

高俊听见声音出来，看到常盛田后高兴地往屋里让。常盛田说：“不咧，我大哥结婚，我们想帮助修下房子。”

“中啊。”高俊挺高兴。

“姑，看我俊哥不外道。俊哥，你说咋修？”

“这我可外行。问我大哥。娘，我大哥呢？”

“他出去干活咧。”娘说。

高俊也不客气，说：“老三，你怕比我大哥还明白，你说咋修就咋修。”他也开始随着村里人管常盛田叫老三了。

常盛田认真地说：“那我可就不客气了。要我说，你家有三间小西偏房咧，东边再起对等的三间偏房，既当新房，又把这个小院围合起来，那最好。”

“不中啊，动静忒大。”娘摸不准这个活儿会干几天，就怕误了老大的婚事，担心地说。

“姑，我知道你担心啥。放心，今天见模样，最晚后天完工。算我们大家送给我大哥的一份礼呢。”常盛田安慰娘说。

“那咋中，该算钱算钱——”高俊还没说完，常盛田说：“二哥，你可不能跟我们外道，你多年没回来，回来后也为村里的事忙活，我们心里明白，你是帮我们大家呢。”

高俊摆摆手说：“老三，我没帮啥。你三叔常宝山当年做过那么多善事，该有好报。我大哥建房，该收的钱一定得收。”

“二哥，啥也别说咧，你多年在外，我们没帮过我大哥，他净受欺负咧。村里家家户户农忙时，你大哥都来帮忙。现在想想，我们心里也有愧呀！今天你让我们尽份心意，我们高兴。你不用着急算账的事，账都清楚着呢。我们这是人力还人力，今天大哥这儿我们来帮了忙没算钱，明天我们这帮人中有人盖房大哥去帮忙也不能收钱咧，相互就抵平咧。以前有啥对不起的地方，也都过去咧。中不？”

“哦，那中，中。”高俊点头答应着说，“那就按你说的，从东边起三间小房。”

“那中啊？”娘担心地问高俊。她不信两三天能盖起三间房子，怕耽误了成亲。

“姑，绝对误不了事。不是现脱土坯，我们先从别人那儿借一些现成的土坯，门窗也是从别人那先借，等回头再还。咱们乡里八村的都这样。一会儿至少先来个七八个人，砌砖的有瓦工，安门窗的有木工，都是干活儿的好手。你就放心吧，姑，中午我们也都想吃你做的饭呢。”

“那敢情好，想吃啥？”娘咧嘴笑了。

“咱庄子都知道，姑做的啥都好吃，你做啥俺们吃啥。俺们开始干活咧。”

干活的陆陆续续来了十来个人，有人拉来了土坯，其余的挖地基，一上午，三间土坯房的模样就出来了！第二天木匠安装上了门窗，房子就在大家的帮助下在傍晚封顶了。常老三他们还顺带用上好的胶泥掺着柔软的新麦秸重新修了高家的老房子和围合院子的墙围子。仅用了三四天的工夫，小院焕然一新。因为旧房都抹过一遍，新房显得不那么突兀。东西房一围上，显得挺严实。娘把自己纺的、自己染的红白格子的粗棉布做成的新铺盖放进新屋，炕上、窗户纸上、门上处处贴上娘用红纸铰的喜字，里里外外透出浓烈的喜兴气。娘边贴红喜字边笑眯眯地看着，再去看看新修缮的院子和房子，乐得合不上嘴。

高俊抽空悄悄对忙得不亦乐乎的娘说：“娘，我该回去了。”

娘脸上的笑容一下没了，显出很失望的样子。虽然她知道，儿子肯定要回去工作，可她就是舍不得。她说：“你大哥的亲事就定在大后天一大早，等新媳妇一过门你就回去，等一天不咧，中不？”

高俊最不愿意看到娘失望的神色，他赶快点头说：“中啊，中啊！”

大哥结了婚，娘的一块心病去了，村里的土改也没闹啥大矛盾都完成了。还有个事没完成——岚岚。对，他要去看看岚岚。

四十一

高俊来到王老汤家，家里还是没人。大门是锁着的，大门套着的小门也紧闭着。没听说王老汤有什么亲戚可走动呀，岚岚会去哪里呢？前两天来就没有见到岚岚，高俊感到奇怪，拍着门在门口等着。等了好一会儿，没有听到回音也只能往回走了。

远处，王老汤手里拎了一包中药，从村口往回走，老远看到高俊站在家门口，吓得魂飞魄散，心怦怦跳得要飞出来了，跳得手脚都软了。他藏起身来，密切地注视着。还好，高俊敲了会儿门，又等了一会儿走了。王老汤等高俊走远了，赶快溜回家，从小门进了院，反锁上，外面看大门还是锁着的，让来人觉得家里没人。

王老汤用手拨开窗户跳了进去，这样从外面看屋门也是锁着的。进屋后他心里还是慌得厉害，蹲在地上平稳了一下剧烈跳动的心脏后，进东屋看了一下。岚岚仍然躺在床上，他临出门时给岚岚盖上的被子一点儿没动。死了？这个冒出来的念头又让他的心一阵剧烈地狂跳。他掀起棉被，用手摸了一下岚岚的鼻子，还有一丝丝气息。

王老汤哆哆嗦嗦地坐在床边，逐渐适应着屋里黑暗的光线。他家屋子里的窗户是木格子的，现在用一个大被单遮着，窗户都是纸糊的，捅开个窟窿就可以看到里面。虽然外面的墙已经被砌高了，一般人跳不进来，可是王老汤还是害怕。他上床解开捆绑岚岚手脚的绳子，去掉捂在她嘴里的毛巾，用手揉了揉她的腿脚。当看到她一动不动的身体时，心中有说不出的滋味。

自从把高岚岚弄到手那天起，从来不收拾家的王老汤开始改造自己的家。他叫来外村的人修建了高大的院墙、严实的大门套小门，对着小门建了个影壁。这样，从外面一点儿看不到院里的情况。他又在西屋挖了一个地下室备用。

自从岚岚的二哥二嫂回来后，她那二嫂边晓荣说话不客气。那次吃饭后王老汤感到情况不好。岚岚的二哥高俊一回来，他靠忽悠来的贫协主席也很难当下去了，甚至他觉得自己很难在村里住下去了。他求岚岚和他离开满庄子村，岚岚不说话。

娘回来了，岚岚一肚子的苦楚想跟娘说说，却不知道从哪里开口说起。加上王老汤寸步不离地跟着，没有一个完整的时间跟娘说说话。最主要的是，那么爱她的娘在看她肚子里怀了孩子时，眼睛里流露出来的是厌恶的眼神。这个眼神击垮了岚岚——娘不爱她了！虽然娘说，先把大哥的婚事办了，再和她好好说说。可是大哥结婚要干那么多活儿，娘都没来叫她，彻底伤了岚岚的心。还好，二哥好像没有嫌弃她。岚岚等着，等着二哥来找她。

二哥没回来时，岚岚都几乎认命了。遭此大难，即使铁锅回来了，又能怎么样？她已经不是以前的岚岚了。嫁给王老汤，又怀了孩子，好歹就这么过吧。自从岚岚的二哥回村，岚岚从娘家回来后心思有些乱，没等她想清楚，王老汤变得像个疯子，不分时间地点，没完没了地折腾她，结果把怀着的孩子折腾流产了。她下体流着血，王老汤还是不放过她。小产后的岚岚腰酸腿软，得不到休息和保养，她实在忍受不了了，想回家了，她也该回家了。岚岚用王老汤从没见过的冷静说："我跟你说下，咱们俩过不了了！这段时间我也听人说了，共产党当家了，你吓唬不了我了！漫不说我们成亲没有啥手续，有了手续说是还可以离婚呢！"

"咋没手续？你大哥是媒人！"

"你还有脸说？你是咋欺负的我？"岚岚的脸涨得通红，"你不是要告发我二哥是'共匪'吗？咱就这样去对人说，看大家咋说。"

王老汤扑通跪下了，鼻涕眼泪地开始哭。岚岚厌恶地转过脸去说："你干啥都没用，快别把人腻歪死。咱俩要是能好离好散，这几年的事我就认了，也就啥都不去说了，我不去说你怎么吓唬我和我大哥的，你去过你自己的日子。要是不能好离好散，那咱们该咋办咋办。"说着，岚岚看都不再看他，穿起衣服对着墙躺下来。岚岚想到这几年的日子，村里人诧异的眼光，王老汤无休无止的兽行，岚岚忍不住无声地哭了，直哭得浑身抽搐。

王老汤端了碗水，低声下气地说："岚岚，喝碗水吧。"岚岚不理他。他伸手去扳她，被岚岚狠狠地甩了一下。他上了炕又想去拽岚岚的衣服，岚岚压低了嗓子说："我现在有病，刚刚小产，你不知道吗？你别再动我，让我歇歇，我也能念你些好。"

一直以来，不管王老汤的生活碰到了什么，是高兴是不高兴，也不分白天晚上，都要在岚岚身上去消磨。由于荒淫无度，他衰老得更厉害了，五十来岁的人像六七十岁，又瘦又弱，一个指头都恨不能把他戳个跟头。岚岚才只有二十出头，靠武力王老汤制服她有些困难了。但是，王老汤抓住了岚岚好面子的心态，让她无奈地忍受。可是现在，是他王老汤怕声张出去，怕他的事情败露出去。如今，人家二哥回来了，当了大官咧，怕是惹不起咧。他颓丧地偎在炕角，虽有满肚子的鬼心眼子也一时没了主意。王老汤非常怕高岚岚离开他。在这一段时间，王老汤对岚岚的摧残，使得岚岚变得很虚弱。

王老汤抱定了一点：就是死，也不能放走岚岚，没有了岚岚，他的生命也就没有了意义。而且，现在放了岚岚走，他也没有活路。

王老汤心神不定地看着岚岚，他又伸手去拽岚岚的衣服，被岚岚狠狠地把他的手打开。岚岚挣扎着坐起来说："你再动我，我现在就走，反正也没脸了，我也豁出去了！"

王老汤不敢动了，他窝在炕角突然想起前一段时间他感冒了，开了治感冒的西药，吃了后浑身没劲困倦得不行，一个劲睡觉。想到这儿，他起身借着月光找到了这个药，放到喝水的碗里。岚岚哭了半天，晚上可能会口渴，看看她会不会喝了这碗水。

后半夜岚岚起来，看到炕头的水，果真拿起碗把碗里的水咕嘟咕嘟喝了下去，喝完又睡了。两个小时后，缩在炕角的王老汤试着扒拉扒拉岚岚，发现她只是动了动，没有其他的反应。他急不可耐地去扒岚岚的衣服，岚岚睁开眼睛开始反抗，可是明显没有力气。王老汤掀起被子又开始对岚岚折磨。许久，岚岚睁开眼睛，用愤怒的目光盯着王老汤。王老汤拿被子捂住岚岚的脸，说："你不要离开我，跟我走吧，咱们离开这里，不然谁都活不了。"看到岚岚流露出厌恶的眼神，王老汤看着软弱无力的岚岚，开始打她，边打边说："我好不了，你也别想好！"

岚岚渐渐不动了，王老汤捆住了她，岚岚又睁了一下眼，用微弱的声音开始喊叫着挣扎，王老汤随手抓了块儿毛巾堵住岚岚的嘴，把岚岚拖到地下室，任她喊叫外面再也听不到了。

王老汤抓起笤帚疙瘩开始狠狠地打岚岚，笤帚疙瘩打烂了又随手拿起鸡毛掸子抽打她，直到精疲力竭后才放手。这时的岚岚已经没有反抗了。他掀开被子看看，岚岚浑身发软，气若游丝。

岚岚越来越弱，王老汤也越来越害怕，一个活蹦乱跳的大姑娘在他的折磨下变得这么虚弱，他知道这个局面已经不能收场了。当想到岚岚怀过他的孩子，却被他毫无节制地折腾扼杀时，他心里也涌上一阵后悔。他后悔要是有个孩子，没准还能拴住岚岚。

想到这里，他决定救岚岚。

白天，王老汤仔细检查，确定岚岚无法爬出地窖后，独自一人到邻村的一个老中医那里拿了两服补身体的中药和一些安眠药回来熬了给岚岚灌下。两服药吃了后，岚岚的状态更加不好，除了昏睡眼睛都睁不开了，腿部开始有些浮肿。王老汤心里着急，又去开中药。这次老中医不肯给多开了，让他把病人带过来。他好说歹说老中医才给他开了一服药，没想回来却看见高俊来找岚岚。

这一惊他更加害怕了。他先要把东屋破旧的窗户钉死，尽量造成家里没人的假象。他找了半天，也没找到可以钉窗户的板子，只能钉块布了，布总不至于像纸一捅就破。刚钉上窗户，听到又有人敲门，他吓得龟缩到墙角，手里紧握着锤子，想要是有人进来，只能拼了。

大门外敲门的还是高俊。

高俊还是想找到岚岚，跟她讲一下自己过两天来接走她和娘。一直见不着妹子岚岚，高俊觉得哪不对劲，高俊不情愿去找王老汤，再次来到王老汤家找岚岚。她能去哪呢？晓荣让把岚岚带去呢，这一两天就走了，还没跟岚岚说呢。

院里面还是没人出来。王老汤的家在村口，也没个人可以问问。高俊等了会儿只能再次回去。

走到家门口，看到大哥正在墙边忙活，便顺口问道："大哥，忙啥呢？"

高大壮收起手里的绳子说："我去把常老三给我盖房使用的土坯啥的算算账，我量一下，看看跟他说的合得上合不上。"

高俊一听，不高兴地说："人家来时说是帮咱们的，咋会多算你的？再说多点儿少点儿有啥关系嘛，还合啥账呀！"

"我咋不合呢？啥事不算账，那我还能有啥呀？分了几亩地，还不是我一个人的，这次盖房砌墙院是打着我的名儿，那我得算清楚！再说我也没让他们给我砌墙，这不是让我多花钱嘛！"高大壮还是想把分给娘和高俊名下的地要到手，又不知道怎么明说，故意找碴儿吵架。

高大壮有话不明说，心里惦念着岚岚的高俊不知道他想什么，听不明白他说的话，真不高兴了，说："这土坯墙外面都抹了泥，看不出个一二三了，你咋能量清楚？不让人笑话！行了吧，你别量了，这笔账我替你还吧。"说完，低头往院里走。

刚进院，常盛田来了，说是家里杀了猪，要请高俊哥俩去家里吃猪血，喝酒。

话没说完，高大壮说："我不去咧。"

"干啥不去？"常盛田问道。村里有个习惯，谁家杀猪都要请大家去吃猪血宴席。

"我地里的活计没干完呢。"高大壮扭转身，拿着个耙子走了。

"那你干完自个儿过来中不？"常盛田追着问道。高大壮没理他。

"走，咱们去。"高俊心里过意不去，拉着常盛田，亲热地说，"我出去的时间太长了，村里都是亲戚套亲戚，也都不认识。得亏在家住了几天，还认识了你们，我这就跟你去认认你家门子。"

常盛田家住的是老红砖瓦房，院子收拾得干干净净。常盛田请了不少乡亲，大部分是常家人，在围房里摆了几大桌子。大家见了高俊，都笑着打招呼。

桌子上的菜挺丰盛，多是从外面大集上买来的烧鸡、卤鸭，他自家做的是当地的炸了又蒸的大肘子、蒸了两天两夜的五花肉、大肉丸子、炸签子、一大盘子炒猪血，以及酸白菜粉条炖肉、南瓜干炖肉，没什么蔬菜，满桌子都是肉菜。

“工作组的同志走啦？”高俊问道。

“他们没走，可他们不来。”常盛田无奈地说。

“咋不来？”高俊说，“村里的工作都做完了，没啥事了来了一块堆儿喝口酒热闹热闹嘛！我去叫。”

“你坐你坐！”常盛田忙对自己的弟弟说，“老四你再去叫，说俊头哥请呢。”

工作组的同志住的地方离常盛田家不远，不一会儿就过来了。高俊招呼工作组刘组长说：“老刘，来来，坐我这儿。”

大家落座后，高俊问道：“我以为你们走了，啥时候走？”

刘组长说：“工作基本结束了，明天开个总结大会，公布一下新选的贫协主席就应该回去了。刚巧明天县里的车安排不下来，得后天走了。”

“那正好。后天我大哥结婚，大家都去喝喜酒，喝了喜酒我跟你们车回去。”

刘组长刚想客气，常盛田说：“我姑——也就是我高俊哥他娘——菜做得可好吃，我们这一带几里的庄子都知道。以前总给人请去专做包场席。哪像我家请客，除了肉，奏是肉。你们赶上他家老大结婚，可别错过，聚个人气，凑个热闹！”

刘组长一听，高高兴兴地说：“那可就真不客气了，我们都去。”

“客气啥，工作都做完了，该轻松轻松了。”高俊端着酒杯站起来说，“今天不谈工作，咱工作组的同志辛苦了好几天，该放松休息一下了。来，把酒都端起来，喝酒。”说着，自己先把酒一口喝了。

常盛田也端起一杯酒，说：“我代表不了村里人，就代表我家里人，谢谢高俊哥，谢谢工作组的同志们。咱们村有了我高俊哥，有了这么好的工作组同志们，没出啥事，也没有像别的村，人脑袋打出狗脑袋地打架。撤了王老汤，我们村里人和人的关系反倒更好咧！我们是真心谢谢咧！这酒，我先喝！”喝完，他又给自己满了一杯说，“高俊哥，我大哥没来，以前我们没有好好照顾他，有啥高兴不高兴的事，就过去吧。”

高俊说：“对，啥不痛快的事都过去吧。大家也知道我大哥脑子不忒好，不会说话，很多事不能说怪谁，都别计较了。”说着，高俊又举着一杯酒干了。

这顿酒，喝到了半夜。喝得大家都十分尽兴。喝到最后，高俊醉了，他迷迷糊糊瞪着一双大眼睛说：“回老家了，我高兴，高兴！铁锅、铁锅，喝，咱们喝！铁锅，你知不道我咋想你呀。”

谁都没有注意高俊说的话，这酒放开了喝得痛快，其他的人都喝多了，说着只有自己明白的糊涂话。

四十二

高俊被人背回了家，正在西屋忙活的娘看到痛哭不止的二儿子，心里也跟着难受。她说："我儿子心里苦哇，他心里缺了一块儿。儿啊，你就哭哭吧，哭出来把你的苦倒给娘，有娘接着呢。只要你的心能够完整了，娘死了都中啊。"

高俊睡着了，娘还在一旁叨叨。过了好一会儿，娘看着高俊睡沉了，起身要去叫醒高大壮连夜去接新娘，张罗着看着高大壮坐着借来的马车出了村，回到家时已经是后半夜了。她去看了看新房，新房里的一切铺盖是村上的全乎婆子们缝制好的。娘只需开始准备中午的婚宴。

娘做得一手好饭，她不愁做出一餐婚宴大席。她年轻时常被人请去做喜丧各种席宴，现在老了，不去做厨了，自家儿子婚事的宴席她没有请人。原先准备叫上岚岚回来帮忙，还没等去叫岚岚，常家老三的媳妇来了，说好这天宴席上她叫上几个媳妇来帮忙。村上的人送来了自家的猪、羊、鸡、鸭、鱼、蛋，一应俱全。东西里含着这些年对高大壮的歉疚。娘是个聪明人，心里明白，她没有推辞，接下了大家的东西，等于没有恩怨的过往了，一切都会在高大壮的婚事喝酒碰杯时过去。解放了，共产党当家了，不会受欺负了。自从老二回来后，娘的心开始舒展，再累也不觉得累了。

天亮时，宴席的材料都准备就绪。灶台上炖着大肘子肉和蒸肉，熏制的鸡、鸭也都盛到了大盆里，只等着中午新人一到现做上菜了。这零零散散的活儿还不少，干不完呀！娘揉了揉酸困的腰，她突然想起：咦，岚岚不应该一直不来呀？想起岚岚，娘就心疼得厉害。闺女从小可是个人见人爱的好孩子，咋变了？说话就爱着急，哭天抹泪。因为老大的婚事，娘一直顾不上和岚岚好好聊聊，等把老大的媳妇娶回家，一定要好好商量一下岚岚这事儿咋办好。

岚岚一直没露头，是生娘的气了？她大哥娶亲的这天，她怎么都该回家来呀？娘这样一想，解下围裙起身想去村头岚岚家看看。刚走到门口，想起来岚岚回来王老汤一定会跟来，想起王老汤，娘心里一阵轰不走的烦恼。她站住了，犹豫不定该不该去找闺女岚岚。

正犹豫着出不出门，一帮乡亲家里的老媳妇小媳妇堵着门进来了，进门就说："你家的锅占着呢，我们给你带了炒好的花生、红枣，等下摆盘。中午的饭几点吃呢？"说着，这一家那一家拿出自家的花生、瓜子、红枣。娘一一接应着，说："不知道老大他们几点钟到家呢。他夜里就走了，估摸着正午前吃吧。我给他说了，来早了在村口等一等。"

"锅里的肉蒸得差不多啦，该下锅油炸的开始炸吧，中不？"院子里添了一群妇女，立刻热闹起来。

"也中。"其实娘觉得蒸肉还可以再蒸一会儿，见大家一催，娘说，"都先帮着择择泡好了的南瓜干、茄子干、豆角干，苦妈子和灰灰菜也择择……中，起油锅吧，肉捞出来炸鱼，炸签子、丸子！"娘被堵在家里，开始指挥着做喜宴。

高大壮接了新娘子踩着钟点正中午进村。吹喇叭的呜里哇啦吹奏起来，整个村子都显得喜庆。来吃喜的人交了喜包落了座，新人拜堂。客人开始喝酒，娘招呼了媒人李婶和新媳妇的娘家人后，悄悄走来，在高俊耳边说："俊头，你吃了喜着急就回吧。"

"中。"高俊点点头，"我和工作组的同志吃了酒就走，不打招呼了。娘。"

虽然有心理准备，高俊说走，娘心里还是舍不得。几天来准备喜宴，累得她腰酸背疼的，娘捶着腰，在高俊旁边站下歇了会儿，不停地抚摸着儿子的后背。

高俊转身握住娘的手，说："对了，娘，我走都没看见岚岚，早晨我还去了她家，还锁着门呢。她会去哪儿？"

娘叹了口气："是呢，她咋几天没过来呢？不会生娘的气了吧！等着你大哥这事忙活完了，我去找她。你先走，我就说让岚子送我去你那里带走她。”

“对，娘，你把她带到我那儿去吧，晓荣也想让她过去，你也在我那儿休息休息。我看你太累了，别累坏喽。”高俊心疼地看着娘。

“中啊，我和岚子去你家，咱岚子的事也该好好商量商量了。我跟你说，我给你带了吃的，不少呢，放在车上咧，下车时别忘喽拿回家。这些吃的别给别人了，晓荣怀孕害口正需要呢。”

高大壮大婚，可他根本不会应酬场面，急了就找娘。看到娘挨着高俊说悄悄话，他马上拉下脸，对站在一旁的常盛田说：“我娘偏心眼子，心里就只有高俊！”

常盛田说：“嘿，这话也就你说得出口！你家高俊为你忙前忙后，也为咱村忙活着，你看不着？你娘你兄弟他们为给你娶媳妇都累成啥样了，我听我媳妇说你娘两天没合眼，眼睛都熬红咧。快别说这话咧！你有啥事跟我说中不？”

高大壮吭哧了会儿说：“帮我张罗张罗吧。”

“你都说啥呢！这么多人不都在帮你吗？还要咋帮，让我帮你进洞房？”说得周围的人都笑了。

高大壮小声说：“我娘不得去看看新媳妇？看她那儿有啥需要的。”

常盛田瞥了高大壮一眼，说：“你媳妇她再有啥事也得等晚上再说，现在要招呼客人。是不大哥？”说得大家都笑了。

高俊和工作组的人吃了饭，悄悄离开了满庄子村。

路过县城，高俊说停一下，他想去看看老师，顺便把娘给带的东西给老师留下。

到了老师的院子，一把大锁锁住了门。老师呢？高俊看着门上的大锁，去问了旁边的邻居，邻居说柏老师搬家了。这个家老师住了一辈子，怎么会搬？高俊没有见到老师，一肚子疑惑，心里挺不好受。可是娘给他带的东西太多了，满满几大箱子，都是娘做的吃的，时间长了怕坏了，高俊只能跟着车回家了。

四十三

高俊回到家一进门，被什么物件绊了一下，差点摔个跟头。低头一看，嚯，地上、床上、桌上，两间房子，只要有空当的地方，都堆放了零零散散的东西，乱得不像个家。

“这咋了，要搬家？”高俊一脸错愕地问。

晓荣脸色发黄，似乎有些不高兴，翻了他一眼说：“啥呀，搬啥家！你给我一套房子？”说着，扒拉开他，看看门外，失望地问道，“岚岚没跟你来？”

“我这次就没见着她。跟娘说了，娘过两天和她一块儿来。”高俊说。

高俊放下手里的东西来看女儿。女儿醒着，脚踢手抓地躺在床上自己咿咿呀呀地叫。这个孩子圆圆的大眼睛，圆圆鼓鼓的脸，像极了他失踪的那个女儿。这个漂亮的女儿已经把他从对失去秀蓉和孩子的痛苦思念中缓解了不少。他抱起女儿举着上下亲着，女儿似乎有点儿不适应，愣怔了一下，咧咧嘴哭了。高俊看到女儿哭了，把孩子递给晓荣，说：“她饿了，你喂喂她。”

荣荣说：“我刚喂完奶，你把她放床上吧。”

“她哭呢，再喂点吧。”

“她已经吃饱了还喂？你放下她吧，她闹一会儿就睡了。”晓荣有些不耐烦。两人说话间，荣荣一个劲干哕，妊娠反应还挺厉害。

高俊不想让女儿哭，抱着她在屋里走。不一会儿，孩子睡了。高俊放下孩子问边晓荣：“晚上咱吃啥？”

“我想不起来吃啥，你自己做点儿吧，要不去食堂打点儿来。”晓荣无精打采地说。

“娘给带的酸菜你想吃不？”

一说酸菜，荣荣眼睛一亮，点点头说：“想吃。做个酸菜炖粉条，白水煮的，别放油。你会做吗？”

高俊不会做饭，看晓荣期盼的眼神，大包大揽地说：“一会儿我去做，你准爱吃。”高俊说着去收拾屋子。屋子太乱了，到了吃晚饭的时间还没收拾利落。

边晓荣出生在一个满族家庭里，父亲是大买办开滦煤矿的英语翻译、高级职员，有着优厚的待遇。日本侵略后，一切都变了。她父亲看不惯耀武扬威的日本人来掠夺中国的财产，找机会痛打了煤矿的一个日本人，跑去参加了抗日，成了抗日队伍的一位领导，也成了被通缉的对象。那几年，晓荣的母亲带着他们兄弟姐妹天天在跑反，躲避日本鬼子的追杀，过着吃了上顿没下顿，居无定所的漂泊生活。在她只有九岁时，姐姐带她去天津纱厂当了童工。日本投降了，姐姐又带着她回到冀东参加了革命。边晓荣从小漂泊，女孩子该做的家务活，对她是陌生的。加上怀孕害喜，边晓荣一点儿不想动，觉得吃了的东西似乎都跑到了脑子里，非常不舒服，整个人昏昏沉沉的。

高俊看着收拾不清的屋子，满头大汗，感到比带兵打仗还累。快到吃饭的点儿了，晓荣拿个板凳靠着床边坐下，无精打采地在打盹。高俊打开娘给带的大包小包、坛坛罐罐，里面有娘做好的干粮，各种花形白面包子，有红豆包、芸豆包、红糖糕、小巧的糖三角、点着红点的小馒头，还有一包烧饼。当时他嫌多不想拿，娘死活给塞到车上。说都是自己做的，正赶上大哥的婚事，多做了些，就是让给晓荣带去的。

高俊取出一罐酸菜粉条白肉，加水热了，又热了小米和玉米面的肉菜包，自己还热了点酒，也是娘自己酿的。一股股浓浓的酒香饭菜香的味道直直地钻进鼻子。晓荣闻到酸菜的味道睁开眼，看到玉米窝头，眼睛一亮，过来和高俊一起吃起来。她怀孕后天天吐，肚子饿得眼直发花，可就是吃不下，人眼看着一天天瘦下去。就这一顿饭，边晓荣觉得失去的营养全补回来了。这是她记忆中吃过的最香的食物。

吃了饭，觉得有力气了，晓荣起身想收拾碗筷，高俊按住她说不用她。

正巧女儿醒了，哼哼唧唧地想吃奶。晓荣上床一边喂奶一边说：“我说老高，给孩子起个啥名呀？”

高俊收拾完碗筷上了床，头枕着晓荣的腿，闻着她娘俩身上的奶香，沉醉地说：“这个孩子，圆圆脸，圆圆眼，就叫圆圆吧，希望咱一家人团团圆圆。”

一连几天，边晓荣吃着娘从老家带来的东西，害喜呕吐的症状轻了，胃口也大了，气色也好了起来。高俊白天去上班，其他的时间回来照顾家，人却瘦了下去。

因为和晓荣结婚，还有在老家的娘，他留在了冀东工作。1945 年底到 1948 年，这几年他一边寻找亲人，一边加入当地的工作，工作是动荡的，没有融入任何一个人事圈子中。因为人员流动大，他和人都不交心。解放了，单位出现了在利益和职务面前明争暗斗情况，这使高俊感到困惑。他非常怀念当年生死与共的兄弟，还是想去找李力锋。可是现在晓荣怀孕，不太方便和他一起走。他不想留下晓荣自己走，唯恐再发生在东北一瞬间失去亲人的情况。他只有劝说自己，等等再说吧。

从老家回来有几天了，晓荣看着高俊从老家带来的东西一天天减少，问高俊：“岚岚什么时间来呀？”

“快了吧，我娘说等着大哥娶了亲后就让岚岚来！”

“让岚岚给我带点儿娘做的吃的行吗？”

“那咋不行。”高俊笑了。

说话的这天夜里，有人来敲门，砰砰地边敲边喊着：“老高，老高！”

听声音是组织干事小吴。高俊穿上衣服开了门，只见高大壮背着娘站在吴茂才的身后。小吴解释道：“他们说是你哥和你娘，找到前边我们的院儿里去了，我怕他们找不着，给带过来了。好，那我走了。”

高俊谢了小吴，还没说话，高大壮哇啦哇啦大声说：“俊头，出事咧，出事咧！”说着，咧着嘴哭起来。

“咋了，你慢慢说。”高俊脸瞬时沉了下来。

“你们小声点儿，这大半夜的把别人都吵醒了。”晓荣也起来了，他们住的是一间挨一间的并排的平房，房子之间不隔音。

高大壮把娘放下来，娘的脸煞白，有气无力的。高俊把娘揽在怀里，抓起娘的手着急地问："咋啦？"

"岚岚死咧。"高大壮还是高声大气地说。

这句话像一个霹雳，惊得高俊和边晓荣站在地上动不得。过了一会儿，边晓荣说："咋可能呢？我这刚见了她不久，活蹦乱跳的一个人，咋可能就死了呢？"

"真的。是真的呀！"高大壮拍着大腿说。

"那一定是那个老头子叫啥老汤的玩意儿给害了。找他去！"边晓荣也不管不顾地喊了起来。

高俊拉了晓荣一下，说："你别，你这怀着孩子，别再出点儿事。先坐下，啥事坐下说。"

娘有气无力颤巍巍抓着高俊的手，说："俊头，儿子，我闺女岚子就这么走咧，临走都没见我一面，怪我怪我呀，我咋不死了抵了我闺女的命呢？我那闺女才二十三岁呀！"

娘呜呜地哭着，泪水细密地从她的脸上流下来。高俊搀扶着娘，心里酸楚得喘不上气来，浑身的血液似乎都凝固了，手脚越来越凉。他感到眼睛又开始了那种无法忍受的酸疼，只要是这种酸疼，眼睛流出的不是晶莹透明的泪，而是和着血的泪。他怕吓着娘，放下娘去揉眼睛。娘在东北见过他眼睛出血，看到他脸色苍白，恐怕他再犯病，吓得闭了嘴，可又忍不住捂住嘴，任眼中的老泪肆意纵横。

"娘，"高俊闭上眼，休息了一会儿说，"想哭你哭出来吧，别憋在心里。"

许久，娘用微弱的声音叙述道："我这几天净忙着你大哥娶媳妇咧，怪我，怪我呀！我想着，眼下啥事也不如给你大哥娶媳妇事大。咱们那儿有个习俗，合了八字还要看三天，这三天里发生了啥灾呀难的都不行呢，也不兴生气打架啥的。我寻思着岚岚嫁了那样一个汉子，太不遂心不是，她到家来难免不给娘摔脸子耍小性子。娘倒不怕她使性子，可这两天不中，你大哥娶亲呢。还有，娘不待见岚岚找的那个汉子，忒不想让他这时候来家。等你大哥接媳妇那天该准备席咧，我想着岚岚咋没来，我这年龄大了，准备百十个人的席吃力了，想着去叫岚岚来帮下手，村里一群媳妇好心来家帮忙，我又走不开，就没去找岚岚，哪知道就出事了。”

晓荣听着没听明白，跟着着急，插话说：“没别人，就是那个啥王老汤给岚岚害了。找他去！”

高大壮在旁边抹着泪，插话说：“找啥呀？王老汤也死咧！”

“啥？”晓荣和高俊感到很惊讶。晓荣仍然恨恨地说：“他也死咧？他咋会舍得死呢？”

“是真的呀！”高大壮一只眼瞪老大，说，“还是先发现王老汤的，他就趴在一个小垄沟里头朝下死咧。先发现了他，这才赶着去找岚岚，发现岚岚死在她家里咧。”

满庄子的人说话口音有点大舌头，高大壮越着急越发显得口齿不清。

晓荣听着费劲，不停地发问：“啥意思，先发现王老汤死在外面了？”

“嗯哪，死在村头田边一个垄沟里。”

“淹死的？”荣荣心里着急，还是听不明白。

高大壮一着急把双手笼在衣袖里说：“知不道啊，垄沟里也就有一脸盆的水。”

高俊想起两次去岚岚家，门锁着，人却死在家里，脸沉下去反问道：“咋找到的岚岚？在她家里？”他一边问，一边飞快地转动脑子——那就是说，他去敲门时，岚岚有可能在家。门反锁着，那一定是王老汤搞的鬼！青天白日的，难道是他害了岚岚？他愤怒起来，一颗心因为愤怒急速地跳动。他急切地问：“没有查下咱岚岚的死因？”

“咋能不查呢！查咧，县上都来人咧！”高大壮把手又伸出来，比画着说。

“咋说的？”高俊和荣荣都急切地问。

“说是药物过敏死的。”

几天前还欢蹦乱跳的一个鲜活的生命，这样就死了。高俊无论如何都无法相信，愣在那里。

“就是吃错药咧。”高大壮在一旁大声补了一句。

声音把在床上熟睡的圆圆吓得浑身一抖，咧嘴哭了。晓荣赶快上床把孩子抱在怀里，说：“小声点儿！”

“没说别的？”高俊追问道。

“说是身上有伤。”高大壮不好意思说出口，岚岚的身上、乳房上全是青一块紫一块的伤痕。

“那还不查查看是咋回事？”高俊忍不住声音又高了起来。

“还查啥呀，说咧，就是王老汤害死的！那有啥用，王老汤也死咧不是？”高大壮说。

高俊沉默下来，感到一阵眩晕，脚步发软。高大壮上前搀了他一把，扶他坐下后说：“俊头，也别太难受。岚子她也是该着，打小算命的不是就说她活不长？”高大壮的本意是想劝说高俊，高俊听了沉下脸，说：“你咋净瞎说，她不招谁不惹谁，咋就活不长？”

高大壮不吭声了。娘伸出手拉拉高俊，说：“俊头，岚岚小时候算命的都说这闺女长得太俊，活不长，你爹心疼他闺女，托人找了几个算命先生，都是说的这话。还给了破解的法子，说是让岚岚过了十八才能嫁，找一个和铜啊铁呀有关系的人。不喽咋给你那兄弟铁锅说下咧？”

这个时候提到铁锅，高俊的心更疼了，脸色苍白低下头。娘一看他的神色，不敢再说下去，挣扎着要起身。高俊赶忙按住娘，说：“别动了娘，躺床上歇会儿吧。你们吃饭了吗？”

高大壮低下头去说：“娘好几天没吃饭了，不然能给带到这儿来？娘喜欢你，到你这儿来怕能吃下饭去。”

“你说你大哥，这时候还想说娘偏心呢！”娘无可奈何地对高俊说。高俊打断娘的话，对高大壮说：“那我给你们热点儿饭。”

“中。”高大壮说，“我吃了回去。”

“住下来吧，这大半夜的。你媳妇咋没来，她一个人在家你放心？”高俊站起来，身子一晃，差点摔了。高大壮伸手搀了他一把，说：“我媳妇儿回门子，去娘家咧，明天回来，我得去接她。”

“你们咋来的？”

“赶马车来的。马车还放大门口呢。”

“那中，吃了饭歇会儿你回吧，就不留你了。”高俊安排高大壮吃了饭回去了。

高大壮走了后，高俊回到家里，进门看到娘软软地坐在门口，勉强露出笑脸安慰高俊说：“俊头，我想清楚了，咱岚子走了怕是好事，不再受罪了，你别难受了。”

看着娘挤出来的笑脸，高俊知道娘是怕他难过。他明白岚岚的死对娘的打击，赶快搀扶着娘起来，清了清喑哑的嗓子，说：“娘，地上凉，起来，去看看你的孙女圆圆。”

四十四

小圆圆很快抓住了娘的心，躺在床上自己咿咿呀呀的。一双小手对着空中抓呀抓，抓到奶奶爸爸的不管是手是脸，毫不犹豫地往嘴里送，软软的小舌头柔柔地舔着娘和高俊心里的伤痛。娘常常不错眼珠地在床上看着圆圆，一看能看半天。看着漂亮的孙女，娘心里的伤渐渐平复。

娘来到高俊家第二天就起来收拾他们的家。看不到娘有多忙乱，很快的工夫，里里外外被收拾得干干净净。因为岚岚出事，娘来得突然，这次没给正在怀孕的边晓荣带什么吃的。娘来了，带着一双勤劳的手，不管是粗粮还是细粮，野菜还是细菜，或是什么鸡鸭鱼肉，到了娘的手里，轻轻松松地成了一道道一个星期不重样的美味佳肴，不仅高俊和边晓荣能吃到可口的饭菜，左邻右舍也跟着沾光，节假日食堂也请她做饭改善伙食。地区领导甚至私下对高俊提出来留下娘到食堂工作，高俊婉言拒绝了。娘干活儿看上去轻松，到了晚上也是不停地捶腿捶脚，只是从来不诉苦说累。高俊能看出娘累，他就去给娘揉腿揉脚。想多揉一会儿，娘还怕他累着，抓住他的手让他歇着。只要有时间，高俊就待在娘的身边，和娘说说体己话。

边晓荣胖了许多，肚子大得像怀了双胞胎。娘有点儿担心，提醒高俊带晓荣出去走走，说是怕胎太大不好生。高俊工作回来累了，喝了酒后懒得动，娘就拉着他说："陪娘走走去。"娘一叫他，高俊就起来拽着边晓荣，搀着娘出去散步。

这天，高俊陪着晓荣和娘在院里遛弯儿，走到大门口，一个中年妇女进门和他们迎面碰上。看到他们，中年妇女站了下来仔细地看了一会儿，问道："是高俊吧？"

"是啊。"高俊站了下来，问道，"你找我？"

"你这么快就不认识我了？"对方扭了下头，说，"我是二红呀，秀蓉的表姐。"

娘听到"秀蓉"两个字，拉着边晓荣说："来人找他咧，咱们先去走走。"说着，挽着晓荣出院门去了。

经二红一提，高俊想起来了，说："哎呀，二红呀，你咋来了？走，家去吧。"

二红犹犹豫豫地说："不去家里咧，就在这儿说吧。"

高俊和二红站到路边，说："先问一下，我大哥的婚事是你姐还是你给请的媒人？我得谢谢你们呀，我大哥已经娶了媳妇了。前阵子我从老家回来还专门去了柏老师那里，想上门道谢，聘礼钱、媒人钱我都得给老师，哪能让帮忙的人给出？可是咋锁门了？我这儿正担心呢，老师人去哪里了，不会出啥事了吧？"

二红没说话，半天，问道："刚才是你媳妇和你娘吧？"

"对，对。"高俊点点头说。

二红低垂下眼睛，小声说："小日子过得不错呀，你在地区大院干啥呢？当大官了吧？"

高俊听话头，觉得二红的口气不对，诚恳地说："还是家去吧，家里坐会儿，你吃了饭没有？没吃家里吃点儿饭。"

二红眼圈红了，说："我去你方便呀？你咋介绍呢？说我是秀蓉的姐中呗？中的话我去，今晚住下也中。"

高俊愣了一下，声音明显犹豫了，不是因为别的，是因为地区正在筹备党委政府的人员合并。这个院子以前是个学校，很多干部都临时住在这一排排小平房里。家里只有里外两间屋，里间屋两个单人床并在一起，是他和晓荣、孩子睡觉的地方；外屋有张小床，让娘住高俊怕委屈了娘，借口晓荣睡觉死，让娘帮着照顾孩子，娘也睡到了大床上。外面的小床，因为大家喜欢吃娘做的饭。总有人来吃饭，吃了他家的饭这家拿点儿特产，那家拿点儿礼物送给娘，东西越放越多，堆得没地方了，都摆在了外屋的小床上。突然来个人，还真没地方睡。

二红不相信地摇摇头，嘴撇得更厉害了。

高俊解释着说：“咱有地方住，院子旁边就是招待所，离家不远，住下也行。”

“行了吧！”二红不客气地说，“你不用客气了，也不用谢我和我姐。你大哥的婚事是我姨夫你柏老师让办的，钱也是姨夫给的，要谢你谢他。我们，特别是我姐大红，对你意见大咧，她觉得你该找找我们那秀蓉妹子，她对你那么好，死心塌地跟着你，你对她的事可不咋上心，说另娶就另娶了一个。”

高俊着急地解释说：“我找了，你不知道我是咋找的，我娘和她一起走失的——”

二红打断他的话说：“那你娘你咋找到了，秀蓉咋就没找到？还是没好好找。”

高俊有口难辩，窝住了一口气，不知说什么好。

“我奏问你，我妹子秀蓉这块儿你咋说？”

高俊一时说不出话来，许久问道：“你说的是啥意思？”

“啥意思？能有啥意思呢！”二红有点儿激动，眼圈红了，声音也高起来，“我和我姐跟秀蓉从小一起长大，感情特别好，我们说啥你也别生气。我姨夫就不愿让我们抱怨你，一直替你说话。你说我姨夫家门锁着，是我姨夫有意搬家了，他不愿意听我们说你，说我们是误会了你，不愿意看到你为难，又不可能和你去生活，干脆搬回农村老家去了。”

高俊一听，心里非常不是滋味，一时说不出话来。许久，他问道：“那你今天是来怪我的？”

二红摆摆手，说：“可没有，我说了啥你别怪我就中。我今天来是想请你去我们那儿一趟。”说着，二红哭了。

“啥事呢？”高俊最近很忙，他怕不一定能分身。

二红吭哧半天说：“你老师病了……”

“啥？”高俊很着急，问，“病了，重不重？”

“就说重呢。我姨夫……看在秀蓉的分上，你怎么也得过来看一下。”二红说着哭得更厉害了，语无伦次地说，“我姨夫老咧老咧，不能跟着儿女享福，成了一个孤孤零零的老咕噜棒子，上哪说理去啊！”

二红哭得鼻涕眼泪的，也没说出个重点，高俊索性闭上嘴不说话了。不说话也不行，二红催促道："你咋不说话呢，你明天能去不？"

"我去，但不一定是明天。"

"奏明天吧！不喽我姨夫怕顶不住了。"

"这么急呀。"高俊想了想说，"我明天争取去。"

二红不客气地打断他的话说："还要争取？你奏该今天晚上赶去看你老师！"

高俊解释着说："这一去不知道需要几天，我这几天也忙，怎么也得到单位安排一下，明天我尽量去。"

他这么一说，二红不再坚持了，说："那我们明天等着你。"

"我去哪儿找呀，我老师现在住哪呢？"

二红从袋里摸出个纸条写下地址递给高俊："你按这个地址找就中。"

高俊接过纸条点头说："我知道了，你放心吧！你回去呀？天晚了，自己走中啊？"

"不中也得中，我姨夫说不让我们给你添乱。"说着，二红消失在夜色中。

高俊看着二红快速消失的背影，呆愣愣地站了好一会儿才往回走。娘站在家门口等着他。他知道，娘又担心了。他脸上尽量做出轻松的样子，叫了声："娘！"

娘仔细看着高俊的脸，轻声说："俊头？"

高俊心里突然涌上一股酸楚，他没吭声，撩开大步想回家。娘拽住他，说："陪娘走走吧。"说着拉着他的手，向着家门相反的方向走。路上，娘说："以前的事别当着晓荣说，晓荣是个好媳妇，她啥也不知道就别让她知道咧。有些事说也说不清楚，人家凭啥陪着咱受着过去的苦呢，是不？"娘又看了高俊一眼，小心翼翼地问，"听刚才那个女的提到秀蓉，她是秀蓉家的亲戚吧？出啥事咧？"

高俊不知道该怎样跟娘说，娘听不明白只能跟着担心，于是应付着说："是秀蓉的表姐，没啥事。让我明天去看看秀蓉她爹，我的老师，人老了，身体不咋好。"

娘放心了，连连点头说："该去，该去呀，能帮忙的帮帮忙。"她松了口气，刚想说脚疼了，回家吧，突然想起了什么紧张地问，"俊头，要是秀蓉回来了咋办？”

高俊愣住了，心里刹那间涌上了许多无处诉说的委屈。他摊开两手，不知是在对谁说：“我真是四处找了秀蓉呀，我放弃了和我的战友随大部队南下的机会，一直在东北找秀蓉娘俩，除了没去大北边。如果秀蓉真到了那大北边，怕也……找不到了。娘，我找到你的地方是最北边了，再没有可找的地方了。那时，我琢磨着会不会我们自己的人把她带走了，流落到了哪里，这又在可能找到的地方来来回回找了两遍，真是找遍所有可能的地方呀。为了找她，我走到哪儿，都随着当地县大队干上一段。很多地方排外呀，我得受着，人家秀蓉，舍家弃业地跟了我，没享过啥福，人不知到了哪儿，只要能找到她，我什么都得受着。娘！”高俊的嗓子哽咽了，“最后我又沿着能找的地方找了一遍才来到冀东。那天我给铁锅和猴子烧完纸，想着回家再看看娘，我就走了，找我战友李力锋去了。也正是那一天，我突然听人在喊‘荣荣’，边晓荣蹦着跳着朝我跑来，我真以为是秀蓉从天上掉下来了呢！我到现在也认定圆圆妈就是秀蓉，是老天爷可怜我了，给我送回来了。”

“娘，我、我回来偷偷地去过我老丈人那儿，看看秀蓉回来没回来。她要是能回来，哪怕是不跟我了，也该回来看看她爹吧？没有哇，她也没去她爹那里。一个年轻的小媳妇，带着我刚满月的孩子，能去哪儿呢？咋就不回来了？”

高俊倾诉着，眼圈干红干红的。娘吓得魂飞魄散，秀蓉带走的是儿子高俊的心，心里的伤口碰触到就疼。她恐怕儿子流着眼泪，眼泪又变成血泪，再犯头疼病。她抱住儿子说：“不说咧，俊头，怪娘，娘不该说这事，娘不该和她们娘俩走失！再不说咧，啊，儿子。”

“老高、老高，回家了。”边晓荣清脆的声音在喊。娘慌忙擦擦眼泪，又踮起小脚给儿子抹去眼泪，答道：“哎，晓荣，我和我俊头再一起走走，马上回家。”

晚上，晓荣沾枕头就睡着了。高俊看着熟睡的晓荣和圆圆，心里琢磨着二红找他究竟啥事。真是老师病了，还是秀蓉有消息了？琢磨来琢磨去，几乎一夜没睡。

四十五

第二天，在单位安排完工作，高俊到县里时已经是中午了。他走得满头是汗，在外面的饭馆吃了碗烩饼，按照二红提供的地址找上门去。

来开门的是二红，进屋后高俊才知道这是大红的家。家里供着一尊观音菩萨，只有大红二红在家。大红给让了座后问高俊："你吃了饭了？"

"吃了，别客气了。说秀蓉的事吧。二红跟我说秀蓉的事得有个说法，是有了秀蓉的消息了？要啥说法啊？"高俊的话直截了当，听起来有点着急。

二红一听，也不客气，说："我妹子秀蓉一门心思跟着你，对你那么好，现在生不见人死不见尸，咋算呢？"

高俊听她的口气，不像有秀蓉的消息，他有点失望，说："那是战争时期，啥事都可能发生。秀蓉一个年轻的女人，带着我的孩子，我找也找了，那几年我都没有跟着大部队南下，一直在找。可就是没有消息啊，你说咋办？"

大红听出两个人说话的口气不太对，看着二红，有点责怪地问二红："让你去说点儿事吧，你是咋说的？"

"二红说让我给秀蓉一个说法，我寻思是不是秀蓉有了消息。"高俊说着四下看看，"还说我老师病了，我老师人呢？"

"你咋话都说不清楚呢！"大红责怪着二红。

"不是你不让我说的嘛！我咋把他叫来呢？"二红冲着大红直瞪眼。

"我是不想让你到高俊家里去说。既然去了，你得说清楚啊。"大红转过身对着高俊说，"我妹子不会说话，你别生气。谢谢你能来。是这样，现在县里正在闹镇反，我姨夫也列在被镇压的名单里，要被县里镇压咧，说是反革命家属。县里已经来他家找过一次，得亏我姨夫回老家咧。我家老爷们儿在县里工作，回来说怕是还要到老家去抓人。”

高俊一听，惊讶地说：“这事呀，镇反咋扯上我老师了？”

“他不是有个弟弟是国民党的大官吗？就这点儿扯头就扯上了。说我姨夫是国民党埋下的特务，你说这哪跟哪够得上喽呗！我姨夫和他兄弟从小就分家了，到大两人再没来往过。我说高俊，秀蓉跟着你也算跟上革命了吧？她现在没有音信估计是不能回来了，你就不能报我妹子柏秀蓉是个烈士吗？秀蓉当了烈士，她是我老姨夫的亲闺女，再也不能胡诌八扯和特务扯上吧？”

二红生气地接话说：“特务啥样哎，拉出来一个让我看看。”

高俊打断她的话说：“你们知不知道啥时候去抓人呢？”

二红说：“不知道呢，大前天去了姨夫县城的家里，我赶巧在那儿收拾房子、晾晒被子，县上的人把我堵在老姨夫家里了，我这才知道的这个消息。他们当时问我姨夫老家的住址，我没说。我也说不清楚啊。他们要去抓姨夫，没准也就这几天。”

“行，我知道了。我老师可不是什么特务，我这就去找县里。”高俊指了下二红，摇摇头说，“你昨天就该跟我说明白，一上午时间可以省下来。我以为是秀蓉有消息了呢，这给我急的！”说着起身就走。

高俊急急忙忙赶往县委，一路上他就想，当初没有给柏秀蓉报烈士，是他的内心里太希望柏秀蓉能有一天回来。其实，也和柏老师商量过给秀蓉报烈士的事，柏老师摇摇头，也不同意，他的内心也期待着他的女儿哪一天回来。现在要把柏老师当坏分子镇压可太不应该了，且不说他的女儿柏秀蓉的事，柏老师一辈子在学校教书育人，没离开过学校，从哪论也论不上一个坏分子！老师这事得管。

高俊准备直接去找县委书记，但他觉得自己和县委书记不太熟，只开过几次会，提老师的事别让人家产生误会，帮不了忙再添麻烦，婉转些处理比较稳妥。找个熟人吧，冀东地委书记张文龙和自己是朋友，张文龙也曾是县中学的学生，也是柏老师教过的。这事不是什么托关系，是熟人之间对人对事情都了解，好沟通。去地委找张文龙，时间来不及，高俊决定先打个电话试试。

电话很快接通了，高俊简单地讲述一下县里镇反运动牵扯到柏老师的情况。说着说着高俊激动起来，他说镇反运动要枪毙一个八十多岁的老教书先生无党派人士吗？这根本不是运动的方向。柏老师一辈子在教书育人，根本没有任何和反革命扯上关系的理由。张文龙听了后，很同意高俊的看法，说是在这次运动中很多地方出现了过激倾向。他建议高俊自己先找县委书记谈，看他咋说，他本人明天到县里来检查工作。

高俊找了县委书记徐献礼，没提和地委书记张文龙通电话的事情，直接问到县里的被镇反人员中有没有县中学的柏贵成老师。徐献礼态度挺好，被问得有点发蒙，连声说："查查，等我查查再说。"徐献礼不是本地人，对于本地的事知道的不是太多。

"别等了吧，麻烦你现在查查，看到了哪一步——柏贵成。"高俊催促着说。

"啊，好像是有个姓柏的，是不是已经给毙了呀？"徐献礼找出文件边说边扒拉着找。

"给毙了？"高俊急了。

"别急别急，等我查查。"徐献礼找到几张纸，看了看，说，"啊，在这儿呢，是昨天处理的……不对，他没在原地居住，没抓呢，这还有几个没在也没抓着，准备过几天去抓。这个人，柏贵成怎么了？"

"因为啥抓他？"高俊问道。

"不是在搞镇反运动吗？他们这些人都是有国民党亲属。"

"国民党亲属就抓？"高俊不明白地问，"柏贵成老师家里人口单薄，他本家就一个亲姐姐，这个国民党的弟弟是他继母生的孩子，是同父异母的兄弟，年龄相差大，也就见过一两面吧。他继母对他们很不好，从小就分家过了，柏老师和他的继母之间根本不来往。"高俊感到很少有人知道柏老师有个在国民党当大官的同父异母的弟弟，这个理由也就是大红二红自个瞎猜的，到县委来提都不提，干啥不打自招去！他只问："柏老师有什么国民党亲属？"

徐献礼认真地说："他教的学生里不少是国民党，还有很多是国民党的大官。谁知道他们会不会有什么联系，会不会留下什么任务呢？"

高俊明白了，一直紧揪着的心放下来了。他说：“这算什么理由，他本人就是个教书先生，一辈子在学校里教书，是个无党派人士。他只管教学生，学生离开学校是好是坏跟他有什么关系？那都是学生的选择，学生自己的事了。他的学生中参加共产党的也多了去了，当了共产党大官的也不少，我和地委的书记张文龙都是他的学生，我们都是共产党员。他唯一的女儿——”高俊顿了一下，没有说出他和柏老师的关系，而是简略着说，“在土匪叛乱中失踪了，现在生不见人死不见尸，按理应该给定烈士呢！只是柏老师天天盼着他的女儿能回家才没有报烈士，他这哪一条和反革命都没沾边。”

“哦，这样啊，这好说，够不上咱给划喽。工作中难免出错。也是，一个八十多岁的人抓来干什么！”徐献礼倒是好说话，拿笔从名单中将柏老师的名字划掉了。

“你们这个反革命是根据啥定的，抓错喽脑袋就没了。人命关天呀！”高俊摇摇头，担心地问。

“我们先是看本人是不是罪大恶极，是不是国民党、土匪，直接参与没参与屠杀共产党，再看是不是国民党的特务，这牵扯范围就广了……”徐献礼有些为难地说。

高俊听到这句话，怕柏老师的事不落实，当着徐献礼的面给张文龙打通了电话。张文龙电话里说：“别人我不敢说，柏贵成老师，绝对不是什么国民党特务！他是无党派人士，是个最好的教书先生。是我们该争取的民主人士，绝不是镇反的对象！”

有了这个电话，徐献礼不停地点头说对，高俊心里才算踏实了。他离开县委，觉得应该去告诉大红二红一下。不知道为什么，他现在从心里有点怵她们，不太愿意去。不如回家吧，娘还在家里牵挂着呢，到时给她们写封信说明一下就行了。

正犹豫着，二红在马路边叫了他一声。原来二红一直跟着他，在县委门口等着呢。高俊告诉二红柏老师已经没事了。二红拉扯着他，执意让他家去吃饭，高俊摇摇头说：“我回去了，家里有事，你们不要客气，要是有事还来找我，只要我能办的一定去办。”

回到家里，娘正在大门口等他。见到他，娘追着他，想问又不敢问。

高俊知道娘在担心，便说："娘，没事。就是秀蓉她爹身体不好，我去看了看。"他知道这样说娘还是不放心，又拉起娘的手说，"咱们不去想没有的事了，秀蓉不管在哪儿，都愿意看到我和娘生活得好好的，不愿意让我和娘天天恓恓惶惶惦念着她。是吧，娘。不去想了，她回来，有回来的日子，她没回来，咱还得活下去对不对，娘？"

娘听了他的话，想了想，没说什么。

1月底，边晓荣足月生了个儿子，高俊说："这小子的名我早想好了，就叫小锅，饭锅的锅。"

"那叫个啥名啊？"晓荣不干了。

"这名挺好的。"高俊坚持说。

"那快给你那大哥的孩子用吧。"晓荣坚决不同意。高俊又起了个名字——大国，高大国。国是郭的谐音。晓荣不知道他的心思，觉得这个还可以，也就同意了。

娘比谁都高兴，她的二儿子有儿有女了，那颗受伤的心会慢慢愈合了。

高俊经历过大起大落的生死离别，这一段平静的生活让他感到幸福和满足。每天回来，娘带着正在学走路的女儿等在家门口，女儿远远看到他竟能从人群中认出他来，挥着小手找着平衡跌跌撞撞往他这跑，摔了跟头也不哭，起来还跑。娘开心地在后面看着笑着。

有娘在，准有一桌可口的饭菜等着他，家里的一切井井有条、干干净净。

高俊知足，他尽心维护着这个家。他在几年寻找亲人的过程中得到过许多人的帮助，他铭记终生。无论是对谁，大事小事，只要有可能帮上忙他都会去帮。

这一天早晨，高俊出门上班，发现高大壮蹲在门口，他奇怪地问："哎，大哥，啥时来的？怎么不进家？"

"我来得早咧。"高大壮说，"俊头，你去上班呀？"

"是呀。咋，有啥事进家说吧。"

"我媳妇该生咧。"

高俊没明白大哥的意思，问："哦，没啥事吧？"

“没啥事，你去上班吧。”

等高俊下班回来时，高大壮不在家。娘正在做饭，晓荣在哄孩子玩儿。他问晓荣：“大哥呢？”

“大哥？”晓荣不解地问，“什么大哥？”

娘将做好的饭端上桌，说：“他待了一下就走咧，晓荣正在睡觉，没见着他。”

高俊一听，心里挺不舒服说：“那咋不留他吃了饭走呢？”

娘没吭声。

高俊又问：“是不是碰上啥事了，来一趟没吃饭就走了？跑了这老远，有啥事也得吃顿饭再说呀。”

娘还是没吭声。她给高俊盛了烀豆高粱米小米饭，夹上酸菜粉条，看着他吃。高俊说：“你咋不吃呢，娘？”

“我肚子不太好受，等会儿再吃。”娘说。

晚上，娘看荣荣带孩子睡着了，跟高俊说：“王彩凤，就是你大哥家里的，说是下个月就生咧。”

“嗯，我大哥说了。”

“他让我回去呢。”娘慢悠悠地说。

高俊沉默了，半天说：“那你咋说？”

娘说：“等晓荣坐完月子再说，不喽到时我就回去看看，也快过年咧。”

晓荣坐完月子，娘真的要走，高俊心里舍不得，挽留娘。娘说：“得回去看看了，你大哥家里的也就这个月生孩子。这是他们的头一胎，咋也得帮下手啊。”

高俊没法再挽留，娘走了。家里马上陷入混乱中，好在区里还有食堂，能吃上口饭。

娘走了几个月后又回来了，她是太想念她的小儿子高俊了。这次高大壮跟着，家里正准备往省里搬家，乱糟糟的，没有大哥住的地方，很不方便。晓荣说：“大哥，你先回去，等我们搬了家你再来。”

高大壮等着不走是还盯着要娘回去，他说：“我等着和娘一块堆儿走。”

“娘在这儿住几天就不行了？”边晓荣很不高兴。

高大壮说：“我家离不开人，你嫂子又怀上了，败家娘们儿啥也不会干，家离不开娘。”

娘一听话头不对，岔话道：“不喽老大你先回去，我在这儿住几天，不多住，就几天。”

高大壮很不高兴地回去，一个星期后又来了。这回娘不能不走了，她说：“晓荣，我看你们忒忙不过来，你给大国早点儿断奶吧，我把大国带走，你看中不？”

高俊一听，觉得这样还可以名正言顺地每月给娘寄钱，立刻同意了，抢先说：“中啊。”

四十六

几年里，高俊家里连续添丁，虎头虎脑的小五生下来后，高俊说："我说孩子她妈，咱再喜欢孩子也不中了，不能再生了，真感到吃力了。"

高大壮那里也是连续生，生下来得病死了一个，七年生了五个男孩，加上带到老家的大小子大国，清一色的秃瓢小子，娘再也没到高俊家来过。

高俊的家进了大城市，搬了两次家，房子一次比一次好，日子稳定了，他心里却感到不尽如人意。

就说工作吧，定职务前人和人之间的关系开始变化，相互提防。在涉及面广泛的镇反运动中，高俊突然担心自己为别人的事据理力争，有一天会不会影响到自己？如果影响到自己，谁会为他说话？当年为了找队伍打日本鬼子，铁锅的叔叔郭尚德托组织送他们上部队，因为年龄小，是组织送他们进了国民党的军校，集体参加了国民党。又因为他们优异的成绩被送到国民党部队并且得到晋升，只是他们后来弃暗投明，来到太行山参加了共产党。虽然每段经历都有证明人，但从战争年代到如今，很多人不在了。现在，人人争着要地位、利益、名誉，这段经历会不会给他带来麻烦？这个念头一动，他劝自己：当初他和铁锅、小猴子、李力锋并没有想到会有今天，也没有任何要求，只有坚定的目标：赶走小鬼子！到今天为止，自己最初的心愿实现了。他现在有家，有了媳妇边晓荣和五个孩子。这几个聪明可爱的孩子给他带来了无比的快乐。高俊想起铁锅，想起在东北的土匪叛乱中死去的战友，心里仍然是锥心挖肝地疼痛，每年清明给铁锅烧纸时还是忍不住鼻涕眼泪地不能自持。中啦，高俊常常自我开导，想：啥也不争了，咱还活着。铁锅、小猴子，我的亲兄弟，就算是我替你们活着吧。这样一想，在分配工作时他从来不主动找组织谈，组织找他谈话时他选择去别人不太愿意选择的地方，当了一个资料部门的负责人。

边晓荣在人事部门工作，当时就知道了高俊工作安排的情况。她很不满意高俊对自己工作的选择，处理完办公室的事，在食堂买了几个馒头回家了。

进了家门连个下脚的地方都找不到，地上床上铺天盖地摆满了东西。边晓荣想起今天是星期六，住校和寄养在外面的孩子们要回家了。此刻在家的只有三岁多的老儿子胖五。他坐在窗台上，两个胖胖的小脚勾在一起，全神贯注地捣鼓着手里的一个小闹钟。

"你咋坐那儿去咧？看摔喽！就你在家？"边晓荣边说边四下看，"没一个大的在家？"正说着，胖五不知扒拉了哪里，手里的闹钟突然响了，像突如其来爆了一挂炮仗。胖五吓得一激灵，想扔又怕摔坏，从窗台上又下不来，哭咧咧地把拿着震天响的闹钟的小手伸向妈妈，希望得到帮助。边晓荣满心的烦事，没管他，下意识敷衍着说："好歪，看好歪。"[1]胖五哇哇大哭起来。躲在桌子下面的毛丫看到后忍不住，哏儿哏儿直笑。

边晓荣这才看到桌子底下的小丫头，马上板下脸说："你说你钻桌子底下干啥去咧？"

毛丫听到妈的语气不对，立刻从桌子底下爬了出来，板起小脸说："我的小兔子在底下，我不得陪它吗？"

这个小女儿五岁还不到，很敏感，她能从脸色和语气上判断出对方的态度。妈的态度不好，她立刻反击。面对这两个不着调的孩子，边晓荣心里更懊糟了，她的耐心已经被这几个陆续出生的孩子磨没了，不知道他们每天会出什么幺蛾子。她生气地拍着腿说："你咋把兔子放桌子底下咧？不脏啊？"

一听见说自己心爱的小白兔，毛丫眼珠立睖起来，比妈还生气地说："小白兔是白的，怎么会脏呢？"

---

① 这里"好歪，看好歪"是河北秦皇岛一带方言，指"小心点儿，小心点儿吧"。

“它不拉不尿哇，不臭哇？”

“它不臭！”毛丫拉开战斗的架势，昂着头说。

边晓荣一手扒拉开毛丫，不耐烦地说：“去去去！”说着要到桌子底下去抓小兔子。桌子矮，边晓荣生了老五后胖了，钻不进去，她随手抓起桌子上的一把学生尺子去捅装兔子的小筐。

胖五一看妈去动小白兔，也不怕手里闹腾的闹钟了，翻了个身趴着从窗台出溜下来，嘴里啊啊嚷着冲过去。正好边晓荣从桌子底下抽身出来和胖五碰上了，胖五摔了个仰八角子，手里还攥着继续响着的闹钟，“哇”的一声哭了。兔子从筐里跑了出来，边晓荣伸手想去捉，毛丫赶紧抱起兔子，喊着：“别动我们的小白兔！”说着咧了咧嘴，也哭了。边晓荣无奈地扔下手里的尺子，先拎起胖五，从他手里抠出闹钟放在一边，给他擦了把眼泪，缓下口气说：“妈不动你们的小兔子，不动！这么着行喽呗，咱把小兔子拿到阳台上去养着行不行？”边晓荣到大城市好几年了，依然是一口地道的冀东口音。跟自己这两个四六不懂的孩子，她怕完全讲冀东口音孩子听不懂，讲话时间或夹杂着普通话。

毛丫生气地说：“我们本来就在阳台上养着呢，是拿进来和我们玩会儿的！”

毛丫是家里最安静、话不多的小女儿，今天养个小鸡，明天养个小鸭子，都捧在手心上养，天天和它们嘀嘀咕咕说话。家里的油瓶子倒了，她绕着走，从来不掺和事。要是谁动了她养的小动物，她也会急。这会儿说话像吃了枪药，把她妈呛得说不出话来。边晓荣瞪了她一眼，堆起笑脸缓和着商量说：“丫啊，你看咱家弄得这么乱，不喽你们带着小兔子出去玩玩儿？”

正说着，大丫头大圆圆回来了，进门四下看看不满地说：“家里怎么这么乱七八糟的！”

边晓荣有大的绝不说小的，放下这两个不着调的，换了个口气开始责问老大：“知道家里乱那你干啥去了？这么晚回来？”

“我们学校有事！”大圆圆可比小丫头厉害多了，把书包“乓”地一蹾，脸一沉说道。边晓荣一看大圆圆脑袋昂起来，恐怕话赶话说呛了吵架，没理她。正说着大小子大国和二小子小国也回来了，进门就喊饿，惹得边晓荣又是一通叨叨。

毛丫看看情况不对，悄悄抱起小兔子，正想溜时，胖五拽住她，奶声奶气地说：“我也去。”毛丫看看他，弯腰从桌子底下拿出兔笼子塞给他，俩小孩趁乱到外面去玩儿了。

边晓荣结婚时年龄小，没有多少生活经验，被几个连续出生的孩子累得早就失去耐心了。这个家里最大的不省心，还是她家老高！她和老高差着不少年龄，没有共同的经历，她想不明白老高为什么不主动去选择一个单位，等着等着去了一个没人去的资料部门，还把主要负责人的职位推让了。她不关心职务高低能带来什么远大的发展，她只知道主要职务和副职差着钱呢。多几块钱，她的这几个嗷嗷待哺的孩子就能多得些好吃的。这世界上还有老高这么笨、这么不顾家的人？

怀老三小国那年，老高在南方工作的朋友李力锋，不停地叫他去那边任个地委专员的空缺职务，这个老高犹犹豫豫最后也没去，你说他这脑子是咋想的！边晓荣越想越气，一手扒拉开到厨房探头探脑的大国，没头没脑地说：“起来，这做着饭呢，你干啥来咧！”

大国从小抱到他奶奶家养大，上小学时才接回来。是自己亲生的，当妈的不能说不喜欢，生气时却总拿他撒气。只要她一说大国，大圆圆马上立睖着眼就不干。她来到厨房，帮着大国说：“怎么啦！你说怎么啦？饿了，来找吃的！”

“你去去去，去呗唉。”妈最不想惹的就是大圆圆，她挥着手往外轰他们。

正说着，高俊回来了。边晓荣心里的怒火一下喷发了。她一手抓着锅铲，追出来问道：“我说老高，我早就说让你赶快找找，落实个实惠的部门，等啊等啊，我以为你拣着啥高枝了呢，到了资料部。去也就去了，你干啥把部长的位置还让给别人了呢？”

高俊手里拎着外面买的熟食，大眼睛眨巴眨巴一时没反应过来边晓荣什么意思。

“你说你到底咋想的？组织上让你当部长，你干啥非要当副的呢？”

“哦，”高俊回过神来说，“人家老谢是个老红军，资格比我老。”

说着指着手里的东西，转了话题说：“你们饿了没……咦，小丫头和小小子呢？”

边晓荣伸手夺过高俊手里的东西，气呼呼地说：“问你话哪！让你当部长，是组织上的安排，从你这儿你不能让哎？再说，老谢脑子受过伤，不清不楚地能干啥事？”

“咱先吃饭中不中？”高俊赔着笑脸说。

“先吃饭！饿了！”大圆圆向来和爸爸口气一致。

“妈！”老三小国过来摇摇妈的胳膊，一双黑黑的眼睛期盼地看着妈。

小国长得漂亮，白白的，眉清目秀，嘴又甜，边晓荣一直偏爱他。她低下头看着小国，眼睛立刻变得温柔了，答应着说：“哎。饿啦？这就吃啊。”说着进了厨房，不一会儿把饭热了热端了出来。边晓荣四下看看，瞪了大圆圆一眼，说：“不兴去叫下小的呀？咋这没眼力见儿！”

大圆圆气哼哼扭了下头，不接茬儿。高俊起身出去找孩子，不一会儿，怀里抱着毛丫，手里拎着个兔笼子回来了，胖五颠儿颠儿地跟在后面。

“恁大丫头还让抱着？”边晓荣翻了高俊一眼。

高俊笑着放下毛丫，摸着她的头说：“我的小闺女我不抱谁抱呀，再过几年，我就抱不动喽。”

毛丫在地上站稳了，不满意地对妈说：“真是的！”

边晓荣知道毛丫不满意，看着她脸憋得通红呼哧哼哧不知道怎么表达的样子，忍不住笑了，安慰她说：“行，我不说咧。饿了没？吃饭吧。”

妈这样一说，毛丫小脸马上平静了，坐在小板凳上开始吃饭。

屋里一时出现少有的安静。突然胖五指着毛丫告状说：“她吐啦。”

毛丫想吐出来的菜是老家托人带来的菜干，有些干硬，嚼半天嚼不动，毛丫咽不进去，在嘴里嚼着嚼着干哕起来。听胖五一说，毛丫扔下小饭勺生气了，嘴里还含着咽不下的菜干。边晓荣刚想说什么，高俊把毛丫嘴里咽不下的菜抠了出来，安慰着说：“你妈做的菜硬。不碍的，多嚼嚼，嚼不动咱吐了。”

边晓荣一听，把端着的碗蹾在桌子上，憋着的一肚子火爆发了：“你这么惯着孩子，咋说我的不是呢？菜硬啊，菜没油水咋能软喽？你说你把个能多拿点儿钱的工作让给别人干啥？你脑子让猪油糊住咧？你这么着，下午我去找组织上说，你那部长不能让！凭啥呀？”

高俊皱皱眉头说：“工作的上的事你别去搅和，都定了的事！”

“咋定咧？你别糊弄我。这事还能改。”边晓荣自信地说。

高俊起身拿了瓶酒，给自己斟了一杯说：“你能耐！你改你改去，我是不去。”

“你因为啥呀？”边晓荣生气了，开始翻箱倒柜地抖搂往事，“人往高处走，水往低处流，人家都是见好去争，你不去争也罢，你咋还让呢？你脑袋是榆木疙瘩做的？”

大国听到榆木疙瘩脑袋，忍不住笑了。边晓荣立睖着眼睛狠狠地看了他一眼，他赶快低下头去吃饭。小国嘻嘻笑着从菜里捡了块冬瓜问妈：“榆木疙瘩脑袋瓜。有没有冬瓜脑袋？”

边晓荣没理他，沉着脸继续数落：“你看看家里这几个孩子，正是半大小子吃死老子的年龄；还有你们老家里，隔三岔五总来夸擦，家里的日子你不管不说，没完没了地喝上酒咧！你说这家里的日子过得还像日子吗？”

高俊的两口酒下肚，脸颊漾出一片红晕，再一口下肚，一丝笑意挂在嘴边。他说：“你家天天不是过日子是过月子呀？”

大圆圆忍不住“扑哧”笑了，大国不敢大声笑，低下头偷偷乐。边晓荣更生气了，开始恶狠狠地说：“你就是个高粱花子脑袋，狗屎糊不上墙！”

“咋又换了个脑袋呢？”高俊还没说完，大国小国开始笑起来。胖五听不明白大家在说什么，跟着拍着小手哈哈笑。

“你瞅你那瞎眼大哥吧，来了把咱家里的箱子底都抖搂个遍，把家里搜搂得啥都不剩。”

说到大哥，高俊不高兴了，仰头喝完杯里最后一口酒说：“那你咋不找个银行掌柜的去呢？”

边晓荣气得哭笑不得说：“银行掌柜的是干啥的？你啥意思！”

高俊说：“银行掌柜的有钱呀！”说着往床上一躺睡觉去了，剩边晓荣一个人坐那对着一桌子吃光的盘碗生气。

一只小手搭在边晓荣的腿上晃了晃，边晓荣一看，毛丫拿着一把细竹签子对着她露出笑脸，说：“跟我玩儿。”

这把竹签子是边晓荣用几副织毛衣的细竹针凑的。玩的时候先在桌上蹾齐，撒开手散开，将摊开挨在一起的竹签一根一根挑开，动了其他的竹签就输了，输了要让对方挑。最后谁手里的竹签多谁就赢了。

边晓荣有些不耐烦地说："去吧，去吧哎，这个乱劲儿哪有心思跟你玩儿。"

"那我帮你收拾，收拾完，咱俩玩儿。"毛丫是看到妈在生气，过来想哄妈高兴，她挤到妈的两腿中间说。

边晓荣笑了，说："就你那个懒劲儿还帮我收拾？叫你姐姐帮下忙还差不多。"

"你别叫她了。"

"咋咧？"

"她要发火那你又该生气了。"毛丫小声说。什么事也瞒不过这个孩子，边晓荣忍不住笑了，心里的气顺下去了，她把碗筷收了后和毛丫在床上玩儿起撒竹签来。

四十七

星期天的家是忙碌的。大圆圆、大国和小国要到学校参加活动，提前去学校了，要等到下个星期六才回家；毛丫和胖五要在星期一下午被送到阿姨家。这一天，是胖五偎在妈怀里耍赖的时间。

这个星期天下午，有人敲门。边晓荣推开胖五说："没别人，一定又是你那瞎眼大大。月头了，发钱咧，他还不得来？"说着起身去藏东西。

开了门，果然是高大壮。高俊看见他一如既往地高兴说："大哥来啦，吃了没？"

"没呢。"

"那你等着。"高俊大声叫着，"他妈，他妈？"

自从有了孩子，高俊再也不叫边晓荣的名字"荣荣"了，直接喊"他妈"。叫了几声听见没回音，他找了过来，看到边晓荣正在翻箱倒柜，问："你干啥呢？"

"没干啥。"边晓荣从里屋出来，看到高大壮冷冷地说道，"大哥来啦？"

高大壮把手揣在袖筒里，一昂头说："嗯哪。那我兄弟家不是我啥时候想来就来的？对不，俊头？"

"那是呀。"高俊一副不容争辩的派头，理直气壮地说，"我说他妈，做饭吧，我大哥还没吃饭哪。多加几个菜。"

"你做呀，你家都趁啥还多加几个菜？"边晓荣嘲讽地说。

高俊看到边晓荣不高兴，拉着高大壮去厨房做饭。他豪气地问："大哥，吃点儿啥？"

“吃点儿有油水的呗？现在的日子忒困难，啥吃的没有，咱老家的日子可忒见底咧，恨不得吃地皮咧。”

周末，几个小狼一样的孩子刚刚走，厨房里吃的没剩什么了。高俊翻了翻，只有六七个鸡蛋。“嘿！”高俊高兴了，他还就只会炒鸡蛋。他把鸡蛋一下全磕进了一个大碗里。边晓荣进来一看，心疼得嚷起来：“你干啥放这么多鸡蛋，不过啦？”她平时给孩子们做鸡蛋，磕开的蛋壳用手且夸擦呢，放上水，做成蛋羹，显得鸡蛋多一些。一个周末，边晓荣都没舍得把鸡蛋给孩子们全做着吃喽，让高俊一顿全用了！

高俊喜眉笑眼地笑着说：“不得让我大哥吃口香的呀！”

边晓荣更生气了，嗓音提高了：“这鸡蛋孩子上学走我都没说给他们带上，明天还有俩小的要吃，你一下把鸡蛋全炒喽，你是伺候你祖宗哪？”

胖五听到这边大声嚷嚷嗒嗒走过来，看到高大壮愣了一下，指着高大壮疑惑地对妈闭上一只眼。边晓荣明白胖五是奇怪高大壮只有一只眼，看到小儿子滑稽的表情忍不住笑了，她对胖五说：“这是你大爷。”说着拉着胖五走出厨房。

看到边晓荣出去，高大壮撇撇嘴说：“我说俊头，你家别尽让个老娘们儿咋呼！这搁咱老家，我上去给她俩大嘴巴，让她说东说西地能耐！”

高俊未置可否地嗯嗯着，说：“你先来吃吧。”说着把一大盘炒鸡蛋端了过去。

边晓荣拽着毛丫和胖五跟过去，说：“你们跟大爷一块儿吃！孩子也没吃饭呢。”说完气呼呼地去了厨房。

毛丫拿起个小勺子刚想去舀盘子里的鸡蛋，高大壮把盘子挪到自己跟前让毛丫舀了个空。毛丫拿着勺子呆愣愣地看着这个大爷，胖五一看，伸手去抓盘子里的鸡蛋，高大壮挡住他的小胖手，拿起盘子将鸡蛋全部吃光，又把盘子舔了个干干净净。胖五眨巴眨巴大眼睛，撇撇嘴，鼻子一红，眼泪出来了，从凳子上出溜下来去厨房找妈。

边晓荣在厨房挥动着手跟高俊说着什么，胖五拽拽妈的裤脚，说：“他把盘子舔了。”

“啥？”情绪激动的边晓荣没明白胖五说什么，胖五捂住一只眼重复道：“他把盘子舔了。”

“啊？”边晓荣看到胖五大眼睛瞪着，挂着一颗泪水很认真地来告状，便问道，“是你大爷把盘子舔咧？”

胖五点点头。

“吃完鸡蛋舔了盘子？舔了舔了吧，那有啥法！”妈说。

胖五撇撇嘴，含混不清地说：“他不给我吃。”

“一口没吃着呀？”妈问道。

胖五点点头，撇撇嘴哭起来。妈抱着他来到饭桌，看到桌上干干净净的盘碗，忍不住说：“大哥，你没给孩子留点儿？”

“吃了，他们吃了。”高大壮把手笼在袖子里说。

边晓荣给胖五擦了眼泪，哄着他说：“吃了就行了呗。”

“没有！”毛丫突然口齿清楚地说，“我们一口没吃，他不给我们吃。”

边晓荣看着高大壮说：“你们一块堆儿吃饭，咋一口都不给孩子吃呢？”

“他们小孩子，少吃口不碍的呀！”高大壮把双手揣起来说。

边晓荣瞪了高大壮一眼，从裤兜里掏出一块钱对毛丫说：“你带着弟弟出去买包饼干，完了在外边玩儿会儿。”

胖五扭着身子说：“我没吃饭呢，我不吃饼干。”

“那你吃啥！”边晓荣已经快控制不住自己的情绪了。

“我要吃肉肉。”胖五说。

“行喽，咱晚上吃。你们快去吧，抱上你们的兔子，看回头他把你们的兔子也给吃喽！”

俩孩子一听，抱上兔子赶快跑了。

打发了两个孩子，没等边晓荣说什么，高大壮对从厨房忙活完了的高俊说：“我说俊头，你家还是有钱！给孩子买零食一给就是一块。不中呀，你每月给咱娘的钱还得加点，20 块钱不中呀！”

“啥？”边晓荣的眼珠子都快惊出来了，“老高！谁让你给你家 20 块钱的？咱们可是说好了的每月给老家寄 10 块钱。”

高俊一看露馅了，忙着和稀泥：“大哥家五个孩子，还得养我娘，不是忒困难吗？”

“你家也五个孩子呢！”边晓荣的愤怒没办法发泄，再这么生气，自己就得气死！她想了想说："你这么着吧老高，你把娘接过来，咱们养着，这样中吧？"

"中，中。"高俊想平息边晓荣的火气，一口答应道。

"中啥呀？不中！"高大壮坚决不同意。

"因为啥？说这话可有道理没有？"边晓荣问道。

高大壮不觉得自己没理，理直气壮地说道："我娘身体不中了，没法帮你家干活了！"

"我说让你娘来干活咧？我养着她！"边晓荣较上真了。

"那我娘也来不了，她身体真不中咧。"高大壮看着高俊说，"你还真得抽空回去看看。"

"娘咋啦？"高俊紧张地问。

"她这阵子总说想你，身上总没劲。"

高俊看着边晓荣，边晓荣一脸油盐不进的官司模样，假装没听见。工作上的事加上老家的事，他知道边晓荣心里憋着的这个气一时半会儿过不去。单位正巧有个去老家那边出差的差事，高俊想了想，觉得不如提前去老家看看，也躲几天。高俊对高大壮说："那我和你回去一趟看看。"

"你不上班啦？"边晓荣问。

"我是出差。刚好有个去那边的差事，就手去一下，一半天就回来。"

其实，外出的差事是过几天的事，看边晓荣不满意，高俊干脆就借出差的机会先去趟老家，看看娘，躲躲家里的矛盾。高俊想着，起身收拾东西，边晓荣跟着看着，防着他把家里东西全卷着带回老家。

出了家门，高大壮问道："真去呀？"

"可不真去。你说你咋啥都说呢？"

"我说啥咧？"高大壮高声地说，"我就看着你咋怕上那娘们儿咧！不中轰走她，我来给你管家！"

高俊想说什么，又把话吞了回去，改问道："咱老家今年年景还不好吗？"

"不中啊。"高大壮摇摇头，"忒不中啊！活半拉气。这怪不着谁，怪咱家孩子多，吃没吃的穿没穿的。这日子过的呀，忒难。"

"你不是会种庄稼吗，怎么还吃不上喝不上了？"

“成立公社了，土地全收了，不让随便种庄稼了。”

说着话，高俊从机关要了车，回到老家，约好回去的时间让车先回单位，和高大壮一同进村了。

进了家门，看到娘拿着个棍子摸索着走路。高大壮对娘说：“俊头回来了。”

娘把眼睛揉了又揉，听到高俊喊了声“娘！”才确信是她的小儿子回来了。

娘老了许多，眼睛更不好用了。高俊想跟着娘进屋，娘摆摆手，指指东边的小偏屋，小声说：“这屋来。”

高俊有些不高兴地说：“咋让娘住这小屋，冬天不冷呀！”

高大壮没吭声。娘说：“不冷，不冷啊，烧着热炕呢。来，屋来。”

娘老了，爱干净的习惯没变。她倒腾不动房子里堆放的柴火了，只把自己住的地方收拾得干干净净。高俊坐炕上，炕上还挺暖和。娘攥着高俊的手，摩挲着说：“我怕冷，炕一年四季都烧着。”

刚说了几句话，正房那边传出嘈杂的叫骂和尖叫声，高俊听到一个高亢的女声嚷道：“老不死的，做的啥衣服啊！”

高大壮三步两步跑过去，高俊也想过去，被娘抓住摆摆手。一会儿高大壮回来，手里拿着条裤子说：“娘，你做的是啥衣服嘛！裤腿缝死了，成一条腿咧。”

高俊不高兴地说：“谁喊叫呢，你媳妇？咋还让娘做衣服！娘都多大岁数了，眼睛不好你不是不知道，都咋的了这是！”

高大壮不吭声了。正屋又传来叫骂声：“人呢，都死光咧？叫我穿啥呀？王八犊子们！”

高俊问道：“这是骂谁呢？”

高大壮还是不声不响，抬起腿快步出去了。一会儿，那屋传出哭闹声：“你打，你趁早打死我，我早不想活了，你不打死我你就不是人揍的！”

娘站起来，摸着棍子。高俊看出娘是想过去，上前搀住娘，扶着娘向正屋走去。

进了屋，扑面而来一股臭气，冷咕丁的臭气把高俊熏得一口气憋住差点憋死。就看到高大壮拽着他媳妇王彩凤在打，王彩凤在床上也不示弱，伸着一个胳膊乱舞。

“干啥呢，老大！”娘喝住了高大壮。

王彩凤看到娘，抓起东西摔过来，嘴里不依不饶地说：“你做的啥衣服呀，让俺穿不上！”

高俊看到王彩凤这样对自己的娘，一股血冲到脸上，他上前一步刚想说什么，娘紧紧攥住他的手，摇摇头示意他不要说话。娘对王彩凤说：“娘眼睛不好，裤腿做得连上咧？改改不就中了？也值得大吵大叫！对你的病有啥好处？你兄弟来家了，你拉屎拉尿可不能忒随意，拉在床上把这屋子弄得太臭咧。”

王彩凤呜呜地哭了起来。

从娘的嘴里，高俊知道王彩霞生完第六个孩子不到一年又怀上了，孩子太密了实在养不了，高大壮带着她去打胎时不知是医生的医术不行还是她太弱了，大出血，之后身体垮了，经常全身疼得大喊大叫，头年又瘫了。

娘看到高俊因为王彩凤对娘态度不好不高兴，细声细气地对他说：“别和她一样着，她是让病给拿的。你大哥脑子不清不楚的，可不知道心疼人呢！她骂我不是对我，是为了气你大哥，你别往心里去，啊？”

高俊沉默了半天，跟娘说：“跟我去我家吧，娘，大国天天念叨你呢。”

一说大国，娘的眼睛犯潮了，她抹着眼泪点点头说：“我也想我那大孙子，中。你哪天走？”

和自己的娘在一起的时间过得飞快，两天眨眼过去了。要走的那天王彩凤拖拉着瘫痪的身体爬出屋子，哭着对娘说：“娘啊，我是个快死的人，快别跟我生气吧！你就是我的亲娘，比我的亲娘还亲呀，是我们这个家的主心骨呀，别离开我，别离开我们这个家吧，娘！”

穿得破破烂烂的五个孩子围在旁边，娘的眼泪马上下来了，她回身抓住高俊的手摸了又摸，贴在脸上亲了又亲，说：“俊头，我的儿啊，你回吧，娘就不跟你去了。”

高俊眼睛干红干红的，娘一看，怕高俊的眼睛流血，把高俊推进车里，换了个笑脸说：“走吧，俊头，啥事没有。等彩凤过几天好些喽，娘去看大国。”说着，催促着司机说，“快走吧，走吧。”说完，回到自家院里把门闩上。

高俊看着关紧了的家门，心里空落落的。他回到自己的家，把烟戒了，尽可能地省下钱给老家寄去。两个月后，高大壮胡子拉碴地来了，说是王彩凤死了。娘更来不了了，她得照顾这一群没成年的孩子。

四十八

高大壮隔三岔五地到家里来，高俊和边晓荣隔三岔五地吵。毛丫不明白他们是为什么吵架，常常回到家后先看看两人的脸色，判断两人吵架了，就溜出去玩儿。她的性格有些云里雾里，烦恼的事情视而不见，只喜欢跟她的小兔子说话。

这个周末回来，边晓荣在收拾东西，地上堆着大包小包，毛丫绕开这些去找小兔子。她来到阳台发现小兔子没了，顿时发起脾气来。边晓荣一看哄不住了，说："咱们家都没咧，都要搬走咧，你还闹呢！"

毛丫睁大泪眼问："去哪儿呀？"

"说是疏散人口，到农村去呢。"

毛丫听不明白妈的话，从妈气急败坏的神情感觉她是不大情愿。毛丫好奇地问："咱们家都走吗？"

"你姐姐哥哥他们不去，他们正上学呢，咱们去的就怕是兔子都不拉屎的穷地方，啥样都不知道呢，再耽误了他们上学！"边晓荣沮丧地说。

听到兔子两个字，毛丫又嚷了起来，边晓荣提高了声音说："不是跟你说了嘛，你那兔子先走咧，在那儿等着咱们呢。"

毛丫和胖五就是想着去找他们的小白兔跟爸和妈来到了河北中部的一个县城。到了这里，毛丫和胖五乐坏了，也不再找他们的兔子了。这里好玩的比大城市多多了。走不远就可以看到一垛一垛的麦秸堆成的小山，他们一帮孩子欢呼跳跃着爬上去，蹦啊跳呀，很快发现跳着跳着麦秸堆散了，可以当滑梯出溜下来。他们挨个跳麦秸堆，玩得正高兴，被拿着木叉子干活的老头给喝住了。

拿着木叉子的老头愤怒地吼着，看到这帮孩子幼稚的脸上的惊恐，无可奈何地叹了口气，说："快去吧，干吗呢？刚堆好的麦垛子，看给祸祸散咧！别上去咧，快走吧！"说着抓下头上的草帽抹着头上的大汗。

毛丫一眼看到草帽只有一圈帽檐儿，没有帽顶，便指着这个草帽笑起来。她带着一帮孩子大笑着疯跑了，去寻找下一个新玩法，留下干活的老头重新码麦垛。

在这里，虽然没有玩具、没有美食，但就是好玩！出门就可以看见邻居家猪圈里养的猪，街上跑着拉车的大马、小毛驴。再走远点儿，有钻不完的玉米地和许多需要探秘的庄稼地，兴奋得毛丫、胖五早早进入了"狗都嫌"的时期。他们睁开眼，没白天没黑夜地开始快乐地玩儿。家里的老三小国回来了，胖五看到小国，突然沉下脸跟毛丫开始"分家"，把他的弹球、弹弓子全拿走了，说："你是个女的，不跟你玩儿了。"毛丫气得直翻眼皮："嘁，又不是我要跟你玩儿！你再来找我试试！"两个人把东西分清了，胖五去当小国的跟屁虫，毛丫开始自己玩儿。

不知道从哪天开始，街上的人突然多起来。总是有队伍上街，几个胸前挂着牌子的人被押着走在队伍的前面，整个队伍人们敲锣打鼓地喊着、叫着，看看都累得慌。

边晓荣开始不让毛丫和胖五上街。她和高俊在家时嘀嘀咕咕地说着什么，不时打开收音机仔细听，收音机里也是又喊又叫的。边晓荣那一脸严肃的神情像跟高俊吵架时的模样，不时地和高俊小声嘀嘀咕咕交流着什么。

毛丫不知道他们在说什么，根本不操他们这份心，她又养了两只小鸡，死了一只，剩下的一只天天追着她，甚至睡在她身边。

这天中午，毛丫和她的小鸡睡得正香，妈推醒了她。毛丫睡意正浓，翻了个身，看了妈一眼，吓得一骨碌坐起来——妈胸前挂着个大牌子，上面有妈的名字，还用红笔画了个大叉。那么大的牌子挂在胸前，毛丫没有替妈想这个牌子沉不沉，心里闪过的想法却是：街上挂牌子的都是坏人呀，怎么妈也挂上黑牌子了？她心情复杂地低下头，嘴噘了起来，不满意地挂着长音儿"嗯"了声。她看到妈满头的汗蹲在床边看着她，从床上爬了下来去扶妈，吞吞吐吐地问道："妈，你怎么挂这个，这牌子——"

她本想说，“不是坏人才挂的吗？”到了嘴边改成，“写的什么呀？”

“因为你爸爸呗！”边晓荣没有注意毛丫的小心思，边摘胸前的牌子便急赤火燎地说，“丫啊，你得去看下你爸爸，他昨天晚上都没回来，听说今天斗了一批人。你去看下他，看看他干啥呢，行喽呗？”

毛丫心里还因为妈挂着的这个牌子是不是坏人犯腻歪，扭了扭身子表示不愿意。

边晓荣站了起来，急赤白脸地说：“我是偷着出来的，这就得走。你不帮帮妈呀？”说着，她抓起牌子又挂在身上。毛丫抓住牌子，撇撇嘴哭叽叽地说：“不让你挂……”说着，眼泪流了下来。

边晓荣给毛丫擦擦眼泪，说：“不碍事，我是抄小路跑回来的，没人看见，你那帮小朋友没人看见。”

毛丫听了，心情好了些，她擦擦眼睛紧张地问：“牌子上写的什么呀？说你是坏蛋？”

“说我是走资派黑老婆，写去呗。”妈心事重重地说，“你听见我说的了没？去看看你爸爸，你爸爸今天被批斗咧，不知道咋样呢。现在就去吧，啊？”

妈胸前挂的牌子没有说妈是坏蛋，毛丫的心哗啦一下散开了，她高高兴兴地说：“行。”说着蹦着跳着走了。边晓荣看着她出去，拿着牌子回单位，快到单位门口时把牌子挂上。

毛丫来到爸的单位，这里的房子是一排一排的平房，种着很多树，毛丫往里边走时被一个胖胖的中年男子拦住了，问她：“你去哪儿？”

“我去找我爸爸。”

“你爸爸是谁呀？”

“我爸爸是高俊。”毛丫瞪了对方一眼，脑袋一扬说。

这个人一听，说：“哦，是个走资派呀！”他摇摇头说，“不行，不能进去。”

“我妈让我来看看我爸爸！”毛丫声音小下去说。

“不是告诉你说不行吗，走，走！高俊现在在抵抗群众运动，不交代问题，任何人不能看。”那个人变了脸，很凶地挥挥说，“走吧，快走吧！”

毛丫悻悻地边看着那个人，边后退，后退到了两排房子后，见不到那个胖子了，她抓住一棵树，拼命地摇晃着发泄内心的不满。正摇着，一个东西“啪”地砸在她的脑袋上，又掉在地上，毛丫一看，惊喜地发现掉下的是个大梨。她高兴地捡起来，在身上擦了擦想吃掉，突然想起了爸爸。这么大一个梨，还是砸在自己头上的，留着。毛丫顺着树干往上看看这棵梨树，这棵树不是很粗，她突然想到可以从树上爬过胖子这道岗。于是，她到里边找了棵好爬的桑树上了墙，顺着墙往里走到后院，又从树上出溜下来，没想到把脚给蹭下了一块儿皮。

毛丫疼得龇牙咧嘴地找到爸，高俊的房间里有几个人，正在争执着什么。只听其中一个人说：“你得好好交代问题，别说自己历史清白，你没有被捕的历史，不等于你历史清白。你参加国民党咱就先不说了，就说说 1945 年你离开五道河行署宝利县是不是离开了组织？这就是你的历史清白吗？”

高俊说：“那怎么说是我的问题呢？那时组织被打散了，全部要撤离保全组织呀。”

“你是主要负责人，能撤离吗？”那个人拍桌子大声说。

高俊有点激动，站起来说：“这不是我个人的意见，是上级领导的意见。”

那个人接过话头说：“即使是上级领导的意见，撤离后你去了哪里？你是回了你的老家！这是什么行为？”

高俊刚想说话又吞了回去，过了一会儿才说：“我家里的亲人走失了，我是去寻找亲人。我不能不去找，你们爱怎么说怎么说吧。”

另一个年轻人撇着嘴说：“反正你是没有坚持和敌人打下去，是败下阵了。喊！”

高俊脸涨得通红，不再说话，任那几个人围着他吵闹。毛丫看到那几个人准备走了，害怕地退到门口躲了起来。等那些人走了，她走出来，看到爸在门口站着，脸色通红，眼睛也是红的。

毛丫没见过爸沉着脸的表情，她怯怯地把那个从树上掉下来的大梨递给爸。爸用手拨拉开毛丫，梨掉在地上摔烂了。毛丫咧咧嘴，忍住要流出的眼泪，哽咽着说：“妈让我来看你。”

高俊生硬地说：“你回去吧，告诉你妈以后别来了，就当没有我这个人。”

毛丫委屈地走了，她不想回家，又在外面玩儿了会儿，天黑了，肚子饿了才往家走去。

一进家门，边晓荣咬牙切齿地对她说：“你死哪去咧！”

“怎么了！”受了一天委屈的毛丫爆发了，昂着头发起火来。

边晓荣马上缓和了口气，说：“我在家等你呢，都快急死咧。”妈拿出饭来看着毛丫吃，问道，“看见你爸了？他说啥咧没有？”

毛丫把爸说的话跟她妈一说，边晓荣听了想了想着急地说：“丫呀，你还得去看看你爸爸……”

“我不去了！”边晓荣还没说完话，被毛丫打断了，“我爸不高兴看见我。”

边晓荣越想心里越不安，对毛丫说：“你别没良心，你爸爸有多喜欢你啊！几个孩子中，他最偏向你咧，他不高兴你不会哄哄他？”

毛丫想了想爸下午的态度，摇摇头还是不肯去。边晓荣拉起她的手说：“看我毛丫这小手，一看就是个聪明孩子。”妈这么夸毛丫，胖五不高兴了，他拿开妈的手说：“我聪明。”

“是啊，那你也去看看你爸爸。”

“行。”胖五点点头。

“行什么呀，都不让你进！”毛丫推了胖五一下。

“那你咋进去的？”妈问。

“我会爬树。”毛丫说着把脚伸出来，“看看，都蹭破了。”

边晓荣一看，毛丫稚嫩的脚底一片血红，她心疼地问：“疼呗？”

“不疼。”有妈这么关心，毛丫很高兴，把脚收回来。边晓荣趁机说：“你们俩一块儿去吧。”毛丫总算点了点头，胖五一看她同意了，撒腿就跑，毛丫在后面跟着跑。边晓荣在身后追着说：“给你爸爸带瓶酒去，胖五子，晚上就跟你爸爸睡吧。”

到了爸的单位，那个胖子不见了，换了个慈眉善目的老头。没等他问，胖五叉着腰冲着他嚷道：“我会下象棋，你会吗？”

老头喝了点儿酒，正闲得无聊，看到来了这么个胖乎乎的小孩，忍不住乐了，说：“啊，你会下象棋？来来，咱俩来一盘。”胖五不客气地和他进了屋，毛丫乘机溜了进去。

高俊的屋里没开灯，毛丫把脑袋伸进去，看到爸一人孤独地坐在那里。不知道为什么，毛丫心里突然挺难过的，她撇撇嘴小声地叫了声："爸爸。"

高俊刚有些不耐烦，看到毛丫哭了，伸手摸着她的脸把她揽到怀里说："我丫丫来了，咋了？"说着，低下头去看毛丫。

毛丫闻到爸嘴里有酒气，躲开爸爸："嗯，你喝酒了。给，又给你带了一瓶。"说完，她把酒递给爸就想跑。

高俊说："跟爸待会儿呀。"

"我去找胖五。"

"他也来了？"

话音刚落，门口那个看门的老头领着胖五来了，他看到爸说："这是你儿子？"

"是，是我最小的儿子。"爸小心翼翼地说。

老头看着胖五笑了，说："这小子，他说他会下象棋，我叫他进屋和他下了一盘。"

"他会下象棋？"爸惊奇地问道。

老头说："他说他会。嘿！我没别的爱好，就喜欢下棋，心想可来了个解闷的，说和他下一会儿。谁知你儿子就认识一个子儿，老将！我刚摆好棋子，他就把将给拿走了，往嘴里塞着要吃。说吃了我的老将他就赢了。这小子，把我吓的，他真吞肚里出事怎么办啊！"说着笑了起来。

高俊也忍不住笑了。老头说："你儿子说想你了，来看看你，你回家去吧，这么晚了，俩小孩在街上走也不安全。我是老孙头，家在农村，我老婆孩子都在老家，不在跟前，老婆生了四个，都是闺女，没个男孩，你看你这个小子虎虎实实的，忒招人喜欢。我每天傍晚开始值班，一直到第二天早上。你带着孩子回去吧，明儿早再来。多带你儿子来玩玩儿。"

就这样，高俊一手一个领着毛丫和胖五回家了。

边晓荣正在家翻箱倒柜，看到高俊，愣了一下，不相信地说："不是不让你们回家吗？咋回来咧？"说着，眼圈红了，上前一把拉住高俊说，"你挺好的吧？可不兴想不开呀！"

高俊推开她的手，说：“我有啥想不开的，我干了啥呀！”

“谁知道你干了啥咧。”边晓荣让高俊丧了一句，脸耷拉下来，说，“咱家的照片都是你在摆弄，我今天翻了翻，你看你这些穿军装的照片，这是啥军装啊？”

“国民党军装呀！”高俊说得理直气壮。边晓荣吓得上去捂住他的嘴，跑外面看看，又跑回来看看毛丫和胖五。胖五已经呼呼睡了，毛丫拿着本小人书在翻，边晓荣拍拍她说：“丫头，睡吧，别看咧。”说着要从毛丫手里抽出小人书。毛丫使劲攥着不给妈，她的眼睛已经黏糊了，揉着眼睛在闹觉，妈一说话，她发起脾气来，抢回小人书放在枕头底下，生气地说：“这是我的小人书，你为什么要抢？谁不知道你想抢走给胖五子！”

“行行，你拿着吧。”边晓荣说，“睡吧，快睡吧！小祖宗哎，别听我们说话咧！”

妈和爸讲的话毛丫根本听不懂，可是妈这样一说，毛丫抬起头撑起身子说：“你们说什么呢？我听听。”说着，坐了起来，说，“反正你们就是不能把我的小人书给别人。”说着，一个接一个地打哈欠。毛丫突然又想起她的小鸡，撇撇嘴要哭了。

妈急了：“你看你都困成啥样了，咋不睡觉呢？小丫头大晚上地作啥呢？可真是！”

毛丫指着妈说：“好，你说我作，明天别叫我给你办事去了！你就等着吧！”边说边揉眼睛。

“行，我等着！”边晓荣本来想发火，看到毛丫不停地揉眼睛，知道她困到极限了，不再去理她。

四十九

看到孩子都睡了，边晓荣从床上下来，一屁股坐在椅子上，拉出另一把椅子对高俊说："你坐下，咱们得好好说说。你咋成了国民党咧？国民党不是反动派吗？"

当年边晓荣的父亲因为被日本人通缉，他疏散了全家幼小的子女，姥姥带着最小的闺女在冀东一带"跑反"。边晓荣跟着大她四岁的姐姐到天津纺纱厂当了童工。直到日本鬼子投降，她的姐姐回到冀东，参加了解放军。边晓荣那年十七岁，也跟着姐姐到了解放区，参加了解放区的土地改革工作。边晓荣很聪明，来到解放区后当童工被压抑的聪明伶俐的天性得到了充分的释放，白天干力所能及的事情，晚上到夜校读书学习，文化水平进步得很快。她的学习，也仅仅是读书识字。这个时期是解放战争时期，冀东已经没有了战争，边晓荣可以安心地在夜校学习。两年后，边晓荣遇上了高俊，结婚生子。连着几年陆续生下的五个孩子彻底拖住了边晓荣的手脚。在她的印象中，地主、富农、国民党，都是反动派。

"啊，我当过国民党，还是营长呢。"高俊坦然地说。

边晓荣惊恐万分地问："你，你当过国民党的营长？你咋不早说呢？"

"跟谁说啊？你也没问过，我的历史上都有呀。"高俊不明白边晓荣为什么大惊小怪。

边晓荣哆哆嗦嗦把高俊的照片一一拿出来，说："家里不能留这些照片。"边晓荣看到高俊想说什么，坚定地摆了下手，说，"这事不行！你没听说，说抄家就抄家呀。如果抄家抄出这些东西咋说啊？"

"那怕啥……"不等高俊解释，边晓荣坚决摇摇头，表示没商量。接着，她拽出一个包，打开，里面全是奖章，也有带国民党党徽的奖章。

“这是啥？这个也不能留着咧！”

“不行！”高俊伸手去夺。那是高俊和他的生死战友在一次次战斗中得到的嘉奖。边晓荣闪开身子，不让高俊拿走。

“晓荣啊！”高俊很多年没有这样叫边晓荣了，他几乎是哀求地说，“我们当年参加国民党，是经过共产党地下组织同意，集体参加的，也是集体参加的共产党。这包奖章，你不能给我收走。那里，有我的兄弟们的念想。没有他们，我活不到今天呀。”高俊急得嗓子喑哑了。

边晓荣看到高俊的眼眶眼圈全红了，犹豫了一下，打开奖章包，拿出一块儿有国民党党徽的奖章坚定地说：“这是国民党的党徽，你以为我看不懂呀？不行，这东西家里说啥不能留！”

高俊也坚定地说：“你今天说啥也不能给我拿走！”

边晓荣急了：“你没听说老许——许满仓家？两口子都自杀咧。”

“那关咱们啥事？”

“那你单位咋不批斗别人，就批斗你们几个，让你们交代问题呢？你的家不是你一个人，你有一堆孩子呢！”边晓荣急得都快哭了，“你的历史咋这么不清白，你到底有没有问题啊？”

高俊有些着急，他站起来，指着灯泡说：“我的历史咋不清白了？不清白让电打死我！”

两个人情绪都有些激动，声音大了些。毛丫睁开了眼，看着他们，他们才停止了争吵。毛丫翻了个身，又睡了。

高俊平静了一会儿，坐下来说：“我们老家那块儿，守着山海关，是东北进入内地的关口。日本人占领得早，我们那时都是在校生，都看不惯日本人跑到俺们的地方来作威作福，这么着，就是为了打日本，我们逃学了。从 1935 年到 1937 年，我们一直在千难万难地寻找组织……”

“你等等，等等！”边晓荣打断高俊的话，“你说啥？你 1935 年就开始打鬼子咧？那你今年多大啊？你跟我说你比我大五岁，这咋大出十几岁咧？”边晓荣生气地说。

高俊忍不住笑了。当初为了和边晓荣结婚，少说了好几岁，谁知碰上一个糊涂老婆，从来没问过，如今孩子这么大了她刚知道。看到边晓荣沉着脸，高俊笑着推了边晓荣一下，边晓荣睖了他一眼说："还有啥法呀！行咧，你说吧。"

"那两年，嗨，要说我们也是碰上贵人了。"高俊想起了铁锅、铁锅的叔叔郭尚德。回想起来，郭尚德为了他们这批年轻人真费了不少心。讲着讲着，高俊忍不住激动起来："参加抗战到今天，我咋不清白了？抗日时期我一直在太行山，抗战后期我到延安学习，后来派到东北工作，没有被抓过、捕过，我咋不清白了？唯一的问题是我到东北后赶上土匪叛乱，把共产党的干部差不多杀光了，我还活着就有问题了？真是笑话了！那时那帮土匪都杀红了眼，他们人多，占着上风，我就是想投降都没门！抓住就是个死！我能活着是我那兄弟用自己的命换给我的，我暂时撤离也是经过组织决定的，离开组织，也是跟组织说过的。我妈、我那个媳妇和刚出生一两个月的孩子全在这次土匪暴乱中走丢，我生为人子，妈丢了、老婆孩子丢了，能不去找？不去找我还叫人吗？"

高俊从没跟边晓荣说过这么多话。边晓荣跟高俊结婚后，小小年纪就有了孩子，而且一个接一个，生活里除了柴米油盐，没有多余的，她也从来不知道丈夫的往事。高俊今天一下说了这么多话，她一时反应不过来，只是又惊奇地追问了句："你还有个老婆？"

"嗯。找不着了，不知道她们在哪。是我老师的闺女，我对不起她们呀，死的死了，丢了的找不着了。当初，咱不是寻思打败日本鬼子了，咱们中国人该过自己的日子了吗？要知道有这手，我干啥要跟人家结婚，害了人家……"说着，高俊深邃眼眶下的大眼睛开始出现血丝。

以前娘说的一些话从边晓荣的心底浮现出来，串联起来，边晓荣似乎明白了一些。边晓荣知道娘最怕高俊头疼，神经性的，疼起来很痛苦。高俊的眼睛也会充血，娘就怕高俊伤心，说过，高俊的心给伤坏了，所以一伤心，眼睛会流血。

看到高俊情绪激动、眼睛发红，边晓荣想起娘说的这些话，怕高俊的身体出什么问题；她的脑子里一下进入了这么多事情，也需要想一想。她说："咱这么着，你这包东西咱们找个地方先藏起来，等运动过去了咱再找回来。不说这个咧——你单位让你交代的问题交代清楚咧呗？"

高俊点点头说："说每件事都得交代。你说我有啥可交代的？"

“没说具体让交代啥？”

高俊摇摇头。

“那咱也别贼不打自招！交代啥呀，不说！啥都不说，你让我交代啥我交代啥。不主动去说。”

“你这话说得我好像有啥说不清楚的事。有啥不能说的？”

边晓荣撇撇嘴，好像什么都明白似的说：“言多必失。你知道你哪句话说错喽？前几年你那战友李力锋要你过去，你咋说啥都不去呢？你要去喽提拔得不快点儿？不过，话说回来咧，现在看来去了也不一定有好，官当大了今天也得交代问题！”

“你咋又绕回来了！去李力锋那里，官当得再大，我今天还指不定啥样呢。李力锋因为旧伤，前年去世了，不然……现在都不好说啥情况。再说，有娘在不远行，我娘为我都快哭瞎了眼，你又生了孩子不久，我能走？”下面一句“我走了，万一再出点啥事咱俩还能相见不？”他没说。

边晓荣想想，点点头说：“那就说咱身边的事，你啥事都往后躲，被哪件事吓着了？你为啥非要让老谢当正的呢？我今儿才知道你为啥。啥事让你这样。咱关起门来说啊，你是让那场土匪叛乱给打怕咧！”

边晓荣的这句话击中了高俊的心里，他沉默地睁着一双大眼睛看着边晓荣。许久，说：“我们当时命都不在乎，这个世界上已经没什么好怕的了，我只是心疼我死去的兄弟和……我能活着，没有要求，只求心安。”

边晓荣看看表说：“行咧哎，忒晚咧，快睡吧。总而言之就一句话，让你交代啥你都要和我商量一下。”边晓荣特别叮嘱说。

从这时候起，高俊心里沉重的往事放了下来一大半，卸载到了边晓荣的心上。边晓荣从这时开始过问高俊的事，认认真真地分析每一件事，高俊也开始认认真真地听边晓荣说话，不停地点头表示认可。

这天，毛丫进屋听到妈和爸在吵架。妈很生气，大声说：“咱们不是商量好了吗，交代啥问题你得和我商量，你长得那是啥脑袋你不知道？”

高俊骨碌着一双大眼睛瞪着边晓荣：“我啥脑袋啊？”

毛丫一听在旁边学着妈的口音说：“榆木疙瘩脑袋。”

高俊扑哧笑了。

当边晓荣说服不了高俊而又特别想说服时，她会把语气缓和下来。边晓荣不理会在一旁捣乱的毛丫，拽住高俊耐心地说："不是老高，你东北的这段历史在这份交代材料上不能这样说，怎么能说是回家找人去咧？那肯定会出问题。"

"出啥问题？那我是在找我的亲人嘛！"爸不太耐烦。

"你们单位看了这份材料咋跟你说的？"

高俊想了想，说："问我去哪儿找。我说满世界找。问我回没回老家找，我说回了。他们就让我写出来。"

边晓荣急得脸都红了，嚷道："你看，准在这儿出问题了！"

高俊的声音小下来，说："那我是回去过了。"

"那人家就可以说你是脱离队伍！"

"我请过假的。"

"那管啥！"

高俊有点急："爱咋着咋着吧，我也确实是去找我的亲人，办的是私事。"说着就往外走，要去办公室。

边晓荣追在后面说："你啥脑袋瓜呀？说你那脑袋不行吧你真不行！你这可不叫办私事，你娘和你那个啥——原来那个媳妇，是跟着你干革命时被土匪打散的，这怎么叫私事呢？你下午赶快去改喽。你听到没有啊？"

毛丫拉拉妈想跟她说话。

妈想甩开毛丫，毛丫像个鲇鱼黏住妈的大腿不放，妈甩不掉，她正想说句"死丫头你干啥"，突然急赤白脸地问："胖五呢？"

毛丫摇摇头说："我没看见他呀。"

"还不快去找他。你们别总去看热闹，挤在人群里哪天再磕喽碰喽让飞弹飞喽。快去找找胖五子！"边晓荣说着着急地往外推毛丫。毛丫知道妈是想支走她。每当这时，毛丫都很生妈的气，没等她说什么，边晓荣急匆匆出门走了。

也是，胖五一大早到现在没露面。最近很少见到胖五，一早他就溜了，晚上才回来。毛丫想，他能去哪儿呢？她决定到看门的老孙头那儿去看看。

到了爸的单位，还没到老孙头那儿，一眼看见胖五在老孙头屋门口探头探脑地在往外看着什么。一些人也围在那里，几个人正在把屋里交代问题的一个什么局长拉出来，出来之后戴上一顶高帽子让站在一边。在这几个正在忙活的人中，那个很凶的邢胖子在指挥行动。他指指西边的一间屋子说："把那个老孟也拽出来！就这俩人在呀？怎么也得凑三个人呀！这边还有谁？高俊，还有高俊在这边住。"

另一个人说："高俊的材料上午交了。"

邢胖子说："过关了没？不管他过没过关，拉出来先顶个数，跟着戴上帽子站着。"说着，他们往里面走去。胖五听到提爸的名字，立刻生气起来。不知什么时候，胖五钻了进去，拿着个不到一米的小棍子叉腰站在路口。邢胖子一看说："又是你个小兔崽子，说不让你来怎么又来了？快走吧，不然连你一块儿揪到前面去。"他是想吓唬一下胖五，毛丫一听恐怕弟弟吃亏，想悄悄拽走胖五。谁知胖五甩开她冲着邢胖子做着鬼脸，拿着手里的小棍子学着孙猴子舞动着。嘴里说着："金轱辘棒，看我的金轱辘棒！锵涝涝涝锵涝涝锵！"

"快一边待会儿去吧！"邢胖子从胖五身后搡了他一把，把他推了个大跟头，胖五毕竟只有五岁，一个狗啃泥摔在地上，摔了个满脸花。邢胖子看到胖五摔得不轻，也觉得下手重了，自己找台阶下说道："你小小的孩子不学好，学着来对抗群众运动，是不是你家大人教的？"

毛丫挤了过去，连哭带喊地说："你欺负我们小孩！我弟弟脸出血了，你赔！"说着抓住邢胖子衣服不放手。邢胖子打不是，走又被毛丫抓着不放，正拿两个小孩没有办法时，边晓荣过来了。她推开人群一看，看到她的宝贝小儿子一脸血，顿时什么也不顾了，问邢胖子道："你打的呀？他还是个不懂事的孩子，你照着我打，来来，照这儿打。"边晓荣指着自己的脑袋朝邢胖子冲过去。

邢胖子搡了边晓荣一把，说："再过来信不信连你一块儿批斗？"

"信，信，我咋不信呢，我不是跟你说你别打我不懂事的孩子，名声也不好听不是？你打我，给你打给你打。"边晓荣说着又要冲过去。

看门的老孙头过来拦住边晓荣劝道："赶紧带孩子去医院看看吧。"说着抱起胖五，拽着边晓荣往外走，边走边叨叨说，"什么运动也别对着个孩子来呀！一个不懂事的孩子，这出了事怎么说呢？”

旁边有个人问邢胖子怎么开这个批斗会，他黑着个脸，悻悻地说：“就让门口的那俩站会儿得了，反正今天不是大批斗。”

五十

几年后，高俊重新工作了，回到大城市安了新家。刚搬入的第一个月，老家的大哥又来了。他这屋看看，那屋看看，说："中了喽，房子不错。我这可好几年没来咧，咱娘是我照顾走的，我可得在你这儿住下，歇个日子咧。"

边晓荣狠狠地剜了他一眼，忍住没说什么，没心思再搭理他。边晓荣的心都在自己的孩子身上。伸手一把，五个孩子，孩子们都长大了，各有各的主意，聚在一起一言不合就开吵。

带头上山下乡火线入党去了兵团的姐姐回来了，到部队当兵的两个哥哥也复员了，都面临着工作的问题。边晓荣有本事，能各个击破，让每个孩子都跟她说心里话。边晓荣和孩子经常说着说着就吵起来，几分钟后边晓荣又放下身段低声下气地追问："你到底咋想，这事该咋办？"孩子说了自己的想法，妈说指导意见，两句不合就再吵，吵了再说。直到几个孩子都在不同的时期上了大学，参加了工作，当妈的再也追不上他们的步伐了。

家里清闲下来了，边晓荣更加关心家里的事。她发现高俊的大哥把家里的东西几乎都拿走了，连个破布头都要。边晓荣翻了翻柜子，都空了，就生气地问高俊："你家大哥现在的日子也不像以前那样困难咧，咋还啥都拿呢？家里的新衣服他要，旧衣服他也要？"

高俊更喜欢喝酒了，平时是一个人喝，但更喜欢大哥来了和他一块儿喝。一个人喝时一瓶酒三天喝光。这大哥来了，一次两人能喝一瓶。喝了酒脸上粉红微醺的，说出的话牛气，天上一句，地上一句。高俊对边晓荣说："对。都拿走了！"

"那咱家用啥呢？"

高俊扬头一笑说："这不是热天吗？要那些东西干啥！"

边晓荣气得说不出话来，转身去看哪个孩子在家好寻找同情。只有毛丫在家。边晓荣说："丫头，你听见没，你说这天底下咋还有这样缺心眼儿的人？"她又对着高俊说，"那你干脆把这个家都给出去吧，你回你老家跟你大哥过去得咧呗！"

"那忒好了，你寻思着我不想呢！我忒想我老家的娘，想我老家的兄弟呀……"高俊再也没跟边晓荣说起过他那个找不到的媳妇秀蓉和孩子，他让边晓荣觉得她和她的孩子就是他的全部。到了关键的话上，高俊准能闭上嘴，低下头来端起酒杯再喝一口。

高大壮认为高俊说的"忒想"的人是他，喜笑颜开地说："老家的日子还是苦，不抵你家，不喽我过来跟你过。"

边晓荣不满地说："我家可不缺祖宗，你可别过来。土改时你兄弟我们家在老家村里也分有土地，不喽你给你兄弟回老家也盖两间砖房，让他回去住。"

没等边晓荣说完，高大壮打断她的话说："不中，我这个兄弟可过不了老家的日子，打小儿就过不了。他干不了庄稼活儿，要地没用。地在我手里啥样？落他手里全完咧。看他现在混得人五人六的，那当年是被我爹打跑的啊。"

"你说什么呀。"毛丫不爱听了，顶了这个老家的大大一句。

"真的。"高大壮说得挺认真，"那时候国民党说共产党是'土匪'呀，我兄弟被打跑咧当了'土匪'，才有今天咧！"

高俊也不辩解，把酒杯里最后的一口酒搁到嘴里，说："你知道啥呀！"说着咧嘴一笑。

高俊的这一笑天真无邪，毛丫忍不住跟着笑了，她问爸："你挨了整，怎么还死心塌地跟着共产党？"

高俊愣了一下，咧嘴一笑，说："你知道啥呀！"

毛丫还想和爸探讨一下，被妈扒拉开说："起来。"说着，白了高大壮一眼，对高俊说，"这就是现世报了。你不是对你大哥好吗？咋一说回老家他这不愿意呢？你看不出来？他是怕你跟他要你名下的土地呢！哎，我说大哥，你兄弟回家你不乐意，说他回去过不了，那你把我家都卷包光喽，他就能过咧？”

“那必是能过！”高大壮扬起头，“这我兄弟的家，你咧咧啥！”

“哎，我不是这个家里的呀？”边晓荣生气了，站了起来说，“老高，你说说，我是不是这个家里的人！”

高俊醉眼蒙眬地说：“是，咋不是呢！”

“那你大哥咋说这样的话，你今天得给我说说。”边晓荣窝的这口气真出不来。

“酒呢？”高俊晃晃酒瓶子说，“空了？还有没有啊？再给我们整一瓶。”

边晓荣扒拉开高俊的手提高了嗓门说：“跟你说话呢！你这个大哥把家里东西全往外拿，你奏往肚里死劲喝，这个家还有好哇？”

高俊又晃了晃空酒杯，说：“这……没喝够啊。丫、丫头，去给爸买一瓶吧。”高俊叫着毛丫。

“不行，你今天得跟我说明白。”边晓荣拦在中间。

高俊很少求自己的孩子，他一提要酒，毛丫像小时候一样，马上去买。

家里的孩子都大了，姐姐哥哥们都有了自己的生活，他们是带着工资上学，平日都很少回来。在上大学的毛丫的内心已经和爸妈隔开了，她只关心她内心的世界，不再去黏着他们。

喝酒，吵糊涂架。这个大爷又开始每个月都要来，来了家里就会吵架。大爷似乎很高兴看到爸和妈吵架，到月头准来。每当他来时，毛丫就盼着假期赶快过去好回学校。

快过春节时，毛丫回来过寒假。她好几次听到爸自言自语地念叨：“你大爷这阵子咋没来呢？”

说这话没几天，高俊的大哥就来了。

高俊一见到他，赶快翻箱倒柜，找东找西的，看到东西不够一大包时准备出去买。高大壮拦住了他，双手笼在袖子里说：“不用咧，别买咧，俊头。”

高俊说：“那咱也得喝一口啊。我这儿刚留下了两瓶人家给的好酒。”

说着要出去买下酒菜。

“我跟你去。”高大壮说。

高俊和他大哥拎着大包小包吃的回来，摆好酒菜，高俊斟了一杯酒给他大哥。高大壮接过酒杯放在鼻子下一直闻。高俊干了一杯，发现高大壮的酒杯没动，问:“你怎么没喝呢？”

“我这阵子头旋、迷糊，不想喝呢。”高大壮闷声说。

第三天，无论高俊怎么挽留，高大壮执意要走。高俊送他到车站，高大壮看着兄弟抹了把眼泪。这把眼泪把高俊的心一下揪了起来，说:“你这是干啥？是不是有啥事？有事就说，有时间就来，你别听我家那口子说啥，有我呢。我说你别走，在这儿过春节吧。咱俩好好喝几顿酒。”

高大壮摇摇头，用袖筒子擦着泪水走了。

高俊闷闷不乐地回到家，边晓荣说：“你大哥走咧？这次是咋咧，东西和钱都没拿。孩子们都要回来咧，我真怕他留下过春节。”

高俊不耐烦地用胳膊肘把边晓荣扒拉开，说:“起开，你说什么呀！”

边晓荣火了，摆出吵架的架势说：“你发什么火！你大哥走咧，我轰他来着？你看着他好跟他过去，谁拦着你咧？”

高俊没理边晓荣。几天后，老家传来消息，高俊的大哥脑出血去世了。

高大壮始终在老家不肯出来，高俊盼着他来实际上是盼着一份希望，盼着老家能有柏秀蓉和女儿的消息。哪怕虚无缥缈的消息，总是一个希望。

高大壮去世了，老家的希望破灭了。

五十一

高大壮去世后，高俊没有了老家消息的来源。

高俊不知从什么时候起变得不爱讲话，神情落寂。过去喝了酒喜欢对着孩子笑，说以前的往事。现在孩子们都大了，各有各的事情忙。胖五有时陪他喝两口，酒后比高俊还闹腾，能把高俊的酒给闹醒了！闹得高俊不敢跟胖五喝酒了。

喝了酒，高俊有时看着毛丫，不知道是对毛丫说还是自言自语："老家不知咋样了，有啥消息没有？"

不喝酒时，高俊经常一个人去外面溜达，一溜达大半天。他常常沉默着一天天不说话。终于，有一天高俊病倒了，血栓导致半个身子不能动了。毛丫回来时，高俊已在医院抢救回来，看到她，口齿不清地说："丫头，我病了，没用了。给你妈和你们添麻烦了。我回不了老家了。"

毛丫安慰着叫了声"爸爸"。她已经不像小时那样和爸妈的心是通的，黏着爸和妈了。每次来，都是静静地在一旁坐着，仍然沉浸在自己的心思中。高俊想小解，即使毛丫在，他也不愿意让她帮忙，大声呼喊着："孩儿他妈，我说他妈！"不管边晓荣正在干什么，听到高俊喊，一溜小跑过来，嘴上叨叨着说："你非得叫我呀？我要是死了呢？"

"你能死？你可死不了。"高俊含糊地取笑边晓荣。

边晓荣剜一眼高俊，对回家里的孩子诉苦道："你爸可不知道心疼我呢，我这一天多累呀！"

边晓荣节俭惯了，单位给请的保姆让她给辞了，说她自己就是保姆。她自己照顾老伴，把照顾爸的补贴节省下来。高俊一病几年，有时安静，有时闹腾，说什么都不愿意住院，就喜欢待在家里。

不知道什么时候开始，毛丫再回家时，经常看到爸拿着拐棍坐在藤椅上，不分白天晚上大喊大叫："老婆子，到点儿了，该起来啦。"

妈在爸拐棍够不着的对面靠着墙打盹。爸实在闹得厉害时，妈迷迷瞪瞪抬头看看墙上的表，有时是两点钟，有时是三点钟。

"表坏了，快起来吧！太阳都晒着屁股了。"爸看到妈看表，拿着拐棍使劲在地上敲打。

毛丫被吵得睡不着觉，起床过来。看这样子，爸这样闹已经很长时间了，他病了多少年，妈陪了多少年。她不由得心疼起妈来，说："爸，现在还是半夜，别闹了。"

爸除了跟妈闹，跟孩子从来不闹，特别是对在外地工作生活的毛丫。毛丫这样一说，他不吭声了。但他一丝睡意没有，一双大眼睛瞪得滴溜溜圆。看到妈没在屋里，爸突然说："你妈对我不好，我想回老家呀。"

"爸，我妈对你还不好呀？看我妈累的。"毛丫心疼妈。

爸摇摇头："不好，你妈对我不好，我想回老家。我还有个小闺女呢，老家还有个媳妇呢，她们没准现在就在老家。"爸说着，眼圈红了，一串大泪珠顺着脸颊滚落下来。

爸爸老了，无奈地坐在那儿，突然说出这样的话。这大半夜毛丫迷迷糊糊，一句没听进去，只是一个劲打哈欠，当爸说的是胡话。

爸爸的眼睛大而深邃，眼泪一串串掉下来。他哀求着说："丫头，你听我说，我跟你说真的，你帮我找找我那个小闺女中不中？她忒小呀！"说着说着，爸爸的眼睛开始迷茫，泪水越流越多。他说的话开始让毛丫糊涂，他说："我还有个兄弟铁锅，也没找到呀。兴许他们都回老家了，我想回去看看他们是不是回去了，在不在老家。"说着，呜呜咽咽地哭出声来。

妈听到爸的哭声小跑进来，一看爸在哭，紧张地问毛丫："他咋咧？你爸可不能哭呀，他眼泪流着流着就出血，他有脑袋疼的毛病，疼起来死去活来的，忒受罪呀！可不能招他，看再犯了病。他跟你说啥咧？"

毛丫不知所措，说："他说老家还有个媳妇，还有个孩子。"

妈把话接过去，瞪着爸说："你有啥媳妇啊！你要是真想你老家的媳妇咧，你奏回你老家，行喽吧？你回去看看有人管你不！”

爸不吭声了，把呜咽声吞了回去，脸色由悲伤渐渐转化成气愤，梗起脖子说：“干啥呀，咋会没人管？你看有没有人管！”

“那你走吧？我送你走中不！”妈一嗓子盖过了爸的声音。

毛丫看着妈说：“妈……”

妈断然地说：“不这么着不行呀，你爸不能再伤心咧！别弄出个脑出血复发。”妈看到爸一副伤神的样子，过去劝爸说，“别总瞎胡说，总说过去啥用啊？你总说你有个小闺女，在哪儿呢？你带过来让我也看看！不想咧！别瞪眼，俩大眼珠子瞪着想干啥！”话没说完，妈的手被爸捉住了。爸攥着妈的手，脸上露出了笑意，话却还是恶声恶气地出来：“你扶我起来，我要上厕所！”妈挣不开被爸抓住的手，只能哭笑不得地扶着爸上了厕所，然后在屋里来来回回地走，一边走，一边和爸打着嘴仗。

就这样，妈半夜坐在对面，爸发着脾气，想方设法把妈骗到跟前，让妈扶着自己在屋里走来走去。这样的日子，直到爸去世。

几年后，妈躺下了。妈生病后，几次咧着嘴对毛丫说：“知不道咋着，我忒想你爸爸。”

毛丫真心疼妈，却不知道怎么劝妈。

人生就是一场轮回。毛丫的年纪也不小了，经历过了生死离别，特别是失去爸妈的刻骨铭心的伤痛，醒悟出以往似隐似现的东西。想到妈和爸分离多年，她离开是和爸去团聚，毛丫这才把对妈的思念放下了。但她放不下的是对爸的愧疚，她没有理解过爸爸常情不自禁流出的思念的泪水。

爸走了，带着对失去亲人的伤痛。他的一生，在绵绵不尽的思念的泪水陪伴中，始终坚定，无愧无悔。

毛丫愿掬一捧爸爸的无处诉说的眼泪，化作绵绵细雨，借一缕柔柔的轻风，随着片片白云，悠悠荡荡徐徐吹送，把爸的眼泪爸的思念抛洒在田间地头、大海山川、天上人间，将爸内心刻骨铭心的思念轻轻对他牵挂了终生的亲人诉说：这颗泪干血尽的心从没有忘记过丢失了的至亲，从没有放弃过内心的寻找，在他选择的路上从没有停顿和犹豫……